Lisa Eckhart

Boum

Der Liebe wegen kommt Aloisia, eine junge Österreicherin, nach Paris, während die französischen Zeitungen unermüdlich über einen Serienmörder berichten. Le Maestro Massacreur bringt scheinbar wahllos Straßenmusiker um. Ein melancholischer Kommissar und der angesehene Terrorexperte Monsieur Boum ermitteln. Doch mit Clopin, dem König der Bettler, in dessen zwielichtigem »Turm der Wunder« Aloisia rasch Anschluss findet, hat niemand gerechnet.

Lisa Eckharts neuer Roman ist Märchen, Horrorgeschichte, Erotikkrimi, Comic und Computerspiel in einem. Und er ist eine bitterböse Satire, vor der nichts und niemand sicher ist …

Lisa Eckhart, geboren 1992 in Leoben, studierte in Paris und Berlin Germanistik und Slawistik. Heute lebt sie in Leipzig. Seit Erscheinen ihres Debütromans ›Omama‹ ist die Kabarettistin regelmäßig Gast in namhaften Talkrunden.

LISA ECKHART

BOUM

Roman

dtv

2024 dtv Verlagsgesellschaft mbH & Co. KG, München
© 2020 Paul Zsolnay Verlag Ges.m.b.H., Wien
Textnachweis: S. 5: BOUM Paroles et musique de
Charles TRENET © Editions Raoul BRETON
S. 169: BOUM BOUM BOUM Musik & Text: Michael Holbrook Penniman
© Irving Music, Inc./Rondor Musikverlag GmbH
S. 347: »Rock around the bunker«, written and performed
by Serge Gainsbourg, © Melody Nelson Publishing
Umschlaggestaltung: dtv nach einem Entwurf von Anzinger und Rasp, München
Umschlagmotiv: squaredot95 / iStock / Getty Images Plus
Satz: C.H.Beck.Media.Solution, Nördlingen
Nach einer Vorlage von Nadine Clemens, München
Gesetzt aus der Minion Pro
Druck und Bindung: Druckerei C.H.Beck, Nördlingen
Printed in Germany · ISBN 978-3-423-22071-2

TEIL I

Boum
Quand notre cœur fait Boum
Tout avec lui dit Boum
Et c'est l'amour qui s'éveille

Charles Trenet

1

Frankreich strotzt nicht vor Serienmördern. Es kursieren zwar Listen, die das Gegenteil behaupten, doch gilt es, diesen zu misstrauen. Sieht man etwas genauer hin, entdeckt man darin rasch die vielen ordinären Kriegsverbrecher und ungeschickten Mediziner. Wahre Serienmörder dagegen, die dieses Titels würdig scheinen, hat die Grande Nation kaum zu bieten.

Dementsprechend beseelt war das Land, als *er* endlich auftauchte. *Le Maestro Massacreur*. Von den beiden großen Gazetten *Paris-Matin* und *Paris-Soir* bald nur mehr *Maestro* genannt. Anders als viele seiner Kollegen legte er keinen Wert darauf, sich sein Pseudonym selbst auszudenken. Das überließ er Boulevardjournalisten. Überhaupt ist er sehr wortkarg im Umgang mit der Presse und den Behörden. Er beschmiert weder den Tatort mit kryptischen Sentenzen, noch verfasst er romantische Briefchen an den ermittelnden Kommissar.

Der Maestro bleibt stumm. Seine Morde sprechen für sich, jedoch kaum für den Mörder. Über diesen weiß man nichts. Bis auf die Auswahl seiner Opfer. Diese folgt einem klaren Muster. Straßenmusikanten. Der Maestro tötet einzig und allein Straßenmusikanten. Darüber hinaus ist er mitnichten mäkelig. Das Geschlecht scheint ihm egal. Ebenso das Instrument. Vom Geiger bis zum Trommler nimmt er, was er kriegen kann. Daher auch sein Pseudonym. Ein mörderischer Dirigent, der sich ein

Orchester aus Toten erschafft. Vier hat er schon rekrutiert. Und das binnen eines Monats.

Nun mag mancher vielleicht kontern, tote Straßenmusikanten fand man in Paris schon immer, und hätte damit sicher recht. Ein langhaariger Trommler, welcher berauscht und beraubt in der Seine treibt, ist in der Tat nicht ungesehen. Ungesehen war bislang einer, welcher direkt über dem Haupteingang zum Musée du Louvre prangt. Gepfählt von der Spitze der Glaspyramide. Der Trommler auf dem Louvre. Opfer Nummer vier und somit das jüngste Mitglied im Orchester des Maestros. Wie die anderen traf es auch ihn am helllichten Tag. Und wie die anderen an einem der bekanntesten und demnach auch belebtesten Plätze von Paris. Trotzdem wollte niemand etwas gesehen haben. Nicht einmal die Überwachungskameras. Was die Aufnahmen zeigten, deckte sich mit den Zeugenaussagen. In einem Moment ist der Trommler noch da und im nächsten jählings fort. Der Verdacht lag äußerst nahe, die Bänder seien manipuliert. Als hätte jemand kurzerhand einen Teil herausgeschnitten. Die Bänder aber waren intakt. Und die Zeitanzeige der Aufnahmen wies überdies keinen Sprung auf, der diese These stützen würde. Also sahen die Kameras exakt das gleiche wie die Passanten. Nämlich nichts. Doch im Gegensatz zu den Kameras hörten die Passanten etwas. Sie hörten die Trommeln. Die Trommeln, mit denen der Tote seit Jahren neben der Pyramide aufschlug und die Touristen unterhielt, die hier oft Stunden Schlange stehen. Was auch immer danach passiert war, der Trommler hatte bis Sekunden vor seinem Tod auf den Trommeln gespielt.

Ebenso verhielt es sich beim Geiger unterm Eiffelturm. Opfer Nummer drei. Unzählige Touristen hatten ihm eben noch gelauscht. Da plötzlich war sein Spiel verstummt und der Geiger selbst verschwunden. Das Einzige, was von ihm blieb, war das Körbchen voller Geld, das stets zu seinen Füßen stand und nun allein die Stellung hielt. Denn der Maestro ist kein Dieb. Die Körbchen, Koffer, Becher, Hüte der Opfer lässt er unberührt. Die Touristen wunderten sich darüber nicht schlecht, aber auch nicht lange. Sie hatten schließlich noch so viel zu sehen. Zu viel, um ihren Blick an Unsichtbares zu verschwenden. Also zuckten sie mit den Schultern und gingen ihres Weges. Wenige Minuten später, als der Geiger längst vergessen und sein Korb geplündert war, entdeckte ihn ein kleines Mädchen, dem ihr Luftballon entglitt. Sie sprang mehrmals in die Höhe, um den Ausreißer zu fassen. Bald gab sie auf. Grimmig schaute sie ihm hinterher. Was für ein dummer Luftballon! Ausgerechnet hier zu fliehen. Hier unter dem Eiffelturm. Jetzt wird er immer weiter steigen. Hoch und höher und am Ende wird er an die Decke stoßen. Wo es keine Kinder gibt, welche sich an ihm erfreuen. Wo nichts ist außer Eisenstangen. Dort muss er dann bleiben. Einsam in alle Ewigkeit. Aber das geschieht ihm recht. Dieser dumme Luftballon! Auf einmal hielt er an. Und das mitten in der Luft. Er blieb stehen und stieg nicht weiter. Das kleine Mädchen lachte. »Schau mal, Mama, dieser Mann hat meinen Luftballon gefangen.« Das Schreien der Mutter vernahm man angeblich noch am Trocadéro. *Paris-Matin* titelte am nächsten Morgen »Der vitruvianische Geiger«. Darunter ein Bild des Toten. Wie er zwischen den Säulen hing. Nur wenige Meter über dem Boden. Mit seinem Gesicht nach unten. Arme und Beine von sich gestreckt. Die Geige auf der Brust befestigt. Wie *Paris-Soir* am nächsten Abend preisgab, hatte der Maestro Klaviersaiten verwendet, um ihn dort oben aufzuspannen.

Im Übrigen die gleichen, die er schon eine Woche zuvor benutzt hatte, um den toten Saxophonisten ans Centre Pompidou zu fesseln. Wie sich bald schon herausstellen sollte, keine sonderlich gute Idee. Zwischen all den bunten Rohren, die das Centre Pompidou gleich metallenem Efeu umranken, war der

Leichnam nämlich nur mit Mühe zu erkennen. Drei volle Tage harrte der Ärmste an der Fassade festgezurrt aus, ehe ihn jemand entdeckte. Nein, das ist so nicht ganz richtig. Entdeckt hatten ihn einige, allerdings nicht recht verstanden. Was sich als Kriminalfall entpuppte, hielt man drei Tage lang für Kunst. Keine, die Gefallen erregte. Doch wer stellte an die Kunst noch den Anspruch des Gefallens? Somit empörte sich auch niemand ob der lebensgroßen Puppe, welche das Museum zierte. Zumal man wusste, dass das Innere weitaus Seltsameres birgt. Die bittere Erkenntnis hätte noch länger auf sich warten lassen, wäre es nicht so heiß gewesen. Säfte traten aus dem Toten, als wollten sie Hilfe holen. Die ersten Tropfen stürzten sich vergebens in die Tiefe. Sie sickerten in den Asphalt und stanken nicht genug, um auf sich aufmerksam zu machen. Es verging ein halber Tag, bis endlich eine passende Landebahn gefunden war. Ein dicker Glatzkopf mit Sonnenvisier. Als dieser einen Tropfen auf seinem kahlen Haupt verspürte, ahnte er bereits das Schlimmste. Der Glatzkopf fasste sich an die Stirn. Schnell musste er sich eingestehen, gleich doppelt geirrt zu haben. Zum einen war es kein Vogelkot. Zum anderen ist Vogelkot beileibe nicht das Schlimmste von all dem, was einem aufs Haupt tropfen kann.

Der Saxophonist am Beaubourg war das Opfer Nummer zwei. Hätte der Maestro es dabei belassen, wäre er wohl nie zu seinem schmeichelnden Titel gekommen. Denn seine ersten beiden Morde waren alles, nur nicht meisterlich. Höchstwahrscheinlich hätte man sie gar nicht erst miteinander in Verbindung gebracht. Nummer eins und Nummer zwei. Oder waren es null und eins? Serienmörder heißt man gemeinhin einen, der mindestens zwei Morde begeht. Somit könnte man sich fragen, welcher der wahre erste Mord eines Serienmörders ist. Sein Debüt sozusagen. Wenn ihn doch erst der zweite zu einem Serienmörder macht – was ist dann der erste? Eine kleine Fingerübung?

Opfer Nummer eins fand man am Morgen des 22. Juni. Dem Tag nach der famosen Fête de la Musique. Sie lag auf der Wiese des Place des Vosges. Verschüttet unter einem Berg aus Konfetti und Papierschlangen. Sie wurde zertreten und ausgedämpft wie eine Zigarette. Das war kein Mord aus Leidenschaft. Mehr einer aus Langeweile. Der Maestro tötete diese junge Sängerin mit derselben Beiläufigkeit, wie man beim Warten an der Kasse ein Päckchen Kaugummi aufs Band legt. Alles daran wirkte lieblos. Alles bis auf ein Detail. Etwas steckte ihr im Rachen. Etwas Schmales, Längliches. So groß wie die Puppe des Totenkopfschwärmers. Unmöglich, dass sie es verschluckte. Dafür steckte es zu tief. Der Mörder muss es dort platziert haben, nachdem er sie getötet hatte. Erwürgt. Wie die Opfer nach ihr auch. Mit zitternden Händen zieht der Pathologe die Pinzette aus dem Hals. Er lässt den geborgenen Schatz in eine Nierenschale fallen. Ein helles Klimpern. Metall auf Metall. Vor einem halben Jahr noch hätte er nicht die geringste Ahnung gehabt, was in dieser Schale liegt. Seine Tochter hat dasselbe. Seine Gattin trägt eines aus Plastik in der Handtasche herum. Und sogar seinen Sohn hat er bereits mit so einem Ding erwischt. Ein Kazoo. Diese quäkende Tröte, deren Klang man zu jener Zeit nirgendwo entfliehen konnte.

Losgetreten wurde der Trend durch eine junge Sängerin, die in den Straßen von Paris musizierte, bis sie Anfang des Jahres unverhofft zu Ruhm gelangte. Ihre Hymnen an das Leben ohne Geld brachten ihr Millionen ein. Die Tote auf dem Obduktionstisch sieht ihr zum Verwechseln ähnlich. Zierlich, aber nicht zerbrechlich. Das lange braune Haar zwanglos in ein Tuch gewickelt. An den zarten Handgelenken vielerlei bunte Ketten und Bänder. Jedes erzählte die Geschichte einer anderen Rucksackreise. Man könnte meinen, sie wäre es. Die berühmte Sängerin. Dabei war es nur irgendwer. Irgendeine junge Frau, der ein Kazoo im Rachen steckte. Sie hatte in ihrem kurzen Leben wenig erreicht, von dem, was sie wollte. Ihr Tod allerdings sollte etwas Großes bewirken. Zusammen mit der unbekannten Sängerin starb nämlich auch der Kazoo-Trend. Sie selbst hätte das nie gewollt, doch nicht wenige waren ihr dankbar, dass in den Straßen und Métros nun wieder etwas mehr Ruhe einkehrte. Die berühmte Sängerin trug ebenfalls ihren Teil dazu bei. Nur wenige Tage nach dem Fund am Place des Vosges gab sie im Gedenken an die unbekannte Sängerin ein großes Benefizkonzert. Die Erlöse gingen an Opfer aller Art. Die berühmte Sängerin sang davon, dass man sich selbst immer treu bleiben sollte und auf keinen anderen hören. Hunderttausend sangen mit. Ganz am Schluss gab sie ihren größten Hit zum Besten. Den, der sie so berühmt gemacht hatte. Sie und ihr Kazoo. Doch Letzteres kam nicht zum Einsatz. Die Stimme der unbekannten Sängerin werde nimmermehr erklingen. Darum wolle nun auch ihre Tröte schweigen. Die berühmte Sängerin erzählte, sie hätte ihr Instrument früher an diesem Nachmittag deshalb in der Seine versenkt. Danach zog eine Lichterkette durch den Boulevard Bourdon bis hinunter zur Pont d'Austerlitz. Vier Bootspassagiere wurden bei dem Hagel aus Kazoos am Kopf verletzt.

Diese Form der Trauerfeier sollte sich nicht wiederholen. Keinem der drei weiteren Toten wurden solche Ehren zuteil. Ganz zu schweigen von Opfergaben. Nach dem Fund am Centre Pompidou flogen keine Saxophone. Es trieben auch keine Trommeln im Wasser. Und in der Pariser Philharmonie legte man nicht die Geigen nieder. Im Gegenteil. Es wurde sogar mehr getrommelt, gegeigt und gedudelt als jemals zuvor. Nach jedem Mordfall explodierten die Verkaufszahlen des jeweiligen Instruments, welches der Tote bei sich hatte. In der ersten Juliwoche waren es die Saxophone. In der zweiten waren es die Geigen. Und in der dritten eben die Trommeln. Die Musikgeschäftsinhaber spekulierten eifrig, wen es wohl als Nächstes träfe. Einen Trompeter? Einen Cellisten? Die Schöne mit dem Tamburin auf dem Place Dalida? Oder einen der vielen Gitarristen im Jardin du Luxembourg? Ihre gesamte Existenz hing vom nächsten Toten ab. Wenn der nun Kastagnetten spielt, doch ihr Geschäft solche nicht führt? Sie wären ruiniert! Wären sie dagegen die, die Kastagnetten auf Vorrat gekauft haben, hätten sie ewig ausgesorgt. Viele nahmen Kredite auf, um diverse Instrumente zu hamstern. Jene, von denen sie glaubten, sie gingen demnächst durch die Decke. Je seltener, desto besser. Einer beispielsweise deckte sich mit fünfzig Didgeridoos ein. Und das, obzwar sich in Paris lediglich ein einziger Didgeridoospieler herumtrieb.

Doch nicht nur in Musikgeschäften drückte man sich selbst die Daumen. Auch Eltern verfolgten die Auswahl der Opfer mit größtem Interesse. Denn es waren nicht zuletzt die horror-affinen Teenies und Kids, die den Maestro anhimmelten. Da dieser jedoch kein offizielles Merchandise vertrieb, mit dessen Kauf sie üblicherweise die Liebe zu ihren Idolen beweisen, stürzten sie sich auf die Instrumente seiner Opfer. Insbesondere ärmere Familien hofften daher, der Maestro möge bitte keinen Pianisten meucheln. Eher einen Flötisten. Am besten einen Triangelspieler. Nicht, dass man einem Triangelspieler etwas Schlimmes wünscht – Gott bewahre! –, doch man muss auch an sich selbst und seine Familie denken. Schließlich will man den Sprösslingen keinen Wunsch verwehren müssen. Erst recht nicht einen so noblen wie jenen nach musikalischer Bildung. Serienmörder hin oder her. Das musste man ihm lassen: Der Maestro entfachte in allen Schichten und Generationen eine völlig neue Begeisterung für die Musik. Selbst der französische Kultusminister gestand in einem Interview mit *Paris-Soir*: »Für seine Verbrechen gebührt ihm der Tod. Für seinen Dienst an der Kultur eine Statue.«

Seit nunmehr einem Monat aber gab es keinen weiteren Mord. Ein Monat ist nicht lange. Oft lassen Serienmörder Jahre verstreichen, ehe sie erneut zuschlagen. Doch die Öffentlichkeit war verwöhnt. Ein Mord pro Woche. Das war das Pensum, das der Maestro vorgelegt und fortan zu erfüllen hatte. Kurze Zeit ging das Gerücht um, es gäbe ein fünftes Opfer. Ein Didgeridoo-spieler. Durch den Fleischwolf gedreht und mithilfe eines Spritz-sacks in sein Instrument gefüllt. Rasch stellte sich heraus, dass dies kein Werk des Maestros war, sondern der Pastiche eines simplen Musikgeschäftsinhabers. Verraten hatten ihn sowohl sein großer Didgeridoo-Aktionstag als auch seine Ausbildung als Patissier.

In den Büros der großen Gazetten *Paris-Matin* und *Paris-Soir* brach allmählich Panik aus. Eine Phantomzeichnung jagte die andere. Da keiner jemals etwas sah, griffen die Journalisten zur Gänze auf ihre Phantasie zurück. Immer kruder wurden die Thesen. Immer ordinärer die Umfragen. »Angenommen, Sie werden ermordet … Welche Rolle spielte die Ethnie Ihres Mör-ders für Sie als Opfer?« Wenig überraschend: Die meisten fän-den ihre Tötung durch einen Landsmann akzeptabler. »Mit wel-chem Tatmotiv könnten Sie besser leben? Beziehungsweise ster-ben (Reporter lacht)? Weltlich oder religiös?« Auch hier eine klare Antwort: Ein weltliches Motiv, bitte schön. Das wünschten sich vor allem die Religiösen. »Von wem würden Sie lieber er-mordet? Von einem Christen, einem Juden oder einem Mus-lim?« Und da Straßenmusikanten zu den beliebtesten Figuren des Pariser Personals zählen, war es nur eine Frage der Zeit, bis die Umfrage erschien: »Wen sollte es eher treffen?« Auf der Eins landeten die Clochards. Dicht gefolgt von Polizisten. Immerhin noch auf Platz fünf schafften es die Mannequins. Und sogar die Dezimierung des Stadtbestands an Pantomimen wäre den Be-fragten lieber als der Verlust von weiteren Musikanten.

Unermesslich war die Erleichterung, als in den Redaktionen endlich der ersehnte Anruf einging: »Canal Saint-Martin. Ein Akkordeonist.«

2

Paris-Charles-de-Gaulle wurde einst – und das völlig zu Recht – zum verwirrendsten Flughafen Europas gekürt. Die Pfeile, welche die Richtungen weisen, drehen sich ununterbrochen. Dafür stehen die Uhren still. Auf allen ist es Punkt zwölf. Denn die Pfeile sind hier Zeiger und die Zeiger Kompassnadeln. Die einzigen Pfeile, die sich nicht drehen, sind jene, die zur U-Bahn weisen. Die sind am Boden aufgeklebt und haben auch dieselbe Farbe.

Des Weiteren gibt es hier Türen, die sind vier Meter hoch und zwei Zentimeter breit. An den Türklinken und -griffen steht auf der einen Seite *Ziecken* und auf der anderen Seite *Drühen*. Denn um eine Tür zu öffnen, muss man gleichzeitig drücken und ziehen. Wer nur drückt oder nur zieht, öffnet damit nicht die Tür, sondern ein tiefes Loch im Boden, durch das man wieder zurück an den Start, an den Check-in-Schalter, fällt. Planen Sie also ausreichend Zeit ein. Wollen Sie auf Nummer sicher gehen, seien Sie zwei Tage vor Abflug vor Ort.

Von Terminal 1 zu Terminal 2 gelangen Sie mit einem Shuttle. Doch auch das ist schwer zu finden. Sollten Sie es eilig haben, nehmen Sie besser gleich ein Flugzeug. Fliegen Sie beispielsweise von Terminal 1 mit der EgyptAir nach Kairo und von dort mit der Air France zu Terminal 2. Sollten Sie sich denn verirren, gehen Sie bloß nicht zur Information. Welche Frage Sie auch stellen, das Personal dort wird Sie mustern und Ihnen mitteilen, dass Sie nicht so aussehen, als hätten Sie sich einen Urlaub verdient. Stellen Sie dann eine weitere Frage, schickt man Sie umgehend zu Gate 72. Was dort passiert, lässt sich nicht sagen. Bislang kehrte niemand je von Gate 72 zurück.

Bei der Sicherheitskontrolle werden Sie regelmäßig gebeten, die Unterhose auszuziehen. Ohne dabei ihre Hose zu berühren. Wem das nicht gelingt, der wird verhaftet. Oder er darf weitergehen. Das hängt allein davon ab, was er nach der Kontrolle würfelt. Im Handgepäck mitführen darf man ausschließlich Flüssigkeiten unter hundert Millilitern. Alles andre wird entsorgt. Es sei denn, Sie können die Harmlosigkeit der Flüssigkeit beweisen, indem Sie einen Schluck davon trinken. Dann darf sie auch ins Handgepäck.

Viele Duty-free-Geschäfte nehmen nur Monopoly-Geld. Zum Glück kann man solches am Flughafen kaufen. Doch, das versteht sich wohl von selbst, nur gegen Monopoly-Geld. Wechseln kann man leider nicht. Die Wechselstuben wechseln zwar, allerdings nicht Dollar oder Franken in Rubel, sondern lediglich Scheine in Münzen beziehungsweise umgekehrt.

Ein letzter Tipp: Unzählige Passagiere verpassten bereits ihre Flüge, weil sie den Schalter 31 nicht fanden. Einige bezweifeln gar, dass es diesen Schalter überhaupt gibt. Das ist natürlich Humbug. Selbstverständlich gibt es ihn. Er befindet sich logischerweise zwischen dem Schalter 30 und dem Schalter 32. Aber anders als die beiden steht der Schalter 31 nicht einfach da, sondern hängt von der Decke. Wer das nicht weiß, hat Pech gehabt. Zwar ruft die Check-in-Dame den Suchenden am Boden immer zu, doch die Halle ist zu hoch, als dass man sie hören könnte.

3

Die Milchglastüren öffnen sich. Sie holt ein letztes Mal tief Luft und macht einen Schritt nach vorne. Ihr Grinsen breiter als ihr Gesicht. Als hätte es seinen Rahmen durchbrochen. Gleich einem langen gezwirbelten Schnurrbart ragt es über ihre Wangen hinaus. Das wird sicher höllisch wehtun, sobald sie mit dem Grinsen aufhört. Womöglich müssen die Backen genäht werden. Oder gestopft wie zwei löcherige Socken. Doch warum sollte sie je damit aufhören? Sie ist schließlich in Paris! Sie ist endlich hier bei *ihm*. Sie stellt sich auf die Zehenspitzen, reckt das Köpfchen in die Höhe und durchwühlt die Ankunftshalle.

»*Casse-toi, conasse!*«, brüllt sie ein Mann im Anzug an, der es gar nicht eilig hat und fürchtet, dass man ihm das ansehen könnte. Das Wort *conasse* verstehen Sie nicht? Umso besser. Es ist ein ziemlich garstiger Ausdruck. Den müssen Sie nicht kennen. Sie hier kennt ihn schließlich auch nicht. Sie versteht kein einziges der garstigen Wörter, mit denen sie gerade von den Fluggästen bedacht wird. Leute lernen in fremden Sprachen mit Vorliebe Beschimpfungen. Sie hat solche stets gemieden. Weniger um sie nicht zu verwenden, denn um sie gar nicht erst zu verstehen. Sie lernt nur, was sie hören will. Und vieles will sie eben nicht hören. So auch den Groll der Passagiere, denen sie ungeniert im Weg steht.

Wie ein mäkeliges Kind stochert ihr Blick in der Menge herum. Wo ist er nur? Hier sind viel zu viele Menschen. Wie soll sie ihn denn da je finden? Können sich alle, die nicht er sind, bitte auf den Boden legen? Das wäre sehr freundlich, danke. Wieso ruft er ihr nicht zu? *Seine* Stimme hört sie nicht, dafür schnauzt sie ein weiterer Herr im Anzug von der Seite an. »*Vas-y, bouge, putain!*« Auch dieser tut nur so, als wäre er in Eile. Sie runzelt verständnislos die Stirn. Dass jedermann mit seinem Geld protzt, doch niemand mehr mit seiner Zeit! Zeit ist schließlich Geld, nicht wahr? Wieso also schämen sich alle für Armut, doch niemand für Hektik?

Allmählich wird sie selbst nervös. Sie hat ihm doch gestern spätnachts noch geschrieben, wann und wo sie heute ankommt. Er hat geantwortet, dass er sich freut. Dass er es kaum erwarten mag. Dass er es fast nicht fassen kann. Sie ist endlich hier bei ihm. Und nun sollte er nicht da sein? Sie schüttelt ungläubig den Kopf. Still und heimlich sammeln sich Tränen in der Kanalisation ihrer Äuglein. Sie selbst hat diese nicht geordert. Sie ist schließlich frohen Mutes, dass er gleich um die Ecke springt mit Blumen und Küssen und vielen *Je t'aime.* Die Tränen kamen auf eigene Faust. Reine Vorsichtsmaßnahme. Sie halten sich für den Notfall bereit. Damit dann auch genügend da sind. Nicht, dass sie auch noch die Tränen versetzen.

Moment! Vielleicht hat er ja einen Fahrer bestellt. Da er selbst nicht kommen kann. Weil er indessen für sie kocht. Und will, dass alles fertig ist, wenn sie vor der Türe steht. Hungrig von der weiten Reise. Das wird es sein. Sie liest die Namensschilder, die sich die moppeligen Taxifahrer zwischen Bauch und Kinn geklemmt haben, sodass sie sie nicht halten müssen. Mittlerweile sind nur mehr drei von ihnen übrig. »Monsieur B. Dubois.« »Fatih Kutlutürk.« »France 2.«

Die Tränen drängen sich unruhig im Starthaus. Der Auflauf ist riesig. Seit Ostern 1998 haben sich hier nicht mehr so viele versammelt. Höchstens hie und da ein paar Tröpfchen. Beim Zahnarzt oder Zwiebelschneiden. Aber das ist nicht dasselbe. Damals tränten nur die Augen. Jetzt gleich aber tränt das Mädchen. Da wollen sie freilich alle dabei sein und sich mit Karacho über die Lidkante stürzen. Zumal sie sich extra geschminkt hat. Das macht sie ansonsten nie. Sie hat es auch gar nicht nötig. So schön, wie ihre Haut, und so selten, wie sie heult. Vielen Mädchen ihres Alters dient ja kosmetische Glasur als Staudamm für die Tränen. Die benutzen Camouflage als Ersatz für Contenance. Weil sie so oft und gerne weinen. Gar nicht gerne aber haben sie es, wenn Schlieren gleich Schnitten ihre Wangen zerfetzen. Tränen dagegen rodeln mit Freude über gepuderte Gesichtchen. Das ist für die wie durch Neuschnee zu gleiten. Und dieser hier auf ihren Backen ist besonders dick und pulverig. Lange können sie sich nicht mehr gedulden. Die erste lugt schon vom Unterlid hinunter.

Moment! Sie liest die Schilder ein zweites Mal durch. Das mögen nicht ihre Namen sein, aber vielleicht ist sie trotzdem gemeint. Ein Kosename, von dem sie nichts weiß. Oder ein Rätsel. »Monsieur B. Dubois«. *Du bois*. Das heißt so viel wie aus dem Wald. Sie kommt aus Österreich. Das passt! Das B steht wohl für *Bienvenue*. Und das *Monsieur*? Könnte ein Schreibfehler sein. Da sollte stehen »Mlle B. Dubois«. »Willkommen, Fräulein aus dem Wald!« Na bitte, das ist es! Das ist sicher ihr Chauffeur.

Oder ist es der andere? Der mit dem Schild »Fatih Kutlutürk«. Die Türken. Die Türken vor Wien. Ihre Maschine kam aus Wien. Aber was soll »Fatih« heißen? Meint er damit vielleicht »Vati«? Weil er ein bisschen älter ist? Oder meint er damit »Fatty«? Weil sie ein bisschen mollig ist? Wahrscheinlich beides. Was für eine kunstvolle Doppeldeutigkeit. Daran ist er gewiss lange gesessen. Oder auch nicht. Schließlich ist er Künstler. Romancier-Chansonnier-Poète-Philosophe. Der schüttelt sich so etwas doch aus dem Ärmel. Also ist es beschlossen. »Fatih Kutlutürk«. Der muss es sein.

Abermals befallen sie Zweifel. Ist es etwa doch der Dritte? Auf dessen Schild steht aber lediglich »France 2«. Ein großer Fernsehsender. Abends laufen dort oft Filme. Filme. Er mag Filme. Sie hat mit ihm schon mehrmals einen Film gesehen. Mit ihm zusammen. Also zu zweit. Zu zweit in Frankreich. France 2.

Verflixt! Das könnte der Richtige sein. So wie die anderen beiden auch. Oder eben keiner. Die Tränen klappen ihr Visiere hinunter.

Moment! Wahrscheinlich hat er alle drei Fahrer bestellt. Um auf Nummer sicher zu gehen. Falls sie eines oder gar zwei der Rätsel nicht lösen kann. So wird es sein. Er hat wirklich an alles gedacht. Ihr Grinsen breitet sich noch weiter aus. Hoffentlich überdehnt sie es nicht. Was passiert wohl, wenn es reißt? Schnellt es dann einfach zurück in die Fassung? Wie ein losgelassenes Maßband? Oder schnalzt es ihr vom Antlitz wie ein gerissener Gummiring? Die Leute ringsum gehen besser in Deckung.

Wenn man in Ankunftshallen wartet, schaut man meistens nur auf jene, die sich freudig um den Hals fallen oder in die Arme springen. Man hört das Kreischen der glücklich Vereinten oder das Quietschen von Teenagergören, die auf einen Prominenten warten. Dabei übersieht man leicht das viel größere Spektakel. Jene, die nicht abgeholt werden, doch fest damit gerechnet haben. Sie wurden nicht versetzt und nicht vergessen. Keiner versprach sie abzuholen und sie baten auch keinen darum. Warum denn auch? Sie wollten ja schließlich nicht abgeholt werden, sondern überrascht. Sie haben fest mit einer Überraschung gerechnet. Der Paranoiker hält Ausschau nach verlassenem Gepäck, in dem Bomben stecken könnten. Der Feinspitz aber schaut derweil nach verlassenem Gemensch. Denn dieses kann ebenfalls hochexplosiv sein.

Ein dritter Herr im Anzug pöbelt und rempelt sie von hinten an. Mit solcher Wucht, dass sie beinahe bäuchlings auf die Fliesen kracht. Sie kämpft verzweifelt dagegen an und rudert wild mit den Armen. Graziler hätte es ausgesehen, wäre sie einfach hingefallen. Stattdessen fuchtelt sie sich in die Höhe zurück. Endlich steht sie wieder aufrecht. Allerdings nur für einen Moment. Im nächsten schon zieht sie ihr riesiger Rucksack, der ihr bis zu den Kniekehlen reicht und sie überragt, unwiderstehlich von hinten zu Boden. Das war ein Ruderschlag zu viel. Nun hilft auch kein Fuchteln mehr. Alles rumpelt, klirrt und scheppert. Insbesondere die Flasche Chianti, welche sie im Duty-free-Shop gekauft hat, zerbirst mit eindrucksvollem Lärm.

Die Leute ringsum zucken zusammen. Sie möchte vor Scham vergehen und zieht ihre Hände übers Gesicht, als wären sie ein Leichentuch. Für einen Augenblick ist es vollkommen still. Ratlos blickt ein jeder in der Halle umher. Auf den Boden, an die Decke. Der eine oder andere sieht sogar unter seinen Achseln nach. Nichts. Was kann das bloß gewesen sein? So ein lauter Knall. Zügig sind sich alle einig. Das hier ist ein Terroranschlag.

4

»Keine Panik, *chers amis!* Nur keine Panik …« Die Stimme des Mannes legt sich wie ein mit Chloroform durchtränkter Lappen über die brüllenden Münder der Menschen. Vergessen scheinen sogleich der Knall, der Anschlag und die Angst. Anstelle des Gebrülls macht sich ein leises Tuscheln breit. Ab und zu sogar ein Kichern. »Ist er das wirklich?« »*Sacrebleu!*« »Das kann nicht sein!« »*Mon Dieu!*« »Er ist es!«

Der Mann ist groß, aber nicht zu groß. Genau richtig, sagen Frauen, die sich bereits an ihm festhalten durften. Er trägt einen verlebten Trenchcoat und schulterlanges dunkles Haar. Rauchend zieht er seine Runden. Geschmeidig und gebieterisch. Brüsk bleibt er stehen. Er zieht ein letztes Mal an seiner Zigarette. Dann lässt er sie zu Boden fallen. Wehmütig blickt er ihr hinterher und beobachtet, wie sich das Feuer in das dünne, weiße Kleid seiner Gitane frisst. Wenn nicht bald jemand eingreift, wird sie noch ganz von den Flammen verzehrt. So schutz- und filterlos, wie sie ist. Wie leicht könnte er sie retten. Er bräuchte nur die Glut mit seiner Schuhsohle ersticken. Doch er trägt Richelieu Zizi. In Weiß. Weißer noch als das Kleid der Gitane. Er macht sich oft die Hände schmutzig. Aber niemals seine Schuhe.

Ein älterer Herr tritt tapfer aus der Menge hervor. »Es wäre mir eine Ehre, Monsieur …« Er salutiert und hält die Spitze seines alten Budapesters über die glimmende Gitane. Der Mann im Trenchcoat nickt. Feierlich tritt er dem Herrn auf den Fuß. Sein weißer Zizi drückt den alten Budapester auf die Zigarette nieder.

Dann dreht er sich jählings um. Sein Trenchcoat und sein Haar peitschen durch die Luft und fegen den älteren Herren um, der seine Sohle für ihn gab. »Gestatten Sie, mein Name ist …« Er muss sich nicht vorstellen. Ihn kennt jedes Kind und jeder Greis des Hexagons. Frankreichs berühmtester Terrorexperte. Und selbstverständlich auch der beste. Ihm reicht schon ein Bekennerschreiben, um zu wissen, wer es war. Wer dagegen er ist, das weiß niemand. Er meidet die grellen Lichter der Öffentlichkeit. Er tappt lieber im Dunkeln. Gewiss, man kennt die Heldensagen seiner Schläue, seiner Stärke. Die Spatzen pfeifen sie von den Dächern und die Schwalben stöhnen sie aus den Boudoirs. Doch wie es in seinem Inneren ausschaut? Man kennt nicht einmal seinen echten Namen. Auf der Straße nennt man ihn Monsieur Boum. Und im Bett nennt man ihn Jacques.

Monsieur Boum greift in seine Manteltasche und holt ein frisches Softpack hervor. Er klopft mit seinem Zeigefinger zweimal bestimmt gegen die Packung. Den Damen schaudert vor Wonne. »Das sind diese neuen Geschosse«, flüstert er fast unhörbar und sieht sich dabei argwöhnisch um. »Die klingen, als ob Glas zersplittert.« Dann raucht er schweigend. Für mehrere Minuten ist es vollkommen still. Alle lauschen Monsieur Boums eindringlichen Atemzügen. Wie heftig er den Rauch ausbläst. Dicke, schwere Schwaden, die den Himmel perforieren. Ob ihn jemals eine Frau so erfüllen kann wie eine Gitane?

»Sind diese neuen Geschosse gefährlich?«, piepst eine junge Frau in die Stille und klammert sich bang an den Arm ihres Gatten. Sie hasst Terroristen und liebt Monsieur Boum. Doch dieser wirkt verärgert. Wer wagt es, ihn aus seiner Rêverie zu reißen? Finster blickt er in die Richtung, aus welcher das Piepsen drang. Als er die junge Frau erblickt, glättet sich sogleich sein Zorn. Er schnipst die Zigarette fort, welche er erst halb geraucht hat. Der Mülleimer, in dem sie landet, nimmt für ihn die restlichen Züge. Monsieur Boum setzt sich geruhsam in Bewegung. Er lässt sich Zeit mit jungen Pferden. Sonst scheucht er sie auf und sie galoppieren davon. Schon aus der Ferne kann er erkennen, wie der Leib der jungen Frau schlottert. Sicher vor Furcht und noch mehr vor Erregung. Nun steht er vor ihr und sie vor der Ohnmacht. Er holt erneut das Softpack hervor. »Die töten Sie, ohne Sie auch nur zu berühren«, säuselt er der Frau ins Ohr. Am Ende des Satzes beißt er ihr ins Läppchen. Er hätte gern daran geknabbert, doch dies ist nicht die Zeit für Spielchen. Hier wimmelt es von Terroristen und es gibt nur einen, der ihnen das Handwerk legen kann.

Er lässt von ihrem Läppchen ab und füllt die Leere zwischen den Lippen mit einer weiteren Gitane. Die junge Frau fasst sich ans Ohr. Es ist noch feucht. Verschämt steckt sie sich die Finger in den Mund. Monsieur Boum bläst ihr Rauch ins Gesicht. Die junge Frau geht in die Knie. Ächzend reibt sie sich die Augen. Monsieur Boum tut das nicht leid. Sie will es doch auch. Will auch, dass er frei ist. Er lässt sich nicht fassen vom Kescher der Weiber, in dem sich schon gute Männer verfingen. Während die junge Frau mit dem Rauch ringt, zwinkert er ihrem Gatten zu. Dieser zwinkert begeistert zurück und hält ihm einen Daumen hoch. Seine eigene Frau. Befeuchtet von Monsieur Boum höchstpersönlich. Heute Nacht wird er sie nehmen. So heftig wie jetzt der Stolz in seine Brust fährt, so will er dann in ihren Schoß fahren. Sofern er aus dieser Hölle heil herauskommt, versteht sich.

Frankreichs berühmtester Terrorexperte hat sich derweil abgewandt und spricht nun wieder zur Menge. »*Mesdames, Messieurs, attention, s'il vous plaît!*« Er klopft zweimal auf das Softpack. »Wir befinden uns ganz offensichtlich inmitten eines Attentats.« Mit den Zähnen greift er sich die vorstehende Zigarette. »Ein Attentat auf unsere Freiheit.« Er justiert sein Gemächt. »Auf unsere Werte.« Ein Mädchen mit blondem Bubikopf reicht ihm Feuer. »Und unsere unantastbare Würde.« Er zwickt dem Bubikopf zum Dank ins Gesäß. »Wenn Sie überleben wollen, müssen Sie tun, was ich Ihnen sage.« »Was immer Sie wollen, Monsieur Boum«, haucht ihm der Bubikopf entgegen.

Monsieur Boum greift nach seinem Flachmann und nimmt einen kräftigen Schluck. Er drückt den Bubikopf fest an sich. »Falls Du hier heute sterben solltest …« »Sagen Sie doch sowas nicht!« Der Bubikopf gräbt sich in seinen Trenchcoat. »Doch! Du musst es hören!«, mahnt Monsieur Boum und zieht ihn wieder aus dem Mantel. »Falls Du hier heute sterben solltest … sage ich meiner Mutter, dass ich sie liebe.« Der Bubikopf schluchzt. »Bleiben Sie bei mir.« Lächelnd zeichnet Monsieur Boum den Verlauf der Träne nach, die ihr über die Wange floss. »Ich werde dich nie verlassen.« Dann stößt er sie von sich. »Ich werde keinen von Euch hier verlassen!« Die Menge jubelt. »Ehe ich nicht jede einzelne dieser feigen Knalltüten …« Das Jubeln schwillt an. »… zu Allah befördert habe!« Champagnerkorken fliegen durch die Luft. »Ich ziehe ihnen die Haut vom Kinn!« Champagnerflaschen fliegen zu Boden. »Auf dass fortan ihre Bärte die Glatzen der Franzosen schmücken!« Die Menge stimmt die Marseillaise an. Niemanden kümmert das Splittern von Glas. Die Schüsse der

Korken. Der Gestank verbrannten Plastiks. Nicht einmal der dunkle Rauch, der aus einem der Mülleimer aufsteigt und längst durch die Halle wabert. Dieser trübt zwar die Sicht, aber keineswegs die Stimmung.

Monsieur Boum erstarrt. »Seht nur, dort!«, schreit er entsetzt und zeigt durch den Qualm hindurch auf das reglose Mädchen am Boden. »Da liegt schon die Erste! In ihrem Blut!« Da schmeißt er seinen Flachmann weg und rennt so schnell er kann davon. Sogleich ertönt ein lauter Knall. Dutzende Dinge wirbeln kreuz und quer durch die Halle. Dosen, Flaschen, Apfelbutzen. Ein brennendes Pappschild mit der Aufschrift »Monsieur B. Dubois«. Anscheinend war der Whiskey im Flachmann genau das, wonach der qualmende Mülleimer gierte.

Die Ersten fangen an zu brüllen. Andere wiederum halten das Brüllen für Kampfgeschrei von Terroristen und brüllen darum umso lauter. Sogar den beiden Terroristen, die hier nur auf Urlaub sind, ist die Sache nicht geheuer. Haben sie etwas nicht mitbekommen? War hier heute etwas geplant? Warum gab es dazu kein Rundschreiben? Es gibt für Terroristen kein schlimmeres Los, als zufällig bei einem Anschlag von Kollegen umzukommen.

Ein tapferer Jungspund hechtet zu dem reglosen Mädchen, um ihr vom Boden aufzuhelfen. Er bangt um sein Leben. Trotzdem kann und möchte er sie nicht ihrem Schicksal überlassen. Erleichtert stellt er fest, dass sie noch bei Bewusstsein ist. Er reicht ihr seine Hand. Sie streckt ihren Arm aus. Gleich hat sie ihn. Nur noch ein bisschen. »Lass sie liegen. Die ist tot!«, brüllt jemand und packt den Jungspund an der Schulter. Dann rennen beide Richtung Ausgang. So tun es die meisten. Nur wenige verstecken sich. Manche öffnen ihre Koffer, leeren sie aus und kriechen hinein. Einige kauern sich still aufs Gepäckband und drehen darauf ihre Runden, um selbst als Koffer durchzugehen.

Wiederum andere stellen sich tot. Wenn es ums Überleben geht, kennt die Phantasie keine Grenzen. Eine ältere Dame versucht sich in einer Art Mimikry. Sie hält ihren Gehstock wie ein Sturmgewehr in Händen und imitiert lautmalerisch ein Dauerfeuer. Sie fühlt sich dadurch sicherer. Die Panik aller anderen schmälert sie so freilich nicht. Zumal ihr die Toneffekte dank ihrer losen Zahnprothese leider täuschend echt gelingen.

Nach einigen Minuten kehrt Ruhe in die Halle ein. Nur draußen wird noch getobt und geschrien. Da liegt sie nun. Auf ihrem Rucksack aufgebahrt wie ein umgewehter Käfer auf seinem Panzer aus Chitin in einer Lache aus Chianti. Völlig allein. Unfähig sich zu erheben. Das geschieht ihr recht, denkt sie sich. Sie muss dem Wüstling dankbar sein, der ihren Sturz verschuldet hat. Der hat sie vor der Schmach bewahrt, einem Franzosen einen Rotwein als Präsent mitzubringen. Noch dazu einen aus Italien. Was hat sie sich dabei gedacht? Wahrscheinlich gar nichts. Wie so oft.

In die Ruhe rammen sich die Absätze von Stöckelschuhen. Wahrscheinlich eine, die sich versteckt hat und nun schnell nach draußen rennt. Na, hoffentlich steigt sie ihr nicht auf die Finger. Das müssen ganz schöne Kaliber sein, die die da an den Füßen trägt. Wieso wird das Geklapper denn immer lauter? Sie dreht ihr Köpfchen zur Seite. Neben ihr steht ein roter Stöckelschuh, aus dem ein stark behaartes Bein ragt. Auch das Bein daneben ist behaart. Allerdings endet dieses nicht in einem Schuh. Zumindest in keinem herkömmlichen. Ein dicker Stapel Zeitungen. Mit Unmengen von Klebeband am bloßen Fuß befestigt. Die Spitze des roten Stöckelschuhs hebt sich und tritt nun von hinten sachte gegen ihren Rucksack. In Zeitlupe kippt Gepäcksstück samt Mädchen.

Sie rappelt sich auf. Ihre Mundwinkel haben sich zurück in ihren Rahmen verzogen. Sie senkt den Kopf und räumt endlich die Ankunftsschneise. Beschämt sinkt sie auf einen der Stühle, die für die Abholer gedacht sind. Dort wartet sie und macht sich Sorgen. Was, wenn ihm etwas Schlimmes zugestoßen ist? Vielleicht stürzte er vor lauter verliebter Hast die Treppe hinunter. Vielleicht kam er schon viel früher, um sie nur ja nicht zu verpassen, schlief in der Halle ein und wurde entführt. Vielleicht kaufte er ihr Blumen, auf die er allergisch ist, woraufhin er schwindlig auf die Gleise fiel, als die Métro in die Station fuhr und ihn unter sich zermalmte. Sie läuft zum nächsten Münztelefon. Es klingelt. »*Allô?*«

5

Es gibt auf der Welt zwei Dinge, die den Charakter verlässlich verderben: Reichtum und Armut. Aloisia blieb von beidem verschont. Sie hatte eine unbeschwerte, eine geradezu schmerzfreie Kindheit. Nirgendwo an Leib und Seele leuchten schlecht verheilte Narben ehemals offener Wünsche und Wunden. Sie begehrte wenig und das bekam sie. Ihr eigenes Blut sah sie zum ersten Mal mit dreizehn und nicht einmal das tat weh. Mit verständnisloser Neugier verfolgte sie die Leiden ihrer Altersgenossen. Knaben schürften sich die Knie auf, als ob sie keine Schmerzen kannten. Mädchen schnitten sich die Arme, als ob sie nichts als Schmerzen kannten. Knaben prahlten, sie seien unverwüstlich. Und dass sie sich verletzen könnten, ohne dabei etwas fühlen zu müssen. Mädchen seufzten, sie seien hochsensibel. Und dass sie sich verletzen müssen, um dabei etwas zu fühlen. Aloisia hatte Glück. Die ominöse Pubertät – wenn Knaben beginnen, sich Gefühle auszutreiben, und Mädchen, sie sich einzureden – ging spurlos an ihr vorüber. Aloisia wurde im selben Jahre aufgeklärt, in dem sie auch entjungfert wurde. So etwas ist äußerst selten und wird immer seltener. Zwischen diesen Ereignissen liegen oftmals viele Jahre. Nicht jeder erlebt mehr beides. Manche werden entjungfert und wissen nie, was sie tun. Manche werden aufgeklärt und tun nie, was sie wissen.

Nach der Volksschule schickten ihre Eltern Aloisia auf ein städtisches Gymnasium. Dieses lag vom ländlichen Heim vierzig Kilometer entfernt, was jeden Tag drei Stunden Busfahrt verhieß. Aloisia nahm das bereitwillig auf sich, um nicht ins Internat zu müssen. Auch die Eltern waren froh, die Tochter nachts im Haus zu wissen. Sie hatte liebevolle Eltern. Zum Streit senkten sie die Stimmen und zur Versöhnung ebenso.

Aloisia ging gern zur Schule. Sie tat sich beim Lernen leicht, und die Lehrer mochten sie. Enge Freunde hatte sie nicht, doch das nahm sie nicht persönlich. Sie wurde schließlich nicht gemieden, sondern nur einfach nicht bemerkt. Sie war nicht hässlich genug für die Spötter und nicht schön genug für die Neider. Sie war weder dick noch dünn. Ihre Figur schien unentschlossen. Und genauso unentschlossen waren dadurch die Lästermäuler. Über der Frage, womit man sie hänseln solle, gerieten sich diese oft gegenseitig in die Haare.

Aloisia war kein Bücherwurm wie die anderen ohne Freunde. Diese fraßen sich in Papier oder gaben sich Tagträumen hin. Aloisia tat nichts dergleichen. Sie floh nicht in fremde Welten. Ihr gefiel es gut in dieser. Wo es derart viel zu sehen gibt. Und sogar noch mehr, wenn man selbst nicht gesehen wird. Manche Lehrer, die es besonders gut mit ihr meinten, rieten ihr, sie solle nicht so schüchtern sein. Aloisia war das sehr peinlich. Schließlich war sie ja nicht schüchtern. Es gab einfach nichts, was sie die anderen fragen wollte. Nichts, was sie ihnen sagen wollte.

Aus dem Spagat zwischen Stadt und Land sind schon kuriose Mischwesen gekrochen. Der hoffnungslose Katholik. Der wählerische Hurenbock. Bedauerlicherweise saugen die meisten das

Schlimmste beider Sphären auf. Keine Zentauren mit tierischer Kraft und menschlichem Sinn. Sondern eher Minotauren mit dünner Haut und dicken Schädeln. Aloisia dagegen erhielt von beiden Sphären nur das Beste. Das war freilich nicht ihr Verdienst. Sie war eben immer zur rechten Zeit am rechten Ort.

Wenn sie abends heimkam, sah sie, wie sich Fuchs und Hase gute Nacht sagen. Sie sah nicht, wie tagsüber Fuchs und Hase die Flinte des Jägers entwendet und diesen totgeschossen hatten. Sie sah nicht, wie der Bürgermeister mit hartem Schweif der Jägersfrau sein Beileid ausgesprochen hatte. Sah nicht, wie sich die Jägersfrau hierfür die Tränen von den Wangen in ihren trockenen Schoß gewischt hatte.

Wenn sie morgens ankam, sah sie, wie sich die Schüler für die Lehrer erhoben, wenn diese in die Klasse traten. Sie sah nicht, wie sich nachts die Schüler für die Lehrer niederknieten. Wie sie sich erst erheben durften, wenn der Lehrer nicht mehr stand. Sie sah Mädchen die Ohren spitzen. Sie sah sie nicht die Schenkel spreizen. Sie sah nicht, mit welchen Säften die Aufseher des Internats den Wissensdurst der Schüler löschten. Sie sah nicht, wie die drei Maturanten diesen Unterstufler packten, ihn hinaus vom Schulgelände ins benachbarte Laufhaus zerrten, um ihn dort von der billigsten Dirne deflorieren zu lassen.

Wahrscheinlich ist es egal, wo man aufwächst. Stadt oder Land – das nimmt sich nichts. Die Städter, die tun, als wüssten sie alles. Die Ländler, die tun, als wüssten sie nichts. Die Ländler verbreiten Lügen über andere. Die Städter Lügen über sich selbst. Manche Laster heißen anders und bezeichnen doch das Gleiche. Andere Laster heißen gleich und bezeichnen etwas anderes. Blutschande schimpft man in der Stadt Verkehr mit der Familie. Am Land Verkehr mit Farbigen. Hier sündigt man bevorzugt tagsüber. Draußen im Licht. In der Stadt dagegen nachts. Drinnen im Dunkeln. Als könne das Laster nie an zwei

Orten gleichzeitig sein. Ebenso wenig wie die Tugend. Sie laufen voreinander fort und einander hinterher, ohne sich je zu erwischen.

Aloisia schultert ihren riesigen Rucksack. In den Augen ihrer Eltern flimmert nur die eine Frage: Wird das Kind je wiederkehren? Aloisia wäre gerührt, wäre es nicht dieselbe Frage, die sie sich jeden Morgen stellen, wenn sie den Bus zur Schule nimmt. Es ist sogar derselbe Blick. Mit derselben Menge Kummer und derselben Menge Angst. Nicht mehr und auch nicht weniger. Für Aloisia dagegen ist es ganz und gar nicht dasselbe. Sie nimmt nicht nur den Bus nach Graz. Sondern auch den Zug nach Wien und das Flugzeug nach Paris. Ihren Eltern scheint das einerlei. Sie machen zwischen Paris und Graz ebenso wenig Unterschied wie zwischen Sodom und Gomorrha. Stadt bleibt Stadt. Sie steigt in den Bus. Die Eltern ziehen ab, noch ehe sich die Türen schließen. Aloisia winkt ins Leere. So ist das wohl mit Eltern, die immer übertrieben besorgt sind. Wenn es wirklich einmal ernst wird, haben sie keine Reserven mehr. Dann wirken sie so sorglos, dass es kränkend ist. Macht ja nichts, denkt sich Aloisia. Das war nicht der perfekte Abschied. Dafür wartet in Paris das perfekte Wiedersehen.

6

Einem Mann soll man nichts nachtragen. Weder den Koffer noch einen Fauxpas. Nach einer halben Stunde Fahrt in der RER B ist sie ihm also schon gar nicht mehr böse. Junge Leute vergeben schnell. Viel schneller als die Alten. Denn vergeben heißt vergessen. Die Alten vergessen genug aus Versehen. Das wollen sie nicht auch noch vorsätzlich tun. Sie aber vergisst noch gerne. Wie etwa die Tatsache, dass er sie bisher niemals vom

Flughafen abgeholt hatte. Dass sie bisher jedes Mal in der Ankunftshalle stand. Erst rätselte, dann zweifelte, dann bangte, kurz danach grollte und schlussendlich die RER nahm. Allein. Doch dieses Mal ist etwas anders. Dieses Mal will sie ihm noch schneller verzeihen als sonst. Denn dieses Mal kommt sie ja nicht zu Besuch.

Anstelle der Treppe nimmt sie die Tür zum Innenhof. Wobei das Wort Innenhof gewiss falsche Vorstellungen weckt. Es ist eher ein quadratischer Schacht. Gerade einmal zwei Armlängen breit. Ohne sich weit aus den Fenstern zu lehnen, könnten sich die Bewohner derselben Etage die Hand geben. Das tun sie selbstverständlich nicht. Die meisten hier würden ihre Fenster niemals öffnen, weil sonst der Gestank der Mülltonnen in ihre Wohnungen kriecht. Die stehen nämlich im Innenhof. Dafür ist er da und mehr hat auch nicht Platz. Eine Person, die ihren Müll entsorgt, passt gerade noch mit rein. Sofern sie nicht allzu dick ist. Aloisia zwängt sich in den Innenhof und stellt ihren Rucksack ab. Ihr fällt der Gestank nicht auf, weil sie ja selber ganz fürchterlich nach Chianti riecht. In der RER B war sie die Hauptattraktion. Die Blicke sind ihr nicht entgangen. Sie war sich jedoch sicher, dass es nicht am Wein per se, sondern am Chianti lag. Was hat sie sich dabei nur gedacht?

Sie klappt eine der Mülltonnen auf und beginnt darin zu wühlen. Dann entledigt sie sich eilig ihrer Schuhe, ihrer Socken, ihrer Hose, ihres Hemds. Die Sachen stopft sie allesamt in den großen Plastiksack, den sie aus dem Müll gefischt hat. Indessen blickt sie immer wieder an den Mauern empor. Sämtliche Fenster sind geschlossen. Keiner schaut hinaus, nicht hinauf und nicht hinunter. Was gäbe es da schon zu sehen? Ein quadratisches Stück Himmel, überquellende Mülltonnen und ein nacktes Mädchen. Doch Letzteres stellt eine Ausnahme dar und selbst das klingt noch zu häufig. Damit rechnet wirklich keiner, weswegen auch keiner rausschaut. Man will sich schließlich nicht unglücklich machen. Und Tag um Tag das Fenster öffnen, in der hoffnungsvollen Erwartung, ein nacktes Mädchen zu erblicken, ist ein Schleichweg zum Unglücklichsein. Sogar heute. Denn völlig nackt ist es ja nicht. Dieses Mädchen, das gerade ein Paar schwarzer Pumps mit roter Sohle aus ihrem Rucksack hervorkramt. An deren Stelle stopft sie nun den Plastiksack mit ihrer Kleidung, macht den Rucksack wieder zu, quetscht ihn zwischen zwei Tonnen und verdeckt ihn mit ein paar Kartonagen aus der Altpapiertonne. Dann huscht sie ins Haus.

Im dritten Stockwerk hält sie inne, um in ihre Lungen Luft nachzufüllen. Sie will ihm nicht hechelnd wie ein Pflugvieh erscheinen. Sie will lediglich erscheinen. Deswegen trägt sie die Pumps in der Hand, um sich durch den Lärm nicht zu verraten. Erst im letzten, sechsten Stockwerk wird sie in die Schuhe schlüpfen und an seiner Türe klopfen. Und er, er wird seinen Augen nicht trauen, weil er keinen Schritt gehört hat. Weder von oben noch von unten. Auf Zehenspitzen zieht sie los ins vierte Stockwerk. Ein Schrei geht durch das Treppenhaus. Aloisia bleibt stehen und horcht. Nichts. Sie wartet ab, dann schleicht sie eine Stufe höher. Da ist er wieder. Dieser Schrei. Der gleiche Schrei wie gerade eben. Wieder bleibt sie stehen und horcht. Und wieder ist da nichts.

Sie schüttelt amüsiert den Kopf. Das war sicher nur da drinnen. In ihren Ohren. Dort hat sich vorhin am Flughafen etwas von dem Geschrei verfangen. Wie Wassertropfen nach dem Tauchen. So schwappen ihr jetzt kleine Schreie durch den Gehörgang. Aloisia hält sich Mund und Nase zu und versucht dann auszuatmen. Just erklingt der nächste Schrei. Das hat also nicht geklappt. Sie klopft sich fest auf beide Ohren. Sie schluckt, sie gähnt, sie kaut. Endlich kommt es ihr. Die Treppe. Es ist die Treppe, die da schreit. Das tut ihr jetzt leid. Wie aber sollte sie das ahnen? Gewöhnlich knarzen Treppen doch. Sie ächzen, krächzen, seufzen, stöhnen. Aber dass eine schreit wie am Spieß? Als wären ihre Stufen Zehen, auf die man nicht zu treten hat. Das hat sie noch nie erlebt. Aber gut. Aloisia nimmt zwei Stufen auf einmal. Die Treppe schreit. Sie stützt sich auf das Geländer. Die Treppe schreit. Lauter noch als zuvor. Sie schlüpft mit ihren bloßen Füßen zwischen die Sprossen des Geländers und klettert daran empor, ohne die Stufen zu berühren. Das Geländer schreit. Aloisia schüttelt ärgerlich den Kopf. Das wird so nichts. Sie holt tief Luft und sprintet los. Drei Stufen auf einmal. Sprung auf Sprung auf Sprung auf Sprung. Schrei auf Schrei auf Schrei auf Schrei. Immer heller, immer schriller. Die Treppe schreit eine Tonleiter des Schmerzes.

Im fünften Stockwerk hält sie inne. Die Treppe wimmert noch ein wenig nach. Aloisia überkommt die große Lust zurückzuschleichen. Nach unten in den Innenhof. In die RER B. In das Flugzeug. Nach Hause. »Il y a quelqu'un.« Eine Stimme. Aus dem sechsten Stockwerk. »Vas-y, rentre!« Eine Frauenstimme. »Mais pourquoi?« Eine Männerstimme. »T'as honte ou quoi?« Nein, keine Männerstimme. Seine Stimme. Aloisia schlüpft entschlossen in die Pumps und bricht zum Gipfel auf. Die Treppe schreit, und trotz des schicken Schuhwerks alles andere als lustvoll. Diese verräterische Schlange. Zu gern würde Aloisia die Bretter erhobenen Hauptes bezwingen. Aber das vermag sie nicht. Wie Steigeisen rammt sie ihre Blicke in die Stufen. Das hält sie fest. Schaut sie vom Boden weg, stürzt sie. Selbst auf ebenstem Asphalt. Sie muss sehen, was vor ihr liegt. Es lediglich zu wissen, reicht nicht.

Die Tür zu seinem Appartement ist offen. Er selbst lehnt im Türrahmen. Nackt bis auf die Seidenshorts, die sie ihm letztes Mal geschenkt hat. In einer Haltung, die man wohl am besten als lässig beschreibt. Vor ihm ein Wesen. Eine Erscheinung. Ausgerechnet an der Stelle, wo sie ihm gern erschienen wäre. Nun aber scheint da etwas anderes. So hell, dass es wehtut. Sie scheint dagegen gar nicht. Sie ist. Sie ist nur ein Batzen plumpes, dunkles Sein. Das Wesen dreht sich zu ihr um. Aloisia blinzelt. Es spricht. »*C'est elle?*« Er grinst voller Stolz. Ohne eine Spur von Häme. »*Ta petite Autrichienne?*« Das Wesen spricht, ohne die Lippen zu bewegen. Gleich einem Bauchredner. Nur ohne Puppe. Ihr Mund steht stets einen Spalt geöffnet. Ein staunendes Kind. Ein gelangweilter Gott. Von allem entzückt und von allem enttäuscht. Aloisia fühlt sich wie Ramsch. Das Wesen schwebt auf sie zu. Billigster Ramsch, der froh sein kann, wenn er auf dem Grabbeltisch abschätzig befingert wird, ehe man ihn liegen lässt. »*C'est joli, ça*«, haucht ihr das Wesen fast stimmlos entgegen und deutet auf Aloisias rosa Bustier, das natürlich auch Ramsch ist. Vermutlich von einem Kind genäht, das noch nicht einmal Brüste hat und gar nicht wusste, was es da herstellt. Das Wesen hat Brüste, wenngleich sehr kleine. Man kann sie ganz deutlich durch ihre weiße Bluse sehen. »*Alors, je vous laisse.*« Unter dem Wesen schreit die Treppe freilich nicht. Das Wesen ist fort. Doch man kann es noch riechen. Scheinbar zieht es seinen Duft wie eine endlose Schleppe hinter sich her. Sie dagegen stinkt. Nach altem Schweiß und schwerem Wein. Sie riecht vergoren. Dabei dürfte sie jünger sein als dieses Wesen. Ein paar Jahre mindestens. Vielleicht sogar ein paar hundert. Er verlässt seinen Türrahmen und schlendert grinsend auf sie zu. Wie lange er nur küssen kann, ohne dabei Luft zu holen. Sie ringt nach Atem. Nun hechelt sie erst wie Pflugvieh. Er schnappt sich eins der rosa Bändchen, die von ihrem Bustier baumeln, und zieht sie wie ein entlaufenes Tier in den Stall.

Er rückt den Träger ihres Bustiers zurecht, der ihr von der Schulter rutschte, als sie rücklings auf ihm saß, sowie das lose baumelnde Strapsband, das sich von den Strümpfen löste, als sie auf allen vieren kniete. »*Elles sont où, tes affaires?*« Sie schaut ihn verständnislos an. Er zeigt auf ihren halbnackten Körper. Sie öffnet ihr Bustier. Er lacht laut auf und schließt es wieder. »*Ton sac à dos.*« Er tut so, als schultere er einen Rucksack. Sie zeigt auf den Boden. Er runzelt die Stirn. Sie zeigt erst auf den Mülleimer und dann wieder auf den Boden. Wieder lacht er auf und küsst sie. Er küsst sie so lange, bis ihre Fingerspitzen taub werden. Dann kocht er Kaffee aus Pulver. Nach zwei Tassen Cappuccino und drei weiteren Orgasmen (zwei für ihn und einer für sie) zieht er sich wortlos an und verlässt das Studio.

Aloisia entledigt sich eilig ihrer Strümpfe, ihrer Strapse, ihres Bustiers und erhebt sich aus dem Bett. Der Parkettboden beißt die Zähne zusammen. Sie schleicht auf Zehenspitzen ins Bad, öffnet dort das Fenster und schaut in den Innenhof zu den Mülltonnen hinunter. Er zerrt gerade ihren Rucksack unter den Kartonagen hervor. Es ginge wohl schneller, würde er beide Hände nehmen. Doch die eine braucht er, um sich die Nase zuzuhalten. Aloisia erschrickt. Das Fenster gegenüber ist offen. Darin lehnt ein alter Mann, der in den Innenhof hinabblickt. Sie verschränkt sofort die Arme, um ihre Brüste zu verdecken, und will soeben das Fenster schließen, da zischt plötzlich jemand: »Pst!« Das muss sie selbst gewesen sein. Der alte Mann blickt zu ihr hoch. Sie lässt ihre Arme sinken.

7

In seinen Zwanzigern hatte Romain eine spezielle Technik, um eine Frau für sich zu gewinnen. Und zwar nicht nur irgendeine. Die schönsten Mädchen von Paris haben sich so auf seiner Matratze verewigt. Dabei hatte er kaum Geld. Es reichte gerade, um zweimal pro Woche einen Nachtclub aufzusuchen. Zwanzig für den Eintritt und zwanzig für die Taxifahrt. Mehr brauchte er nicht. Romain suchte sich stets ein Plätzchen, von dem aus er den gesamten Club überblickte. Nie gab er einem Mädchen ein Getränk aus. Er trank nicht einmal selbst etwas. Das hätte sowohl sein Portemonnaie als auch seine Konzentration strapaziert. Ihm durfte schließlich nichts entgehen in diesem grellen Wimmelbild aus Gefingere und Gefummel. Wachsam verfolgte er das Turteln auf der Tanzfläche oder das Poussieren an der Bar. Je nachdem, worauf er an diesem Abend Gusto hatte. Die Mädchen in den Clubs besitzen einen guten Körper oder ein gutes Gesicht. Beides haben die wenigsten. Und die mit nichts trauen sich nicht her. Die mit den guten Körpern tummeln sich vorzugsweise auf der Tanzfläche. Da fliegen ihre langen Haare und verdecken zuverlässig überschüssiges Gesicht. Die mit den Engelsmienen sitzen lieber an der Bar und spielen mit den Teelichthaltern, um sich perfekt auszuleuchten, während ihre dicken Schenkel unter der Theke verschwinden.

Romains Aufmerksamkeit galt allerdings nicht den Mädchen, sondern ausschließlich den Männern. Sie waren es, die er beobachtete. Und irgendwann, manchmal schon nach zehn Minuten, manchmal erst in den Morgenstunden, fand er seinen Mr. Right. Den Filou, der einem Mädchen heimlich Rohypnol ins Glas mischt. Meistens geschieht das, während die Mädchen auf dem Klo sind. Das Risiko ist vielen bekannt. Deswegen versuchen sie die Getränke mitzunehmen. Der versierte Filou weiß dies freilich zu verhindern, indem er den Mädchen krankhaftes Misstrauen oder Trunksucht unterstellt. »Was? Du hältst es keine zwei Minuten ohne einen Wodka aus? So eine bist du?« Und schon lässt sie ihr Glas am Tresen. Wenn sie zurückkommt, soll es schnell gehen. Der Filou animiert das Mädchen zügig auszutrinken. Am besten mit einem flotten Spruch: »Du warst aber lange am Klo. Warst du groß?« Man würde meinen, es wäre der

Mann, der sich hierfür schämen würde. Stattdessen ist es stets das Mädchen, das vor Scham den Cocktail ext. Von da an dauert es zwanzig Minuten, bis sie anfängt sehr laut, sehr lustig oder anderswie seltsam zu werden. Der Filou will möglichst vorher mit ihr abhauen. Sie sollte noch bei Sinnen sein, ihren vielen Freundinnen und dem Barkeeper brav winken, damit sich keiner Sorgen macht.

Hier aber kam Romain ins Spiel. Kaum, dass die beiden aufbrechen wollten, verließ er seinen Ausguck und flitzte leise auf sie zu. Er polterte der Maid nicht reckenhaft zu Hilfe. Er schlug ihr nicht das Glas aus der Hand oder dem Filou einen Zahn aus. Das hätte zu großes Aufsehen erregt. Romain wollte lediglich der Held eines Mädchens sein und nicht der des ganzen Clubs. Das hätte das Ende seiner genialen Methode bedeutet. Die Mädchen wären ihm zugeflogen. Ihm – dem Schutzpatron der Flittchen. Doch um die Flittchen ging es ihm nicht. Es war ihm ein Bedürfnis, diesen Filous einen Coup zu versauen. Sie widerten ihn aufrichtig an. Diese Männer, die ein Mädchen nicht aus eigener Kraft ins Bett kriegen. Besonders verabscheute er jene, die die Drogen gar nicht brauchten. Jene, die das Mädchen schon nüchtern in der Tasche hatten. Warum es also benebeln? Um sich beim Sex nicht bemühen zu müssen? Damit sie sich am nächsten Morgen nicht an seinen kleinen Schweif erinnert? An die ekelhafte Wohnung? Ist das die Frage, die sich diese Männer stellen? Die Wohnung aufräumen oder die Gäste einschläfern? Romain täte beides nicht. Er war nie ein Freund des Aufräumens und auch nie ein Freund von Drogen. Sowie jeder Form von Doping. Vor allem nicht beim Liebesspiel. Sowohl für sie als auch für ihn. Kein Rohypnol und kein Viagra. Wenn er nicht kann und sie nicht will – Pech gehabt. Eine Frau nicht zu betäuben hat nichts mit Respekt zu tun, sondern allein mit Selbstrespekt.

Der Filou zog einige Scheine aus seiner Geldspange und legte sie dem Barmann hin. »Sie haben dieser jungen Dame eine Substanz ins Glas gemischt.« Romain sprach gerade so laut, dass es auch das Mädchen hörte. Dieses erschrak. Sogleich inspizierte es sein halb geleertes Glas. Erst hielt sie es gegen das Licht. Dann roch sie an der Flüssigkeit. »Das riecht ganz normal. Bist du sicher, dass er mir …?« Romain nickte. Das Mädchen erschrak erneut. Der Filou blieb ruhig. Wenigstens nach außen hin. Er musterte Romain. Ein schmächtiger Kerl. Nicht sonderlich groß. Ein, zwei Schläge und der liegt am Boden. Doch bis dahin liegt auch sein Mädchen, das soeben einen weiteren Schluck genommen hatte. »Das schmeckt aber normal«, lallte es fröhlich. »Da, koste mal …« Sie hielt Romain das Glas hin. Dieser lehnte ab. »Dann koste du!« Sie drehte sich zu dem Filou, doch dieser war bereits verschwunden. Romain dirigierte sie nun schleunigst in Richtung Ausgang. »Glaubst du wirklich, dass er mir …?« Mädchen sind schon etwas Liebes. Sie halten fest an der Unschuldsvermutung. Auch wenn der Filou enttarnt und bußfertig geflüchtet ist. Und unter Drogen sind sie gleich doppelt tolerant. Zum Glück konnte Romain noch jeder versichern, was für ein Riesenglück sie hatte, soeben durch ihn gerettet zu werden. Noch dazu in letzter Sekunde. »Haarscharf war das. Haarscharf.«

»Hab keine Angst. Ich bring dich nach Hause«, hauchte Romain, während er ihr ins Taxi half. Und selbstverständlich hielt er Wort. Gleichwohl war jedes der Mädchen verblüfft, wenn sie letztlich nicht vor ihrem, sondern seinem Zuhause standen. Den Drogen sei Dank machte keine je eine Szene. Jede suchte die Schuld verlässlich bei sich. Sicher hat er es ihr gesagt. Sie womöglich gar gefragt. Für das Kleingedruckte war sie jedoch zu weggetreten. Ihr Fehler. Und seien wir uns ehrlich. Selbst wenn er sie hätte heimbringen wollen, wäre sie außerstande gewesen, ihm die korrekte Adresse zu nennen. Dann wären die zwei stundenlang im Taxi durch Paris gegurkt. Hoffend, dass sie die Fassade ihres Hauses wiederfindet. Sie wäre wie ein Hund aus dem Fenster gehangen, hätte sich abwechselnd daraus erbrochen und »Das hier ist es! Ganz sicher!« gerufen.

Bei sich zu Hause rührte Romain zunächst für seinen Gast einen Muntermacher zusammen. Ein Spezialmix aus Kiwis, Milch und polnischen Brausetabletten für Fernfahrer. Diese Mädchen kamen vielleicht nicht ganz aus freien Stücken mit, doch den Sex sollten sie schon wollen. Ihm lag nichts an ihrem Einverständnis, doch sehr viel an ihrem Einsatz. Romain lehnt sich gern zurück. Dafür muss ein Mädchen nicht nur bei Bewusstsein, sondern auch bester Laune sein. Männer, die Frauen zum Oralverkehr zwingen – die sind doch lebensmüde! Jedenfalls sind sie keine Genießer. Wie Romain. Und als solcher kann er warten. Meistens sah er einen Film, während die Mädchen delirierten. Nach etwa zwei Stunden waren sie wieder auf dem Damm und bereit sich zu bedanken.

Doch all das war früher. Inzwischen ist Romain Ende dreißig und präferiert Eroberungen bei Tag und an der frischen Luft. Es war also blanker Zufall, dass er sich damals ebenfalls im Club Silencio aufhielt. Am selben Abend wie sie. Aloisia war in Begleitung eines amtlichen Perversen, welcher sie erst Stunden vorher in der Cité des Sciences angesprochen hatte. Erwachsenen Männern, die sich dort herumtreiben, ist grundsätzlich zu misstrauen. Vor allem vormittags unter der Woche. Zu dieser Zeit findet man dort nur Schulklassen auf Exkursion. Auch sie war dort als Schülerin mit ihren Klassenkameraden. Er sprach sie im Planetarium an. Sie wusste sofort, dass er ein Filou war. Gekommen, um ein Schaf zu reißen. Es zunächst von der Herde zu trennen und es sich später einzuverleiben. »*Tu fais quoi ce soir?*« Der Filou schien nicht unglücklich darüber, dass sie kein Französisch sprach. Er zückte ein Notizblatt, reichte es ihr und verschwand.

Sie blickte sich um. In ihrer Klasse gab es sehr schöne Mädchen. Weitaus schönere als sie. Dass der Perverse ausgerechnet sie ansprach – darauf war sie mächtig stolz. Deshalb log sie an dem Abend ihre Gastfamilie an und schlich sich ins Silencio.

Man kann es wohl nur Liebe nennen, dass Romain in dieser Nacht einschritt, noch bevor sie einen Schluck von dem vergifteten Getränk nahm. Das hatte er noch nie getan. Sonst hatte er stets abgewartet. Das erschien ihm heldenhafter. So befreite er die Mädchen aus den Fängen des Filous und dank seines Muntermachers auch aus den Fängen des künstlichen Tiefschlafs. Er ließ erst das kleine Verbrechen geschehen und vereitelte dafür das große.

Der Taxifahrer prescht durch den Alma-Tunnel. Romain dreht sich zu ihr und reibt ihr fest die Oberarme, als hätte er sie eben nackt aus einer Gletscherwand geborgen. »*Mais quel salaud! Tu l'a trouvé où ce connard?*« Sie versteht kein Wort. Aber sie hört an der Satzmelodie, dass es eine Frage war. Sicherheitshalber schüttelt sie den Kopf. Das muss der Schock sein, denkt er sich und rubbelt auch noch ihren Rücken. »*Je te ramène à la maison, non?*« Nach Hause. Sie nickt. Ahnend, dass es nicht ihr Zuhause sein wird. Sie würgt ein paar Brocken Französisch hervor. »*Je suis … l'école … changement …*« Er presst verärgert die Lippen zusammen. Was hat der Dreckskerl ihr nur gegeben? Die Drogen haben sich offensichtlich seit seiner Jugend sehr verändert. Die hier faselt nicht einfach Unsinn, wie er es von früher kennt. Sie hat die gesamte Sprache verlernt. Die Kleine ist sicher ein gescheites Mädchen. Muss sie sein bei der Figur. Aber jetzt? Womöglich bleibt sie so. Dieser Dreckskerl hätte damit nicht davonkommen sollen. »*Autriche.*« Er schüttelt irritiert den Kopf. Autriche? Was soll das sein? Das ist doch kein Wort. Sie zeigt mit dem Finger auf sich. »*Autrichienne.*« Was will das arme Kind ihm nur sagen? Lotterie chienne? Hündinnenlotterie? L'autre chienne? Die andere Schlampe? War sie mit einer Freundin dort, die sie jetzt noch holen möchte? Er beschließt, sich von ihrem Geplapper nicht verrückt machen zu lassen. Gleich kriegt sie ihren Kiwidrink und danach wird alles gut. Er tätschelt sie liebevoll, lehnt sich zurück und schweigt für die restliche Fahrt.

Sie weiß, dass sie gerettet wurde. Trotzdem hat sie ein wenig Angst, als sie sein Studio betrit. Angst davor, mit ihm zu reden. Der Filou hatte Englisch mit ihr gesprochen. Das aber kann der hier nicht, wie es scheint. Sie hat es vergeblich versucht im Taxi. Nun traut sie sich nicht, es erneut zu probieren. Sie hatte schließlich in der Schule gelernt, dass der Franzose fuchsig wird, wenn man ihm mit Englisch kommt. Dass er dann schreit und um sich schlägt. Sie erwägt, sich auszuziehen. Doch auch davor hat sie Angst. Es wäre ihr erstes Mal. Trotzdem ist sie kurz davor, einfach ihren Rock hochzuschieben. Was soll schon passieren? Sie hatten das Thema ja erst in der Schule. Den Stoff beherrscht sie besser als die französische Grammatik. Da kann sie sich gar nicht so blamieren wie beim Reden. Dann ist sie morgen eben keine Jungfrau mehr. Besser, als sie ist morgen ein Depp. In letzter Sekunde beginnen die Fernfahrerpillen zu wirken. Aloisia verliert jegliche Hemmungen. Was in ihrem Fall bedeutet, dass sie nicht die Schenkel spreizt, sondern ihre Lippen. Sie plappert wie ein Wasserfall.

In dieser Nacht erlebte nicht Aloisia ihr erstes Mal, sondern Romain. Sein erstes Mal, dass er ein Mädchen mit zu sich nach Hause nimmt, ohne es zu nehmen. Die hier brabbelt solchen Stuss, dass es ihm zu riskant erscheint, sie in dem Zustand zu vernaschen. Nicht bei Bewusstsein ist das eine. Nicht bei Sinnen etwas anderes. Neugierig ist er ja schon. Wenn die es treibt, wie sie spricht, dann wird das ein wilder Ritt. Doch es geht nicht. Er kann nicht. Nein. Er kann, doch er will nicht. Nein. Er will, doch er … Wenn einer etwas sowohl kann als auch will und es trotzdem nicht tut – wie nennt man das dann? Für Romain war das eine völlig neue Erfahrung. Neben seinem Gemächt steht erstmals sein Gewissen. Und es bleibt hart bis in der Früh.

Sie fühlt sich geschmeichelt, wie gebannt er ihr zuhört. Dabei plappert sie schon seit Stunden auf ihn ein. Von der Schule, ihren Eltern, ihrer Tigerkatze Petzi. Alles, was um vier Uhr morgens einen Mann mit halbfestem Schweif auf seiner Matratze kalt lässt. Aber den hier scheinbar nicht. Wie er mit großen Augen dasitzt und sie niemals unterbricht. Das ermutigt sie natürlich. Anfangs flüsterte sie noch verhalten und zwar in möglichst kurzen Sätzen. Nun aber sprudelt es aus ihr heraus. Sie erzählt ihm sogar, dass sie gerade Sartre liest. Im Original. Was sie allerdings unerwähnt lässt, weil ihr das zu eitel vorkommt. Und immerhin muss sie noch sehr viele Vokabeln nachschlagen. Sie gesteht ihm, dass es ihr leidtut, nichts Tiefsinniges mit ihm besprechen zu können. Doch dafür fehlen ihr die Begriffe. Romain nickt freundlich und hofft auf die heilende Wirkung der Kiwi. Sie erzählt ihm, dass sie in einem Jahr die Matura macht. In Latein. Dass sei ihre Lieblingssprache. Weil man die nicht sprechen muss. Sie lacht. Ihm wird langsam angst und bange. Was, wenn er eine geistig Behinderte entführt hat? Und der schmierige Typ war ihr Pfleger? Der ihr lediglich ihre Medikamente verabreichen wollte? Ohne die sie die Nacht nicht überlebt? Er muss unbedingt wachbleiben. Nicht, dass er wegnickt und sie indessen stirbt. Romain rührt sich selbst einen Kiwidrink an. Mit doppelt so vielen Brausetabletten. Das polnische Zeug wirkt Wunder. Nach nur kurzer Einwirkzeit muss er nicht einmal mehr blinzeln.

8

Unterbrochen miteinander zu schlafen, ist die wohl wirksamste Methode, um sich aus dem Weg zu gehen. Vor allem auf engem Raum bleibt oft nur die Flucht nach vorne. Romains Bleibe misst gerade einmal zehn Quadratmeter. Ein typisches Pariser Studio. Ungeeignet für jede Art von Wohngemeinschaft. Wer sich hier zurückziehen möchte, hat nicht viele Möglichkeiten. Man geht sich an die Gurgel oder an die Wäsche. Wer hier Privatsphäre sucht, findet sie noch am ehesten im Intimbereich des anderen. Das ist der einzige Ort, wo man ihm garantiert nicht begegnet.

Überall sonst herrscht akute Kollisionsgefahr. Nicht einmal im Bad ist man sicher. Zum Abschließen fehlt nicht nur ein Schlüssel, sondern gleich die ganze Tür. Die hat Romain schon vor Langem entfernt. »Das lässt das Studio größer wirken«, pflegt Romain zu sagen, »und heller.« Er hat natürlich recht. Im Bad ist schließlich das einzige Fenster. »Offene Wohnräume sind bald überall!«, prophezeite er seinen Gästen, die keine rechte Freude hatten, vom Klo aufs Bett zu sehen. Also verkniffen sie sich die Toilette. Anstelle einer Tür schlossen sie ihren Körper. Wo es keine Grenzen gibt, werden die Menschen selbst zu einer. Wenn die Nachbarn zu laut sind, braucht man im Grunde nur die Wände einreißen. Im Open Space hält jeder dicht. Aloisia ist da nicht anders. Nur hält sie lieber den Mund als irgendeine andere Öffnung. Ihre Lippen sind versiegelt, ihr Schoß ist ein offenes Buch. Obzwar Romain nicht gerne liest, hat er viel Freude an dieser Lektüre. Weil sie keine Seiten hat, sondern lediglich zwei Buchdeckel und dazwischen unübersehbar den Kern der Geschichte.

Ihr Schoß spricht keine Bände und sie tut es genauso wenig. Aloisia hat ihm nichts mehr zu sagen. An diesem ersten gemeinsamen Abend hat sie ihm doch schon alles verraten. Sie hat in nur wenigen Stunden ihr gesamtes Leben verpulvert. Sie müsste noch einmal so lang leben, um ihn wieder eine Nacht lang unterhalten zu können. Doch ihr fehlt mehr als nur Gesprächsstoff und polnische Aufputschmittel für Trucker. Hätte sie auch etwas zu sagen, sie wüsste ja gar nicht, wie. Anfangs hat sie es versucht. In ihrer ersten Woche bei ihm wagte sie noch ein paar Sätze. Dass ihr dieses Lied gefällt. Dass ihr jenes Essen schmeckt. Eben jene Banalitäten, welche man in einer fremden Sprache anfangs erlernt. Ausdrücken kann man damit wenig. Höchstens etwas guten Willen, doch sicher nicht Persönlichkeit. Das macht den Smalltalk so beliebt. Und so gut wie narrensicher. Ihre Versuche aber schlugen fehl. Dabei untermalte sie ihre Worte immer mit den passenden Gesten. Sie zeigte auf den Himmel, wann immer sie vom Wetter sprach. Sie zeigte auf das Radio, wenn es um Musik ging. Sie zeigte auf den Teller, wenn das Thema Essen war. Doch es nützte alles nichts. Ganz gleich, wie laut und deutlich sie sprach, ganz zu schweigen von korrekt. Unvermeidlich folgte die Frage. »*Tu dis quoi?*« Was sagst du? Dazu Romains Grinsen, in dem keinerlei Häme liegt, was es nur noch schlimmer macht. Er legt sogar den Stift beiseite, die Gabel oder was auch immer er gerade in der Hand hält. Denn seine Geduld ist echt. Er nimmt sich die Zeit. Gerne, doch nicht gönnerhaft. Sie könnte den Satz über Stunden gebären. Er wiche nicht von ihrer Seite. Ab und zu holte er Wasser, streichelte sie und fragte ganz sanft: Was sagst du? Ihre Fäuste ballen sich. Er muss sie doch verstanden haben. Wie kann er sie nur nicht verstehen?

Als Romain die Tür abmontierte, konnte er sich noch nicht vorstellen, mit einem Menschen zusammen zu wohnen. Nirgendwo und erst recht nicht hier. Er hatte Angst vor einer Beziehung. Er hatte Angst vor einem Beruf. Vor allem aber hatte er Angst vor dem Sesshaftwerden. Bis er eines Tages bemerkte, dass er es längst schon war. Seit nunmehr über zwanzig Jahren lebt er in Paris. In demselben Studio. Steht um dieselbe Uhrzeit auf und geht zur selben Zeit ins Bett. Plötzlich hatte er keine Angst mehr vor einer Beziehung. Vor einer weiteren festen Bindung neben all den anderen. Ein Bund fürs Leben? Warum nicht? Er hat immerhin eine Arbeit fürs Leben. Einen Bäcker fürs Leben. Eine Zigaretten-, Butter- sowie Marmeladenmarke. Alles fürs Leben. Warum also nicht auch ein Mädchen für immer? Vorausgesetzt, sie stört ihn nicht beim Sesshaftsein. Seine Freiheiten darf sie ihn kosten. Nicht aber seine Unfreiheiten. Seine Routinen, Ticks und Zwänge. Die muss sie ihm lassen. Den Rest kann sie haben.

Aloisia lässt ihm seine Unfreiheit. Sie stört ihn nicht. Dafür nimmt er sie viel zu wenig wahr. Das meint er allerdings nicht böse. Er ignoriert oder missachtet sie nicht. Er genießt ihre Anwesenheit wie einen dezenten Raumspray. Ab und zu weht sie ihn an und er ist ganz und gar betört. Meistens aber hängt sie nur da und neutralisiert unangenehme Gefühle. Menschen, die lang allein gelebt haben, halten andere oft schwer aus. Menschen wie Romain dagegen, die sehr lang allein gelebt haben, kriegen andere oft gar nicht mehr mit. Die sind so asozial geworden, dass es unheimlich sozial wirkt. Die streiten nicht, die schreien nicht. Mit wem denn auch?

Aloisia ist froh, dass er kaum Notiz von ihr nimmt. Denn noch mehr, als selbst zu sprechen fürchtet sie, dass er es tut. Dass er sie etwas fragt, etwas erzählt oder nur kommentiert, das sie wiederum nicht versteht. Daran etwas zu ändern, kommt Aloisia nicht in den Sinn. Weswegen auch? Sie wüsste beim besten Willen nicht, was sie von ihm hören wollte. Romain tut ihr den Gefallen und schweigt den lieben langen Tag. Aber wie lange noch? Dauernd sitzt ihr die Angst im Nacken, dass er plötzlich damit anfängt. Wenn die Schonzeit vorbei ist. Und dann muss sie ran. Dann wirft er sich auf sie mit Anekdoten. Bombardiert sie mit Geschichten. Und als würde das nicht reichen, will er noch etwas dafür haben. Ihr Lob, ihre Schelte, ihren Rat, ihre Meinung. Das muss sie unbedingt verhindern. Im Grunde ist Aloisia wie diese Filous in den Clubs. Nur umgekehrt. Sie schläft mit Romain, um ihn zu betäuben. Und sich selbst gleich dazu. Nach einem Orgasmus schläft man angeblich sogar besser als mit Rohypnol.

Es wäre falsch, ihre Maulfaulheit der fremden Sprache anzulasten. Eine Lehrerin in der Schule nannte sie einmal sprachlich frigide. Aloisia sagte dazu nichts. Woraufhin die Lehrerin mehrfach um Verzeihung bat. Das hätte sie sich sparen können. Aloisia war nicht gekränkt. Sie war einfach baff ob dieser treffenden Formulierung. Sprachlich frigide. Was anderen ein trockener Schoß, ist bei ihr ein trockener Mund. Geschämt hat sie sich dessen nie. Womöglich hat jeder Leib nur eine einzige sprudelnde Quelle. Ob die Frigiden wohl viel reden? Oder auch die Impotenten? Debattieren die so heftig, wie andere kopulieren? Steht ihnen dann wohl der Schaum vorm Mund, der an anderer Stelle fehlt? Aloisia auf jeden Fall braucht seinen Schweif nur anzufassen und ihr läuft das Wasser im Schoß zusammen. Anstelle des Wortes ergreift sie den Schweif. Denn irgendwas ergreifen muss man.

Ab und zu passiert es ihr und sie setzt zum Reden an. Holt unbedacht Luft und öffnet den Mund. Vor dem ersten Laut besinnt sie sich. Doch da ist es schon zu spät. Da sitzt sie nun vor ihm mit klaffendem Kiefer. Sie würde gerne sagen: Ach nichts! Doch sie weiß nicht, wie man das sagt. Und wenn sie es täte, brächte es auch nichts. Dann käme wieder die tödliche Frage. Was sagst du? Ach nichts! Was sagst du? Ach nichts! So ginge das hin und her. Bis einer vor Entkräftung einschläft. Romain wartet liebevoll, was sie wohl gleich lautmalen wird mit diesem süßen, offenen Schnabel. Vielleicht etwas mit vielen As. Das wäre schön. Aloisia schaut sich hektisch um. Irgendetwas muss jetzt her, um sich selbst das Maul zu stopfen, dass sie so weit aufgerissen hat. Kein Glas, an dem man nippen kann. Kein Happen, den man kauen kann. Sie öffnet seine Gürtelschnalle. Es kann quälend sein, wenn einem etwas auf der Zunge liegt. Noch quälender ist es, wenn es das nicht tut. Aloisia liegt nichts auf der Zunge und auch nicht auf dem Herzen. Und weil sich das nicht schön anfühlt, legt sie eben selber etwas hin. Nämlich ihn und seinen Schweif. Seinen Schweif auf ihre Zunge und seinen Körper auf ihr Herz. Nun hat auch sie etwas da liegen.

Verliebte Paare werden die Floskel »Wir verstehen uns auch ohne Worte« nie leid. Sehnlichst erwartet man das Paar, das freudestrahlend verkündet: »Wir verstehen uns auch mit Worten.« Aloisia und Romain werden dieses Paar nicht sein. Jedenfalls nicht in diesem Studio. In dieser Enge ist Schweigen unerlässlich. Wenn hier drinnen auch noch jeder seine Gedanken ausbreiten würde, platzte die Bude aus den Nähten. Das tat sie bereits vor Aloisias Ankunft. Nichtsdestotrotz gelang es Romain, für sie eine gesamte Hälfte seines Kleiderschranks zu räumen. Stolz präsentierte er ihr die Leere, die er für sie geschaffen hatte, auf dass sie diese füllen möge. Aloisia war sehr gerührt. Er warf Hosen und Hemden weg, welche er zuweilen noch anzog. Romain besitzt nichts Überflüssiges. Das tut niemand in einem Studio. Es ist zu klein, um hier zu wohnen. Hier kann man leider nichts als leben. Vielleicht tröstet das die Armen. Dass sie gar nicht wüssten, wohin mit den Sachen, die sie sich nicht leisten können. Vielleicht denken sich die Armen: Gott sei Dank bin ich nicht reich. Dafür hätte ich gar keinen Platz.

Nach zwei Wochen ist ihre Hälfte des Kleiderschranks noch immer leer. Einzig ihr Rucksack steht dort. Ausgepackt hat sie ihn nicht. Romain hat sie des Öfteren mit der Verve eines Zirkusdirektors an die vielen schönen Fächer sowie Kleiderbügel erinnert, die voller Sehnsucht darauf warten, von ihr befüllt und geschmückt zu werden. Sie hat gelächelt und dankend genickt. Mittlerweile reißt er nicht mehr feierlich die Schranktür auf, um jede klaffende Lade zu preisen. Das hat er nunmehr aufgegeben. Böse ist er deshalb nicht. Solange sie selber hier ist, können ihre Sachen doch sein, wo sie wollen. Manche Mädchen hauen ab und hinterlassen volle Schränke. Soll sie aus dem Koffer leben. Was macht das für einen Unterschied, wenn schließlich die Wohnung kaum größer als ein Koffer ist?

Was für eine Platzverschwendung, würden sich da manche denken. Darunter auch Aloisia. Sie wünschte, er würde ihre Hälfte wieder für seine Sachen nutzen. Aber daran denkt er nicht. Er hat für sie Platz gemacht. Ob sie ihn annimmt oder nicht. Der Anblick dieser halben Leere erfüllt sie mit Unbehagen. Er hat in sein Leben ein unnötiges Loch gerissen, weil sie ein schöner Flicken ist. Sie fühlt sich aber nicht als Flicken. Sondern als Mädchen. Und demnach völlig ungeeignet für solche phallischen Aufgaben wie Flicken und Stopfen, Leeren-Füllen oder Laden-Einräumen. Sie wendet sich ab, wenn er mittags die Schranktüren öffnet, um ein frisches Hemd zu holen. Manchmal hält sie es gar nicht aus. Wenn er wieder zu lange davorsteht und sich ständig umentscheidet. Dann schlägt sie die Türen zu und beginnt ihn wild zu küssen. Mit ihrer Hand an seinem Schritt zieht sie ihn weg vom Kleiderschrank und hinunter auf die Matratze. Wenn schon so viel Platz im Schrank verschwendet wird, dann nicht auch noch in ihrem Schoß. Im nächsten Moment sitzt sie auf ihm und drängt sich seinen Schweif hinein.

Von Maupassant wird gern erzählt, er hätte sich jeden Tag auf den Eiffelturm begeben. Dort oben getrunken, gespeist und gelesen. Nicht weil er den Turm so liebte. Sondern weil es der einzige Ort war, von dem aus er ihn nicht sehen musste.

9

»Grundgütiger.« Der Kommissar reibt sich die Stirn. Es nieselt. Man sieht nicht einmal die Tropfen, wie sie vom Himmel stürzen. Man sieht nur ihren Aufschlag auf dem Wasser des Canal Saint Martin. Sie reißen tausend kleine Krater, die sogleich wieder verheilen. Wie Stiche unsichtbarer Nadeln. Es ist kurz vor fünf Uhr morgens. Noch ist es ruhig. Nur ein paar Jogger traben am Kanal entlang. Sie alle haben ihre Kapuzen tief ins Gesicht gezogen. Sie sehen weder die Polizisten noch den dicken Akkordeonspieler, der von der Passerelle Alibert hängt. »Holt ihn da runter. Es wird gleich hell.« Die umstehenden Rettungskräfte begeben sich auf die kleine Fußgängerbrücke. Die Passerelle Alibert ist nur wenige Meter hoch. Der Strick beinahe genauso lang. Der dicke Akkordeonspieler baumelt dicht über der Oberfläche. Seine Schuhspitzen sind feucht. Es sieht so aus, als stünde er. Als stünde er auf dem Wasser und spielte das Akkordeon.

Der Kommissar holt aus seiner Jackentasche ein kleines, blaues Notizbuch hervor. Der Einband ist ausgebleicht und an den Kanten abgewetzt. An einigen Stellen wurde es schon geklebt. Mit einem weichen, stumpfen Bleistift skizziert er sich die Szenerie. Er drückt nicht fest auf. Bald wird er diese Aufzeichnungen wieder ausradieren können. Nachdem er sie abgetippt hat, versteht sich. Schließlich weiß man ja nie. Trotz der schonenden Strichführung sind die Seiten mittlerweile stark ergraut. Immerhin standen hier bereits die Notizen und Skizzen seines allerersten Falls. Solange er in dieses Notizbuch schrieb, blieb kein Verbrechen ungeklärt. Der Kommissar ist ein vernünftiger Mann. Und als solcher hat er keine Angst vor etwas Aberglauben. Den braucht es wie das Salz im Kuchen.

Seine zwei Adjutanten trafen bereits vor ihm ein. Sie wurden ihm gegen seinen Willen zugeteilt. Er nennt sie beide Laconique. Zumindest glauben das die zwei. Sie glauben, dass der Kommissar sie beim selben Namen nennt. Selbstverständlich tut er das nicht. Er nennt den einen Laconique und den anderen Lacan-Nique, was so viel heißt wie »Lacan bumst«. Anhören tut sich das fast gleich. Wie vieles im Französischen. Deshalb gibt es in dieser Sprache kaum Versprecher, dafür sehr viele Verhörer.

Laconique steht gebückt am Kanalrand. Er stützt sich auf seinen Knien auf und versucht tief einzuatmen. »Nummer fünf«, murmelt Lacan-Nique. Sein Blick ist starr auf den Boden gerichtet. Er will das nicht sehen. Das trockene Würgen seines Kollegen verstört ihn noch mehr als der Anblick des Toten. Ebenso wenig will er es hören. Darum spricht er zunehmend lauter. »Die Sängerin am Place des Vosges. Der Trommler auf dem Louvre. Der Saxophonist am Centre Pompidou. Und jetzt hier am Kanal ein gehenkter Akkordeonist.« Laconique hat sich wieder gefangen, wischt sich den Speichel von den Lippen und torkelt zu seinem Kollegen zurück. Dem Kommissar nickt er beschämt einen guten Morgen zu. Der Kommissar erweist ihm die Gnade, ihn vollkommen zu ignorieren. »Vergiss nicht …«, keucht Laconique und spuckt so diskret es nur geht auf den Asphalt, »… den Geiger unterm Eiffelturm.« Lacan-Nique lächelt bitter. »Das würde ich gerne.« »Am helllichten Tag! Und alles voll mit Touristen. Trotzdem gab es keinen einzigen Zeugen, der sah, wie er dorthin gelangte. Wie, frage ich mich. Wie?!« »Mich interessiert eher das Wer. Wer bitteschön tötet Straßenmusikanten? Und noch dazu gleich fünf!« »Ich sage dir, das ist ein Profi.« »Du meinst, ein Auftragskiller?« »Nein, ein professioneller Musiker. Irgend so ein Klassikschnösel, der keine Amateure mag. Das ist zumindest die These in der *Paris-Soir*.« »Ich lese nur die *Paris-Matin*.«

»Was sagen Sie dazu, Monsieur?« Die Einsatzkräfte haben die Leiche geborgen. Der Kommissar klappt schwungvoll sein

Notizbuch zu. »Hört gefälligst auf, diese Drecksblätter zu lesen!«
Das hätte er dazu zu sagen, lässt es aber sein und schweigt. Seine
beiden Adjutanten haben ihr Gezänke eingestellt und murmeln
nun synchron erschüttert: »Warum in Gottes Namen macht jemand sowas?« Der Kommissar setzt an zu sprechen, doch jemand fällt ihm von hinten ins Wort. »Da haben Sie schon Ihre
Antwort!« Die Adjutanten drehen sich um. Ihnen nähert sich
ein Mann in einem verlebten Trenchcoat. Den Kragen hat er aufgeschlagen. Sein Gesicht verbirgt er unter einem zerfransten Fe-
dora. Breitbeinig stellt er sich vor die zwei Adjutanten hin und
schnipst die Krempe seines Hutes hoch. »In Gottes Namen, meine Herren! So etwas ganz und gar Unmenschliches macht man
nur in Gottes Namen.« Der fremde Mann im Trenchcoat öffnet
eine frische Schachtel Zigaretten und klopft ihr auf das Hinterteil. Da es sich um ein Hardpack handelt, landen durch das Klopfen fast alle Zigaretten am Boden. Die letzte verbliebene fasst er
mit seinen Lippen, zerknüllt die Packung und wirft sie in den
Kanal. »Das ist eindeutig islamistischer Terror!« »Herr Kommissar?« Einer von den Einsatzkräften bittet um seine Aufmerksamkeit. Der Kommissar zuckt unmerklich zusammen. Kurz
war er wie weggetreten. Die Zigarettenpackung im Wasser hatte
ihn in ihrem Bann. Wie sie seelenruhig dahintreibt und sich vom
Regen kitzeln lässt. »Ich wollte Ihnen nur mitteilen, wir können
ihm das Akkordeon nicht abnehmen. Scheinbar wurden ihm die
Finger an die Tasten angeklebt.« Der Mann im Trenchcoat rollt
mit den Augen und wirft die Arme in die Höhe, als wäre das
selbstverständlich. »Wir würden das der Forensik überlassen.
Vielleicht kriegen die raus, welcher Klebstoff genau hier verwendet …« »Sie schauen zu viel fern, junger Mann!«, wirft der
Mann im Trenchcoat ein. »Man löst keine Verbrechen mit Mik-
roskopen und Blaulicht.« »Sie meinen Schwarzlicht«, korrigiert
der Kommissar. »Schwarzlicht? Was ist das? So etwas wie ein

Medium? Solchen Hokuspokus verwenden Sie auch?«»Schwarz-licht ist elektromagnetisches …«»Verbrecher fängt man aber nicht mit Magneten!«, spöttelt der Mann im Trenchcoat und zieht den Kommissar an der Nase. »Wenn Sie das noch einmal tun, muss ich Sie erschießen.«»Jetzt seien Sie nicht so. Wieso tun wir uns eigentlich nicht zusammen? Sie und ich. Der Mord-kommissar und der Terrorexperte! Ha, das klingt wie ein Er-mittlerteam fürs Vorabendprogramm. Vielleicht sogar Prime Time, wer weiß.« Der Mann im Trenchcoat beginnt die Titel-melodie von *Kommissar Rex* zu singen. »Terrorexperte? Sind Sie etwa …?«, flüstern die Adjutanten im Chor, ehe sie von ihrem ei-genen Gekicher übermannt werden.

»Könnte ich ein Autogramm haben für meinen Sohn?«, bittet Laconique. »Oh ja, ich auch! Für meinen Bruder«, fleht Lacan-Nique. Monsieur Boum willigt ein und erfragt die Namen für die gewünschten Widmungen. Es stellt sich heraus, dass Laconique keinen Sohn und Lacan-Nique keinen Bruder besitzt. Stattdes-sen nennt jeder den Namen des anderen und schenkt ihm das Autogramm. Darüber brechen sie erneut in heilloses Gekicher aus. »Schluss jetzt!«, brüllt der Kommissar. Auf der anderen Sei-te des Kanals zuckt eine Joggerin zusammen und schaut neugie-rig zu den Polizisten. Der Kommissar winkt ihr freundlich zu und senkt seine Stimme. Leise mahnt er Monsieur Boum, sich unverzüglich zu entfernen. »Das hier ist Mord und kein Terror!« Dieser wirft lachend den Kopf in den Nacken. »Alles ist Terror!« Monsieur Boums Miene verfinstert sich, er zückt seinen rechten Zeigefinger und richtet ihn wie einen Revolver auf den Kom-missar und dessen Adjutanten. »Wenn Sie hinter sich Schritte hören – dann ist das Terror. Wenn eine Glühbirne flackert – dann ist das Terror. Und kennen Sie das Zucken, wenn man da-bei ist, einzuschlafen, das einen plötzlich wieder aufweckt?« Er starrt die drei Männer erwartungsvoll an. »Wissen Sie, was das ist? Dieses Zucken?« »Terror?«, haucht Lacan-Nique. »Nein …«, flüstert Monsieur Boum und streichelt ihm die Wange. »Das ist Terror!«, brüllt Monsieur Boum und sticht mit seinem Zeigefinger ins Leere. »Sagte ich doch«, schluchzt Lacan-Nique und muss wieder würgen. Monsieur Boum schüttelt den Kopf. »Sie sagten es nicht dramatisch genug!« »Das reicht jetzt, verschwinden Sie! Oder ich lasse Sie verhaften.« Der Kommissar bäumt sich vor ihm auf. »So, so, sieh sich das einer an! Der werte Polizeihauptkommissar behindert die Arbeit des Terrorexperten … Was sagt uns das, meine Freunde? Ist dieses blankrasierte Kinn etwa vielleicht nur aufgeklebt? Verbirgt sich darunter …« Monsieur Boum streckt seine Hand nach dem Kinn des Kommissars aus. »Unterstehen Sie sich!« Der Kommissar fasst nach seiner Waffe.

10

Zwischen den Stationen Passy und Bir Hakeim ereignet sich in der Métro-Linie 6 ein bemerkenswertes Schauspiel. Aus heiterem Himmel spaltet sich die Emulsion aus Eingeborenen und Touristen. Es schleudert sie regelrecht an die Scheiben. Je nach Fahrtrichtung Touristen an die eine Fensterseite, Eingeborene an die andere. Das Schauspiel dauert nur wenige Sekunden. Doch es ereignet sich verlässlich in jedem der Waggons. Zu jeder Tages- und Nachtzeit. An exakt der gleichen Stelle. Ist die Stelle erst passiert, fallen alle von den Scheiben ab, und das Ruckeln sorgt dafür, dass sie sich wieder gut vermischen, noch ehe die Station erreicht ist. Keiner wird sich beim Aussteigen noch erinnern, was geschehen ist.

Die Linie 6 verläuft großteils über der Erde, und an der besagten Stelle gibt sie den Blick auf *ihn* frei. Entkleidet und entfleischt. So steht er da, der Eiffelturm, und versprüht die Erotik eines Röntgenbilds. Man möchte ihm eine Burka überwerfen. Doch das ist freilich nicht erlaubt. Paris mag es freizügig. Ein stählernes Gerippe. Eine gläserne Pyramide. Oder das Centre Pompidou, bei dem die Organe nach außen gestülpt sind. Hier darf nichts verschleiert werden. Weder Menschen noch Gebäude. Hier zeigt sich selbst die Präsidentengattin nackt. Wohl um zu beweisen, dass sie keinen Sprengstoff am Körper trägt.

Während sich Touristen nicht sattsehen können, wenden sich die Pariser ab. So wie sämtliche Großstadtbewohner meiden auch sie den Anblick ihrer größten Attraktionen. *Ihn* meiden sie am allermeisten. Sie wollen ihn nicht sehen. Er ist ihnen heilig und peinlich zugleich. Wie eine betrunkene Gottheit. Weder wollen sie ihn erzürnen, noch wollen sie sich selbst enttäuschen. Denn der Eiffelturm enttäuscht. Er tut es mit Absicht und er tut es mit Lust. Er ist das (Un-)Sinnbild der Dekonstruktion. Die Muse der Entzauberer. Er ist natürlich eine sie. *La Tour Eiffel.* Trotz ihrer scheinbar phallischen Form. Nur wenige wollen sie erklimmen. Sie besteigen. Sie bezwingen. Denn das kostet. Und zwar nicht wenig. Die meisten bleiben lieber am Boden. Zwischen ihren Schenkeln aus Stahl. Um ihr unter den Rock zu schauen. In jedem Touristen steckt auch ein Spanner.

Aloisia stürzt die Souvenirverkäufer in ebenso große Ratlosigkeit, wie sie es schon mit Schulschlägern tat. Ihr Gang wirkt ziellos und gehetzt. Sie sieht nicht wie eine Pariserin aus. Und sie schaut nicht wie eine Touristin. Schließlich blickt sie nie hoch zu den Häusern und ihren prächtigen Fassaden. Nicht einmal für Notre-Dame hebt sie einen Moment lang den Kopf. Die Missachtung ist nicht gespielt. Das wäre auch zwecklos. Denn die Souvenirverkäufer lassen sich nicht hinters Licht führen. Sie erkennen die Simulanten, die Pariser spielen und die Paläste und Kirchen verschmähen, als liefen sie schon seit ihrer Geburt Tag für Tag an ihnen vorüber. Deren Augen kriegen diesen Glanz. Ob sie hinsehen oder nicht. Ein Glanz, der erst nach Jahren verblasst. Aloisias Augen glänzen nicht. Vielmehr glitzern sie. Ein dünner Film von Tränen schiebt sich zwischen die Stadt und sie. Beide sehen einander nur verschwommen. Und das ist auch besser so.

Paris ist nichts als ein einziger Vorwurf. Jedes Mannequin, jeder Clochard führt einem das eigene Ungenügen unentwegt vor Augen und Nase. Niemals ist man dieser Stadt ausreichend schön oder ausreichend hässlich. Ausreichend reich oder ausreichend elend. Sie liebt schwere Trinker und leichte Mädchen. Leicht zu haben und leicht zu heben. Dass hier die Magersucht floriert, liegt nicht an der Modeszene, sondern einzig an der Stadt. Sie mag es nicht, wenn man sie mit Präsenz beschwert. Daher versucht man diese so gering wie möglich zu halten. Oder sie geschickt zu verhüllen. Der Modeszene kommt das zupass, doch ihr Verdienst ist es mitnichten. Paris liebt die Mode, weil sie Menschen so hasst. Die Mode macht ihr die Menschen erträglich. Sie ist das süße Zuckerstück, auf das man bittere Medizin tropft, um sie hinunterzuwürgen.

Sogar die Pariser mag Paris nicht besonders. Aber sie duldet sie. Wie eine Kuh die Schmeißfliegen duldet, die unermüdlich um sie herumschwirren und in ihren Augen Eier legen. Manchmal schüttelt sie sich, um eine Sekunde lang Ruhe zu haben. Ein für alle Mal vertreiben kann die Kuh sie aber nicht. Vermutlich will sie das auch gar nicht. Schließlich erspart der Fliegenschwarm ihr die gröbsten Anfälle menschlicher Streichelwut. Ob nun kuschelbedürftige Wanderer oder greiflustige Kinder auf Schulausflug zum Bauernhof – sie alle werden in Schach gehalten von der schwarzen Fliegenstaffel. Kleine Quälgeister halten große Plagen fern.

In Paris verhält es sich ähnlich. Die Stadt duldet ihre Schmeißfliegen insofern, als auch sie beauftragt sind, sie von noch gröberem Geschmeiß zu verschonen, wenn auch mit mäßigem Erfolg. Denn leider ekelt die Menschen nun einmal vor Fliegen immer noch mehr als vor Franzosen. Und das, obwohl sich der Pariser redlich Mühe gibt, das zu ändern. Für seine Stadt fängt er Blicke ab wie Kugeln. Wo immer er einem Touristen ein Foto versauen kann, tut er es. Er rempelt die Besucher von hinten an oder wirft sich vors Objektiv und kassiert die Schüsse ein, die der Stadt gegolten hätten. An den Quais und auf den Brücken bietet er an, ein Foto zu machen, um dann den Apparat in hohem Bogen in die Seine zu werfen.

Letztlich aber verschlimmert er die Plage dadurch nur. Die Touristen reisen ab mit dem Verdikt: »Hach, Paris ... doch die Pariser!« Vor dem Hintergrund ihrer finsteren Bewohner strahlt die Stadt umso heller. Im schlimmsten Fall wird die garstige Bevölkerung sogar zu einer Touristenattraktion für sich. »So unfreundlich sind die doch gar nicht«, hört man zuweilen Fremde sagen und merkt ihnen die Enttäuschung an. Sie wollen den Espresso hingewichst kriegen, dass ihnen alles ins Gesicht spritzt. Dann erst hat sich der Kellner ein Trinkgeld verdient. Noch mehr, wenn er sie dabei beschimpft. Beschimpfungen aber kommen von Herzen. Die französischen besonders. Die kann man nicht erzwingen. Also sind Pariser freundlich, wenn sie den Touristen die Freuden einer Misshandlung missgönnen.

Menschen gehen nicht nach Paris. Sie platzen rein. Ganz egal, an welcher Stelle. Ganz egal, zu welcher Stunde. Unausweichlich platzen sie rein. Ausgerechnet jetzt! Man hört das müde Stöhnen der Stadt, wann immer ihr ein Mensch ins Bild läuft. Man könnte es jedenfalls hören. Doch tatsächlich hören es nicht viele. Nicht viele hören den Städten zu. Stattdessen rennen sie in die Wälder und hoffen, dass die Bäume sprechen.

11

Romain arbeitet viel. Nicht gut, nicht hart, nur viel. Wenigstens auf dem Papier. Da hat er sogar mehrere Posten gleichzeitig inne. Und gleichzeitig meint in seinem Falle tatsächlich, was das Wort verspricht. Romain gibt den Nachtportier in unterklassigen Hotels vis-à-vis des Gare du Nord. Dort steht ein Häuserblock. Strenggenommen ist es kein Block, sondern ein wohlgeformtes Dreieck. Umschlossen von den Schenkeln der Rue Dunkerque und der Rue la Fayette sowie einer dritten Straße, deren Namen sich niemand merkt. Das Dreieck besteht lediglich aus einem halben Dutzend Häuser und drei davon sind Hotels. In denen ist Romain beschäftigt. Nacht für Nacht.

In gehobenen Hotels funktioniert das freilich nicht. Aber in den schäbigen kommt niemand an die Rezeption, um nach einem Kübel Eis für den Pérignon zu bitten. Hier fragt man höchstens nach einem Kühlpad, wenn einem wieder die Hand ausgerutscht ist und die Damenbegleitung recht jammert. Ansonsten ist man mehr als froh, vom Personal verschont zu bleiben. Betreuung ist Belästigung. Das ist auch Romains Arbeitsmotto, welches ihn zum heimlichen Liebling der Hotelgäste befördert. Vor allem der männlichen. Was zu sagen sich erübrigt, da es keine anderen gibt. Frauen steigen hier nicht ab. Zumindest nicht allein. Immer mit Männern und stets ohne Nachname. Neben seinen Schläfchen an der Rezeption und dem aufrichtigen Desinteresse am Treiben der Gäste auch in wachem Zustand schätzen diese an Romain besonders seine ausgedehnten Abwesenheiten. Können sie dann doch zwei oder mehrere Mädchen in ihr Einzelzimmer schaffen, ohne einen Aufpreis zu zahlen.

Manchmal ist Romain für Stunden in keinem der Hotels zugegen. Dann findet man ihn in einer dieser Luxus-Tierhandlungen im ersten Arrondissement, welche seit Langem in der Kritik stehen. Tagsüber stapeln sich in der Auslage Tiere und vor der Auslage Touristen, Tierschützerinnen und reiche Töchter. Zwischen den Töchtern und den Tierschützerinnen liegt nur Papas Portemonnaie. Die einen können sich die Welpen leisten, die anderen müssen sie befreien. Viele der Tiere dort sind zu jung, um legal verkauft zu werden. Die reichen Töchter wollen sie trotzdem. Oder noch schlimmer: Sie wollen sie deswegen. Denn oft sind sie selber Tierschützerinnen. Auch sie befreien die armen Dinger aus ihren engen Käfigen. Nur eben nicht mit Brechstangen, sondern mit ihrem Taschengeld. Dann verlassen sie den Laden mit dem Grinsen eines Freiers, der eine Kindsfrau freigekauft hat.

Romain ist hier an den Wochenenden als Wachmann angestellt. Die Aufgabe ist denkbar einfach. Er muss schließlich nichts füttern und keine Fäkalien entfernen. Er muss lediglich die Tiere vor Tierschützern beschützen, die sie zu befreien versuchen. Die spuken nämlich gerne nachts vor den Auslagen umher. Doch wenn sie sehen, dass diese leer sind und im Ladeninneren Licht brennt, suchen sie von selbst das Weite. Romain muss sie nicht verscheuchen. Er kann seine Zeit anderweitig nutzen.

Die Tierhandlung dient ihm nun schon seit Jahren als Liebesnest. Das ist der Grund, weshalb er den Posten überhaupt annahm. Der Betreiber, der auf den Namen Bobby hört, ist ein Schlitzohr, ein Schmuggler und ein Spieler. Romain aber begegnete ihm in seiner Paraderolle, nämlich jener des Filous. Allerdings ist Bobby nicht irgendein Filou. Es ist der letzte, den Romain überführte. Und der erste, dessen Mädchen er nicht mit nach Hause nahm. Stattdessen nahm er Bobby mit. Weil er ihm sympathisch war. Weil ihm das Mädchen aus der Nähe nicht mehr so rettenswert erschien. Weil ihm Bobby in der Bar im Gegenzug für seine Nachsicht den Posten als Wachmann bot.

Nun lernt er Mädchen, oder, wie er sie nennt, Nanas, tagsüber kennen und bringt sie spätnachts hierher. Inmitten all dieser Hündchen und Kätzchen kommen sie in Streichellaune. Die Käfige sind fest verschlossen. Zwar besitzt Romain den Schlüssel, doch das behält er weise für sich. So müssen sich die Nanas an ihm abreagieren. Es stört Romain nicht, wenn sie ihm den Schweif kraulen und dabei an die Tiere denken, sie währenddessen sogar anstarren. Anfangs war Romain die Präsenz der Tiere unangenehm. Er war es nicht gewohnt, beim Orgasmus so viele Augen auf sich zu haben. Zwei sind ihm zuweilen zu viel. Und dann auch noch Tiere! Von denen er oft den Eindruck hat, sie wüssten, was sie sehen. Er gewöhnte sich daran. Irgendwann begannen sie sogar, ihm zu fehlen. Wenn ihn eine Nana bei ihm fellierte und er keinen Zeugen fand, welchem man dabei zuzwinkern könnte.

»Bobby? Hier ist Romain. Jaja, alles fit im Schritt. Was? Ja, viel Gedudel an der Nudel. Hör zu, ich … was? Ja, auch das. Ich soll was sagen? Aloah an der Boa? Bobby, hör zu, ich wollte dir eigentlich nur kurz Bescheid geben. Ich brauch den Laden heute nicht. Nein, morgen auch nicht. Um ehrlich zu sein, Bobby, brauche ich die Schlüssel wohl für eine Weile nicht. Bobby?« Aus dem Hörer dringt Gelächter. Zwei Stunden später sitzt Romain hinter dem Tresen der Tierhandlung und zeigt seinen Mittelfinger in die vielen Kameras, die Bobby in den Aquarien versteckt hat.

Ihm war nie bewusst gewesen, wie laut es hier ist. Besonders aus den Hinterzimmern dringt ein entsetzlicher Lärm. Dort sind nachts die Tiere verstaut. Offenbar erstickte früher das Gejaule der Nanas jenes der Viecher. Gleiches gilt für den Gestank, welchen er nun zum ersten Mal wahrnimmt. Gewiss stank es hier immer schon. Aus den Käfigen nach Urin, aus den Aquarien nach Fisch. Doch die diversen Körpersäfte, die hier sonst zum

Einsatz kamen, übertünchten die Gerüche. Oder wenigstens ihren tierischen Ursprung.

Nun fängt es auch noch an zu klopfen. Wohl ein Hund, der seinen Napf gegen die Gitterstäbe schlägt. Romain versucht es zu ignorieren und öffnet ein Päckchen Schaumstoffohrstöpsel. Doch das Klopfen legt sich nicht. Im Gegenteil, es wird immer lauter. Und das Schlimmste: Es kommt von draußen. Romain erschrickt. Draußen steht jemand an der Scheibe und hämmert auf das Glas ein. Darf es denn wahr sein? Nach all den Jahren? Er sucht nach dem Pfefferspray gegen die Tierschutzaktivisten.

»Romain!« Die Aktivistin kennt seinen Namen. Besser, er sucht gleich nach etwas Schwerem. »Romain, ich bin's, Camille!« Er unterbricht seine Suche. »Jetzt lass mich schon rein!« Vorsichtig nähert er sich der Scheibe. »Du hast versprochen, du zeigst mir die Koalas.« Er erinnert sich. Die Koalas. Dass sie ihm das glaubte, beschäftigte ihn noch für Tage. Die liebe Camille. Ein anständiges Mädchen. Kommt aus einer strengen Familie. Sie versprach, ihn hier zu besuchen, wenn ihre Eltern es erlauben. Nach ihrem achtzehnten Geburtstag. Nun scheint es so weit zu sein. Sie hat sich hübsch gemacht. Etwas zu viel Make-up lässt sie älter wirken. Was sie sicher weiß und wollte. Dass man das den jungen Dingern nie und nimmer wird ausreden können. Romain schmunzelt. Sie beißt sich verschämt auf die dick beglosste Unterlippe. Auch etwas, wovon man sie in hundert Jahren nicht abbringen wird. Romain legt seine Hand an die Scheibe. Sie tut es ihm gleich. Dann winkt er ihr und kehrt an den Tresen zurück. Denn sein Schweif ist wund und froh um die enthaltsamen Stunden. Er könnte nicht, selbst wenn er wollte. Und solange er nicht kann, bleibt ihm verborgen, dass er nicht will. Er stopft sich die Stöpsel ins Ohr und legt seinen Kopf auf den Tresen, während alles um ihn herum faucht und knurrt. Die eine Mieze möchte rein. Die anderen Miezen möchten raus.

12

Niemand erwischt ein Mädchen beim Weinen. Wenn man ein Mädchen weinen sieht, sieht man es, weil es das will. Mädchen weinen nur, wenn jemand dabei ist. Wie kleine Kinder, die hinfallen und sich erst umsehen, ob es auch jemand gesehen hat. Männer weinen lieber allein. Sie sehen sich erst um, ob sie auch wirklich niemand sieht. Die Erzählung vom schwachen Geschlecht ist eine infame Lüge. Aber es waren nicht die Männer, die sie in die Welt gesetzt haben.

Auf dem Gipfel des Montmartre ist es dann so weit. Sie weint. Wurde auch Zeit. Die Tränen riechen abgestanden. Viele waren schon kurz davor, in die Blase auszuwandern. Um mal ein bisschen rauszukommen. Wenn auch nicht dort, wo sie es sich gewünscht haben. Sie weint, ohne ihr Gesicht zu verziehen. Ohne ein Geräusch zu machen. Wie Regen aus einem klaren Himmel fließt es aus ihren offenen Augen. Kann man das noch Weinen nennen? Wenn sie selbst so gar nicht mithilft? Wir finden schon selbst raus, danke. Ob sie die Tränen überhaupt bemerkt? Aussehen tut es nicht danach. Vielleicht brechen sie heimlich aus. Aber dafür bräuchten sie einen Komplizen von außerhalb. Ohne den haben sie es schließlich in all den Jahren nicht geschafft. Nun haben sie endlich einen gefunden, der die flüssigen Schlangen beschwört und sie für sich tanzen lässt. Keinen geringeren denn den Spatz von Paris. Edith Piaf. *Non, je ne regrette rien.* Interpretiert von zwei peruanischen Panflötenspielern.

Sicherlich nicht die beste Version, doch ausreichend für jemanden wie Aloisia. Jemanden, der nicht nichts bereut, sondern augenblicklich alles. Und das zum allerersten Mal. Sie kann sich nicht erinnern, jemals etwas bereut zu haben. Und dann gleich alles! Alles, was sie je getan hat. Sie traf stets die falsche Wahl. Zuletzt vor drei Stunden. Da hatte sie die Wahl, ihm entweder ihren Schoß oder ihren Steiß entgegenzustrecken. Sie freilich bot ihm beides an. Den Hintern und den Vordern. Und er schlug keinen von beiden aus. Obgleich er auf den Hintern gut und gern verzichtet hätte. Doch so etwas gehört sich nicht. Viele Männer wären froh um diesen Hintern. Die kriegen nie einen angeboten. Zudem fürchtet er, sie zu kränken. Er ist schon eine gute Haut. Deswegen fehlen ihm jetzt Teile davon. Weil er nicht nein sagen kann. Er möchte ihr ungelogen alle Wünsche von den Augen ablesen. Und da die oberen nicht viel sagen, liest er eben von den unteren.

»Schwarze Augen. Nicht umsonst dunkler als das Schattenreich. Wie sehr ich euch liebe. Wie sehr ich euch hasse.« Die Musikauswahl der Panflötenspieler kann man durchaus als eklektisch bezeichnen. Aloisia hätte sich gerne auf die weißen Stufen gesetzt, doch zum Sitzen ist sie zu wund. Romain hat heute Nachmittag beim Sortieren seiner Schecks einmal kurz laut kopfgerechnet. Aloisia war sich ziemlich sicher, dass er mit sich und nicht mit ihr sprach. Nach etwa einer Stunde aber beschlichen sie Zweifel. Nach weiteren zwei stand sie unter der Dusche. Dabei war ihr nicht nach Duschen, sondern lediglich nach Stehen. Was man in einem Studio sonst nirgends unverfänglich tun kann. Und nun steht sie schon wieder. Seit geschlagenen zwei Stunden steht sie am Montmartre und weint zur Endlosschleife der Panflötenspieler. Denn die zwei beherrschen lediglich eine Handvoll Chansons. Eine Viertelstunde Liedgut. Mehr als genug. Länger hält sich ein Tourist hier nicht auf.

Eine Lawine von Touristen geht schlagartig vom Hügel ab. Die Basilika schließt und verstößt ihre Besucher aus ihren sakralen Hallen hinunter in den Sumpf. Zu tausenden kullern sie ins Rotlichtviertel. Das, was davon übrigblieb. Im libertinen Frankreich ist die Hurerei ja neuerdings verboten. Anstelle der Bordelle findet man hier Sex-Shops. Anstelle der Huren Vaginen aus

Plastik. Aloisia steht weiterhin ungerührt auf dem Berg und weint. Die Gässchen ringsum werden schütter. Der Place du Tertre lichtet sich. Die Maler packen ihre Werke ein, falten ihre Staffeleien und spannen ihre Schirme ab. Mit schwarz verkohlten Fingerspitzen brechen sie auf. Die Panflötenspieler halten die Stellung. Sie dudeln bis zum letzten Mann. Als sich dieser abwendet, brechen auch sie ihr Spiel einfach ab. Mitten in *Non, je ne regrette rien*, das sie heute stolze siebenunddreißigmal gespielt haben. Mit dem Geld unter den Ponchos trippeln sie davon. Die nehmen gewiss den schnellsten Weg zu einer Métrostation, denkt sich Aloisia und beschließt den beiden zu folgen. In gebührendem Abstand, versteht sich. Nicht, dass sie sich von ihr verfolgt fühlen. Wer weiß, was die bereits von ihr denken? Steht da stundenlang und heult.

Die Panflötenspieler tänzeln durch die leere Rue Norvins. Ihnen entgegen kommt lediglich ein Mann auf Krücken. Offenbar fehlt ihm ein Bein. Eine dürftige Prothese ragt ihm aus dem Leib. Er kämpft sich die steigende Straße hinauf und gelangt nur langsam vorwärts. Immer wieder verkeilen sich die Enden seiner Krücken in den Ritzen des Pflastersteinbodens. Die Panflötenspieler tänzeln auseinander. Der eine rechts, der andere links. Sie quetschen sich an die Gemäuer, um ihm genügend Platz zu machen.

»Au, au, au! Passt doch auf, ihr elenden Blashuren!« Der Beinlose ist gestürzt. Die Panflötenspieler eilen ihm zu Hilfe. Noch ehe sie ihm die Hand reichen können, sind sie plötzlich umzingelt. Drei finstere Gestalten. Allesamt versehrt. Dem einen fehlen die Arme, den Zweiten reißt und beutelt es und der Dritte ist über und über verbrannt. Sie kreisen die Musikanten ein, schubsen und bespucken sie. Der Beinlose schnappt sich derweil seine Krücken. Mit befremdlichem Geschick rafft er sich augenblicklich auf und schließt sich seinen Kumpanen an. Zu viert drängen sie die Musikanten von der Rue Norvins in die Impasse du Tertre ab. Eine Sackgasse. Begrenzt durch ein blaues Eisentor. Davor steht ein alter Mann. Er ist nicht groß. Die Krüppel überragen ihn allesamt um ein, zwei Köpfe. Dennoch verstummen sie, als er herantritt. Sein Gang hat etwas Weihevolles, dem auch sein Hinken nichts anhaben kann. Sogar die Panflötenspieler erstarren, obgleich sie keine Ahnung haben, wer hier vor ihnen steht. Seine Kleider scheinen aus tausenden Fetzen zusammengenäht. Selbst seine Schuhe sind verschieden. Der eine ist ein Pump. Schwarz mit roter Sohle. Der andere ein Klumpen. Braun mit brauner Sohle. Ähnlich einem Gips. Nur dicker und gröber. Als hätte er seinen Fuß bis zu den Knöcheln in Lehm eingepackt. Nur gebrannt hat er ihn nicht. Die Masse ist noch weich. Beim Gehen bröckeln Teile davon ab. Der Alte winkt einen der Krüppel zu sich. Dieser flüstert ihm etwas ins Ohr. Der Alte nickt. Die anderen durchsuchen derweil die Musikanten. Bald schon stoßen sie auf deren Portemonnaies. Sie nehmen sich nur das Geld. Die Karten interessieren sie nicht. »Momentchen mal …« Ein Krüppel stutzt. Er hält einen Personalausweis. »Ihr seid nicht einmal Peruaner!« Der Alte leckt sich den Daumen ab und wischt einem der Flötenspieler über die Wange. Stumm betrachtet er die Schminke, die an seinem Finger klebt. »Dreckige Betrüger!«, mault einer der Krüppel und setzt sich auf die Straße, um seine Beinprothese abzuschnallen. Er stöhnt erleichtert auf, als er sein Knie daraus befreit. Sein armloser Kumpan schlägt ihm von hinten gegen den Kopf. »Spinnst du?! Lass das gefälligst dran, du Hundsfott!« »Lass mich! Ich hab einen Krampf im Unterschenkel!« Er trommelt mit beiden Fäusten auf sein Bein ein. »Hundsfott! Das bringt nichts!«, wirft der Armlose ein. »Einen Krampf muss man rauskneten! Hier, hilf mir mal …« Der Armlose hält dem Kumpan seine beiden Stumpen hin. Sie sind verhüllt unter den Ärmeln, die auf der Höhe des Ellbogens verknotet wurden. Der Beinlose öffnet ihm die Knoten. Aus den weiten Ärmeln winden sich zwei Unterarme. Mehr noch, es schlüpfen sogar zwei intakte Hände, die sogleich damit beginnen, das verkrampfte Bein zu massieren. Der Beinlose grunzt genüsslich.

Neugierig geworden lugt einer der Flötenspieler nach hinten. Als er die beiden falschen Krüppel am Boden erblickt, entfährt ihm ein Lachen. Kaum wendet er sich wieder um, versetzt ihm der Alte einen Tritt in den Bauch, der ihn zu Boden sinken lässt. Der andere reißt lautlos den Mund auf. Er möchte seinem Kollegen helfen, doch die zwei anderen Krüppel an seiner Seite hindern ihn daran, sich niederzuknien. Der Alte mustert ihn. Schließlich zupft er ihm die Panflöte aus den zittrigen Fingern. Der Flötenspieler streckt reflexhaft seine Hände danach aus, als wolle er sie wiederholen, lässt es aber lieber bleiben. Resigniert senkt er den Kopf. Er sieht seinen Kollegen, der sich ächzend den Bauch hält. »Zieh dich aus!«, befiehlt ihm der Alte. Der Flötenspieler lacht verlegen. »Ich sagte: ausziehen!« Die zwei Krüppel rücken näher. Der Flötenspieler hebt die Arme. Einer der Krüppel zieht ihm den Poncho über den Kopf. »Weiter!« Der Flötenspieler knöpft erst sein Hemd und dann seine Hose auf. »Glaubst du, das macht mich geil, oder was?« Der Alte ohrfeigt ihn. »Dreckströter, verfluchter!« Eine weitere Ohrfeige folgt. »Du sollst dich ausziehen und hier keine Show abziehen!« Binnen Sekunden hat sich der Flötenspieler seiner Schuhe und Kleidung entledigt. »Und was ist damit?« Der Alte deutet auf die ergraute Unterhose. Als er sie kaufte, war sie weiß. Doch der Flötenspieler wäscht sie gemeinsam mit dem Poncho. »A-u-s-z-i-e-h-e-n.« In ihm regt sich Widerstand, der sogleich wieder verglimmt. Der Flötenspieler seufzt und streift den letzten Rest von Würde ab. Wenigstens glaubt er, dass er das war. »Und jetzt runter auf alle viere!«

Der Alte lässt sich den Poncho reichen und schüttelt ihn ein wenig aus. Dabei tippelt er wie ein Torero um den nackten Flötisten herum in der Hoffnung, ihn zu reizen. Sein Bulle jedoch verwehrt ihm stur die Freude eines kleinen Tänzchens. »Dann eben gleich das große Finale!«, trällert der Alte und wirft den Poncho über den Körper des Flötisten. Dieser fürchtet gesattelt zu werden. Dass sich der Alte gleich auf seinen Rücken schwingt und einen kleinen Ausritt wünscht. Doch zum Glück steigt er nicht auf. Stattdessen zupft er den Poncho zurecht. Vor allem der Lage des Halsausschnitts widmet er sich mit besonderer Aufmerksamkeit. Der Flötist fühlt eine Brise seine bloßen Backen umwehen. Pling. Dann fühlt er nichts mehr. Pling. Er wagt auch nicht sich umzudrehen. Pling. Ob sein Kollege denn noch atmet? Pling. Ächzen tut er auf jeden Fall nicht mehr. Pling. Überhaupt ist es vollkommen still. Bis auf dieses ewige Pling. Irgendetwas fällt zu Boden. Pling. Ein Röhrchen seiner Flöte rollt an seine Hand. Es ist das letzte. Die anderen bilden ein hölzernes Häufchen unter seinem Hintern. »Als hätte er eine Flöte geschissen!«, lacht der falsche Beinlose laut und kassiert einen Schlag von dem Alten. »Das sollte doch eine Überraschung sein«, flüstert der falsche Armlose. Der Alte versetzt auch ihm einen Schlag und fängt an zu deklamieren: »Ach herrje! Jetzt habe ich doch glatt deine Flöte zerbrochen. Das tut mir aber schrecklich leid!« Er beugt sich dicht an das Ohr des Flötisten. »Ich baue sie wieder zusammen, versprochen.«

»Na bitte! Wie neu! Wollen wir hören, ob sie auch funktioniert?« Der Flötist schüttelt den Kopf und sich damit eine Träne vom Kinn, die dort schon länger schaukelte. Sie platscht auf einen Pflasterstein und wird sofort unsichtbar. Anders als die Tropfen auf dem Stein unter seinem Gesäß. Die wird man auch morgen noch sehen. »Aufstehen, Instrumentenprobe!« Der Gipsschuh des Alten rauscht in die Rippen des zweiten Flötisten. Er ächzt.

Die Krüppel hieven ihn ebenfalls auf alle viere und eskortieren ihn an seinen rechten Platz. »Nur Vorsicht, dass ihr nicht gleichzeitig spielt!« Die Krüppel kugeln sich vor Lachen. Dann schwelgen sie in Erinnerungen zum Geschmack von Flatulenzen. Davon haben sie erstaunlich viele. Der Flötist indessen trutzt. Aus einem der Röhrchen tropft Blut. »Muss ich sie für dich erst stimmen?! Spiel auf, Papageno!« Die menschliche Flöte weint inzwischen bitterlich. Der Alte vor ihr dirigiert. Er wogt genüsslich hin und her und lässt seine Hände fließen. Ganz beseelt von der Musik in seinem Kopf.

»Eure Majestät!«, kreischen die Krüppel im Chor und reißen ihn aus seiner Trance. »Dort drüben!« Der Alte dreht sich um. Nichts zu sehen. »Da war … ein Mädchen!« Der Alte wendet sich wieder seinem kleinen Orchester zu, hebt die Arme und bittet um Ruhe. »Aber Eure Majestät!«, insistieren die Krüppel erregt. »Sie hat mein Bein gesehen!« »Sie hat meinen Arm gesehen!« »Ganz zu schweigen von den beiden hier!« Der Alte blickt zum Himmel empor, runzelt die Stirn und schließt seine Augen, als würde ihn das Mondlicht blenden. »Gut, meinetwegen …«, seufzt er milde, »schnappt sie euch!« Gröhlend stürmen die Krüppel los.

Vor noch einer Stunde wäre sie binnen Sekunden entwischt. Unauffindbar abgetaucht in den Schwärmen von Touristen. Nun aber ist es menschenleer. Sie ist das Einzige, das sich bewegt. Und zwar so schnell wie nie zuvor. Sie rennt zurück zum Place du Tertre. Da biegt sie nach rechts. Denn von links ist sie gekommen. Dort liegt Sacré Coeur mit den berühmten Stufen. Die wären der schnellste Weg nach unten, aber ohne jede Deckung. Sie wäre ihnen ausgeliefert. Auf offenem Feld. Sind ihre Verfolger schneller, hat sie nicht die geringste Chance. Deswegen läuft sie nach rechts. Hinein in die finsteren Eingeweide von Montmartre. In das Labyrinth aus Gässchen. Sie kennt den Weg nicht.

Sie weiß nur, sie muss bergab. Runter von dem Hügel. Dort unten sind die Boulevards. Die großen, breiten, hellen Straßen. Dort kann ihr nichts mehr passieren.

Sie erreicht die Rue du Calvaire. Vor ihr eine steile Treppe. Um sie herum das Gejohle ihrer drei Verfolger. Einer der Krüppel schwingt sich auf das Treppengeländer, um darauf hinunterzurutschen. Aber zum Glück kommt er nicht weit. Aus dem Geländer ragen Pfosten, die ihm den Spaß zügig verderben. Nach kaum zwei Metern schleudert es ihn schon zu Boden, wo er reglos liegen bleibt. Rue Drevet. Eine weitere Treppe. Noch schmaler und steiler. Das Keuchen des zweiten Krüppels kriecht von hinten in ihr Ohr. Sein Schatten stülpt sich über sie. Der dritte hat sie indes überholt und erwartet sie bereits mit offenen Armen am Ende der Treppe. Rechts und links von ihr sind Mauern. Ihr Verfolger schreit auf. Erneut ein Krampf im Unterschenkel. Er fasst sich ans Bein und stolpert. Sie hört seinen Schrei und presst sich rechtzeitig gegen die Hauswand. Einen Moment später und er hätte sie mitgerissen. So fällt er allein in die Tiefe. Mehrmals versucht er das Geländer zu fassen, doch der Schwung war zu groß. Er überschlägt sich unaufhaltsam bis ans Ende und rammt dort seinen Kumpanen. Aloisia rennt wieder los. Von der vorletzten Stufe hechtet sie über die zwei ineinander verkeilten Krüppel hinweg. Sie rennt und rennt und blickt nicht zurück. Aus den Gassen werden Straßen. Aus den Lampions Laternen. Aus dem Rascheln der Blätter Motorengeräusche. Und aus rasenden Krüppeln werden wieder friedliche Passanten.

13

Der Signalton erklingt. Gleich schließen die Türen. Ein tattriger Rentner traut sich die Stufe zwischen Waggon und Bahnsteig nicht zu. Aloisia blickt panisch um sich. Zum nächsten Waggon schafft sie es nicht mehr. Also schiebt sie den Rentner an der Hüfte etwas an. Dem Rentner scheint das zu gefallen. »*Eh ben, eh ben. Quelle mignonne …*« »Verzeihung, ich muss …« »*Pourquoi la hâte, ma chérie?*« »Da sind Männer, die mich …« Der Signalton verklingt. Der Rentner dreht sich um und stößt Aloisia grob zurück. Er drängt sie bis an die Wand der Station. Seine Hand an ihrem Hals presst er sie gegen die weißen Fliesen. »*Alors, fini la rigolade! Dis-moi ce que t'a vu!*« Der Alte hält inne und senkt seine Hand. »*Tu n'es pas un escargot. Ca, c'est sûr.*« Sie schaut ihn ahnungslos an. Der Alte räuspert sich. »Ich sagte: Du bist keine Schnecke. So viel steht fest.« Sie ist so verwirrt von dem, was er sagt, dass ihr gar nicht auffällt, wie er es sagt. Der Alte spricht Deutsch. Fehlerfrei. »Denn wenn du eine Schnecke wärst, wärst du schon längst tot.« Allerdings mit Akzent. Unmöglich zu sagen, welcher. Auf jeden Fall kein französischer. »Du musst stundenlang geweint haben.« Der Alte zeigt mit dem Finger auf sie. »Da! Schon wieder! Immerzu weinst du.« Sie senkt beschämt den Kopf und wischt sich eine Träne von der Wange. Der Alte greift nach ihrer Hand und zeigt auf die feuchte Stelle. »Siehst du. Du bist keine Schnecke.« Aloisia schnieft. »Das ist doch ein Grund zur Freude! Das können nicht alle von sich sagen. Ganz besonders nicht die Schnecken.« Der Alte ist ihr nicht geheuer. Sie würde gehen, hielte er nicht ihre Hand. Sie möchte sie ihm nicht so unverhofft entreißen, wie er sie eben an sich riss. Aus Höflichkeit und etwas Angst. »Können Schnecken etwa nicht weinen?« »Doch, natürlich!«, lacht der Alte. In sein Lachen mischt sich Zorn. »Was für eine alberne Frage!« Der Alte lehnt sich dicht an sie heran, während er sich misstrauisch umsieht. »Aber sie müssen es sehr vorsichtig tun.« Aloisia macht einen Schritt zurück. Er zieht sie wieder an sich heran. Noch näher als zuvor. »Ich tötete einst eine Schnecke, weil ich Tränen auf sie vergoss«, flüstert der Alte, als unterliege diese Auskunft striktester Geheimhaltung. »Warum haben Sie das getan?«, flüstert nun auch Aloisia. »Ich war traurig. So wie du.« »Und warum waren Sie traurig?« »Weil ich eine Schnecke getötet hatte.« Sie schauen einander ratlos an. Noch immer hält er ihre Hand fest.

Der Alte zerrt Aloisia mit sich in die Métro, schiebt sie an einen Platz und setzt sich daneben. »Jetzt sag du mir, warum du so traurig bist.« »Das ist eine lange Geschichte.« »Nun schau mich an und sage mir: Bin ich zu alt, um das Ende noch zu erleben?« »Ziemlich sicher.« »Gut. Ich bin nämlich sehr gespannt.« »Vor fast zwei Jahren …« »Komm bitte zum Punkt.« »Also mein Freund …« »Du bist wegen eines Mannes hier?!« Der Alte ist entsetzt. Aloisia weiß nicht, warum. Gäbe es denn ein besseres Motiv? Der Liebe wegen! »Und nicht wegen Paris?!« Sein Entsetzen steigert sich in regelrechte Hysterie. »Findest du das nicht ungehörig?! Was glaubst du, wie sie sich jetzt fühlt?« »Wer?« »Na, Paris!« »Eine Stadt kann doch nichts fühlen«, lacht Aloisia unbeschwert. Der Alte kneift nickend die Augen zusammen. »Sie muss dich sehr hassen. Ein Wunder, dass du noch am Leben bist.« Er rückt etwas von ihr weg. Gleich trifft die Ketzerin der Schlag. Oder ein Stachel schießt aus dem Boden und spießt sie auf. Wenn sie zürnt, ist die Stadt zu allem fähig. Da sollte er nicht zu dicht dran sein. Als Aloisia nach Minuten immer noch nicht aufgespießt oder spontan verbrannt ist, rückt der Alte wieder näher.

»Andererseits …«, säuselt er, »… womöglich imponiert es ihr. Also erzähl, dein Freund …« Er wedelt erwartungsvoll mit den Händen. Aloisia macht die Augen zu und holt tief Luft. »….

hat mich betrogen.« Der Alte schnipst ihr gegen die Stirn. Ihre Lider schnalzen auf. »Aber Schnecke«, lacht der Alte, »das wusstest du doch.« Sie reibt sich die beschnipste Stelle. Seine verhornten Fingernägel tun ganz schön weh. »Und wie kommst du dazu, ihm deswegen gram zu sein? Gerade du!« »Was meinen Sie mit ›gerade du‹? Ich war immer treu.« »Nein, du warst nur unbeliebt. Sowie äußerst wählerisch. Das heißt, du wolltest keinen anderen und kein anderer wollte dich. Das kann man nur schwerlich als Treue bezeichnen.«

Vorhin war der Alte Aloisia sympathischer. Als er noch Französisch sprach. Er lacht empört. »Dass Frauen immer so stolz darauf sind, wenn sie Dingen widerstehen, die sie überhaupt nicht wollen. Lass mich dir sagen, von Frau zu Frau: Das liegt nur an unserer Erziehung. Den Burschen sagen sie: Tu, was du willst! Uns Mädchen sagen sie: Tu nicht, was du nicht willst!« »Uns Mädchen?« »Doch lass mich dir als Mann verraten: Wenn eine weiß, was sie nicht will, weiß sie darum noch nicht, was sie will. Und das sind die Schlimmsten! Die, die nur wissen, was sie nicht wollen. Was willst *du* denn?« »Ich will weg«, antwortet Aloisia wahrheitsgemäß, ohne zu wissen, was genau sie damit meint. »Das ist doch schon etwas! Zufällig weiß ich von einem Studio, das seit ein paar Wochen frei ist. Im Elften.« Na, so ein Zufall. Das ist ihr Arrondissement. Beziehungsweise seins. Dort kennt sie sich schon etwas aus. Das wäre sehr praktisch. »Boulevard Voltaire.« Das ist ihre Straße. Beziehungsweise seine. Da sind viele Supermärkte und viele Métrostationen. Das wäre ebenfalls sehr praktisch. »128.« Das ist ihr Gebäude. Beziehungsweise seins. Das wäre nicht so praktisch. »B.« Das ist der andere Treppenaufgang. Ihrer ist A. Beziehungsweise seiner.

»Ich sehe dir an, du bist begeistert! Also wird man dich erwarten. Um 17 Uhr 89.« »Diese Uhrzeit gibt es nicht.« »Selbstverständlich gibt es die. Er trifft sich immer um diese Zeit. Um

89 nach 5. Oder wie du vielleicht sagen würdest, 29 nach 6.« »Das ist eine seltsame Uhrzeit.« Der Alte überdreht die Augen und schnipst Aloisia abermals gegen die Stirn. »Natürlich ist es das! Und seltsam ist noch gar kein Ausdruck. Kirre ist das, völlig meschugge! Deswegen trifft er sich auch lieber um 17 Uhr 89. Wie heißt du überhaupt?« »Aloisia.« Nun runzelt er die Stirn. »Das ist ein seltsamer Name.« Nun überdreht sie die Augen. Über Alois wundert sich keiner. Aber bei Aloisia. Der Alte merkt, dass sie eingeschnappt ist, und versucht es gutzumachen. »Für eine Schnecke, meine ich.« Sie nimmt seine Entschuldigung an. Der Alte schwingt sich von seinem Platz auf. Die Métro kommt zum Halten. »Weißt du, die Schnecken lässt man hungern, ehe man sie zubereitet. Damit sie vollständig entleert sind. Die Gänse dagegen werden gestopft, damit ihre Leber verfettet.« Der Signalton erklingt. »Ich frage mich manchmal, ob sie gerne tauschen würden. Die Schnecken und die Gänse. Aber wahrscheinlich ist das Unsinn.« Der Alte hüpft aus dem Waggon.

14

»Husch, husch, weg da!« Lacan-Nique stampft mit dem Fuß auf. Gleich einer ertappten Assel zieht der Maler zischend ab. Lacan-Nique reibt sich entkräftet das Gesicht. Derweil schleicht sich schon ein anderer mit seiner Staffelei heran. »Weg da, hab ich gesagt!« Auch dieser asselt artig davon. »Husch, husch!« Es ist aussichtslos. Sobald er sich umdreht, gähnt oder blinzelt, steht schon der nächste da und pinselt. »Ist schon gut. Lass sie einfach …«, schnauft Laconique, der kreidebleich an einem Baum hängt. Er hat den Satz noch kaum beendet, da würgt er schon weitere Teile seines Frühstücks hoch. Die Maler fluchen. Nicht nur, dass ihr Arbeitsplatz den ganzen Tag faul riechen wird. Nun hat auch das Erbrochene eine völlig andere Farbe als die auf ihren Bildern. Grimmig rühren sie einen neuen Ton an.

Der Kommissar tritt aus dem Zelt. Seine beiden Adjutanten nehmen schleunigst Haltung an. Die Maler ziehen die Köpfe ein und sich an ihre Plätze zurück. Der Kommissar klopft auf sein kleines blaues Notizbuch. Seit er ihnen abgeschworen, hat es ihn noch nie so sehr nach einer Zigarette gelüstet wie jetzt. Er blickt durch das lichte Blattwerk der Bäume. Laconique spricht zu ihm. Zwei Tränen verlieren sich in seinen Pockennarben. Er starrt offenen Auges in die Sonne. Eine Marotte, die ihn bereits seit Kindertagen überfällt. Seine Mutter trieb er damit in den Wahnsinn. Laconique spricht noch immer. Drei ganze Tage war er blind. Nicht wissend, ob seine Sehkraft jemals wiederkehren würde. Die Vorstellung, dass nicht, ängstigte ihn sehr. Gleichzeitig aber war er froh, seine Mutter ob dieser Torheit nicht weinen zu sehen. »Monsieur?« Laconique fasst ihn am Arm. »Hier wurden sie nicht ermordet«, murmelt der Kommissar. »Nein, Monsieur, wir vermuten, das geschah dort drüben. In der Impasse du Tertre. Dort fanden wir am Boden noch Teile ihrer Flöten. Der Maestro …« Der Kommissar schüttelt den Kopf. »Verzeihen Sie, ich meine, der Mörder …« Auch das lässt er nicht gelten. »Sie wurden dort drüben stranguliert, anschließend hierhergetragen und … in Position gebracht.« Der Kommissar nickt. Im Gegensatz zur Presse und der von ihr gestillten Masse glaubte er zu keiner Zeit, es handle sich um einen Einzeltäter. Doch davon wollen die Menschen nichts hören. Den Bösen sind sie los. Die Bösen sind geblieben. Er weiß nicht mehr, von wem er stammt, doch er denkt oft an diesen Spruch.

»Wer hat die beiden denn gefunden?« »Einer der Maler.« »Ich würde gerne mit ihm sprechen. Bestellen Sie ihn für morgen in mein Büro.« »Sie könnten auch gleich mit ihm sprechen.« »Ist er etwa noch hier?« »Er sitzt da draußen und verkauft seine Bilder.« »Scheint hart im Nehmen zu sein, der Mann.« »Das kann man so sagen, ja.« Lacan-Nique schaut beschämt auf sein Malheur am Boden. Er fragt sich, wann der Kommissar ihm endlich die Leviten liest. Ihn packt wie ein Kätzchen und mit der Nase in den Dreck stupst, den er angerichtet hat. Der Kommissar denkt nichts dergleichen. Er ringt selbst mit schlechtem Gewissen. Hart im Nehmen. Dem Maler wird nichts übrigbleiben, als sich Touristen feilzubieten. Völlig gleich, was er gesehen hat und wie ihm zumute ist. »Bringen Sie mich zu ihm.« Der Kommissar samt Adjutanten schlängelt sich an Touristen vorbei, die sich auf wackeligen Hockern aufhübschen und verunzieren lassen. Je nach Talent und Karitas des Porträtisten. Sollte ihnen das Bild missfallen, bekommen sie es umsonst. Haben sie das Portrait jedoch erst einmal erblickt, tröstet das die wenigsten. »Das ist er!« Die Adjutanten zeigen synchron auf einen Maler, um den sich ganz besonders viele Kunstfreunde scharen. Dabei besitzt er nicht wie die anderen eine kleine Galerie mit Kostproben seiner Fähigkeit. An seinem Platz steht lediglich eine Staffelei. Daneben eine wuchtige Mappe. Eine solche haben die anderen Maler auch. Doch bei denen steht sie offen und lädt zum Blättern ein. Seine dagegen liegt geschlossen auf der Erde. Überhaupt scheint er nur ein einziges Werk zu besitzen. Jenes, welches er gerade über seinem Kopf in die Höhe hält. Mit mosaischem Pathos präsentiert er es dem Volk, in dessen Blicken Begehren und Schrecken miteinander Fangen spielen. »Ja, ganz genau so. Ja, da drinnen. Gute Frau, wenn ich es Ihnen doch sage! Auf allen vieren mit der Flöte im …« Der Maler verstummt. Er senkt sein Werk und verstaut es in der Mappe. Räuspernd richtet er sich auf und lüftet seinen Hut. »Der Herr Kommissar, nehme ich an?« Das Volk ringsum zerstreut sich. Der Kommissar inspiziert die karge Stätte. »Sie haben hier ja gar keine Bilder. Und trotzdem erfreuen Sie sich größter Beliebtheit.« Der Maler grinst verlegen. »Wie erklären Sie sich das?« Sein verlegenes Grinsen artet in verwirrtes Lachen aus. »Mir ist das genauso ein Rätsel wie Ihnen. Ich hätte meinen Stil sehr klassisch eingeschätzt.« »Dürfte ich mal sehen?«, bittet ihn der Kommissar mit bedrohlicher Milde. Ehe der Maler eingreifen kann, fischt er das berüchtigte Werk aus der Mappe. »Haben Sie den Verstand verloren?!« Sein Gebrüll versteinert den gesamten Place de Tertre. Er möchte seine Stimme dämpfen, wird ihrer so schnell aber nicht Herr. »Wozu glauben Sie, stellen wir ein Zelt auf?!« Der Maler blickt zu den zwei Adjutanten. Stünden sie nicht dicht an seiner Seite, würde er wohl einen Fluchtversuch wagen. So aber bleibt er stehen und lacht. »Wie viele davon haben Sie verkauft?!« »Nur zwei«, motzt der Maler und zieht einen Schmollmund, »den meisten ist es wohl zu experimentell. Ich meine das Motiv. Nicht etwa meinen Stil. Der ist, wie gesagt, sehr klassisch.« »Können Sie mir die Käufer beschreiben?« Der Maler zieht alle möglichen Grimassen, als strecke er sich auf diese Weise in hinterste Winkel seines Gedächtnisses. Nach einigen Minuten jedoch kommt er zu dem Schluss: »Nein, zu dem einen fällt mir nicht das Geringste ein. « »Und zu dem anderen?« »Der andere steht gleich dort drüben.« Der Maler deutet auf einen Mann abseits vom Carré der Künstler. Reglos ragt dieser aus dem Strom der Touristen. Er muss einen festen Stand haben, um nicht mitgerissen zu werden. Er betrachtet das soeben erstandene Werk, das er, wie der Maler selbst, hoch über seinen Kopf hält. Er allerdings tut es mitnichten, um es mit dem Volk zu teilen, sondern um es vor ihm zu schützen.

Der Kommissar drückt Laconique das Bild auf die Brust und taucht in den Strom ab. Laconique zieht es zaghaft von seiner Brust und wagt einen kurzen Blick. »Grundgütiger!« Er blickt mehrmals zwischen dem Werk und seinem Schöpfer hin und her. »Sagten Sie nicht, Ihr Stil sei klassisch?« Der Maler zuckt mit den Schultern. »Ist er das etwa nicht? Eine klassische Karikatur!« »Sie können doch keinen Tatort karikieren!« »Zeig mal her«, bittet Lacan-Nique und schnappt sich das Bild.

Der Kommissar steuert auf den Käufer zu und kommt dabei nur schleppend voran. Er watet durch das Moor aus Menschen. Seine Arme und Beine verfangen sich regelmäßig in den Schlingen ihrer Kameras, Brillen und Täschchen. Er hätte erwartet, die Leute wichen nach seinem Gebrüll vor ihm zurück. Doch das Gedächtnis von Touristen ist spätestens ab Mittag vollständig verpfropft. Deshalb gelingt es Trickbetrügern, ihre Opfer am Montmartre mannigfach zu übertölpeln. Oftmals knöpfen sie sich denselben alle paar Meter wieder vor. Zu dieser Stunde haben Touristen im Durchschnitt bereits die Informationen zweier voller Audioguides in ihre Hirne gesogen. All die vielen Jahreszahlen und Namen von Bourbonen haben erfolgreich die Geburtstage der Kinder und den eigenen Namen ersetzt. Hinzu kommen Hitze und Dehydration. Ihre Körper beschränken sich nun auf die nötigsten Vitalfunktionen. Das Bewusstsein wird verengt auf das Verfolgen eines Schirms respektive eines Wimpels.

»Entschuldigen Sie, Monsieur …« Der Kommissar legt dem Käufer die Hand auf den Rücken. Dieser dreht sich um. Sein Trenchcoat fegt fünf Touristen zu Boden. »So trifft man sich wieder!« Der Kommissar massiert sich die Schläfen. »Boum, geben Sie mir das Bild.« »Ich denke gar nicht dran.« »Sie behindern meine Ermittlung.« »*Sie* behindern *meine* Ermittlung!« Der Kommissar krempelt seine Ärmel hoch. Es wird ihm ein Vergnügen sein, diese Witzfigur den Hügel hinunterzubolzen. Sollte das Bild dabei zerstört werden, umso besser. Monsieur Boum bemerkt die Angriffslust seines Gegenübers. Ihm selbst graut vor Handgreiflichkeiten. Zumindest mit Männern. Er denkt außerdem an seine weißen Richelieu Zizi. Widerwillig händigt er dem

Kommissar das Bild aus. Als dieser danach greift, fasst ihn Monsieur Boum am Arm, zieht ihn dicht an sich heran und flüstert ihm verschwörerisch zu: »Du bist ein äußerst kluger Mann, Jacques.« »Ich heiße nicht Jacques.« »Ich sprach mit mir selbst. Aber Sie sind auch nicht so dumm, um an das Märchen des Maestros zu glauben. Sehen Sie sich das an!«, Monsieur Boum klatscht auf das Bild, »das war nie und nimmer einer allein.« Der Kommissar beißt sich auf die Lippe. Dieser Terrorexperte ist ohne Zweifel ein Idiot. Und neben ihm der Einzige auf dieser Welt, der nicht an die Theorie des Einzeltäters glaubt.

»Herr Kommissar! Herr Kommissar!« Es ist der Maler. Er quetscht sich aufgebracht zu den beiden Männern durch. »Erstens verlange ich Schadensersatz! Ihr Adjutant hat sich soeben auf mein gesamtes Portfolio erbrochen.« »Und zweitens?« »Mir ist wieder eingefallen, wem ich das andere Bild verkauft habe. Er hat sich mir vorgestellt. Als ein gewisser Martin Paris.« Der Kommissar presst sich Daumen und Mittelfinger so tief in die Schläfen, bis er nichts mehr wahrnimmt als nur diesen einen Schmerz. Monsieur Boum dagegen nickt. »Klingt arabisch.« »Glauben Sie?«, wispert der Maler. »Aber sicher! Diese Muselmanen haben doch bekanntlich keine Nachnamen. Wenn die hierher in unser schönes Land kommen, dann tauft sie der Staat schlicht auf den Ort, an dem sie sind. Und was dann passiert, wissen wir alle.« Der Maler nickt. Monsieur Boum erklärt es ihm trotzdem. »Sie werden rekrutiert. Von Terrormilizen. Die suchen immer junge Leute. Ausländer meist. Die mit hohen Erwartungen in unser schönes Land kamen, doch nun keine Zukunft sehen. Die Sprache nicht beherrschen und ungewillt sind zur Integration. Die schnappen sie sich dann, bilden sie aus und kaum ein Jahr später macht es …« Sekunden verstreichen. »Macht es …« Er deutet auf den Kommissar, der offenbar seinen Einsatz verpasst hat. »Es macht …« Er zappelt so heftig, als drücke ihn schon seit Stunden die Blase. Der Kommissar gibt nach. »Boum.« »Ja, bitte?«

15

Aloisia und Romain pressen sich ineinander wie zwei falsche Puzzleteile. Der ständige Geschlechtsverkehr fordert seinen Tribut. Juckreiz, Brennen, Druckschmerz sowie diverse offene Stellen. Seit über einem Monat ist sie nun schon hier bei ihm. Mittlerweile verbrauchen die beiden täglich eine halbe Tube Wundheilsalbe. Heimlich, versteht sich. Wenn er kocht, huscht sie ins Bad. Wenn sie duscht, huscht er in die Küche. Ausgerüstet mit der Tube, die stets griffbereit am Tisch liegt. Dann schmieren sie sich die weiße Creme zentimeterdick in den Schritt und hoffen, dass sie schleunigst einzieht. Man darf ja nichts mehr davon sehen, wenn sie übereinander herfallen. Sonst glaubt der andere, das wäre ein Pilz. Oder noch schlimmer: Wundheilsalbe. Romain fürchtet um seinen Stolz. Doch ebenso um seinen Schweif. Dass dieser durch den Abrieb schrumpft. Oder sein Profil verliert. Keiner weiß von den Wunden des anderen. Beide beißen die Zähne zusammen. Sie müssen keine Lust vortäuschen. Sie dürfen nur den Schmerz nicht unterdrücken. Der hört sich gleich an wie die Lust und sieht auch genauso aus. Schaute jemand den beiden zu, könnte er fast neidisch werden.

Es ist 18 Uhr 28. Romain betritt die Dusche und Aloisia öffnet eine neue Tube Wundheilsalbe. Eine Minute später schraubt sie die Tube wieder zu und rennt bei der Tür hinaus. Erst unten auf dem Trottoir fällt ihr auf, dass sie barfuß ist. Der Boulevard ist sehr belebt. Aus beiden Richtungen kommen Passanten und weichen einander routiniert aus. Alles bewegt sich. Sogar der Verkehr. Niemand, der herumsteht und wartet. An der Hauswand hockt ein Bettler und schüttelt rhythmisch seinen Becher. Das Schütteln hätte mehr Effekt, wären in dem Becher Münzen. Das ist alles. Sie hat ihn verpasst. Aloisia wird schummrig. Ihre Hände fühlen sich taub an. Wahrscheinlich vom schnellen Aufstehen und Gerenne. Sie lehnt sich an die Hauswand und sinkt an ihr hinab. »*On y va?*« Der Bettler neben ihr wirft seinen Becher auf die Straße, klopft sich auf die Schenkel und springt in die Höhe. Er reicht ihr seine Hand. Sie öffnet die Arme, um ihm zu zeigen, dass sie kein Kleingeld bei sich hat. Der Bettler schnappt sich ihre Hand und reißt sie vom Boden hoch. »*On y va?*«

Aloisia folgt dem Bettler über den Treppenaufgang B bis hinauf ins sechste Stockwerk. Die Türen liegen dicht an dicht. Genauso wie auf der anderen Seite. Vor einer von ihnen hält er inne und zückt aus seinem Cordjackett einen Schlüssel. Die Tür schwingt auf. Aloisia erschrickt und springt zur Seite. Am Fenster steht Romain. Nicht an dem hier, sondern an seinem. Direkt gegenüber. Der Bettler zieht die Vorhänge zu. Diese scheußlichen Vorhänge, die sie jeden Tag vom Bad aus sieht. Aloisia stutzt. Wenn dieses hier das Studio direkt gegenüber ist, dann wohnt hier doch jemand! Der alte Mann. Der, dem sie ihre Brüste zeigte, an dem Tag, als sie hier ankam. »*Un monsieur … ici …*«, stottert Aloisia und deutet in alle Ecken des Zimmers. Sie hat ihr Bestes gegeben. Es grenzt an ein Wunder, doch der Bettler scheint zu verstehen. »*Il est plus là, ce monsieur. Il a décédé il y a un mois. Arrêt cardiaque.*« Der Bettler bemerkt sofort ihre Not. Er zeigt erst auf seine Brust und stellt dann mit seinen Händen eine kleine Explosion dar. Um auf Nummer sicher zu gehen, untermalt er die Geste mit einem »*Boum!*« Aloisia schweigt. Der Bettler schließt daraus, dass sie noch immer nicht versteht. Da kann er ihr auch nicht helfen. »*Alors? Tu le prends ou quoi?*« Er sagt gewiss nichts Kompliziertes. Dennoch ist sie chancenlos.

Der Bettler rollt mit den Augen. Er künstelt ein breites Grinsen und gibt ihr einen Daumen hoch. Anschließend stellt er seinen Daumen und sein Grinsen auf den Kopf. Dann beginnt er die zwei Gesten und Grimassen abzuwechseln. Immer wieder zieht er seine Mundwinkel hoch und hernach wieder runter. So wie diese Wunderscheiben, die man dreht, bis zwei Bilder zu einem verschmelzen. Als schaue er fröhlich und traurig zugleich. Er schließt sein kleines Kunststück, indem er seine Arme ausbreitet.

Er erwartet keinen Applaus, sondern eine Antwort. Sie gibt ihm einen Daumen hoch. Er rührt sich nicht. Seine Arme hängen noch immer erwartungsvoll in der Luft. Fast so, als wären sie an Fäden befestigt. Fäden, die vor Ungeduld kurz vor dem Zerreißen stehen. Sie überlegt kurz und künstelt ein Grinsen. Ganz genauso breit wie das, welches er ihr vorgemacht hat. »*Bon.*« Seine Arme lockern sich. Er zieht aus seinem Jackett einen kleinen Notizblock hervor, an dem ein Kugelschreiber klemmt. Schwungvoll notiert er etwas auf dem obersten Blatt, reißt es ab und reicht es ihr. 350. Sie seufzt.

Er hebt seinen rechten Zeigefinger und bittet sie um Aufmerksamkeit. Mit der linken Hand stibitzt er ihr das Notizblatt, greift erneut zum Kugelschreiber, streicht etwas durch, schreibt etwas neu und gibt es ihr schließlich wieder. 380. »Was?!«, entfährt es ihr. »Das ist ja …« Sie gibt nach. Zum Einspruch fehlen ihr die Worte. Er aber lächelt, schließt gönnerhaft die Augen und nickt. Gern geschehen. Sie zeigt ihm abermals einen Daumen nach oben. Auch das Grinsen kriegt sie hin, wenngleich deutlich gequälter als vorhin. Aus der anderen Tasche seines Jacketts zieht er einen Schlüssel, wirft ihn ihr zu und verschwindet.

Aloisia tritt ans Fenster und zieht den Vorhang einen Spalt auf. Nur einen klitzekleinen Spalt. Gerade so breit wie ihre Pupille. Die lugt nun aus dem Spalt hervor hinüber auf die andere Seite. Romain sitzt am Schreibtisch. Sie stürzt nach draußen und schlägt die Tür hinter sich zu. Sie läuft sechs Stockwerke nach unten und sechs Stockwerke nach oben. Die Tür zu seinem Studio steht offen. Sie fällt keuchend auf die Matratze und wartet, bis ihr Sehfeld aufklart. Bis sich die dunklen Schwaden einer drohenden Ohnmacht verziehen. So bleibt sie liegen, bis Romain zur Arbeit aufbricht. Er wirkt bedrückt. Beinahe so, als wüsste er, dass er sie niemals wiedersieht, wenn er ihr jetzt den Rücken kehrt. Sie möchte gerne etwas sagen. Irgendetwas Nettes. Zu diesem Abschied, von dem er nichts weiß. Heute geht sie nicht spazieren. Stattdessen legt sie sich ins Bett und stellt wie jeden Abend den Wecker.

Früh am nächsten Morgen schultert sie ihren Rucksack und verlässt das Studio. Von der anderen Seite aus beobachtet sie, wie Romain durch die Tür tritt. Bisher hat sie seiner morgendlichen Heimkehr lediglich gelauscht. Nun aber kann sie zum ersten Mal sehen, wie er seine Tasche abstellt, die Schuhe auszieht und sich ins Bett legt. Alles wie gehabt. Ausgenommen, dass sie nicht da ist. Da! Er streckt den Arm aus. Er tastet nach ihr und spürt sie nicht. Dann zieht er seinen Arm wieder ein. Das soll es schon gewesen sein? Das kann doch nicht … da! Er hebt die Decke. Er sucht nach ihr und findet sie nicht. Gleich springt er hoch und reißt den Schrank auf. Und hat er erst dessen Leere bemerkt, wird er auch den Rest aufreißen. Was freilich eine Frechheit ist. Als ob sie ihn bestehlen würde!

Sie öffnet ihren Rucksack und stellt ihn auf den Kopf, sodass sich alles auf den Boden entleert. Erst jetzt fällt ihr auf, wie wenig sie doch mitgebracht hat. Zwei Dutzend Sommerkleidchen. Drei Paar Stöckelschuhe, auf denen sie nicht gehen kann. Einen unbenutzten Lippenstift. Ihr Maturazeugnis und zuletzt ein Wörterbuch. Französisch-Deutsch. Sie rümpft nachdenklich die Nase und versucht zu rekonstruieren, weshalb sie ausgerechnet dieses und nicht das andere Wörterbuch mitnahm. An so etwas Prosaisches wie Socken oder normale Unterwäsche hat sie dagegen nicht gedacht. Doch anstatt sich selbst zu geißeln, ist sie zunehmend erleichtert, dass sie an irgendetwas gedacht hat. Man soll nicht zu hart mit sich ins Gericht gehen. Sie hat ihren Flug gebucht und ihn sogar erfolgreich bestiegen. Zudem hat sie eine Bleibe. Und das viel früher als erwartet. Dafür hat sie keinen Freund mehr. Auch viel früher als erwartet. Die Kombination aus beidem dürfte sie allerdings in Bälde mit Geldproblemen konfrontieren. Solche hatte sie gar nicht erwartet. Wie so vieles andere.

Aloisia hat sich weder vorbereitet noch sich irgendetwas vorgestellt. Junge Menschen, die nach Paris gehen, malen sich doch vorher aus, wie großartig hier alles sein wird. Selbstverständlich schmieren dabei viele weit über den Rand hinaus, worauf sie bitterlich enttäuscht werden. Viele können sich da nicht helfen. Das liegt an ihrer Phantasie, die keine feinen Striche zulässt. Sie ist nicht reicher oder bunter. Es ist davon auszugehen, dass alle Menschen gleich viel Phantasie besitzen. Sie malen lediglich mit verschiedenen Pinselstärken. Wobei nicht wenige auf einen Pinsel ganz verzichten. Sie nehmen lieber gleich die Hände. Sie schütten ihre Phantasie wie Fingerfarben vor sich aus und beginnen wild zu schmieren. Manche schmieren sogar so wild, dass sich alle Farben vermischen und zu ödem Braun verkommen. Von diesen wird man dann behaupten, sie hätten keine Phantasie. Und sie selbst werden enttäuscht sein. Nicht nur von dem, was sie sich ausgemalt haben, sondern auch von ihrem Gemälde.

Vor über einem Jahr fasste sie den Beschluss, hierherzukommen. Was um Himmels Willen hat sie die ganze Zeit gemacht? Was sie für Vorbereitung hielt, war in Wahrheit nur Vorfreude.

Bilderleer und sprachlos hat sie ein Jahr das Bett gehütet. Von dem vielen Entgegenfiebern. Nein, das ist nicht wahr. Nicht einmal das hat sie getan. Sie tat es nicht vorsätzlich nicht, um sich Enttäuschung zu ersparen. Sie kann einfach nicht vorausschauen. Auch nicht freudig. Denn sonst stürzt sie. Ganz egal, in welchen Schuhen. Sie fühlt, dass sie das reuen müsste. Denn wenn sie zu einem noch weniger befähigt ist, als vorauszuschauen, dann ist es, zurückzublicken. Viele würden sie darum beneiden. Lebe den Moment! Das können auch nur solche wollen, die den Moment noch nie gesehen haben. Das schwarze Loch des Augenblicks. Darin kann man doch nicht leben. Der Moment ist keine Bleibe. Hier muss man spontan sein. Wie ein wildes Tier. Das nichts plant und nichts bereut.

16

»Mama?« »Kindchen! Welch eine Freude! Wie geht es dir? Wie ist Paris? Seit du fort bist, ist das Haus so leer.« »Ich will wieder heim zu euch.« »Ach, Kindchen … das geht nicht.« »Was?« »Das geht nicht.« »Wieso geht das nicht? Du hast doch gesagt, das Haus sei so leer.« »Das ist es auch. Wir haben es verkauft.« »Ihr habt unser Haus verkauft?« »Mhm.« »Warum?« »Wir brauchten einen Tapetenwechsel. Aber die neuen haben uns dann doch so nicht gefallen. Und ehe wir sie nochmals wechseln … Da haben wir es lieber gleich verkauft.« »Das ist ja wohl ein Scherz.« »…« »Wieso habt ihr mir nichts gesagt?« »Wir wollten dich nicht aufwühlen.« »Und wann seid ihr ausgezogen?« »Ein paar Stunden nach dir.« »Und wo wohnt ihr jetzt?« »Ich habe eine Wohnung in …« »Du und Vater, ihr wohnt nicht mehr zusammen?« »Weißt du, Kindchen …« »Wer ist das?« »Wer ist was?« »Der da im Hintergrund gelacht hat.« »Das ist der René.« »Der René von der Renate?« »Ja, genau. Soll ich ihn dir kurz geben?« »Nein! Was macht der bei dir?« »Weißt du, Kindchen, der René und die Renate …« »Haben die sich etwa auch getrennt?« »Nein, um Himmels Willen! Die waren nie zusammen.« »Warum waren sie dann immer gemeinsam bei uns?« »Wir wollten dich nicht aufwühlen.« »Mama, sag mir nur eines noch: Ist der Petzi bei dir oder beim Papa?« »Ach, der Petzi … Wir wollten dich nicht aufwühlen.«

17

Jeder Mensch wird interessant, wenn man ihm heimlich zusieht. Selbst wenn er gar nicht interessant ist und auch nichts Interessantes tut. Wie zum Beispiel Romain. Er kommt um 7 Uhr 30 nach Hause, legt sich hin und wacht ohne einen Wecker Punkt 12 Uhr Mittag auf. Dann schaltet er den CD-Player ein, springt aus dem Bett und bereitet sein Frühstück zu. Zwei Scheiben ungebähtes Toastbrot mit Marmelade und Butter. Die eine mit Erdbeere, die andere mit Marille. Dazu einen Milchkaffee, um das Toastbrot einzutunken. Es folgen eine rasche Darmentleerung, zwei Zigaretten, danach eine weitere, etwas längere Darmentleerung, von der aus er direkt in die Dusche steigt.

Auf der anderen Seite hatte sie das wahnsinnig gemacht. Die stumpfen Wiederholungen bis ins winzigste Detail, die sich in gar nichts unterschieden. Denn das hätte sie bemerkt. Schließlich stand Romain schon damals unter ihrer Beobachtung. Nur tat sie es nicht vom Fenster, sondern von der Matratze aus. An die kühle Wand gelehnt saß sie aufrecht da und schaute. Sie schaute ihm bei allem zu. Beim Essen, beim Rauchen, beim Schauen und, zugegeben, im Augenwinkel auch beim Toilettengang. Auf eine Variation wartend. Auf einen klitzekleinen Ausbruch. Vielleicht machte ihn ihr Verhalten, wochenlang stumm dazusitzen und ihn absichtslos zu beschatten, gleichermaßen wahnsinnig. Doch vermutlich eher nicht. Und selbst wenn, was weiß er schon! Aloisia erscheint es klüger, nichts zu tun statt stets das Gleiche. Versäumnisse wiegen leichter als Fehler.

Zudem konnte er nicht klagen. Schließlich war sie beim Starren meist nackt. Das gilt bei Frauen vor männlichen Richtern als strafmildernder Umstand. Haben Sie diesen Mord begangen? Ja, aber ich tat es nackt. Und schon ist die Haftzeit halbiert. So denkt sich das Aloisia, welche gute Gründe hatte, ständig nackt zu sein. Zum einen war es schrecklich heiß. Ist es übrigens auch jetzt in ihrem eigenen Studio. So ist das immer im obersten Stockwerk. Was sich hier tummelt, wird von der Grillfunktion des Dachs erbarmungslos zerkocht. In diesem Moment in ihrem eigenen Studio ist sie trotzdem angezogen. Ungeachtet der Temperatur. Alleine nackt herumlaufen? Welch seltsamer Gedanke. Nacktheit ist etwas Intimes, aber doch nichts Geheimes. Sie fühlte sich sehr unwohl, zwänge man sie, sich hier zu entkleiden. Irgendwie unpraktisch fände sie das. Mit ihren verschwitzten Schenkeln auf dem Stuhl festzukleben. Sich an dem maroden Holz einen Splitter einzuziehen. Bei Romain dagegen war es praktisch. Immerhin unterbrach sie ihr Starren allzu oft für Zärtlichkeiten. Es hätte sich einfach nicht gelohnt, dazwischen etwas überzuwerfen. Höchstens einen Slip oder ein Stück der dünnen Decke, die sie in ihrem Schritt drapierte, um die Salbe zu verbergen. Romain saß niemals nackt herum und tut es, wie Aloisia nun feststellt, auch für sich alleine nicht. Er legt Wert auf ein frisches Hemd und eine gut gefaltete Hose, sobald er aus der Dusche steigt. Dabei wusste er ganz genau, dass es nicht lange dauern würde. Dann kriecht sie erneut auf allen vieren zu ihm hin, befreit den Gürteldorn aus seinem Loch und den Schweif aus seiner Hose.

Wollte sie sein Protokoll stören? Warf sie seinen Schweif in ihr Getriebe als wäre es Sand in seins? Gelegentlich hat sie versucht, die Abläufe zu sabotieren, die sie so sehr enervierten. Etwa indem sie die Erdbeermarmelade versteckte. Für sie gab es zwei Möglichkeiten, wie er reagieren könnte. Entweder Romain ergibt sich dem Schicksal eines erdbeerlosen Morgens und bestreicht die beiden Scheiben mit Marillenmarmelade. So zumindest stellte sich Aloisia die normalste Reaktion vor. Oder – und das hielt sie im Falle Romains für weitaus wahrscheinlicher – er verliert den Verstand und stürmt noch in der Unterhose den nächstgelegenen Supermarkt. Nichts davon trat letztlich ein. Romain holte zwei Scheiben Toast aus der Verpackung sowie die Butter aus dem Kühlschrank. Er fasste nach dem Glas Marille, schraubte es auf und stellte es neben der Butter bereit. Ein weiteres Mal streckte er seinen Arm aus. Aloisia grub vor Spannung ihre Finger in die Matratze. Sein Griff glitt ins Leere. Plötzlich stockte ihr der Atem. Was, wenn er sich jetzt umdreht? Und sie nach dem Glas fragt? Wer soll es sonst von seinem Platz entfernt haben? Wie konnte sie das übersehen? Zu ihrer Erleichterung drehte sich Romain nicht um. Er tat etwas viel Schlimmeres. Nach einer kurzen, wenngleich intensiven Suche nach dem Erdbeerglas bestrich er eine der zwei Scheiben Toastbrot mit Marillenmarmelade, während er die andere zurück in die Verpackung steckte.

Aloisia weiß bis heute nicht, was sie daran so deprimierte. Doch ihr Entschluss davonzulaufen wirkt sofort unausweichlich, wenn sie an diese Szene denkt. Dabei war diese noch schlimmer, als sie es heute wahrhaben möchte. Ihr Gedächtnis hat sie geschönt. In Wahrheit waren es vier Scheiben Toastbrot, die Romain auf die Anrichte legte und zwei, die er erneut verstaute. Denn auch sie selbst aß an dem Morgen nur eine Scheibe mit Marille. Und an seinem Lächeln sah sie, dass es keine Strafe war, weil sie das Erdbeerglas versteckte. Er hätte sich nie träumen lassen, dass sie dazu imstande wäre.

Durch einen kleinen Spalt im Vorhang lugt sie hinüber in seine Wohnung. Sie hat den Tisch beiseitegeschoben und den Stuhl direkt ans Fenster. Auf dem sitzt sie nun und schaut. Dass jetzt so gar nichts anders ist! Sollte er sie nicht suchen? Nicht, dass sie das wollen würde, doch es ist nun einmal Fakt: Das Erdbeerglas hatte er länger gesucht als sie. Dafür sucht Aloisia. Allerdings weiß sie nicht, was. Ihr selbst ist nicht begreiflich, weshalb sie nicht wegschauen kann. Damals wie heute. Weshalb sie nur Tag für Tag stundenlang am Fenster zubringt und durch einen Spalt im Vorhang lugt. Ihr fällt nicht einmal auf, wie unbequem der Holzstuhl ist. Ist es, weil sie es heimlich tut? Reicht das tatsächlich aus? Tat sie es nicht damals schon heimlich? Oft beschlich sie der Verdacht, dass er ihre Präsenz vergaß, wenn sie lange nicht hustete oder sich die Decke vom Schoß schob und die Schenkel spreizte. Vielleicht fasziniert sie schlicht, dass sich jemand allein genauso gebärdet wie in Gesellschaft. Gewiss, er kratzt sich zuweilen im Schritt oder bohrt in der Nase. Doch von solch kleinen Privatvergnügen hielt ihn auch ihre Gegenwart nicht ab. Alles ist genau wie damals. Das heißt, damals war es schon wie vorher.

Nein, das stimmt so nicht. Da sind noch die Nachmittage. Die verlaufen freilich anders, seit sie nicht mehr auf seiner Matratze sitzt. Eingesalbt und eingekleidet geht es für ihn nicht an den Schreibtisch, sondern nach draußen. Nach zwei, drei Stunden kehrt er wieder. So gut wie immer in Begleitung. Ein Hoch auf den Open Space! Dank der von ihm entfernten Badtür hat sie freie Sicht auf das Bett. Nur das Fuß- und Kopfende fehlen. Und es fehlen die Füße und Köpfe, wenn er es mit einer Nana in der Missionarsstellung treibt. Doch das kommt so gut wie nie vor. Meistens nimmt er sie von hinten. Und das, obwohl kaum eine doppelt vorkommt. Ihr leuchtet das nicht recht ein. Warum die Abwechslung, wenn man gar nicht hinschaut? Womöglich nimmt er sie von hinten und stellt sich vor, es sei dieselbe.

Ist es normal, anderen beim Sex zuzuschauen? Wahrscheinlich schon. Aber ist es auch normal, sich dabei nicht anzufassen? So eine Art platonisches Spannen. Ist das normal? Glücklicherweise stellt sie sich solche Fragen nicht. Aloisia schaut einfach zu. So wie andere dem Wogen des Meeres oder dem Vorbeiziehen der Wolken zuschauen. Es gibt gar nicht wenige, die setzen sich in ein Café, halten ihre Tasse und schauen angezogenen Leuten beim Kaffee-Bestellen zu. Sind die nicht perverser als der Perverse im Gebüsch eines FKK-Strands? Statt einer Tasse den Schweif in der Hand?

Jeden Tag der gleiche Ablauf. Nur zwei Dinge ändern sich. Das Parfum und die Nana. Jeden Tag ein anderes Pröbchen. Einweggebinde. Alles folgt einer strengen Routine. Einzig bei Damen und bei Düften möchte sich Romain nicht festlegen. Er darf es auch gar nicht. Denn der immer gleiche Duft lockt die immer gleichen Damen. Und die immer gleichen Damen versprühen den immer gleichen Duft. In seinem Bad steht darum eine Schale, die randvoll ist mit diversen Phiolen und Flakonminiaturen. Nicht jedes Bouquet sagt ihm zu. Manches Mal beutelt es ihn richtig beim Auftragen. Kopfnote Lilie. Pfui Teufel! Das mag er gar nicht. Doch er mag das Köpfchen, das sich danach umdreht. Und nur darauf kommt es an. Der Köder muss dem Fisch schmecken. Nicht dem Angler. Das lehrt schon die Werbung. Zumindest die für Herrendüfte. Herren berauschen sich nicht an sich selbst, sondern an den berauschten Damen. Sie stehen Spalier. Er schreitet hindurch. Sein Odeur dringt in ihre Nüstern und sie saugen ihn gierig auf. Ihm hat sein eigener Duft nichts an. Er marschiert entschlossen auf einer geraden Linie entlang und bringt die Frauen um sich zum Einsturz. Wahrscheinlich trägt er Wachs in der Nase. Um seinen Geruch nicht zu vernehmen, der auch ihn den Verstand kosten könnte. Ganz anders sind Werbungen für Damendüfte. Hierin sieht man keine Herren, die sich ihr zu Füßen legen. Die Frau macht schließlich nichts für Herren. Sondern alles nur für sich. Auch der Duft, den sie trägt, ist einzig und allein für sie. Nicht für die anderen. Deswegen kommen andere auch nicht vor. Sie schnuppert an sich selbst und versetzt sich damit in Trance. Ihre Augen sind zu. Denn Frauen genießen blind und nicht so wie Herren sehend. Sie taucht ins Meer. Sie taucht wieder auf. Sie reitet, rennt oder rollt durch den Sand. Ziellos. Schamlos. Sinnlos. Denn Ziele, Scham und Sinne hat ihr ja das Parfum geraubt. Mit ihrem Parfum ködert sie nichts und niemanden. Die Frau in diesen Werbeclips ist verträumt, verspielt, verrückt. Aber vor allem ist sie eins: allein.

18

Bricht Romain zur Arbeit auf, wartet Aloisia exakt eine Stunde, ehe sie selbst nach draußen geht. Schließlich könnte er zurückkehren. Weil er etwas vergessen hat oder das Hotel einstürzte. Nach einer Stunde ist sie sich sicher, dass er an der Rezeption sitzt. Das hat sie damals schon getan, als sie noch bei ihm auf der anderen Seite wohnte. Doch inzwischen weiß sie Besseres mit ihren Nächten anzustellen, als ziellos durch Paris zu streifen. Nun huscht sie Treppenaufgang B hinunter und Treppenaufgang A hinauf. Bis zu seinem Studio. Den Schlüssel hat sie ja behalten. Nicht, um hier nachts einzusteigen, aus seinen Tellerchen zu essen und in seinem Bettchen zu schlafen. Darauf kam sie erst später. Erst behielt sie ihn aus reiner Höflichkeit. Hätte sie ihm den Schlüssel gelassen, wüsste er doch, dass sie absichtlich fortlief. So aber kann er sich mit der Vorstellung trösten, ihr sei etwas zugestoßen. Wenigstens das ist sie ihm schuldig.

Aloisia kommt nicht zum Schnüffeln. So etwas hat sie gar nicht nötig. Es gibt nichts, was ihr von der anderen Seite aus entginge. Ihre heimlichen Besuche sind niederer Natur. Das Geld wird knapp. Angesichts der hohen Miete sind Sparmaßnahmen erforderlich. Und eine davon ist auswärts zu essen. Nämlich bei ihm. Schlechtes Gewissen hat sie deswegen keines. Wäre sie bei ihm geblieben, hätte er doch auch geteilt. Mit dem größten Vergnügen und stets halbe-halbe. Jetzt aber nimmt sie sich höchstens ein Zehntel. Wenn nicht gar weniger. Gerade so viel, dass es ihm nicht auffällt. Das genügt. Schließlich verharrt sie untertags so gut wie reglos in ihrem Zimmer. Nach einem frugalen Mahl überprüft Aloisia allabendlich den Schrank. Die ihr zugedachte Hälfte und ob sie noch immer leer steht. Selbstverständlich tut sie das.

Schlussendlich legt sie sich ins Bett. Zuvor stellt sie sich den Wecker. Romain kommt um sieben. Sie verschwindet um sechs. So geschieht garantiert kein Malheur. Es sei denn, das Malheur wäre dann bereits geschehen. Um vier Uhr morgens im Tiergeschäft. Wenn etwa eine seiner vielen Nanas beim Streicheln eines seltenen Tieres einen allergischen Schock erlitte. Dann käme er bereits um fünf. In Begleitung der Nana. Denn ihren flehentlichen Wunsch, ins Krankenhaus gebracht zu werden, müsste Romain leider ausschlagen. Dort fände man womöglich in ihren Atemwegen Haare der verschleppten Bengalkatzen oder gar des Boerboelwelpen – eine Rasse, die in Frankreich seit zwanzig Jahren verboten ist. Das brächte ihn in Schwierigkeiten, die sich leicht vermeiden ließen, wenn sich die Nana bei ihm statt bei Ärzten auskurierte.

So etwas Absonderliches ist bislang nie vorgekommen und dass es das heute tut, kann man nur als großes Pech bezeichnen.

Glück dagegen darf man es nennen, dass es zwei Schlösser zu öffnen gilt, um in Romains Studio zu gelangen. Das Klacken des ersten weckte sie auf. Das Klacken des zweiten verschaffte ihr Zeit, aus dem Bett in die Dusche zu hechten und den Vorhang zuzuziehen. Es ist der Nana zu verdanken, dass Romain nichts bemerkt. Weder die zerwühlten Laken noch die Toastbrösel am Tisch. Er sieht nicht einmal ihre Schuhe. Ganz zu schweigen von dem zugezogenen Duschvorhang. Er ist viel zu beschäftigt, die versehrte Nana zu beruhigen. Sie schreit wie am Spieß. Romain versucht die Lage zu entschärfen. Mit einem klassischen »Sch sch sch«. Doch die Behandlung schlägt nicht an.

Was findet Romain denn bloß nur an der, grübelt Aloisia in der Dusche. Wieso nimmt er so eine mit nach Hause? Eine, die nur schreit und Geschirr an die Wand schmeißt? Das klingt nicht nach seinem Typ. Sein Typ klingt überhaupt nicht. Dachte sie zumindest. Dass sein Typ stumm ist so wie sie. Doch so jemand ist selten. Das sieht sie schon ein. Vielleicht ist diese Schreierin das, was ihr am Nächsten kommt. Schließlich schreit sie keine Worte, sondern lediglich Laute. Störend ist es trotzdem. Aloisia hält sich die Ohren zu. Wie Romain das nur aushält! Wenn sie nicht bald runterkommt, reißen ihr noch die Stimmbänder. Dann züngeln sie ihr aus der Kehle wie durchgebrannte Kabel.

Wusste sie's doch! So eine ist nichts für Romain. Er hat soeben das Studio verlassen. Sie hörte, wie die Tür aufging und zuschlug. Gefolgt vom doppelten Klacken der Schlösser. Ein kurzer Rausch des Rechthabens. Dann jedoch wird ihr bewusst, dass sie jetzt mit ihr allein ist. Mit der schreienden Nana. Dem Vernehmen nach ging ihr das Geschirr aus. Deshalb schmeißt sie sich nun selbst von Wand zu Wand. Aloisia erwägt, einfach schnell hinauszurennen. Soll sie es doch Romain erzählen. Dass ein Mädchen aus seinem Bad sprang und davonlief. Falls sie das überhaupt vermag. So eine komplexe Zeugenaussage. Bislang lagen ihre Talente einzig im Schreien und im Schmeißen. Aloisia traut sich trotzdem nicht. Immerhin hat auch sie Angst. Wer weiß, wozu die fähig ist! Sie schiebt den Duschvorhang etwas zur Seite und schaut aus dem Fenster hinüber zu ihr. Weit ist es ja nicht gerade. Zwei Armlängen. Man könnte sogar springen. Doch leider ist ihr Fenster zu. Das war's. schwört sich Aloisia. Keine nächtlichen Wohnungswechsel mehr.

Allmählich wird es leiser. Der Nana gehen hörbar die Kräfte aus. Nur mehr hie und da ein Plärren. Nur mehr ab und zu ein Scheppern. Stille. Gleich schläft sie ein. Muss sie ja. So, wie die sich verausgabt hat. Aloisia beschließt noch ein wenig abzuwarten. Sie rutscht an den Fliesen hinab in die Hocke, umfasst ihre Knie und legt ihren Kopf darauf ab. Da plötzlich fällt der Duschvorhang. Aloisia schreit auf. Und auch die Nana, den Vorhang in den Händen, findet zu ihrer alten Lautstärke zurück. »C'est qui ça?!« Sie streckt die Hände nach Aloisia aus. »C'est toi, Romain?!« Diese schnappt sich die erstbeste Waffe und wehrt die Übergriffe mit der Klobürste ab. »Aï! Arrête! Ça pique!« Die Nana aber fuchtelt weiter. »Et ça pue!« Mit der stimmt doch was nicht. Und zwar noch viel weniger, als sie bislang vermutet hatte. Die Nana hat keine Augen! Und wenn doch, so sind sie unter zwei ungeheuren roten Warzen verborgen. Auf jeden Fall scheint sie so gut wie blind zu sein. Aloisia kriecht auf allen vieren unter ihr vorbei, richtet sich auf und schleicht lautlos zur Tür. Selbst die maroden Schlösser öffnen sich ohne das typische Klacken. Um nur ja keinen Lärm zu machen, lässt sie die Tür offen. Das ist ohnehin besser, als die Nana einzusperren, wie Romain das getan hat. Was, wenn sie rausmuss, aber an den Schlössern scheitert? Blind, wie sie ist? Wenn etwa das Gebäude brennt! Romain kann sich glücklich schätzen, dass sie so gut auf ihn achtgibt. Auch wenn er es gar nicht weiß. Aber so ist das mit Schutzengeln eben.

Der Schutzengel Aloisia flattert aus dem Studio. Sie fühlt sich erleichtert. Und zwar überall. Kopf, Herz, Gewissen. Alles ist leicht. Bis auf ihren Körper. Diese verdammte Treppe. Ihr weichlicher Altweiber-Schrei gellt durch das gesamte Haus. Die Nana rennt los. Dem Schrei hinterher. Aus dem Bad. Durch die Wohnungstür. Auf den Flur. Und ungebremst in das Geländer. Die Rolle vorwärts am Reck. Aloisia hat sie versucht und versucht, war jedoch jedes Mal gescheitert. An der Nana sieht es so leicht aus. Allerdings schafft sie nur die Hälfte. Hoch kommt sie nicht mehr. Schließlich besteht das Geländer nicht nur aus dem Handlauf. Da sind noch die Pfosten, die ihre Rolle jählings bremsen und sie kopfüber nach unten schicken. Aloisia ist entsetzt. Ein Schritt von ihr auf Zehenspitzen ist lauter als der Sturz einer Nana aus dem sechsten Stockwerk.

19

Der Gestank von Kakerlaken ist nicht einfach zu beschreiben. Weil sie womöglich auch gar nicht stinken. Was stinkt, ist nur der Ekel, den man vor ihnen hat. Aloisia hätte nie gedacht, dass es sich bei dem Geruch, der ihr Studio erfüllt, um Gestank handeln könnte. Denn wo Gestank ist, ist auch Schmutz. Nun ist ihr Studio aber keinesfalls schmutzig. Wie denn auch? Es ist ja leer. Abgesehen von einem Klapptisch, einem Klappstuhl und dem Bett, das gewiss auch klappbar ist. Nicht einmal einen Mülleimer gibt es, weil sie nicht einmal Müll besitzt. Ganz zu schweigen von Essensresten. Was immer sie kauft, verzehrt sie am Weg. Ganz gleich, wie fest sie sich vornimmt, es für den Abend aufzusparen. Spätestens im vierten Stock, während der obligatorischen Pause, die sie beim Aufstieg einlegen muss, muss der letzte Bissen dran glauben.

Dort müssten die Viecher hin. In den vierten. Dort gibt es sicher feine Sachen. Ein Mont-Blanc von Angelina. Macarons von Pierre Hermé. Kandierte Maronen aus der Grande Épicerie. Im vierten Stockwerk wohnt nämlich ein Arzt. Der Docteur Touitou. Ein Stockwerk darunter liegt seine Praxis. Aloisia weiß das, denn noch bis vor einer Woche verschnaufte sie gewöhnlich im dritten. Jetzt schafft sie zwar ein Stockwerk mehr, doch sie vermisst ihr altes Plätzchen. Vor der Praxis war stets etwas los. Gerne sah Aloisia den Patienten beim Kommen und Gehen zu und überlegte, was sie wohl plagte. Im vierten dagegen passiert überhaupt nichts. Die Wohnung des Docteur Touitou wird von niemandem betreten und von niemandem verlassen. Keine Gattin, keine Kinder, keine Putzfrauen, keine Maitressen. Nicht einmal Kakerlaken.

Die nisten lieber im sechsten. Oben beim Abschaum. Als wären sie hier nicht schon genug. Auch ohne diese Parasiten, die sie mit großen Augen anschauen und fragen, wie das hier weitergehen soll. Wie sie ihre Familien ernähren sollen. Ihre Millionen von Verwandten. Doch im sechsten ist nichts zu holen. Weder bei ihr noch bei den Nachbarn. Die sehen schließlich nicht so aus, als legten sie Wert auf feste Nahrung. Nacht für Nacht kriechen die Viecher aus ihren Ritzen. Sie kommen von überall her. Draußen vom Gang, unten durch die Tür, oben von der Decke. Sie kommen, sobald es finster wird. Zu gerne ließe Aloisia das Licht an. Doch dann denkt sie an den Strom, den das kostet.

Sie sollte eine von ihnen essen. Vielleicht kapieren sie es ja dann. Eine von den Großen. Aber nicht im Ganzen. Ansonsten glauben die anderen noch, sie wäre bloß abgehauen. »Die Anzeichen waren alle da«, werden ihre Verwandten sagen. »Sie hat immer wieder mal etwas in die Richtung angedeutet. Nachdem sie im Winter diese 500 Kinder gekriegt hat. Sie wollte sie angeblich gar nicht, doch er hat darauf bestanden. Dabei hatte sie schon 3000. Kein Wunder, dass ihr das alles zu viel wurde.« Sie sollte ihr lediglich den Kopf abbeißen. Nein, besser den Körper. Sie beißt ihr den Körper ab und steckt ihren Kopf als Warnung auf einem Zahnstocher zwischen die Holzdielen. Am Körper ist mehr dran.

Aloisia hat bislang niemals Geld verdient, sondern immer nur bekommen. Sie fand das nicht schlimm. Im Gegenteil. Sie hat nie recht eingesehen, weshalb da viele einen Unterschied machen. Zwischen verdienen und bekommen. Warum sollte ihr Taschengeld unverdient gewesen sein? Entsprechend seltsam fand sie ihre Klassenkameraden, die nach dem Sommer mit dem Salär ihrer Ferialjobs prahlten. Ganz berauscht von der Erfahrung, eigenes Geld verdient zu haben. Als ob man sich von eigenem Geld mehr kaufen könnte als von fremdem! »Mein Taschengeld ist auch mein eigenes«, warf sie einmal unbedacht ein, als gerade eine Göre ihre Unabhängigkeit besang. Heldenhaft erworben durch sommerliche Fron im Eissalon Cortina. Die Göre überlegte lange, ob sie sich Aloisia zuwenden sollte. Schließlich war sie nicht Teil des Gesprächs. Sie war nicht einmal Teil der schulhöfischen Gesellschaft. Die Etikette hätte geboten, sie schlichtweg zu ignorieren. Doch Aloisia wurmte sie. »Nein, es ist das von deinen Eltern. Das hier …« Die Göre zückte ein paar Scheine und fächelte damit wie ein Grundschulenluder, das Bussis verhökert. »… ist mein eigenes Geld.« Aloisia musste schmunzeln. »Dein eigenes Geld sieht genauso aus wie das von meinen Eltern.« Aloisia war nicht unbeliebt. Solange sie den Mund hielt.

Aloisia lugt durch den Vorhang. Romain, sie könnte zu ihm rübergehen. Er würde ihr gewiss Geld leihen. Womöglich sogar schenken. Und das ohne Gegenleistung. Haben tut er ja genug. Zwar lebt Romain ebenfalls im Dachgeschoss, doch er tut es aus freien Stücken. Er könnte sofort in eine Wohnung in einem der unteren Stockwerke ziehen. Dort sind weniger Kakerlaken und die Nachbarn haben mehr Zähne. Aber Aloisia traut sich nicht. Aus Angst, dass er sie missversteht. Sie will ihn nicht um Hilfe bitten, sondern einfach nur um Geld. Aloisia wird nie verstehen, weshalb da viele keinen Unterschied machen.

Sie hatte im Gymnasium von einer Schülerin gehört, die von zu Hause abgehauen war und fortan allein eine Garçonnière mitten in der Stadt bewohnte. Die Garçonnière bezahlte sie, indem sie zu ihrem Vermieter lieb war. So nannte sie das. Einmal in der Woche lieb sein. Das brächte sie auch fertig, denkt sich Aloisia. Doch sie ist nicht in Österreich. Das hier ist Paris! Wo alles zehnmal so viel kostet. Hier kriegt man fürs Liebsein höchstens einen Besichtigungstermin.

Sie könnte betteln gehen. Klassisch. Hand aufhalten, Geld rein, aus. Ohne jeden Schnickschnack. Kein Gesinge, kein Getanze, kein Gedudel. Das kann sie nämlich alles nicht. Wenn sie es könnte, würde sie ja nicht betteln. Dann würde sie singen, tanzen und dudeln. Doch dafür ist sie ungeeignet. Für das Betteln hingegen perfekt. Weil sie nicht so aussieht, als hätte sie es nötig. Solchen geben die Leute gerne. Das weiß sie aus Erfahrung. Ihr wurde einst am Hauptbahnhof in Wien das Portemonnaie geklaut. Darin befand sich neben Geld die Rückfahrkarte nach Leoben. Ohne zu zögern, wandte sie sich an den erstbesten Passanten und bat ihn um Geld. Bat, nicht bettelte. Wieder so ein Unterschied, den leider die wenigsten machen. Es war ihr nicht peinlich, die Hand aufzuhalten. Wieso auch? Schließlich hatte sie Geld. Nur eben nicht jetzt und hier. Das konnten alle sehen. Vor allem aber konnten sie es riechen. Denn Aloisia roch nicht. Sie roch nach nichts. Und nichts ist der Geruch des Geldes. Geld stinkt nicht, sagen die Leute gerne. Doch das ist nur eine nette Umschreibung. In Wahrheit wollen sie sagen, dass dort kein Geld ist, wo es stinkt. Geld ist ein Geruchsneutralisierer.

Wirklich jeder, den sie ansprach, gab ihr eine Münze oder

zwei. Oft musste sie nicht einmal ihre Lage schildern, schon zückte das Gegenüber ein Geldstück. Manche kamen sogar unaufgefordert auf sie zu und halfen aus. Sie hatten zuvor aus der Ferne gesehen, wie jemand dieses Mädchen beschenkte und wollten es ihm gleichtun. Binnen einer Viertelstunde hatte sie den gesamten Fahrpreis zusammen. Darüber hinaus nahm sie nichts an. Dem Letzten gab sie sogar Rückgeld. Ein echter Bettler braucht dafür sicher einen vollen Tag. Mehr noch, falls er keinen Grund nennt, wofür er das Geld benötigt. Denn einen solchen wollen die Leute. Der Grund muss nicht vernünftig sein. Auf einen Sliwowitz zu sparen, um diesen zu später Stunde in die schmalen Ausgabefächer der Fahrkartenautomaten zu brechen – das klingt gewiss befremdlich, aber immerhin merken die Leute: Da hat jemand eine Vision. Wenn er dann noch von Streetart faselt, wird es vor Sponsoren wimmeln. Er könnte natürlich auch offen gestehen, er will den Sliwowitz schlicht trinken, damit nur ja sein Filmriss nicht abreißt. Vor allem nicht so kurz vorm Ende. Denn schließlich möchte er keinesfalls wissen, wie der Film ausgeht.

Ob der Grund gesundheitsschädlich ist oder gemeingefährlich: Hauptsache, man schnorrt nicht ins Blaue. Denn dorthin spenden die Leute nicht mehr. Sie wollen etwas haben für ihr Geld. Von Spenden erwartet man heute mehr als ein gutes Gewissen. Man erwartet ein gutes Geschäft. Jeder Cent ein Marshallplan. Die Mäzene von heute wollen keinen Ablass. Sie wollen einen Anteil. Sie wollen sich nicht freikaufen, sondern einkaufen. Investieren statt exkulpieren. Sie stecken Geld nie in Personen, sondern immer in Projekte. In etwas mit Zukunft und Nachhaltigkeit. Menschen sind nicht nachhaltig und haben auch nur wenig Zukunft. Und das Ärgerlichste: Menschen kann man keine Plakette mit den Namen ihrer Gönner annageln.

Während der Zugfahrt fragte sie sich, wie weit sie hätte gehen können. »Hätten Sie bitte zwei Münzen für mich? Ich hasse es, mit ungeraden Beträgen durch den Tag zu gehen.« »Könnten Sie mir etwas Geld geben? Ich hätte zwar eigenes, doch das würde ich gern behalten.« »Mein Geldbeutel ist in einer meiner beiden Jackentaschen und ich habe keine Lust nachzusehen, in welcher. Können Sie mir nicht Ihren geben?«

20

Weißes Treibgut schwimmt am Himmel. Als wären die Wolken auf den Horizont aufgelaufen und in tausend Teile zerschellt. Es herrscht so ein Wetter, das einem ganz leicht einen Hopser entlockt. Wem es passiert, der künstelt dann meist schleunigst ein Stolpern. Lieber ein Fehltritt denn ein Hopser, heißt es in der Welt der Erwachsenen. Von all den Gebaren des kindlichen Frohsinns ist Hopsen das verpönteste und bleibt sogar ironisiert ein Tabu. Besonders die Mädchen sind davon affiziert. Bis ins hohe Jugendalter finden sie allerlei Mittel und Wege, um ihr Faible fürs Hüpfen und Springen in Form von Spielen zu legitimieren. Sei es ein Seil, ein Gummiband oder Zeichnungen am Boden. Von selbst hörten sie niemals auf. Ab einem gewissen Alter steckt man sie darum in Schuhe, die ihnen das Gehopse austreiben sollen. Das funktioniert freilich nur, weil man die Schuhe als Befreiung und nicht etwa als Fessel verkauft. Der hohe Absatz sei ein Sprung ohne Absturz. Der Höhepunkt des Hopsers, ins Unendliche verlängert. Die Schuhe versprachen ihnen den Himmel und brachten vielen das Gegenteil. Sie brachten sie der Erde näher, als sie es zuvor je waren. Sie brachten sie zu Fall. Wenn auch nicht ihre Leiber, so wenigstens den Blick. Nun muss ein gesenkter Blick kein gesenktes Haupt bedeuten. Die Mädchen auf dem Schulhof starren ebenso in den Asphalt wie bestöckelte Damen aufs Trottoir. Wer sich zwischen Himmel und Hölle bewegt, hat keine Augen für die Welt. Doch das Trottoir ziert keine Kreide und hüpfen tun die Damen auch nicht.

Aloisia tut es bereits zum dritten Mal. Sie hüpft in Richtung Gare du Nord und übt fleißig ihren Text. Ein simpler Satz mit nur vier Wörtern. Eins davon ist Portemonnaie. Viel kann nicht schiefgehen. Aloisia ist guter Dinge. Gewiss sind die Franzosen so freigiebig wie die lieben Leute damals am Wiener Hauptbahnhof. Dort bekam sie fünfzehn binnen einer Viertelstunde. Macht sechzig in der Stunde. Somit braucht es lediglich drei Stunden am Tag, drei Tage im Monat. Und schon wäre die Miete beisammen. Alte Frauen und junge Männer. Das sind die Spendabelsten. Die einen haben ein weiches Herz, die anderen einen harten Schweif. Und beide lassen sich stets noch ein bisschen mehr erweichen und erhärten.

Bereits beim ersten Mütterchen kassiert sie eine Abfuhr, wie sie sie sich schlimmer nicht vorstellen hätte können. Kein einfaches Nein. Kein verächtlicher Blick oder höhnisches Lachen. Sie rief auch nicht nach der Polizei. Das Mütterchen starrte sie mit großen Augen an und fragte: »*Tu dis quoi?*« Das Wohlwollen der Welt strahlt aus jeder ihrer Runzeln. Sie gäbe ihr alles, wenn sie sie nur verstünde. Sie gibt sogar Trickbetrügern etwas, wenn sie deren Tricks durchschaut. Sie hat Respekt für ehrliche, aber auch für harte Arbeit. Aloisia wagt einen zweiten Versuch. Diesmal etwas lauter. Vielleicht lag es daran. Das Mütterchen hört schlecht. Umso besser. Die Tauben sind oft christlicher als solche mit den Ohren von Luchsen. Man tut sich leichter mit dem Glauben, wenn man die Botschaft nicht mehr hört. Das Mütterchen zuckt mit den Schultern und zieht schweren Herzens von dannen. *Tu dis quoi? Tu dis quoi? Tu dis quoi? Tu dis quoi?* So geht das dahin. Und ein jeder meint es ernst. Keiner will sich drücken. Sie alle wollen helfen, doch wissen sie nicht, wie. Für einen Augenblick erwägt Aloisia ins Englische auszuweichen. Sie weiß, dass dies ein Akt äußerster Verzweiflung wäre. Wenn man ihnen mit Englisch kommt, da werden die Franzosen grantig. Dann sprühen sie Funken und speien Flammen.

Eine winzige Bettlerin dreht ebenfalls ihre Runden. Gestützt auf eine winzige Krücke, die ihr gerade bis zum Knie reicht. Ohne dieses kurze Ding könnte sie sicher besser gehen. Dann würde man sie nicht so leicht übersehen. Denn anschauen tut sie niemand. Geben aber tut fast jeder. Die Bettlerin bleibt stumm. Sie erzählt keine Geschichten von gestohlenen Portemonnaies. Sie hält einfach nur die Hand auf. Aloisia will es ihr gleichtun. Sie grast erneut den Bahnhof ab. Diesmal mit geschlossenem Mund. Dafür aber mit offenen Händen. Zuckende Schultern und ratlose Blicke. Das ist alles, was sie erntet. Sie kontrolliert ihre Hände. In perfekten neunzig Grad sauber übereinandergelegt. Auf der ganzen Welt verständlich. Aber an ihr? Kauderwelsch. Als hätte die Geste keine Bedeutung. Nie gehabt. Wieder sind ihr die Passanten wohlgesinnt. Wenn nicht mehr noch als vorhin. Sie rätseln an ihrer Geste länger als an ihren Worten. Was soll sie bloß bedeuten, diese fleischige Schale? Sie probieren alles aus. Sie formen eine Faust und legen sie hinein. Sie umfassen ihre Hände, ziehen an ihren Fingern und halten ebenfalls die Hand auf. Nach jeder Bewegung schauen sie Aloisia fragend an, ob es denn so richtig ist. Ob es das ist, was sie will. Die fleischige Schale bleibt leer. Aloisia wirft ihren Kopf hinein. Durch ihre Finger sieht sie etwas Schwarzes. Die winzige Bettlerin. Sie zischt. Wie ein Tier. Oder wie ein Mensch, der ein Tier verscheuchen will. Mit ihrer winzigen Krücke klopft sie gegen Aloisias Schienbein. Die andere Hand hält sie weiterhin hoch und fängt fallende Münzen auf. Aloisia hat hier nichts verloren. Auch wenn sie das den Leuten vorlügt.

Wenn Kampfsportler ein Brett mit der bloßen Hand zertrümmern, visieren sie nicht das Brett, sondern einen Punkt darunter an. So macht das Aloisia auch. Sie schaut nicht auf den Boden, doch auf einen Punkt darunter. Dementsprechend oft rempelt sie Passanten an. Oder wird sie angerempelt? Das ist schwer zu sagen. Ihr kommt es vor, als ob zum Rempeln immer zwei gehören. Trotzdem bittet sie um Verzeihung. Und zwar jeden einzelnen. »*Pardon. Pardon. Pardon. Pardon. Pardon.*« Die anderen tun es ihr gleich. »*Conasse!*« »*Espèce de pute!*« »*Fais gaffe, salope!*« »*Merde alors!*« »Macht doch nichts.«

Aloisia dreht sich um. Ein deutscher Jungmann. Ganz eindeutig. Auch er hat sich umgedreht. Beide gehen sie wie verzaubert aufeinander zu. Sie erzählt ihm den Klassiker vom gestohlenen Portemonnaie. Sofort zückt er seine Börse. In diesem Moment torkeln seine zwei Knappen heran. »Nein, gib der nichts!«, lallt der eine. »Die kauft sich davon nur Schuhe und Schminke!«, lallt der andere. Der Jungmann errötet. Plötzlich wird ihr alles klar. Er ist es. Er ist der, der nüchtern bleibt. Nicht am Steuer, aber am Stadtplan. Er muss die anderen nicht fahren, aber führen. Aloisia kennt solche von früher. Die jungen Männer, die in Wirtshäusern immer etwas abseits sitzen. Vor ihnen ein großes Soda mit Zitrone. Mit diesem sehr markanten Ausdruck. Eine Mischung aus Trauer und Stolz. Aus »Warum ich?« und »Wer denn sonst?« Der, der nüchtern bleibt. Einer der letzten großen Helden. Einer, der noch Opfer bringt anstatt nur eines zu sein. Doch wie es sich für Helden ziemt, werden diese selten alt. Aloisia erinnert sich, dass die nüchternen Fahrer weitaus mehr tödliche Unfälle hatten als die sturzbetrunkenen. Womöglich lag es daran, dass man den Fahrer stets mittels eines Trinkspiels bestimmte.

»Pass mal auf, ich geb dir was, wenn du auf allen vieren kriechst …« »… und wie eine Taube gurrst!« »Nein, wie eine Eule heulst!« »Mach grugru!« »Nein, mach huhu!« »Grugru!«

»Huhu!« Die Wangen des Jungmanns beginnen zu pulsieren. Er kann gar nicht hinsehen. Den Blick starr auf die Züge gerichtet, entschuldigt er sich für seine Knappen. Er ist fraglos sehr beschämt. Mehr noch aber ärgert ihn, dass er so empfinden muss. Wäre er nicht nüchtern, fühlte er jetzt nichts. Dann wäre er frei. Nun aber ist er vergeben. Vergeben an die Scham. Das ist auch so eine, der man was ins Glas tun muss, um sich etwas zu vergnügen. Wäre er nicht nüchtern, würde er Aloisia ganz andere Bedingungen stellen als seine infantilen Knappen. Er würde sich einen Spaß aus ihr machen, dass ihr Hören und Sehen vergeht. Stattdessen öffnet er seine Börse und händigt ihr einen Fünfer aus. Aloisia bedankt sich herzlich. Die drei Deutschen ziehen ab.

Sie macht einen fidelen Hüpfer und plötzlich ist alles anders. Irgendetwas scheint verrutscht. Kam das vom Hüpfen? Oder vom Geld? Sie fühlt sich hundeelend. Ganz anders als damals am Wiener Hauptbahnhof. Hätte sie nur huhu gemacht. Oder grugru. Zumindest auf allen vieren hätte sie schon kriechen können. Dann ginge es ihr vielleicht besser. Vielleicht aber auch schlechter. Damals am Wiener Hauptbahnhof kniete sie schließlich auch nicht nieder. Dafür wusste sie damals genau, worum sie gebeten hatte. Um Geld für die Heimfahrt. Jetzt dagegen bat sie nur um Geld. Gelogen hatte sie obendrein. Bereitet ihr das Magenschmerzen? Verträgt sie etwa keine Lügen? Aloisia überlegt, wann sie zuletzt gelogen hat. Das war dann wohl ihr erstes Mal. Seltsam. Sie hatte sich nie als besonders ehrlich empfunden.

Das muss ihr Gewissen sein. So hört sich das also an. Wie das Quietschen schlecht geölter Räder. Denn ein solches hat sie seit geraumer Zeit im Ohr. »Hé! Espèce de chienne!« Nun spricht es auch noch. Die Stimme des Gewissens hat sie sich anders vorgestellt. Irgendwie freundlicher und weniger französisch. »Hé ho, la gaupe! Fous le camp d'ici!« Und müsste das Gewissen nicht von oben zu ihr sprechen? Dieses aber spricht von unten. Sie blickt hinab. Zu ihren Füßen sitzt ein Rumpf. Ohne Arme, ohne Beine. Nur an der linken Schulter wuchert ein kurzer Ast aus Fleisch. Darauf verteilt blühen fünf kleine Triebe. Ein menschlicher Torso. Mit unerhörtem Haupt. Unerhört wie die Flüche, die es ihr entgegenspuckt. Aloisia entfernt sich. Wenigstens versucht sie es. Kaum tut sie einige Schritte zur Seite, ertönt sogleich dieses Quietschen, kommt immer näher und verstummt. Dann setzen erneut die Flüche ein. »Casse-toi ou je t'enleve le cul! Sale garce!« Der Torso sitzt auf einem Rollbrett, wie man es aus dem Baumarkt kennt. Damit rollt er ihr hinterher. An sich nichts Besonderes. Abgesehen von den Seilen, die daran befestigt sind. Sie umgürten den Torso sowie dessen Zugtier. Ein kleiner, doch kräftiger Hund. Der Schmutz, mit dem er übersät ist, hat die Farbe seines Fells. Er sähe nicht sauberer aus, wäre er gewaschen. Gleiches gilt für den Hundskutscher selbst. Er lässt die Zügel schnalzen und verschwindet im Getümmel.

Aloisia schüttelt sich. Sie muss das Geld so schnell wie möglich loswerden. Sie eilt zum nächstgelegenen Stand und bestaunt die Backwaren. 4,95 für ein Croissant. In ihrer Boulangerie im Elften bekäme sie dafür drei. Oder immerhin noch zwei, wenn sie sich für den Weg nach Hause ein Métro-Ticket kauft. Sie zieht eine kleine Börse aus ihrem Bustier hervor und verstaut darin den Fünfer. »Hey!« Sie sollte sparen. »Hey du!« Gewissen hin oder her. »Von wegen Geldbeutel verloren!« Wer weiß, wie lange sie davon nun zehren muss. »Gib mir gefälligst das Geld zurück!« Der deutsche Jungmann entreißt ihr das Portemonnaie und zupft seinen Fünfer heraus. »Mal sehen, was da sonst noch drin ist!« Aloisia schnappt nach ihrer Börse. Einer der zwei Knappen nimmt sie mit nur einem Arm in Gewahrsam. Der Jungmann durchsucht derweil ihr Portemonnaie und wird sekündlich angespannter.

»Da ist überhaupt nichts drin!«, kreischt er eigentümlich schrill. »Was?! Zeig her!« Seine Knappen lachen. Ungläubig begibt sich einer ebenfalls auf die Suche. Er dreht und wendet und schüttelt und rüttelt. Jedes Fach und jeden Schlitz. Überall fingert er hinein. Überall stochert er herum. Es könnte ja ein Loch haben, in welchem sich das Geld verkriecht. Er hält es sich ans Ohr und schüttelt. Klimpert da etwas im Inneren? Er geht äußerst gründlich vor. Gründlicher, als man es von einem Be trunkenen erwarten dürfte. Die Inspektion des Portemonnaies scheint ihn auszunüchtern. Sein Lachen verebbt. Dem, der Aloisia festhält, ist es ebenso vergangen. Er hat ganz schön zu tun, sie in Schach zu halten. Aloisia könnte es einfach geschehen lassen. Schließlich weiß sie am allerbesten, dass sich darin nichts befindet. An dem Portemonnaie hängt sie auch nicht. Trotzdem wehrt und windet sie sich, als nähme man ihr das gesamte Hab und Gut.

Plötzlich wirft er das Portemonnaie von sich. Angeekelt, als kröchen daraus Kakerlaken hervor. »Die ist ja wirklich arm!«, kreischt er ebenso schrill wie der Jungmann und rubbelt sich die Hände an seinen Hosenbeinen ab. Der andere lässt Aloisia los und verspürt den gleichen Drang, sich die Hände abzuputzen. Dafür packt sie nun der Jungmann am Kragen. »Was fällt dir ein, mich so schäbig anzulügen?!« Ihn juckt es in den Fäusten. Er ist von sich selbst überrascht. Nüchtern hat er noch nie jemanden verdroschen. Vor allem keine Bettlerin. Er hatte stets gedacht, dass er dafür Alkohol braucht. Er holt aus. »Aua!« Der Jungmann zuckt zusammen. »Aua!« »Aua!« Auch seine zwei Knappen werden von einem Schmerz geplagt. Der Jungmann besinnt sich und holt abermals zum Schlag aus. »Aua!« Wieder senkt er den Arm und fasst sich an den Unterschenkel. »Was war das?« Der Hundskutscher war's. Er hat sein Gefährt direkt in den Knöchel des Jungmanns gelenkt. »Aua!« »Aua!« Die winzige Bettlerin piesackt derweil die Beine der zwei Knappen. »Was geht denn hier vor?« Der Hundskutscher parkt zu Aloisias Füßen und reicht ihr seinen Ast, als bitte er sie aufzusteigen. Sie zögert. Die kleinen Triebe an seinem Ast beginnen zu zappeln. Vorsichtig fasst sie einen davon. Die drei Deutschen weichen zurück. »Wo ist sie hin?«, stottert der eine. »Sie ist verschwunden!«, stottert der andere. Am geschocktesten aber ist ihr Führer, der Jungmann. Seine Knappen sind schließlich betrunken. Dass sich ein Mädchen vor ihnen in Luft auflöst, ist im Rausch nicht ungewöhnlich. Aber nüchtern wurde er noch nie Zeuge eines solchen Spuks.

Der Hundskutscher stößt einen herrischen Schrei aus. Sein Zugtier prescht los und rast durch die Bahnhofshalle. Aloisia wird mitgerissen. Sie kann gar nicht anders, als mit den beiden Schritt zu halten. Die kleinen Triebe, scheinbar starr und splitterig wie Wurzelholz, haben ihre Hand umklammert und wirken nunmehr unzerbrechlich. Sollte sie stürzen, reißt es ihr den Finger ab. Nicht ihm. Der Hund hechelt lauter. So schwer wie heute hatte er noch nie zu ziehen.

Die Hundskutsche rattert ins Freie und überquert den Bahnhofsplatz. Ungebremst läuft das Tier auf die Straße. Hinaus auf die Kreuzung zweier großer Boulevards. Ein letztes Mal versucht Aloisia das Gefährt zum Stehen zu bringen. Vergebens. Nicht einmal sich selbst kann sie noch befehligen. Sie ist nicht länger Herrin ihrer Beine. Diese scheinen sich inzwischen mit Tier und Torso verschworen zu haben. Aloisia kneift die Augen zu. Gleich ertönt das Hupen. Das Quietschen der Reifen. Der Knall. Bestimmt verlor der Torso so seine Glieder. Weil sein Zugtier mit ihm durchging und ihn auf die Straße zog. Moment! Aloisia horcht auf. Kein Hupen, kein Quietschen, kein Knall und vor allem kein Rattern der Räder mehr. Nur das Hecheln des Hundes sowie der übliche Lärm dieser Stadt. Das Trio ist zum Stehen gekommen. Sie öffnet die Augen. Ihre Hand hängt leer in der Luft. Der Torso hat sie losgelassen und tätschelt das Fell des Hundes. Dann blickt er hinauf zu ihr und schwingt seinen Ast. Sie kann nicht sagen, was das bedeutet. Heißt er sie zu verschwinden? Oder mit ihm zu kommen? Sie entscheidet sich für Letzteres.

Der Hundskutscher schnalzt mit der Zunge. Das Tier setzt sich erneut in Bewegung. Gemächlich zottelt es am Trottoir die Rue la Fayette entlang, Aloisia muss indessen weiterhin laufen, um mit den beiden gleichauf zu bleiben. Für sie gilt es ständig, Flaneure zu umschiffen und die Fluten abzuwarten, die es aus den Bistros spült oder in Geschäfte schwemmt. Der Hundskutscher muss all das nicht. Er rollt stur geradeaus. Er muss weder weichen noch warten. Keiner der Passanten bemerkt ihn. Dafür ist er zu weit unten. Nichtsdestoweniger treten und hüpfen sie alle beiseite, sobald er auf sie zuhält. Spräche man sie darauf an, wüssten sie nichts von ihrem Schlenker. Auch einen schimpfenden Torso auf Rädern würden sie leugnen gesehen zu haben. Sie lügen nicht. Er schwingt seinen verkrüppelten Arm wie ein Zepter und gebietet Ehrfurcht und Ekel.

Mit einem Mal nimmt die Kutsche wieder Fahrt auf und steuert auf die Treppe einer Métrostation zu. Chaussée d'Antin. »Warten Sie! Ich habe kein Ticket …« Doch der Torso bremst nicht ab. Mit einem Jauchzer brettert er die Treppe hinunter. Es folgt eine scharfe Kurve nach links, dann wieder eine Treppe. Scharfe Kurve nach rechts. Eine weitere Treppe. Ein geradliniger Gang. An dessen Ende erneut eine Treppe. Gang. Treppe. Gang. Treppe. Aloisia graut bei dem Gedanken, den ganzen Weg zurückgehen zu müssen, wenn sie endlich zu den Drehkreuzen kommt und kein Ticket vorweisen kann. Der Hundskutscher wird ihr gewiss keines kaufen. Geschweige denn auf sie warten. Er wird unter dem Drehkreuz hindurchfahren und in der Métro verschwinden. Bestenfalls winkt er ihr mit seinem Ast. Über das

Drehkreuz zu springen, wie das viele Pariser tun, wird sie sich gewiss nicht trauen. Trotzdem läuft sie ihm hinterher. Sie ist ihm zu weit gefolgt, als dass sie nun umdrehen wollte.

Die Leute lichten sich. Dafür verdunkelt sich die Sicht. Das Licht wird dürftiger. Zudem fehlen vermehrt die illustren weißen Kacheln des Pariser Untergrunds. Immer größere, gröbere Wunden klaffen an den gefliesten Wänden. Die Gänge werden schmäler und die Treppen werden steiler. Man hört das Rumpeln der Métro. Allerdings von oben. Die Métro fährt über ihnen. So tief sind sie schon unter der Erde. Bald sieht man keine Menschen mehr. Die Hundskutsche rast durch entvölkerte Gänge, die mittlerweile Schächten ähneln. Aloisia muss den Kopf einziehen, um ihn sich nicht an der Decke zu stoßen.

Endlich sind wieder Menschen zu sehen. Erst nur vereinzelt, doch schnell werden es mehr und mehr. Hunderte. Tausende. Unbeschreiblich viele Menschen harren stumm und starr zu beiden Seiten. Der Hundskutscher flitzt zwischen ihnen hindurch, ohne ihnen Beachtung zu schenken. Auch Aloisia nimmt sie nicht wahr. Ihr Blick ist fest auf den Torso gerichtet. Er darf sie keinesfalls abhängen. Denn alleine findet sie nimmermehr nach Hause. Die Menschen rücken näher. Wenigstens stehen sie ihr nicht im Weg wie jene an der Oberfläche. Dazu fehlen denen hier die Beine. Und im Vergleich zum Hundskutscher sogar der Torso. Lediglich ihre Häupter stieren rechts und links von den Mauern. Oder täten es zumindest, fehlten ihnen nicht auch die Augen.

Schädel. Unbeschreiblich viele Schädel. Penibel gestapelt und nach Größen sortiert. Anstelle der weißen Kacheln schmücken sie hier unten die Mauern. In den Pariser Katakomben finden sich die Überreste von über sechs Millionen Menschen. Und das sind lediglich die Toten. Lebende Überreste wie der Hundskutscher etwa sind hier noch nicht mitgezählt. Wie viele von denen sich in diesen Gemäuern befinden, vermag niemand recht zu sagen. Doch viele sind es allemal. Man kann sie schon aus der Ferne vernehmen. Wenn auch noch etwas dumpf. Darum hält Aloisia ihr Gepolter immer noch für das Rumpeln der Métro. Doch von dieser ist sie endlos weit entfernt.

Der Hundskutscher biegt noch einmal scharf ab. Vor ihnen erstreckt sich ein schier endloses Gewölbe. Es wimmelt und wuselt vor Getier und Gemensch. Aloisia bleibt stehen. Überwältigt von dem, was sie sieht, hört und riecht. Die Hundskutsche rattert ungebremst weiter und verschwindet in der Masse. Das ist wohl der passendste Ausdruck. Überall fließen Leiber zusammen, speien den anderen wieder aus und spalten sich dann nochmals selbst. Hier kriegt einer ein Weib nicht mehr aus dem Kopf und trägt sie darum auf seinem Scheitel wie einen großen Wasserkrug. Dort steckt ein Knabe in der Haut eines Schweins, das sich hörbar unwohl fühlt und jämmerlich vor Schmerzen quiekt. Rassen, Geschlechter, ja sogar Spezies. Nichts ist hier klar voneinander zu trennen. Die buntesten Mischwesen tollen hier fidel umher oder schreien um Erlösung. Manche von ihnen wurden gezeugt. Andere verwuchsen bei der Kopulation zu einem Geschöpf.

Es ist feucht und fürchterlich kalt. Trotz der vielen Feuerstellen, um die sich die Geschöpfe scharen. Man kann den Atem jedes Einzelnen sehen. Ihr warmer Hauch vereinigt sich zu dicken Schwaden und wabert sanft über ihren Köpfen dahin. Etwas höher geistern Lichter verschiedener Größe durch die Lüfte. Von der Decke hängen Lüster. Riesige, prächtige Lüster. So hoch oben, dass nicht vorstellbar scheint, wie man dort hinaufgelangt. Doch irgendjemandem muss es gelingen, um die tausenden Kerzen zu wechseln, deren Wachs ständig auf die Häupter herabtropft. Alle paar Sekunden ertönt dieser Ausruf des Schreckens, wenn eine heiße Wachsperle auf eine Schädeldecke prallt.

21

»DER TOD HAT IHR NICHT GESCHADET.
ICH GÖNNE IHN IHR.«

DER STRASSEN-ALPHORNIST WERNER SUBTEXT (33)
ÜBER SELBSTMORDGEDANKEN UND ORALSEX MIT EINER TOTEN
EIN INTERVIEW

PARIS-SOIR: Gleich vorweg die Frage, die Ihnen jetzt wohl jeder stellt: Haben Sie keine Angst?

WERNER SUBTEXT: Klar hab ich Angst. Es kann ja jeden Tag aus sein mit mir.

P-S: Warum hören sie dann nicht auf?

WS: Wir Straßenmusikanten sind wie Soldaten. Ganz egal, wie groß die Gefahr ist. Wir gehen da raus und spielen. Ich greife morgens zu meinem Alphorn, als wäre es mein Sturmgewehr und die Île de la Cité meine Front.

P-S: Sie spielen auf der Île?

WS: Direkt vor Notre-Dame.

P-S: Nur sechs Kilometer vom Fundort der letzten Opfer entfernt.

WS: Wahnsinn, oder? Doch was soll ich tun? Das Volk braucht mich.

P-S: Kannten Sie die Opfer?

WS: Nur eins. Das Mädchen.

P-S: Die Erste (ermordet am 21. Juni, gefunden am Place des Vosges, Anm. d. Redaktion).

WS: Genau.

P-S: In deren Rachen der Mörder ein Kazoo platzierte?

WS: Ja. Aber gestorben ist sie daran sicher nicht. Das können Sie mir glauben. Die hat weitaus mehr vertragen (lacht).

P-S: Die Videos der jungen Frau gingen nach ihrem Tod viral.

WS: Ja, sie hatte Glück im Unglück.

P-S: Inzwischen hat sie einen Plattenvertrag und ist auf Platz 3 der Charts. Glauben Sie, dieser große Erfolg ist allein ihrem Tod zu verdanken?

WS: Nun, geschadet hat er ihr nicht.

P-S: Wünscht man sich da nicht manchmal selber, vom Maestro entdeckt zu werden?

WS: Klar doch! Für einen jungen Künstler kann so ein Mord den Durchbruch bedeuten.

22

»Hätte ich gewusst, was die Presse daraus macht, hätte ich die zwei nie umgebracht.« Voll des Unglaubens blickt der Alte ins Leere. In seinen Händen die neueste *Paris-Matin*. Auf der Titelseite prangt die Karikatur der Panflötenspieler. Bis zum Vormittag waren in Paris sämtliche Ausgaben vergriffen. Die Clochards scharen sich eng um den Thron ihres Königs, um einen Blick auf das Bild zu erhaschen. Auch sie sind zutiefst bestürzt ob der medialen Niedertracht. »Wie kann man nur?!« »Pfui Teufel!« »Dürfen die sowas überhaupt drucken?« Der Alte schleudert die Gazette von sich. Die Clochards wuseln ihr hinterher. Im Gerangel zerreißen sie die Seiten und, wo Glieder locker sitzen, vereinzelt auch einander. Sogar Blinde mischen mit und balgen sich um die Karikatur. Ihnen mag die Sehkraft fehlen, nicht aber die Schaulust. Im Gegenteil. Bei vielen der Krüppel ist diese ganz besonders ausgeprägt. Schließlich ist das Schlimme daran, ständig angestarrt zu werden, nie selbst ungesehen starren zu können. Im Mittelpunkt hat man keine gute Aussicht.

»Es ist vorbei«, murmelt der Alte, kämpft sich klapprig aus seinem Thron und klettert auf dessen gepolsterte Armlehnen.

»Es ist vorbei! Habt ihr gehört? Ihr missratenen Kreaturen, gebo-
ren aus dem schalen Schoß der Großmutter des Teufels!« Einer
aus der Menge lacht: »Ihre Fotze war so trocken, mir hat's die
Arme abgerissen!« »Einen hab ich gefunden, hier!«, lacht sein
Nachbar und schlägt ihm die frisch ausgerissene Stelze einer Ziege ins Gesicht. Der Alte geht in die Knie und lässt sich aus einem
Eimer zwei Steine reichen, mit denen er nach den Störern wirft.
»Das gilt ab sofort und für alle von euch! Keinen weiteren toten
Musikanten! Hört ihr? Keinen einzigen!« Ein Raunen der Enttäuschung zieht durch die Menge. »Schluss mit dem Gejammer,
ihr eklen Klumpen Mensch!« »Aber Eure Majestät!«, wendet einer der Klumpen ein, »Ihr werdet Euch von einer Karikatur doch
nicht zum Frieden anstiften lassen!« »Ich lasse mich zu gar nichts
anstiften! Es ist vorbei, weil es nicht funktioniert. Auf jeden, den
wir töten, kommen zehn Musikanten nach. Heute sind es mehr
denn je! Hier!« Unter seinen Lumpen zieht er die neueste *Paris-
Soir* hervor und zeigt sie in die Menge. Die Clochards wuseln
wieder heran. Von der Titelseite strahlt die berühmte Sängerin.
Arm in Arm mit einem Dutzend unbekannter Musikanten. Alle
betroffen und trotzig zugleich. Diese Mischung aus »Nie wieder!« und »Jetzt erst recht!« Seit mehreren Tagen jagt ein Benefizkonzert das andere. Gegen Mord. Gegen Gewalt. Gegen alles
Böse dieser Welt. Menschen wollen nicht wegsehen und schweigen. Das gehört sich nicht. Sie wollen lieber starren und schreien.
Sie wollen gefühlvolle Zugaben statt trostloser Gedenkminuten.

»Keiner wird mehr umgebracht!« Nun erklingt kein Raunen
mehr. Hunderte von Unterlippen schmollen lautlos vor sich hin.
Der Alte seufzt. Mit miesepetrigem Gehorsam kann er so viel
schlechter umgehen als mit Putschen und Protesten. Wenn es
so leise wird wie eben, dann reut ihn seine Strenge. »Und wenn
doch, dann machen wir's hier. Wozu hab ich denn letztes Jahr die
neuen Galgen aufstellen lassen? Mit denen spielt ihr gar nicht

mehr!« »Aber Eure Majestät!«, raunt derselbe Klumpen wie vorhin, »wen sollen wir aufknüpfen, wenn keine Musikanten?« »Das ist ja wohl nicht euer Ernst! Ich erinnere mich an Zeiten, da brauchtet ihr keine Anregungen. Seid ein bisschen kreativ!« »Wie wär's damit hier?«, brüllt einer mit Ziegenblut in der Visage. Er hält etwas in die Höhe. »Das hab ich hier noch nie gesehen. Seht mal, wie es zappelt!« Der Alte weist ihn an, seinen Fund nach vorne zu bringen. Vor dem Königsthron lädt er das zappelnde Etwas ab.

»Ei, ei, ei! Wen haben wir denn da? Schnecke! Wie gefällt dir dein neues Zuhause?« Aloisia rappelt sich vom Boden auf und reibt sich missmutig den Hintern. »Gut. Doch es gefiele mir noch besser, wenn ich es bezahlen könnte.« »Und wie gefällt dir meines?« Der Alte fährt prahlerisch die Arme aus. Aloisia bleibt stumm. Sie ist etwas eingeschnappt, dass ihn ihre Geldnot so gar nicht interessiert. Außerdem will sie ihn nicht kränken. Doch so fest sie auch nachdenkt, es fällt ihr kein nettes Wort zu dem ein, was sie hier sieht. Der Alte springt von seinem Thron, legt seinen Arm um ihre Schulter und gewährt ihr eine Führung. »Du magst es nicht glauben, doch vor zweihundert Jahren war dies hier noch ein Hort des Grauens.« Aloisia hält den Atem an. Nun weiß sie endlich, was ein stechender Geruch bedeutet. Der Odeur dieses Ortes sticht in der Tat wie ein Dolch auf sie ein. Dann zieht er sich zurück und fährt wieder mit Anlauf in sie. Nicht einmal, sondern unentwegt. Er rammt, nein, er rammelt ihre Nasenlöcher. »Ein regelrechter Drecksstall.« Jeder Schritt hier drinnen klingt anders. Mal knackst es, dann knirscht es und manches Mal kreischt es. Meistens aber hört man es platschen. Aloisia spürt eine warme Nässe Besitz von ihren Schuhen ergreifen. Sie ist schon gespannt, wie die hiernach aussehen werden. Das Gewölbe steht anscheinend zu großen Teilen unter Wasser. So sagt man das. Dabei ist es gewiss kein Wasser, sondern viele

Flüssigkeiten, die hier am Boden zusammenfließen. An einigen Stellen fühlt es sich richtig matschig an. Dann schmatzt der Untergrund, als hätte er einem verstohlen von den Füßen genascht. »Eine Brutstätte von Seuchen.« Irgendetwas reibt sich an ihrem Bein. Ein kleiner Greis, vielleicht eine Greisin, womöglich auch nur ein Hund. Das Gewölbe ist zu finster und das kleine Ding zu schmutzig. Einzig sein strahlend helles Barthaar leuchtet ihr durch das Dunkel entgegen. Ein schneeweißer Henriquatre. Aloisia streckt die Hand nach ihm aus. Das kleine Ding weicht fauchend zurück. An ihrem Handrücken klebt der halbe Henriquatre. Das vermeintliche Barthaar ist Schaum. Sie wischt ihn hurtig an ihrem Kleid ab. Der Alte verscheucht das Ding mit einem unscheinbaren Wink. »Kurzum, es war die Hölle.« Der grelle Schrei eines alten Weibes erhellt das Gewölbe gleich einem Blitz. Für einen kurzen Augenblick kann Aloisia alles sehen. Die bröckelnde Decke, den löchrigen Boden. Die verdreckten Visagen, die verwachsenen Leiber. Und sie sieht das schreiende Weib. Inmitten der Stätte auf einem riesengroßen Fass. Vor ihrer entblößten Brust hält sie einen Ziegenbock, der ebenfalls erbärmlich brüllt. Die langen Fingernägel des Weibes haben sich ihm tief in die Seiten gebohrt. Mit dem verängstigten Tier in den Klauen steht sie da. Ihr weit aufgerissener Mund ist tiefrot verkrustet von Lippenstift und Wein und Blut. Ein dumpfer Schlag. Der Schrei erlischt. Übrig bleibt nur das Gemecker der Ziege.

»Aber heute ...« Der Alte wirft lachend seinen Kopf in den Nacken, breitet erneut die Arme aus und dreht sich fidel im Kreis. Aloisia blickt ihn skeptisch an. »Jaja, schon gut, ich gebe zu ...« Er winkt sie dicht an sich heran und flüstert ihr ins Ohr: »Ich hab mich ein wenig von Victor Hugo inspirieren lassen.« Er zeigt auf die Wände zu seiner Rechten. Grobes, nacktes Mauerwerk. Hie und da von Stoffen, großteils aber von Schimmel verhangen. »Siehst du die samtenen Portieren da drüben? Ich wäre darauf nie gekommen. Noch dazu in Rot. Das ist verrückt, hab ich gedacht. Das beißt sich doch mit dem Scharlach der Bälger. Aber sieh her!« Er fischt ein Kind aus der Menge und hält es in Richtung der Portieren. »Unvorstellbar, doch es passt!« Aloisia weicht erschrocken vor dem Kind zurück. Seine Arme, Brust und Beine, vom Scheitel bis zur Sohle, alles ist übersät mit Pusteln, Flechten und Beulen jeder Größe und Couleur. Die Armbeugen nässen, die Kniebeugen schuppen. Fast die gesamte Haut des Kleinen blutet, eitert, suppt und saftelt. Kaum eine heile Lichtung auf diesem Mosaik von Wunden und Wucherungen. Dieses arme Kind trägt wahrlich alle Leiden dieser Welt. Aloisia würgt und schämt sich dafür. Ihr Unwohlsein bemerkend, setzt der Alte das Kind wieder ab. »Keine Angst, das ist nicht echt«, beschwichtigt er seinen empfindlichen Gast, »an dem wird lediglich geübt.« »Was geübt?«, keucht Aloisia und ist froh, dass sie nichts zu essen hatte, was sie nun erbrechen könnte. »Na, alles. Scharlach, Schanker, Krätze, Pest sowie selbstverständlich auch Verbrennungen und blaue Flecken.« »Aber warum?« »Na, weil das ordentlich Geld bringt, Schnecke!« »Sie schicken den Kleinen betteln?« »Niemals, nein! Keine Kinder! Das habe ich vor Jahren verboten.« »Ich habe aber beim Spazierengehen schon viele Kinder betteln sehen.« »Nein, ganz sicher nicht. Was du gesehen hast, waren Zwerge. Die verkleiden wir als Kinder.« »Und wen verkleidet ihr als Zwerge?« »Niemanden. Wozu denn auch? Zwerge bringen kein Geld. Was soll an denen rührend sein? Hier! Sowas ist rührend!« Er zieht einen zu sich heran, der die gelbe Blindenbinde wie ein Kropfband um den Hals trägt, weil ihm beide Arme fehlen. Und, wie Aloisia feststellt, ein Bein. Man hat zwar versucht es ihm zu ersetzen, doch diese Prothese aus Kleiderbügeln kommt offensichtlich nicht so ganz an das Original heran und muss spätestens nach drei Schritten wieder zurechtgebogen werden. »Beruhige dich, Schnecke, ist alles nicht echt. Sozusagen ein falsches falsches Bein.« »Also ist alles hier gespielt?« »Nein, wir haben auch echte Krüppel, aber die gehen natürlich nicht betteln.« »Warum nicht?« »Na, weil sie Krüppel sind. Schon vergessen? Die schicke ich doch nicht diese tausenden Stufen hinauf! Die bilden die Gesunden aus. Lehren sie Körperteile abzubinden und sich wie Krüppel zu bewegen. Die brauche ich hier dringender als draußen auf der Straße.« »Hier … was ist das eigentlich?« »Einst nannte man es *la cour des miracles*. Der Hof der Wunder. Doch das klingt mir zu romanesk. Im Grunde sind das nichts weiter als die Pariser Katakomben.« »Wo sie früher die Toten reingeworfen haben?« »Du sagst das so lieblos. Was hätten sie denn tun sollen? Es waren einfach zu viele. Die Menschen von damals vermehrten sich wie Unkraut und starben wie die Fliegen. Heute kriegen sie keine Kinder und sterben wollen sie auch nicht mehr.« Der Alte steigt über den reglosen Leib einer alten Frau hinweg. Unter ihrem blutigen Rock strampelt und schreit ein Neugeborenes. Aloisia muss wieder würgen. »Hier bei Ihnen scheint das noch anders.« »Was soll ich sagen? Ich bin ein König alten Schlags und ein Freund der großen Zahl.« »Was denn für ein König?« »Ich muss doch sehr bitten! Hab ich mich gar nicht vorgestellt? Kein Wunder, dass du so frech bist, wenn du nicht weißt, wer vor dir steht. Dann lass mich das Versäumnis nachholen. Du, Schnecke, sprichst zu dem Oberherrn der Unterwelt, Kaiser der Krüppel und König der Clochards, Clopin Charlemoindre!«

»Eure Majestät! Seht, wen wir gefunden haben!« Zwei Bucklige schleifen eine junge Frau heran. »Meine schöne Esmeralda! Was haben wir dich hier vermisst.« Clopin streicht ihr durchs schwarze Haar. »Wo warst du denn nur?« Die schöne Esmeralda schweigt. »Place Dalida«, verraten die zwei Buckligen. »Montmartre …«, murmelt Clopin mit zusammengekniffenen Augen. »Sie hat dort getanzt!« »So, so, du tanzt also gerne? Das wusste ich gar nicht. Hättest du doch was gesagt. Dann hätte ich dich rauf zu der Witwe geschickt.« Die schöne Esmeralda schüttelt trotzig ihr Köpfchen. »Nein? Ach, ich verstehe. So eine Tänzerin willst du nicht sein. Die in dunklen Séparées einem Herrn ihre Reize zeigt. Du zeigst sie lieber am Place Dalida. Und nicht nur einem, sondern allen. Du hast schon recht. Hure wäre nichts für dich. Dafür bist du viel zu schamlos.« »Das hatte sie bei sich.« Einer der zwei Buckligen reicht Clopin ein Tamburin. Seine Hände beben vor Zorn. Die kleinen Schellen fangen an zu klirren. »So dankst du mir also? Dass ich dich Göre aus der Gosse geholt habe? Oder hast du das etwa vergessen?« Er schiebt zwei Finger unter ihr Kinn und hebt ihr schönes Gesicht in die Höhe. Sie weigert sich, ihn anzusehen. »Es war so schrecklich kalt. Deine Wangen glitzerten. Als hättest du Diamanten geweint. Ein paar Stunden später und du wärest tot gewesen.« Die schöne Esmeralda schnieft. Clopin zieht seine Finger zurück, worauf ihr Kinn haltlos hinabsackt. »Schafft sie mir aus den Augen!« »Was wollt Ihr, dass wir mit ihr machen?« Clopin zögert. »Hängt sie auf!« Unter furchtbarem Geschrei zerren die zwei Buckligen sie fort. Clopin schwingt sich auf das Fass, auf dem sich die Ziege zum Schlafen gelegt hat. »Hängt sie alle auf!«, brüllt er durch den Untergrund, zieht jauchzend sein Bein auf und lässt es gegen die Ziege brettern. In hohem Bogen fliegt das Tier von seinem Schlafplatz in die Menge und reißt darein ein kleines Loch. »All jene, die abtrünnig werden!« Aus dem Loch dringt das Stöhnen von Menschen und das Meckern der Ziege. »All jene, die mich hintergehen! Die euch hintergehen! Die auf unsere Gemeinschaft spucken und sich gemein machen wollen mit den Schuften, die schuld an unsrem Unglück sind! Hängt sie!« Das Volk der Clochards stimmt willig mit ein. »Hängt sie! Hängt sie! Hängt sie!«

Clopin hüpft vergnügt vom Fass und kehrt an Aloisias Seite

zurück. »Ich würde um nichts tauschen wollen. Wir hier unten haben es so viel besser als die da oben.« »Die da oben?« »Die Elite.« Aloisia hat oft gehört, dass man nicht von Eliten spricht. Weil es sie nicht gibt. Oder weil es sie gibt. Das weiß sie nicht mehr so genau. »Du wirkst skeptisch. Glaubst du nicht an die Elite?« »Um ehrlich zu sein …«, flüstert sie zaghaft, »… kann ich mir einfach schwer vorstellen, dass es irgendwo schlimmer ist als hier.« Clopin schnappt sich Aloisias Arm und hängt ihn in seinen ein. »Dann lass sie mich dir zeigen, die Elite. Doch ich muss dich warnen. Da oben stinkt es fürchterlich. Und erst diese Hitze!« Er schleift sie eilig durch die Menge. »Ist das weit?« Abrupt bleibt er stehen. »Kind, hörst du mir denn nie zu?« Er schnipst ihr zur Strafe gegen die Stirn. »Ich sagte doch, die sind da oben.« Dann stößt er sie in einen menschengroßen Käfig. Ehe Aloisia Einwand erheben kann, springt er selbst gleich mit hinein. »Direkt über uns.« Clopin zieht das Gitter zu und betätigt einen Knopf an der Wand. Sogleich fängt der Käfig an zu ruckeln. »*Bienvenue dans la tour des miracles!*«, schmettert ihr Clopin entgegen. Aloisia schaut ihn fragend an. Clopin seufzt. Wie viel Elan er doch in diesen Satz gesteckt hat. Er kratzt die Reste für den Zweitversuch zusammen. »Willkommen im Turm der Wunder!« Der Käfig schnellt in die Höhe.

23

Die Supermodels lachten. Sie lachten auf dem Laufsteg. Sie lachten auf den Fotos. Sie lachten, als gäbe es kein Morgen. Als wären sie unsterblich. Die Models von heute sind nicht mehr super. Sie sind top. Topmodels eben. Sie stehen nicht mehr über allem, sondern lediglich ganz oben. Deswegen lachen sie auch nicht. Sie schauen finster, als gäbe es kein Morgen. Als müssten sie noch heute sterben. So schauen sie drein und so sehen sie aus. Denn Menschen wollen die Schönheit tot sehen. Oder dem Tod zumindest nahe. Wer schön sein will, muss leiden. Dann haben die Hässlichen etwas zum Lachen. Sie lachen dann wie Plus-Size-Models. Die dürfen nicht nur, die müssen sogar. Was natürlich auch kein Spaß ist. Die Dicken haben kein Recht auf Unglück. Wie die Dünnen keins auf Glück. 2015 hat Frankreich ein Gesetz gegen Magermodels erlassen. Jetzt müssen die Topmodels essen. Lachen dürfen sie immer noch nicht. Nun dürfen sie gar nichts mehr. Weder lachen noch hungern. Dabei hat ihnen das Hungern ja nur geholfen, nicht zu lachen.

»Das dauert ja ewig!«, quengelt Aloisia. »Und wir sind sicher nicht stecken geblieben?« Clopin presst seine Lippen zusammen. Er wird auf diese Frage nicht noch einmal reagieren. An der Wand des Aufzugs befindet sich eine Anzeigetafel. Endlos einander jagende Pfeile deuten einen Anstieg an, von dem nichts zu spüren ist. Darunter befinden sich Knöpfe. 34 an der Zahl. Es leuchtet der mit der Nummer 33. Der Aufzug kommt brüsk zum Halten. Aloisia verliert kurz den Boden unter den Füßen. Er hat sich also doch bewegt und gar nicht einmal langsam. »So, da wären wir!«, trällert Clopin und lässt seine Brauen hüpfen. Aus seiner Brusttasche zieht er eine Sonnenbrille. Der Nasensteg ist dick mit Klebeband umwickelt und hält zwei sehr verschiedene Teile zusammen. Rechts eine halbe Nickelbrille mit gesprungenem gelben Glas. Links die Hälfte einer großen verspiegelten Pilotenbrille. »Was …?« Weiter kommt sie nicht. »Du wirst schon sehen.« Die Aufzugtüren öffnen sich. Gleich einer Lawine bricht das Licht über sie herein. Schlagartig verdorren ihre Pupillen zu winzigen Punkten. Bunte Flecken tanzen wild vor ihrem Gesicht herum und versperren ihr die Sicht auf das immense Vestibül. Mit zwei geschwungenen Treppenläufen, die rechts und links nach oben führen und an ihrer höchsten Stelle sogleich wieder zurück nach unten. Man möchte meinen, eine ziemlich sinnlose Konstruktion. Am anderen Ende des Vestibüls, direkt dem Aufzug gegenüber, befindet sich eine prächtige Tür. Da sie jedoch so weiß ist wie die Wände und die Treppen, kann man sie nur schwer erkennen. Aloisia etwa sieht sie nicht. Momentan sieht sie noch gar nichts. Sie kämpft noch mit der Helligkeit. Zwischen den bunten Flecken hindurch sucht ihr Blick eine schattige Ecke, in die er sich verkriechen kann. Vergeblich. Selbst die Dielen am Boden sind aus so hellem Holz gefertigt, dass sie beinahe wie festgetretener Schnee erscheinen. Hier findet sich nichts, was nur den kleinsten Schatten wirft. Weder Mobiliar noch Dekor. Das Vestibül ist völlig leer. Ebenso leer seine reinweißen Wände. Keine Gemälde, keine Spiegel, keine Konsolen und kein Stuck. Sogar die Fenster fehlen. Das Licht kommt nicht von draußen, sondern von den vielen Sonnen, welche von der Decke hängen. An ihnen liegt es außerdem, dass es hier so furchtbar heiß ist.

Ihre Sehkraft kehrt zurück. Die Flecken verblassen und kommen zur Ruhe. Dafür bewegt sich jetzt etwas anderes. Etwas Großes. Sehr viel Großes. In dem Vestibül wuselt es regelrecht. Riesen gleiche Grazien ragen vor ihr in die Höhe. Dutzende, gar hunderte schreiten durch das Vestibül. Zielsicher, doch nicht gehetzt. Sie folgen einem klaren Kurs. Zur einen Seite die Treppe hinauf. Zur anderen hinunter. Auf einer Linie. In einer Reihe. Ohne Anfang, ohne Ende. Eine Ameisenstraße ins Nichts. Aloisia stockt der Atem. Da ist das Wesen. Das Wesen aus dem Stiegenhaus vom Tage ihrer Ankunft. Hier schwebt sie inmitten der anderen dahin. Kurz fürchtet Aloisia gesehen zu werden. Doch jede dieser Grazien stiert stur geradeaus. Keine schaut zur Seite und schon gar nicht auf den Boden. Weder ihr Schritt noch ihr Blick kommen vom Kurs ab. Nichts und niemand schert hier aus. Lautlos und stumm. Trotz ihrer hohen Stöckelschuhe. Nicht einmal die hört man klappern.

»Warum sind die denn alle nackt?«, flüstert Aloisia mit einer Andacht, welche ihr bislang nur Kirchen geboten. »Warum denn nicht? Sieh sie dir an, sie sind perfekt. Es wäre doch Verschwendung, sie mit Kleidern zu verhüllen.« Aloisia kriegt große Lust, die Grazien aus der Nähe zu betrachten. Clopin versucht sie aufzuhalten, doch da ist es bereits zu spät. Sie macht einen Schritt nach vorne. Aus dem Aufzug ins Vestibül. Der Parkettboden schreit. Nicht wie die Treppe bei Romain. Wie ein altes Weib, deren Hühnerauge man zertritt. Dieses Parkett hier jault wie ein Hund, dem man auf den Schwanz stieg. Die gesamte Etage erschrickt. Einige Leiber stürzen zu Boden. Von der Druckwelle niedergestreckt. Man hört den Aufprall ihrer Armreifen und Fußkettchen. Der Rest hält entgeistert inne und dreht sich in Richtung des Aufzugs. Aloisia versteckt sich hinter Clopin. »Hab keine Angst. Die werden dich schon nicht fressen«, versichert er ihr liebevoll. »Die bevorzugen mageres Fleisch.« Eine der Grazien bricht auf der Treppe zusammen und kullert geräuschlos die Stufen hinunter. Am Fuß der Treppe bleibt sie liegen. Die endlosen Beine stehen verdreht vom Körper ab. Niemand macht Anstalten, ihr zu helfen. All die anderen stehen noch immer fassungslos da und starren auf die beiden Besucher. Die gefallene Grazie scheinen sie nicht zu bemerken. Aloisia möchte ihr helfen. Diesmal aber hält Clopin sie noch rechtzeitig zurück. Sie will gerne wissen, warum, doch er ermahnt sie, still zu sein. Da plötzlich fällt eine weitere um. Nur ein paar Meter von Aloisia entfernt. Und eine auf der Treppe. Noch eine hier, noch eine da. So geht das dahin. Überall im Raum sinken Grazien zu Boden. »Was ist denn mit denen los?«, flüstert Aloisia verzweifelt, weil sie an dem Chaos schuld ist, aber nun nicht helfen darf. »Sie dürfen nicht stehenbleiben. Sie müssen immer weitergehen. Genauso wie bei Haien. Sonst …« »… sterben sie?!« »Sei doch nicht albern. Nein, sie verlieren nur kurz das Bewusstsein.« »Also kön-

nen sie nie schlafen?« »Wieso denn nicht? Da, schau sie dir an.«
Er zeigt auf das Wesen aus dem Stiegenhaus. »Die schlummert
tief und fest.« »Die ist ohnmächtig!«, protestiert Aloisia. Clopin
ermahnt sie, die Stimme zu senken, doch wieder einmal kommt
er zu spät.

In die Stille grätschen zwei entschiedene Klatscher sowie die
Stimme einer Dame. »*Allons-y, les filles! Vite, vite, vite, vite!*« Sie
steht in der großen Tür gegenüber des Aufzugs. Alles setzt sich
in Bewegung. Wenige Sekunden später wuselt es wieder wie zuvor. Und wieder hört man davon nichts. Nur das Klimpern von
Geschmeide, das an Ohren und Armen hängt. Auch die Dame
marschiert los. Sie durchquert das Vestibül. Blick wie Schritt geradeaus. Es scheint wie ein Wunder, dass sie niemanden streift.
Zumal sie noch schneller geht als die anderen. Neben der Dame
schreiten drei kahle Grazien einher. Ebenso schön und so groß
wie die anderen, nur eben mit geschorenen Häuptern. Ohne
hinzusehen, steigt die Dame über die reglosen Leiber hinweg.
Die drei Grazien bleiben zurück und fassen die Schlafenden bei
den Füßen. Eine nach der anderen schleifen sie sie an die Seite
und räumen so den Weg frei für die Gehenden. Die Dame wartet nicht. Sie hält Kurs auf ihre Gäste. Wobei sie die beiden kaum
als Gäste sehen wird. Mehr als Störenfriede, die es zu entfernen
gilt wie lästige Insekten. Der Gesichtsausdruck der Dame deutet
jedenfalls sehr darauf hin.

»Bleib dicht hinter mir«, mahnt Clopin, »und duck dich ein
wenig, dann sieht sie dich nicht. So weit unten erwartet sie keinen.« Aloisia tut, wie ihr befohlen wird. Dennoch ist sie ein wenig pikiert. Wenn man sie beide hier rauswerfen sollte, dann
doch sicher seinetwegen. Sie trägt immerhin zwei gleiche Schuhe und riecht auch nicht so streng wie er. Er sollte sich besser
hinter ihr verstecken. »*Mon chéri, quelle belle surprise!*« Schlagartig breitet die Dame die Arme und mit ihnen ein Lächeln aus.

Kurz vor der Umarmung zieht sie die Arme wieder ein. Ihr Lächeln lässt sie, wo es ist. Sie scheint Clopin sehr wohlgesonnen. Das erschließt sich selbst Aloisia, obzwar diese nicht versteht, was im Folgenden gesagt wird. »Das müssen Jahrzehnte sein, dass du mich hier oben besuchtest!« »Da könntest du Recht haben, Teuerste. Als ich das letzte Mal hier war, mussten die noch Bücher auf ihren Köpfen balancieren.« »Das hab ich ihnen ausgetrieben.« »Weshalb, wenn ich fragen darf?« »Die fingen immer an zu lesen. Und die Bücher waren zu schwer. Ich habe an die Literatur viele gute Mädchen verloren. Vor allem an die deutsche. Eine wurde unter Hegel regelrecht zermalmt.« »Das können nicht viele Frauen von sich behaupten.« »Da kanntest du ihn aber schlecht!« Clopin und die Dame lachen. Dann wird ausgiebig genickt, während man meidet, die Blicke zu kreuzen. Etwas liegt in der Luft. Die Stimmung eines gemeinsamen Morgens, an dem man sich schämt, nichts zu bereuen.

»Lass uns reingehen.« Die Dame klatscht in die Hände. Die drei kahlen Grazien trippeln herbei. Eine von ihnen mustert Clopin ganz genau. »Diese hier ist neu, nicht wahr?« Die Dame nickt und öffnet die große weiße Tür, aus welcher sie gekommen war. Sie tritt hindurch und winkt dem Gast, ihr zu folgen. Aloisia schleicht geduckt hinterher. Die drei Grazien bleiben draußen. »Was hat sie denn verbrochen?« Die Dame geht an einen Glastisch. Das einzige Stück Mobiliar, das sich in diesem Raum befindet. Sogar der Glastisch selbst ist leer. Kein Stift, kein Notizblock und auch keine Karaffe Wasser. »Sie hat ein Interview gegeben.« Clopin verzieht das Gesicht, als hätte er unerwartet auf etwas fürchterlich Saures gebissen. »Ach, *mon chéri*, lass mich dir sagen, oft glaube ich, es ist alles aus. Jeden Tag erlassen sie ein weiteres Gesetz, um mich zu ruinieren. Was heißt mich! Uns alle!«

Ein Räuspern unterbricht sie. »*Madame!*« Eine der kahlen

Grazien bittet um Aufmerksamkeit. »Zwei der Mädchen sind kollidiert.« »Dann helft ihnen eben auf«, stöhnt die Dame mit dieser Art von Müdigkeit, welcher selbst Schlaf nichts anhaben kann. »Nein, sie sind nicht gestürzt. Ihre Hüftknochen haben sich verhakt und nun drehen sie sich laufend im Kreis.« »Ich komme gleich.« Die kahle Grazie nickt. Abgehen tut sie jedoch nicht. Hinter ihrem Rücken zieht sie eine schwarze Mappe hervor. »Madame?« »Was ist denn noch?!« »Hier sind die beiden Drehbücher, die …« Die Dame deutet ihr zu schweigen. »Uh, Betriebsgeheimnisse?« Clopin zupft der kahlen Grazie die Mappe aus den Händen und beginnt fidel zu blättern. »Ein Rekrutierungsvideo?! Sag bloß, dir gehen die Mädchen aus!« Die Dame schweigt. Dann lächelt sie, weil sie kurz an früher denkt und an die ersten Grazien. Die musste sie Müttern gewaltsam entreißen. Und auch die Mädchen wehrten sich. Sie standen im Blitzlichtgewitter und im Strahlen der Scheinwerfer wie ein Reh im Aufblendlicht. Diese Augen, die nie blinzeln. Ein nicht enden wollender Blick. So hell und so grell, dass sie selbst nichts mehr sahen. Es dauerte, bis sie die Blindheit schätzen lernten. Ebenso wie ihre Stummheit. »Ich kann mich noch gut erinnern, als die Erste hier aufschlug und durch das Vestibül krakeelte, sie wolle Model werden.« »Zugegeben, ich war … perplex.« »Teuerste, du warst außer dir.« »War ich das?« »Du hast ihr persönlich den Schädel rasiert.« »Was hätte ich denn tun sollen? Sie hatte nichts. Weder Maße noch Magie. Eine vulgäre Sterbliche. Und hielt sich für eine Abgesandte Aphrodites. Diese Hybris! Weißt du, *mon chéri*, jeder spricht von den Störungen, die Mädchen bekommen, wenn sie sich dauernd mit Models vergleichen. Niemand spricht von den Störungen, die sie bereits haben müssen, um sich mit Models zu vergleichen.« Clopin schleudert die Mappe auf den Glastisch. »Und du spornst sie auch noch an! Mit deinen Castings, deinen Videos … Mich deucht, du wirst alt.« »Im Gegenteil. Ich gehe mit der Zeit.« »Nichts anderes bedeutet es, zu altern.« »Strapazier nicht unsere Freundschaft.« »Niemals, meine Teuerste.« »Wann willst du mir eigentlich verraten, was mir die Ehre verschafft?« »Ich wollte dich besuchen. Nichts weiter.« »Ohne jeden Hintergedanken?« »All meine Gedanken gelten dir, und dir allein. Was hätte dahinter noch Platz?« »Willst du mir sagen, ich sei dick? Du unverschämter … Was in aller Welt ist das denn?!« Ihr langer dünner Finger mit dem langen roten Nagel deutet auf Aloisia. In ihrem Gesicht ein Ausdruck von Ekel. Gemischt mit sanftem Schrecken. Wie wenn man eine tote Maus in der Ecke liegen sieht.

»*Madame!*« Erneut stürzt eine kahle Grazie in den Raum. »Eine Massenkarambolage!« Die Dame seufzt. »*Mon chéri*, entschuldige mich. Du findest selbst hinunter, nicht wahr?« »Und auch herauf, wie du sahst.« »Lass es nicht wieder Jahre werden.« »Nein, Teuerste, versprochen. Doch dasselbe gilt für dich. Meine Tür steht immer offen.« »Soweit ich mich erinnere, habt ihr dort unten keine Türen.« »Nur deinetwegen, Teuerste. Damit du nichts zu öffnen brauchst, sollte dich die Sehnsucht packen. Du könntest dir ja einen Nagel lädieren.« Aloisia kann nicht erkennen, ob die Dame geschmeichelt oder gekränkt den Raum verlässt. Aus dem Vestibül schallen zornige Klatscher. »*Allons-y, les filles! Debout, debout, debout, debout!*« Clopin packt Aloisia am Arm. »Schnell, ich will dir etwas zeigen. Aber vorher …« Er greift abermals in seine Brusttasche. »Nimm das!« Eine Sonnenbrille. Genau die gleiche, welche er trägt. Lediglich seitenverkehrt. Aloisia setzt sie ohne Widerspruch auf. »Bereit?« Er öffnet eine Luke im Boden. Deshalb strahlen die Dielen so. Von da unten kommt Licht. Greller noch als das der Sonnen, die an der Decke hängen. Dafür ist es kalt. Das kalte Licht von tausenden Bildschirmen. Vor ihnen hocken tausende kleiner, kahler, krummer Männchen. Mit winzigen Mündern, Nasen und Ohren. Einzig ihre Augen sind groß. Auch dort unten in diesem verborgenen Zwischengeschoss, das kaum einen Meter hoch ist, klappert es ohne Unterlass. Doch es sind keine Stöckelschuhe. Die tausend Männchen hacken mit ihren kurzen, kleinen Fingern auf tausend Tastaturen ein. Aloisia beugt sich neugierig über die Luke. »Das sind die Grafiker. Sie bearbeiten die Bilder der Mädchen. Für Magazine, Plakate …« »Was gibt es denn an denen zu bearbeiten?« Clopin schaut sie entgeistert an. Ihm ist unbegreiflich, wie man in so kurzer Zeit so viele dumme Fragen stellen kann. Er kann ihr gar nicht jedes Mal gegen die Stirn schnipsen, so häufig, wie ihm ihr Unsinn entgegenfliegt. »Na, alles! Sie kürzen die Beine, vergrößern die Nasen. Ein Leberfleck hier, ein Mitesser da. Es braucht einen einzigen Klick – und fort ist die Magie!« »Aber sie waren doch perfekt.« »Das sind sie ja auch weiterhin. Nur darf man es nicht sehen. Die Entzauberung der Welt ist nichts als eine optische Täuschung. Eine Illusion, ein Schwindel.« Aloisia gibt sich empört. In Wahrheit ist sie schlichtweg verwirrt. »Glaubst du, Betrüger gibt es nur da unten? Wir unten gaukeln Wunden vor und die hier oben Narben. Schau her, die dort drüben fertigen von jeder ein Bild ihrer dunklen Vergangenheit an.« »Haben die denn alle eine?« Jetzt muss er aber einmal schnipsen. Sonst geht das ewig so dahin mit der dummen Fragerei. »Selbstverständlich nicht. Du hast sie doch gesehen. Die baden im Licht, ohne jemals zu zwinkern. Und das seit ihrer Geburt. Doch die Grafiker verleihen ihnen allen ein düsteres Geheimnis. Diese war einmal ein Mann. Jene wog einmal zweihundert Kilo. Und nicht zu vergessen die mit ihrem siamesischen Zwilling, der auf tragische Weise ums Leben kam. Sie waren ein Herz und eine Seele«, schnieft Clopin und kann sein Lachen kaum unterdrücken. Die Luke schließt sich mit einem lauten Knall.

24

ANWERBEFILM

VIDEO	AUDIO
1. Einblendung Logo	**1.** Herzlich willkommen bei Elite.
2. E., C., S. blicken über die Schulter und lächeln	**2.** Der Agentur von Frauen für Frauen.
3. Ausschnitte Runway-Show Dior Spring/Summer 1998	**3.** Vor Jahrzehnten wurde Elite als Modelagentur gegründet.
4. Pride-Parade, Femen-Proteste, Plus-Size-Demo, MeToo-Marsch	**4.** Aber die Zeiten haben sich geändert.
5. Close-up-Mannequin verschmiert zornig ihr Make-up	**5.** Schönheit ist nicht länger alles.
6. Kleines Mädchen nacheinander verkleidet als Cowgirl, Geigerin, Ärztin, Astronautin, Präsidentin	**6.** Denn Mädchen können so viel mehr. Mädchen können alles werden!
7. Mädchen im Astronautenanzug, beladen mit Lasso, Geige, Stethoskop, stürzt vom Rednerpult und schüttelt zornig den Kopf	**7.** Doch müssen sie auch alles sein? Nein! Du bist mehr als ein Mädchen für alles!
8. Mädchen öffnet eine Schatulle, aus der Licht auf ihr Gesicht strahlt. Sie macht große Augen und lächelt	**8.** Jedes Mädchen ist besonders. Mit besonderen Talenten. Wir bei Elite nehmen uns Zeit, deine Talente zu entdecken.
9. Einblendung Adresse & Uhrzeit	**9.** Komm zu unserem offenen Casting. Jeden Tag von zehn bis fünf in der Avenue George V
10. Mädchen in Pyjamas, kichernd bei einer Kissenschlacht	**10.** Elite – wo wir alle Mädchen sind.

WERBEFILM

VIDEO	AUDIO
1. Einblendung Logo	**1.** Herzlich willkommen bei Elite.
2. E., C., S. schütteln Hände mit drei Herren dreier Generationen	**2.** Wir vermitteln Business-to-Business-Mädchen für jeden Anlass und jede Branche.
3. Ausschnitte Runway-Show Dior Spring/Summer 1998	**3.** Vor Jahrzehnten wurde Elite als Modelagentur gegründet.
4. Aufnahmen Cancan-Tänzerinnen, Marilyn Monroe, Minnie Mouse	**4.** Aber die Zeiten haben sich geändert.
5. Close-up-Mannequin beißt sich keck auf die Lippen und zwinkert	**5.** Schönheit ist nicht länger alles.
6. Zoom-out. Dasselbe Mannequin in dreifacher Ausführung (Designerkleid, Dessous, Dienstmädchen-Uniform)	**6.** Denn Kunden wollen so viel mehr. Kunden wollen alles! Die Heilige, die Hure, die Hausfrau. Esthétique. Erotique. Et cetera.
7. Split-Screen. 3 Szenen. a) leckt über die Karosserie eines Autos b) massiert in Dessous c) putzt einem Herrn lächelnd mit Stoffserviette einen Fleck aus dem Schritt	**7.** a) Ein hübsches Gesicht für die Bewerbung ihrer Produkte. b) Eine helfende Hand für die Behandlung ihrer Krämpfe. c) Ein freundliches Lächeln für die Betreuung ihrer Gäste.
8. Mannequin leckt überfordert an der Karosserie, während sie mit der rechten Hand massiert und mit der linken den Mantel abnimmt. Seufzt in die Kamera. Pride-Parade, Femen-Proteste, Plus-Size-Demo, MeToo-Marsch	**8.** Andere Agenturen setzen ein und dasselbe Mädchen für verschiedene Zwecke ein. Die Folgen? Verwechslungen. Hektik. Fehler. Skandale.

9. Mann lüftet den Schleier vom Kopf eines Mädchens. Licht strahlt auf sein Gesicht. Er macht große Augen und lächelt	**9.** Jedes Mädchen ist besonders. Mit besonderen Talenten. Wir bei Elite nehmen uns Zeit, diese Talente für Sie zu sortieren.
10. …	**10.** Wir bei Elite haben keine Mädchen für alles. Wir haben für alles ein Mädchen.

25

»Wohin fahren wir jetzt?« »Ein Stockwerk höher.« »Und was ist da?« »Das Casting. Dort finden sie dein Talent.« »Ich bin mir nicht sicher, ob ich eins habe.« »Oh, sag sowas nicht. Jedes Mädchen hat ein Talent.« Das sind keine leeren Phrasen aus der Agenturbroschüre. Davon ist man bei Elite tatsächlich überzeugt. Zumindest seit einigen Jahren. Früher war man wählerisch und nahm nur die von hohem Wuchs, die zu niemandem aufblicken müssen. Die federleicht auf Erden wandeln, ohne in sie einzusinken. In den Morast der Sterblichen. Models eben, Mannequins. Eine aristokratische Rasse. Ein eigenes Geschlecht. Heute frisst die Agentur alles und jede in sich hinein. Die Kleinen, die Dicken, die Krummen, die Alten. Jede Schattierung verunglückter Schönheit. Sie frisst und frisst und frisst, ohne jemals satt zu werden. Als plagte sie der Bandwurm. Deswegen das ewige Casting.

War es Güte? War es Grausamkeit? Oder schlicht und einfach Gier? Warum nahm Madame Edwarda plötzlich auch die Sterblichen auf? Warum suchte sie Verwendung für die Mängelexemplare, welche sich ihr so stolz präsentierten? Von einem auf den anderen Tag warf sie diese nicht mehr auf die Straße. Madame Edwarda fing an zu recyceln. Sogar die Ressource Mensch will nachhaltig behandelt werden. »Nur wenige sind wertvoll, doch jeder ist verwertbar«, pflegte sie von da an zu sagen, und niemand wusste, was sie meinte. Heute führt die Agentur drei Kategorien von Mädchen: Mannequins, Kokotten, Hostessen. Je nachdem, was das Talent des jeweiligen Mädchens ist: gehen, liegen oder stehen. In der Agenturbroschüre findet man dafür recht blumige Worte.

- **MANNEQUINS.** Makellose Schönheit. Ein Verwöhnprogramm für das Auge. Unsere Elite Mannequins. Übermenschlich, atemberaubend, luxuriös. Schon ein Exemplar dieser seltenen Spezies katapultiert Ihr Event in andere Sphären.
- **KOKOTTEN.** Schamlose Sinnlichkeit. Eine Auszeit für den Körper. Unsere Elite Kokotten. Animalisch, sauber, willig. Oder unwillig, so Sie das wünschen. Ob dick oder dünn, ob jung oder jünger. Ein paar dieser wilden Geschöpfe senken den Blutdruck Ihrer Gäste binnen Sekunden vom Gehirn ins Gemächt.
- **HOSTESSEN.** Grenzenlose Möglichkeiten. Dienlich oder dekorativ. Unsere Elite Hostessen passen sich jeder Umgebung und Aufgabe an. Ob am Empfang, vor den Toiletten, hinterm Buffet, mitten im Showroom oder stumm neben Ihrer Powerpoint-Präsentation. Eine Handvoll Hostessen verleiht jedem Event einen Anschein von Professionalität und Macht.

Die Agentur legt größten Wert auf Sortenreinheit. Deshalb werden die Mädchen beim Casting allesamt von Hand verlesen. So werden nur die Schönsten Mannequins, nur die Sinnlichsten Kokotten und alle anderen nur Hostessen. Für die Kunden ist das äußerst praktisch. Die mussten früher drei verschiedene Agenturen kontaktieren, wenn sie eine Firmenfeier oder ein Bankett abhielten. Denn nicht selten benötigen sie alle drei Sorten von Mädchen. Für die Garderobe Hostessen, die ruhig etwas hässlich sein dürfen. Für den Sektempfang Mannequins, die schon etwas hermachen sollen. Und für die Aftershow Kokotten, die möglichst alles mitmachen müssen. Selbstredend hat jede Sorte ihren Preis. Obendrein gibt es auf einzelne Mädchen meistens einen Zuschlag und manchmal einen Rabatt. Das hängt sowohl vom Mädchen als auch vom Kunden ab. Sollte eine unschön hinken, winkt freilich ein Preisnachlass. Außer für den Vorstand von ***. Den geilt es auf, wenn einzelne Gliedmaßen nicht funktionieren. Die Kunden sind verblüffend ehrlich. Sie geben offen zu, wenn sie an einem vergünstigten Mädchen besonderen Gefallen finden. Das tun sie sogar im Nachhinein, sollten sie von einem bis dato fremden Fetisch überrascht worden sein. Überhaupt erweisen die Kunden, im Gegensatz zu den Mädchen, den drei Damen der Agentur nichts als Ehrfurcht und Respekt. Sie haben allen Grund dazu. Angesichts all dessen, was die drei über sie wissen.

»Wir stehen schon wieder seit Minuten im Lift. Haben Sie denn auch wirklich gedrückt?« Clopin schweigt. Solch ein Misstrauen lässt er sich nicht bieten. Sie bräuchte doch nur hinzuschauen. Der Knopf mit der Nummer 34 leuchtet. Also ist er auch gedrückt. Auf der Anzeige darüber rauschen die Pfeile nur so dahin. Aloisia seufzt. Dann seufzt sie noch einmal, nur lauter, und formt einen Schmollmund. Sie schiebt ihn nach rechts, nach links. Dann stülpt sie ihre Lippe hoch und versucht die Nasenspitze zu berühren. Als das nicht klappt, hilft sie mit den Fingern nach. Clopin beobachtet sie missmutig aus dem Augenwinkel. Auf einmal atmet sie ein, hält hamsterbackig die Luft an und zählt in Gedanken, wie lange sie es schafft. Während des Zählens schiebt sie die Luft hin und her. Von einer Backe in die andere und wieder zurück. Als würde sie mit Mundwasser spülen. Kommentarlos greift Clopin mit seiner Hand nach ihrem

Gesicht und drückt ihre vollen Wangen zusammen. Ihr Mund platzt durch die Lippen auf. Dann herrscht kurz Ruhe. »Können Sie denn nicht mitkommen?«, raunzt Aloisia flehentlich. »Zum Casting? Ich befürchte, meine Tage als junges Mädchen sind gezählt.« »Aber ich kann doch kaum Französisch.« »Das schadet nicht. Die meisten reden eh zu viel. Sei einfach schön und still und sprich nur, wenn du gefragt wirst.« »Und wenn ich erst gar nicht verstehe, was man mich fragt?« »Dann …« Der Aufzug hält.

Eine kahle Grazie erwartet sie bereits. Die Türen sind kaum offen, faucht sie Aloisia an: »*T'es là pour le casting?*« Als diese nichts erwidert, wendet sie sich an Clopin. »*Elle est bête ou quoi?*« Er schmunzelt kopfschüttelnd und legt schützend seine Hand auf Aloisias Schulter. »*Non, non, elle est juste un peu timide.* Und jetzt geh gefälligst!« Er schubst sie aus dem Aufzug. »Ich glaube fest an dich, Antonia!« »Aloisia.« »Ja, stimmt. Ein falscher Name kann nicht schaden.« Die kahle Grazie schreitet resolut voran. Aloisia stolpert ihr hinterher. Gemeinsam durchqueren sie zahllose Gänge. Mehrere Minuten lang. Schweigend und ohne jemandem zu begegnen. Bald biegen sie links ab, bald biegen sie rechts ab. Niemals bleibt die kahle Grazie am Ende eines Ganges stehen, ehe sie die Richtung einschlägt. Niemals zögert und überlegt sie, wo es langgeht. Aloisia ist das ein Rätsel. Wie man sich das merken kann. Ganz ohne einen Plan in Händen. Schließlich sehen alle Gänge gleich aus. Zu beiden Seiten zwei leere Pinnwände. Drei Glastüren rechts, drei Glastüren links. Scheinbar Wartezimmer. Alle voll mit Mädchen. Aloisia wird etwas schlecht. Oder schwindlig, schwer zu sagen.

Ach herrje! Die kahle Grazie hat begonnen zu sprechen. Wie lange sie das wohl schon tut, ohne dass sie etwas davon mitgekriegt hat? »*Et voilà, on y est!*« Sie flüstert Aloisia noch etwas ins Ohr. Dann öffnet sie die Tür. Aus dem Raum dahinter strahlt

Licht. So schmerzhaft hell, dass Aloisia zurückweicht. »*Mais t'attend quoi? Vas-y!*«, mahnt sie die Grazie ungeduldig und schubst sie ins Weiß. Aloisia sieht nichts. Das Licht durchdringt ihre Lider, als wären es nur Ziervorhänge. Trotzdem versucht sie die Augen zu öffnen. Sie muss. Das ist höchst unhöflich, jemandem mit geschlossenen Augen gegenüberzutreten. Doch so sehr sie sich anstrengt, ihre Lider weigern sich, ihre Schätze auszuliefern. Sogar mit den Fingern kommt sie nicht gegen sie an. Sie schämt sich sehr, die Herrschaften vor ihr warten zu lassen. Und das nur, weil sie die Augen nicht aufkriegt. Beim Modeln geht es um Körperbeherrschung. Was sollen die nur von ihr denken, wenn sie nicht einmal Herr ihrer Augen ist. In ihrer Not klatscht sie sich eine Hand auf die Stirn und die zweite auf die Wange. Nun zieht sie die eine gewaltsam nach oben und die andere nach unten. Aussichtslos. Im wahrsten Sinne. Den Herrschaften wiederum bietet sich wohl ein abenteuerlicher Anblick. Wie sie da blind durch den Raum schlingert und ächzend an ihrem Gesicht herumreißt. Sie bräuchte ein Messer, denkt sich Aloisia. So eins, mit dem man Austern knackt.

»*Sylvie! Ferme le rideau! J'en ai vu assez.*« Sofort ertönt ein mechanisches Surren. Das Licht wird schwächer. Ihre Lider lassen voneinander ab. Sofort schießen Tränen aus dem schmalen Spalt, der sich auftut. Ihr gegenüber schließt sich indessen gerade ein Spalt. Die riesige Glasfront, durch die das Licht kam, wird langsam von zwei Jalousien verdunkelt. Der Raum ist leer. Abgesehen von einem Glastisch. Offensichtlich das gleiche Modell wie jener ein Stockwerk tiefer. Überhaupt scheint es exakt der gleiche Raum zu sein. Alleine an diesem Tisch befinden sich drei Stühle. Dort sitzen die Herrschaften, die zu Aloisias Erstaunen überhaupt keine Herrschaften sind, sondern drei Damen unterschiedlichen Alters. Die in der Mitte dürfte um die vierzig sein. Aloisia kennt sie bereits. Die Dame aus dem 33. Stock.

Madame Edwarda. Die Dompteuse der Models. Rechts von ihr sitzt die Veuve Cliquot. Die Geißel der Huren. Und links von ihr Sylvie. Die Halterin der Hostessen. Zweifelsohne sind das nicht ihre echten Namen. Sogar Sylvie heißt nicht Sylvie.

Madame Edwarda hat sich indessen samt ihrem Stuhl umgedreht und der Glasfront zugewandt. Ihr Desinteresse ist unwiderruflich. Das müssen die Mädchen sehen, um es auch einsehen zu können. Es ihnen zu sagen nützt nichts. Die mündliche Absage ginge bei einem Ohr rein und beim anderen wieder raus. Augen aber sind zum Glück nicht auf diese Art verbunden. Die junge Sylvie kehrt Aloisia ebenfalls die Rückenlehne ihres Stuhls zu, wenngleich aus einem anderen Grund. Sie ist schlichtweg noch nicht an der Reihe. Bei den Castings herrscht eine strenge Futterordnung. Die Erste am Trog ist Madame Edwarda. Sie hat das Recht des ersten Blicks. Mehr als den einen braucht es nicht. Sie weiß im Bruchteil einer Sekunde, ob sich eine als Model eignet. Mehr darf sie sich nicht erlauben. Sonst fangen die Mädchen an zu reden. Und das strapaziert die Nerven. Denn Reden ist immer ein Akt der Verzweiflung. Und immer ein vergeblicher. Für Madame Edwarda gibt es nichts, was sie sagen könnten, das nicht zu sehen wäre.

Bei der Veuve Cliquot dagegen verhält es sich andersrum. Ihr nützt das Aussehen kaum etwas. Sie muss die Mädchen ins Kreuzverhör nehmen. Vielleicht liegt es an ihrem hohen Alter und der nachlassenden Sehkraft. Vielleicht ist es auch schlicht unmöglich, den Mädchen anzusehen, ob eine zur Kokotte taugt. Zumal tauglich nicht bedeutet, dass das Mädchen zu allem und jedem immer Ja und Amen sagt. Oder sich nie wehren wird. Denn manche Mädchen wehren sich auf eine vergnügliche Weise und manche eben nicht. Ein Hilfeschrei kann die Sinne beleben oder schlichtweg nervtötend sein. Es gibt solche, denen stehen keine Tränen, und solche, denen steht kein Lächeln. In jedem Falle kann die Veuve nicht alles aus dem Antlitz lesen. Sie muss etwas tiefer bohren. Denn das werden die Kunden auch tun. Also muss sie vorher wissen, wie die Mädchen untenrum aussehen. Sie muss unter die Oberfläche. Unter die Gürtellinie. Dort nimmt sie einen Abstrich ihrer Moral. Dafür braucht es Fingerspitzengefühl. Und trotzdem kann es manchmal zwicken. »*T'as déjà leché une chatte?*« Aloisia lächelt. Das tut sie immer, wenn sie nicht versteht. Nur kein Nicken oder sonstige Regungen. Wer weiß, was sie da gefragt wird. Was auch immer es war, ein Lächeln kann niemals verkehrt sein.

»*Elle est bête ou quoi? T'as léché une chatte ou non?*« Der Ton wird schroffer, doch Aloisia besteht auf ihr Lächeln. Die Veuve wirkt etwas ungehalten. Normalerweise lächelt bei der Frage keine. Allerhöchstens kichern sie, weil sie ihnen peinlich ist. Das hat sich jedoch schnell erledigt, und es wird eifrig genickt. Sie nicken wie noch nie in ihrem Leben. Beinahe bis ins Schleudertrauma. Sie möchten ja nicht prüde wirken. Frigide oder gar konservativ. Nicht vor Damen um die sechzig. Und besonders nicht vor dieser, die Mädchen aus dem nichts heraus mit der Frage drangsaliert, ob sie bereits eine Muschi geleckt haben. Und ob sie eine lecken würden, wenn der Kunde es gern sähe. Die alte Veuve liebt diese Frage. Es ist die erste, die sie stellt. Weil sie so schön das Eis bricht und jede ins kalte Wasser stürzt. Und wehe, eine bibbert! Die hat die Veuve sofort an der Gurgel. »Du hast also ein Problem mit Homosexualität?« Hierauf sind die Mädchen streichfähig. Panisch werden sie beteuern, wie viele schwule Freunde sie hätten. »Und was ist mit lesbischen? Sind die etwa weniger wert? Gar nicht wirklich homosexuell? Hältst du Lesbischsein etwa nur für eine Phase?!« So wild ihr Köpfchen vorhin auf- und abgeschnalzt ist, so wild flitzt es jetzt hin und her. Ob sie selber lesbisch seien, hakt die alte Veuve noch nach. Die meisten verneinen. Wahrheitsgemäß oder auch nicht. Die alte Veuve belegt sie alle mit einem verächtlichen Heben der Brauen. Prompt erzählen oder erfinden sie irgendwelche beschwipsten Rubbeleien mit ihren Cousinen.

Säßen da vor ihnen Männer, fiele es den Mädchen leichter, aufzustehen und zu gehen. Ach was, gehen! Sie stürmten hinaus, schlügen Türen zu und brüllten herum. Dass Sie kein Recht hätten, so etwas zu fragen. Dass sie keine Huren seien. Und überhaupt und überhaupt. Natürlich kostete das Überwindung. Doch es diente einem guten Zweck. Hernach könnten sie sagen, sie hätten einen Sieg errungen. Dem Patriarchat ein Schnippchen geschlagen. Literweise schösse ihnen der Stolz in die Brust ein. So viel Stolz. Der ließe den Busen glatt um eine Körbchengröße anschwellen. Nun bekämen sie noch mehr Avancen und unsittliche Angebote, die sie dann selbstbewusst ausschlagen könnten. Und schon wieder schwoll die Brust. Für jeden Korb ein Körbchen mehr. Nur sitzen da eben keine lüsternen Greise, keine notgeilen Jungbullen oder hämische Tunten. Hier sitzen drei Damen. Und was für welche. Man bedenke, was die drei geschaffen haben. Die größte Agentur des Landes. Im höchsten Turm der Stadt. Ganz alleine. Ohne Männer. Diese anzuschnauzen ist nicht einfach nur rüde. Es ist geradezu unsolidarisch.

Die Veuve hat noch einen Trumpf im Ärmel. Bei Mädchen, die nicht Aloisia sind, erntet sie an dieser Stelle, was die kahle Grazie säte. Kurz bevor sie die Mädchen hineinschickt, wünscht sie jedem ganz viel Glück. »Weil doch schließlich nur so wenige genommen werden.« Die Exklusivität, welche die Agentur einst besaß, wird als Schein weiter aufrechterhalten. Und als solcher ist er wichtiger denn je. Vor allem für die Veuve Cliquot. Dass Mädchen glauben, die Plätze seien rar, beschleunigt das Casting enorm. Somit geben sie zügig preis, wozu man sie bringen kann, wenn entsprechend Wein und Geld fließen. Ansonsten gaukeln sie über Stunden irgendwelche Prinzipien vor, die sie prinzipiell auch haben. Doch der Druck des Wettbewerbs hat noch jedermann befähigt, das Beste aus sich herauszuholen und nur das Schlimmste drinzulassen.

Was Leute meinen zu wollen und zu können, deckt sich selten mit der Realität. Insbesondere Tabus und Talente sind meist heillos übertrieben. »Bei Analsex ist bei mir Schluss«, ist wohl der Satz, der in diesem Raum am häufigsten fällt. Die Mädchen, die ihn fallen lassen, halten ihn für wahr. Deshalb zeiht sie die Veuve nicht der Lüge, sondern nickt verständnisvoll und bittet die Mädchen freundlich, ihre Unterhosen runter- und ihre Röckchen hochzuziehen, sich zu drehen und den Hintern zu zeigen. Erstaunlich viele leisten dieser Bitte Folge. Womöglich erhoffen sie sich dadurch einen zweiten Blick von Madame Edwarda. Als könnte sie der Hintern umstimmen, obschon das Gesicht nichts taugt. Können sie nicht für Make-up werben, dann vielleicht für Bademode? Wer sich ziert, sein Gesäß zu präsentieren, kommt in den Genuss der Rede »Als ich in deinem Alter war …« Die Veuve Cliquot hält sie mehrmals am Tag und scheint trotzdem immerzu noch mehr Spaß an ihr zu haben. »Als ich in deinem Alter war … da waren wir nicht so verklemmt … was für eine traurige Generation … mit euren Paraden und Protesten … Ihr dürft doch ficken, wen ihr wollt! Warum macht ihr's denn nicht einfach?! … Da habt ihr hunderte Geschlechter und jedes ist impotent! … Wenn ihr nicht wisst, wer ihr tief im Inneren seid, dann schickt doch ein paar Schweife rein. Die sollen Bericht erstatten!« Je nach Mädchen und Laune der Veuve dauert die Rede zwischen vier und sieben Minuten. Danach stimmen sie allem zu. Vornehmlich den Analferkeleien.

Aloisia lächelt. Die Veuve steht am Rande der Verzweiflung und klammert sich an das Geländer. Zum allerersten Mal zeigt ihre Rede keine Wirkung. Hat sie ihre Verve verloren? Ausgeschlossen. Es muss an diesem Mädchen liegen. »*Elle est bête, celle-la*«, konkludiert die Veuve und winkt ab. Von geistig Behinderten lässt sie lieber die Finger. Genau wie ihre Kunden. Damit ist endlich Sylvie an der Reihe. Gleich Madame Edwarda wechselt sie mit den Mädchen kein Wort. Sie ist ohnehin die Letzte und muss nehmen, was übrigbleibt. Grundsätzlich könnte auch sie Mädchen ablehnen. Doch das hat sie in all den Jahren lediglich ein einziges Mal getan. Da war dieses alte Mütterchen, das nach dem tragischen Tod der Katze wieder zurück ins Leben wollte. So nannte sie es. Dann schlug sie ein Rad. Um zu beweisen, wie rüstig sie sei. Als sie Sylvies Skepsis sah, gab sie zu bedenken, dass ihr Mann ebenfalls verstorben sei. Am selben Tage wie die Katze. Die beiden saßen zusammen im Wagen und die Katze stand unter Einfluss. Wovon, wollte sie nicht sagen. Sylvie bedankte sich. Die Greisin schlug ein weiteres Rad. Sylvie bedankte sich erneut und rief nach den kahlen Grazien, welche das Mütterchen nach draußen eskortierten. »Was haben die verrückten Frauen nur mit ihren Katzen? Ich meine, wieso haben die nie einen Hund? Kennt ihr etwa eine Verrückte mit Hund? Also ich nicht. Wieso immer Katzen?« »Weil die selbstständiger sind«, wandte Madame Edwarda ein, »die können für sich selber sorgen, wenn Frauchen das Futter mal wieder selbst gegessen hat.« Sylvie rümpft die Nase. »Und du denkst, die Verrückte weiß das? Die sagt zu sich: Schade! Ich hätte lieber einen Hund, doch dafür bin ich zu verrückt!« »Natürlich nicht!«, intervenierte die Veuve, »die wirklich interessante Frage lautet doch: Was haben die Katzen nur mit den verrückten Frauen?«

26

»Warum plötzlich wieder nachts? Es muss ihnen doch gefallen haben. Am helllichten Tag. Inmitten der Leute. Noch dazu auf dem Montmartre. Wieso lässt man sich das entgehen? Haben sie etwa Angst gekriegt? Oder ist etwas schiefgegangen? Wurden sie entdeckt?« Mit einem prallen Plopplaut flutscht sein Schweif aus ihrem Mund. »Haben Sie etwas gesagt, *Monsieur*?« Er muss sie nicht rügen. Ludmilla weiß augenblicklich, welch schlimmen Fehler sie soeben beging. Sie traut sich gar nicht hochzusehen. Stattdessen stürzt sie sich reuig zurück auf seinen Schweif und lutscht ihn wie eine Verrückte. In ihrer Hast verschluckt sie sich und muss einmal heftig würgen. Das war's. Die ganze Arbeit umsonst. Sie kann es fühlen. Der Schweif vor ihr ist untröstlich geknickt. Zaghaft öffnet sie die Augen. Das muss ein rechter Kraftakt sein mit diesen dicken, langen Wimpern, an deren Enden fernerhin viele bunte Steinchen kleben. Ihre Lider stemmen die schweren Jalousien nach oben und sie erblickt den Kommissar, der sich kopfschüttelnd das Gesicht verdeckt. Sie weiß, dass es jetzt besser wäre, einfach mucksmäuschenstill zu sein, sich anzuziehen und zu verschwinden. Aber sie kann sich nicht helfen. Sie fleht ihn an, der Veuve nichts zu sagen. Nun zumindest konsequent mit dem russischen Akzent, zu dem sie sich verpflichtet hat und welchen sie vorhin so schmählich vergaß. Währenddessen reibt sie ihn verzweifelt mit der Hand. Der Kommissar erlöst sie schließlich von ihren eitlen Versuchen, die Erektion zu restaurieren, die sie so töricht zum Einsturz gebracht hat. Ohne ein Wort zu verlieren, zieht er seine Hose hoch. Fast wären ihre Finger vom Reißverschluss erfasst worden. Ehe er sie fortschickt, gibt er ihr etwas Geld. Wenn sie sich auch verraten hat, hält er das Spielchen für sie aufrecht. Er ahnt, dass sie das Geld nicht braucht. Das sieht man an ihren Nägeln, die weder billig sind noch so aussehen. Ganz anders als die Wimpern, die ebenfalls nicht billig waren, doch wenigstens den Eindruck hinterlassen.

Ludmilla heißt in Wahrheit Agathe. Sie stammt nicht aus einem kleinen Dörfchen in der Oblast Omsk, wie es die Veuve ihren Kunden erzählt, sondern aus Neuilly-sur-Seine. Ludmilla wurde von ihren Eltern an einen Mädchenhändler verkauft. Agathe kam eines Tages zum Casting, nachdem ihr Freund mit ihr Schluss gemacht hatte. Ihre Eltern wissen von ihrem erotischen Nebenerwerb. Agathe hat es ihnen erzählt und heftigen Protest erwartet. Der blieb zu ihrem Unmut aus. Ihre Eltern gaben sich begeistert. Sie lobten die Erweiterung des sexuellen Horizonts. Das selbstbestimmte Auskundschaften jeglicher Begierden. Alles klang wie hohle Phrasen aus einer Broschüre. Hilfe, mein Kind ist eine Hure! Gewiss war die Begeisterung, wenn nicht erlogen, so doch übertrieben. Doch was nützte das Agathe? Für die gab es nun kein Zurück mehr. Der elterliche Segen trieb sie in die Hurerei. Letztlich hat sie mit Ludmilla mehr gemeinsam, als ihr lieb ist. Glücklicherweise weiß der Kommissar davon nichts. Er ist froh zu wissen, dass Ludmilla nicht existiert. Er wünschte nur, Agathe wäre eine bessere Schauspielerin.

Exerzierplätze des Geistes. Orte, wo man alleine ist, ohne sich selber zu nahe zu kommen. Wo das rechte Gleichgewicht aus Ablenkung und Ruhe herrscht, das es braucht, um nachzudenken. Jeder Mensch hat seine Vorlieben. Manche joggen durch die Wälder. Andere hocken auf der Toilette. Einige stehen tatsächlich am Tresen einer verdreckten Kaschemme mit irgendetwas on the rocks. Dem Kommissar dagegen kommen die besten Ideen im Mund einer Frau. Was anderen das Blätterrauschen, die eigenen Flatulenzen oder das stumpfe Geschwätz von Betrunkenen, ist ihm das Schmatzen an seinem Schweif. Das Kitzeln einer Zungenspitze zerstreut ihn im richtigen Maße, um sich gedanklich nicht zu verrennen.

Die Mädchen sind von der Veuve unterwiesen. Sie sollen nicht reden und sie sollen nicht hören. Aber vor allem sollen sie sich nicht grämen, wenn ihre Mühen ohne Erfolg bleiben. Das heißt, sie sollen nicht die Nerven wegschmeißen, wenn sie auch nach einer Stunde noch immer trockene Kehlen haben. Manche werden da nämlich unwirsch. Gegen sich selbst oder gegen den Herrn. Denn einer von beiden muss impotent sein. Einer von beiden kriegt keinen hoch. Und herauszufinden, wer, wurmt sie bis aufs Äußerste. Dann strengen sie sich derart an, dass es wahrlich nicht mehr schön ist.

Der Kommissar zieht den Vorhang beiseite. Die Sonne lugt über den benachbarten Dachfirst. Es ist kurz nach zehn. So früh wurde er noch nie felliert. Es fühlte sich seltsam an. Der harte, nasse Schweif. Noch seltsamer aber findet er sein Unbehagen, so früh am Tag felliert zu werden. Es gelang ihm bisher immer, sich in Täter hineinzuversetzen. Doch in diesen hier? Der Maestro hatte um diese Uhrzeit bereits gemordet. Sogar im prallen Sonnenschein rammte er Flöten in Kehlen und Hintern. Im Gegensatz zum Kommissar, der dazu nicht imstande ist, selbst wenn das Mädchen ihn dazu ermutigt. Zum ersten Mal in seiner Karriere zweifelt er daran, einen Fall aufklären zu können. Und scheinbar zweifelt er nicht alleine. In einer knappen Stunde ist er im Hôtel de Ville beim Bürgermeister vorgeladen.

Der Pariser Bürgermeister ist angeblich ein Sozialist. Schwer zu glauben bei dem Alter und der sportlichen Figur. Richtig sehnig mutet er an. Beim ausgemergelten Proletariat von damals mochte so etwas Eindruck schinden. Dem dicken Prekariat von heute imponiert man damit wenig. Der Bürgermeister weiß das. Er ist schließlich ein schlauer Mann. Man munkelt, auf den Wahlplakaten hat er sich von Grafikern hier und dort etwas aufpummeln lassen.

»Haben Sie den Maestro geschnappt?« Der Kommissar verneint. »Gibt es denn schon Verdächtige?« Der Kommissar verneint aufs Neue. »Haben Sie denn überhaupt auch nur die geringste Spur?!« Jetzt wäre vermutlich der letzte Moment, um würdevoll den Hut zu nehmen, ehe er ihm genommen wird. »Ja oder nein?!« Der Kommissar verneint ein drittes Mal. »Na, da bin ich ja beruhigt!«, lacht der Bürgermeister, schnellt aus seinem Sessel hoch und schlendert schwungvoll an den prächtigen hölzernen Globus, welcher als Hausbar fungiert. »Hätten Sie gerne einen Wodka? Oder lieber einen Gin?« Er klappt den Globus auf. Ausschließlich klare Spirituosen. Die haben weniger Kalorien. Alter Hausfrauentrick, um trotz Alkoholsucht in Form zu bleiben. Welch schrecklicher Kitsch!, denkt sich der Kommissar und entscheidet sich für Gin.

»Ich weiß, was Sie denken. Welch schrecklicher Kitsch! Doch er gehörte meinem Vater. Ein einfacher Mann. Ihm war klar, dass ihm die echte Welt nie gehören wird.« Er reicht dem Kommissar ein Glas und klappt den Globus wieder zu. »Ich habe ihn etwas modernisiert. Nun zeigt die südliche Hemisphäre nach oben. Die Postkolonialismus-Studenten an der Sorbonne sind begeistert. Letzte Woche waren … Darf ich nachschenken?« Der Kommissar hatte gehofft, die Leere des Glases mit seiner Hand verbergen zu können. »Es tut mir leid, bezüglich des Falls, ich …« Der Bürgermeister nimmt ihm das Glas ab und klappt erneut den Globus auf. »Ihnen braucht nichts leid zu tun. Ganz und gar nicht. Soll ich Ihnen die Wahrheit sagen?« Er reicht ihm einen Doppelten. »Meinetwegen können Sie in dieser Sache die Beine hochlegen. Doch das widerspricht wohl Ihrem Ethos.« »Ich verstehe nicht recht.« »Ermitteln Sie, so viel Sie wollen. Verhaften Sie, so viel Sie wollen. Mir ist völlig egal, was Sie tun! Solange nur die Bewohner dieser Stadt weiterhin glauben, dass der Mörder frei herumläuft.« Der Bürgermeister setzt sich und schwenkt genüsslich seinen Gin.

Der Kommissar ist sichtlich verwirrt. War das Sarkasmus? Untypisch für Politiker. Oder vielleicht gerade nicht. Rächt sich so die Eigentlichkeit, zu der sie in ihren Reden verdammt sind? Durch ständigen Sarkasmus abseits des Politparketts? Wie lange wird schon geschwiegen? Sollte er etwas erwidern? Oder einfach stumm verschwinden? Sich wie Ludmilla aus dem Raum stehlen und niemals wieder blicken lassen? »Terror kostet Menschenleben«, deklamiert der Bürgermeister in Richtung seines Glases, das er bedeutungsschwer in die Höhe hält. Als Gymnasiast war er gewiss die Zweitbesetzung für den Hamlet, denkt der Kommissar und irrt nicht. »Aber noch schlimmer: Terror kostet Geld. Jedes Mal bedeutet er immense Verluste für den Tourismus. Paris hat sich immer erholt. Diese Stadt hat gutes Heilfleisch. Aber seit dem letzten Mal ... irgendwas ist anders ...« Die Hand um sein Glas beginnt sich zu verkrampfen. »Hinzu kommt ein Terrorexperte, der jeden explodierten Druckkochtopf zu einem Attentat erklärt!« »Sie meinen Boum?« »Selbstverständlich meine ich Boum!« Eine Strähne reißt sich los und köpfelt über die Stirn in die Freiheit. Ihr Ausbruch währt nur kurz. Genauso der des Bürgermeisters. Er entschuldigt sich sogleich und reiht die desertierte Strähne wieder in das frisierte Corps.

»Ach, wie gerne würde ich mich dieses Kretins entledigen. Aber das geht nicht. Das Volk liegt ihm zu Füßen! Ich sah mich sogar gezwungen, für ihn eine Leibgarde zu engagieren.« »Ist er tatsächlich ein Ziel des IS?« »Wo denken Sie hin? Er ist schlicht ein Idiot! All die Unfälle, die ... Nein, Sie können sich das nicht ausmalen. Beinahe jeden zweiten Tag stürzt dieser Mann erneut in die Seine! Einmal mussten ihm meine Leute an einem einzigen Tag drei ganze Male das Leben retten! Erst lief er bei Rot auf die Straße, daraufhin verschluckte er sich an einem Croissant, ehe er bei dem Versuch, eine verdächtige Taube zu fangen, wieder einmal in die Seine fiel. Ganz egal, wie es passiert, wenn Boum etwas zustößt, ist das für seine Anhängerschaft ein klarer Fall von Terrorismus. Dann können wir den Laden endgültig zusperren.« Dem Kommissar entwischt ein Schmunzeln. Es tut gut, jemanden so reden zu hören. »Angst ist eine feine Sache. Doch die Dosis macht das Gift. Mit etwas Schrecken im Mark sind die Menschen lenkbar. Formbar. Dankbar. Sollte die Angst aber überhandnehmen, werden sie unberechenbar. Dann kippt die Todesangst. Entweder in Lebenslust oder Lebensmüdigkeit. Beides kann ich nicht gebrauchen. Letztlich läuft es alles auf die Eitelkeit hinaus. Niemand will ein Lampion in einer Lichterkette sein. Jeder will das Titelblatt. So wie diese beiden hier!« Er zieht aus seiner Schreibtischlade die Ausgabe von *Paris-Matin* mit der berüchtigten Karikatur und knallt sie grinsend auf seinen Schreibtisch.

27

Jeder Mensch ist einzigartig. Und dementsprechend einzigartig will er auch getötet werden. Die letzten hundert Jahre waren geprägt von großen Kriegen, Massenmorden, Pandemien und Terroranschlägen. Kein Wunder, dass sich Menschen nun, was ihr Sterben anbelangt, nach etwas Persönlicherem sehnen. Sie wünschen sich einen Deathstyle, der zu ihrem Lifestyle passt. Individuell, ideologiefrei, umweltfreundlich. Und wie wäre das besser möglich als durch die Hand eines Serienkillers?

Terroristen sind in der Regel Einwegmörder. Da ihre Missionen meist in der eigenen Sprengung gipfeln, kann man sie unmöglich wiederverwerten. Sie bleiben also One-Hit-Wonder. Shootingstars, die schnell verpuffen. Auch im übertragenen Sinne. Keinen interessiert der Mensch unter Bart und Bombengürtel. Das ist bedauerlich. Schließlich stecken Terrormilizen oft viel Zeit und Hingabe in die Ausbildungen ihrer Schützlinge und Schützen. Alles nur für den Moment. Terror passt in die Wegwerfkultur. Sowohl Täter als auch Opfer sind nach dem Anschlag nicht zu recyceln. Im schlimmsten Falle kann man die beiden nicht einmal mehr unterscheiden. Nachhaltigkeit geht anders.

Massenmörder sind nicht besser. Sie verschwenden zwar nicht sich selbst, dafür die Ressource Opfer. Da sie sich hohe Ziele stecken, was die Todeszahlen betrifft, morden Massenmörder meist gar nicht selbst. Stattdessen betreiben sie Todesfabriken. Möglichst weit weg in fernen Ländern. Weil dort die Handlanger billiger sind. Outgesourcte Franchise-Filialen. Mit typisch fordistischer Arbeitsteilung. Der eine zieht die Zähne, der andere schert das Haar. Der Rest wird dann von Maschinen erledigt.

Der Serienkiller tötet regional. Schließlich kehrt er gerne an den Ort des Verbrechens zurück. Terroristen können das nicht, und Massenmörder wollen das nicht. Ihnen fehlt diese romantische Seite. Der Serienkiller greift auch nicht zu Maschinen, Waffen oder Chemikalien. Bei ihm wird noch von Hand gemordet. Kein Schalter, kein Hebel, kein Knopf entfremden ihn von seiner Tat. Das ist keine Fließbandarbeit. Er betrachtet Mord gar nicht als Arbeit, sondern eher als sein Hobby. Seine Morde haben Charakter. Er tötet Individuen, denn für ihn zählt noch der Mensch. Er schaut seinen Opfern tief in die Augen, ehe er sie ihnen entfernt und sie durch Spiegelscherben ersetzt. Er gibt den Opfern das Gefühl, etwas Besonderes zu sein. Er steckt sie nicht in Schubladen. Er steckt sie in Tiefkühltruhen und Omas alte Einmachgläser. Ohne Konservierungsmittel.

Menschen lieben Serienkiller. Deswegen nennt man sie so und nicht anders. Killer. Das klingt nicht so schlimm wie Mörder.

Weil es zum einen ein Fremdwort ist und einem darum schon nicht nahegeht. Zum anderen weil man es aus vielen harmlosen Begriffen kennt. Ladykiller, Tintenkiller, Stimmungskiller. Alles keine echten Mörder, vor denen man sich fürchten muss. Auch muss man sich für sie nicht schämen. Geschweige denn entschuldigen. Serienkiller machen einer Gesellschaft kein schlechtes Gewissen. Sie bürden einem Volk keine Kollektivschuld auf.

Serienkiller ähneln einander. Meist sind sie männlich, weiß und gottlos. Das macht den Menschen die Serienkiller aber nur sympathischer. Vor allem jenen, die beklagen, dass jegliche Gewaltverbrechen heute nur mehr von Schwarzen, Arabern und Gläubigen begangen werden. In ihren Klagen schwingt stets etwas Neid mit. Neidvolle Reue, dass man sich selbst nichts gönnen kann. Weil man versaut ist von Vernunft, die den Gläubigen und Wilden fehlt.

Frankreich strotzt nicht vor Serienkillern. Sicher haben Völkerkundler darüber bereits sinniert. Warum die Franzosen so ungern mit Vorsatz töten, sondern lieber aus Affekt. Warum sogar der Massenmord, von Franzosenhand verübt, immer etwas kopflos daherkommt. Weniger bürokratisch, mehr aus dem Bauch heraus. Als französische Spezialität gilt der Mord aus Leidenschaft – *le crime passionnel*. Ebenjene Leidenschaft, derer sich Franzosen rühmen, darf sich ein erfolgreicher Serienkiller freilich nur bedingt erlauben. Jedenfalls muss sie gut eingehegt sein in eine penible Planung. Sonst wird man mit Sicherheit noch vor dem zweiten Mord gefasst. Das war's dann mit der Serie. Nach einer Folge abgesetzt.

Der erfolgreiche Serienkiller ist ein Pedant. Pünktlich, sauber, ordnungsliebend. Das gemeine Vorurteil unterstellt den Franzosen nichts dergleichen. Pedanterie war seit jeher das Steckenpferd der Deutschen. Und siehe da, in deutschen Landen findet man deutlich mehr Exemplare der seltenen Spezies Serienkiller als bei den Nachbarn westlich des Rheins. Auch Großbritannien kann der Historie mit weitaus mehr Serienkillern aufwarten als sein liebster Kolonialkonkurrent. Vielleicht waren diese Erbfeindschaften ein weiterer Grund für die Beliebtheit des Maestros. Grundsätzlich sind Gewaltverbrechen nichts, worauf eine Nation stolz ist. Ein aktiver Massenmörder oder rege Terroristen fallen eher negativ auf den Ruf des Landes zurück. Die Bewohner wandern aus. Die Touristen bleiben fern. Insbesondere für den Tourismus sind Massenmord und Terror eine Katastrophe. Dass also nun ausgerechnet die Kunde von einem Serienkiller der verblassten Stadt Paris zu neuem Glanz verhalf – damit hatte niemand gerechnet.

28

»Wenn wir nichts unternehmen, gehört ihnen bald die ganze Stadt!« Der Blinde fuchtelt wild mit den Armen. Der Verband über seinen Augen ist mit Blut und Schmutz beschmiert, damit er nicht hindurchsehen kann. Er würde sich ansonsten in den Straßen verraten, indem er Mädchen hinterherschaut oder dem Verkehr ausweicht. »Sie sind bereits hier!«, brüllt der Blinde und zeigt auf Clopin. »Du dreckiger Hurensohn zeigst auf den König!«, weist ihn ein Armloser zurecht. »Bis hierhin sind sie vorgedrungen.« Sein Stumpen deutet in Richtung des Stadtplans, der vor ihnen ausgebreitet auf dem Rücken eines Buckligen liegt. »Sag ich doch! Hier!« Der Blinde dreht sich jäh zur Seite und zeigt erregt auf seinen armlosen Nachbarn. »Hol dich der Teufel, jetzt zeigst du auf mich! Hier! Hier sind sie, hier!« Seine Stumpen rotieren.

Clopin holt tief Luft und schließt seine Augen. Da wird den Clochards gleich ganz anders. Ein Zitterer schnappt sich den gestreckten Arm des Blinden und senkt ihn schleunigst auf den Stadtplan. »Eure Majestät! Die Musikanten sind hier. Sie haben das Marais übernommen. Jetzt dudeln und jodeln sie direkt auf das Hôtel de Ville zu. Es dauert nicht mehr lange und sie überqueren die Seine.« Clopin leckt über seine Schneidezähne. »Die Île de la Cité wird nicht fallen.« »Und warum nicht?!«, plärrt eine Alte mit Aussatz und dickem Schorf an ihrem Hals. »Wie sprichst du mit dem König, Weib?!«, rügt sie der Blinde und bespuckt den Zitterer. »Eure Majestät, mit Verlaub, das sagtet Ihr bereits vom Place de la Bastille. Und heute ist dort ein regelrechtes Nest!« Der Zitterer wischt sich den Speichel aus dem Gesicht. »Wir sollten sie angreifen, solange wir noch in der Überzahl sind.« »Wir können uns einen Krieg nicht leisten.« »Der Krieg hat doch schon längst begonnen.« »Wir haben mehr Männer!« »Aber weniger Beine!«

»Genug!« Clopin schlägt mit geballter Faust auf den Stadtplan. Der Bucklige darunter stöhnt. Die Clochards zucken erschrocken zusammen. »Wir hungern«, murmelt einer. Clopin rollt mit den Augen. »Das tatet ihr schon immer.« »Man will uns loswerden«, murmelt ein anderer. Clopin zuckt mit den Schultern. »Das wollte man schon immer.« »Eure Majestät verstehen nicht.« Die Stimme eines jungen Mannes. Die umstehenden Clochards schieben ihn in die erste Reihe. Seine Füße sind schwarz. Auch unter dem Dreck, der an ihnen haftet. Er sitzt auf einem kaputten Drehstuhl. Zwei der Rollen sind vollständig abgewetzt. Dementsprechend schief steht er da. Damit der junge Mann nicht hinausfällt, hat man ihm den Oberkörper mit Klebeband an der Lehne befestigt. »Es ist irgendwie anders.« Clopin beugt sich zu ihm hinab, umfasst sein Gesicht und lächelt. »Das ist es immer.« Der junge Mann schüttelt den Kopf. »Die Stadt wendet sich gegen uns.« »Die Menschen haben uns immer verabscheut.« »Doch ich spreche nicht von Menschen. Es ist Paris!

Nicht die Pariser, sondern sie selbst! Ihr wachsen Dornen. Überall. Unter Brücken, im Gebüsch, mitten auf der Straße! Wo immer wir betteln, sprießen Stacheln aus dem Asphalt. Gehen wir weg, verschwinden sie. Paris saugt sie wieder ein. Setzen wir uns woanders hin, fährt sie erneut die Krallen aus. Sie piekst uns mit Nieten. Sticht uns mit Nadeln. Manchmal sind es sogar Stangen. Schwere, dicke Eisenstangen, die plötzlich aus dem Boden schießen.« Einer der Clochards prustet los. »Das muss dir doch gefallen, du Schwuchtel!« Er klopft dem jungen Mann auf die Schulter. So fest, dass sich sein Stuhl dreht und falsch herum zum Stehen kommt. Man rückt ihn erneut gerade in Richtung Clopin. Der junge Mann räuspert sich und fährt errötet fort: »Ihre Bänke bäumen sich auf, wenn wir uns schlafen legen. Sie werfen uns ab wie ein bockiges Pferd. Oder sie brechen auseinander. Aus einer Bank werden plötzlich drei Stühle. Einige Bänke werden eiskalt, andere wiederum kochend heiß. Und sie hören erst damit auf, wenn man Geld einwirft.« Clopin blickt skeptisch in die Menge. Die Clochards nicken einhellig. So seltsam es auch klingen mag, sie alle können bestätigen, was der junge Mann berichtet. »Davon haben wir aber keins, weil uns die Leute nichts mehr geben.« Das Nicken wird energischer. »Wir brauchen ein Druckmittel! Deswegen bin ich auch dafür, dass wir die Kinder …« Wieder lässt Clopin seine Faust auf den fleischigen Tisch hinabfahren. »Nein! Ich habe das Betteln mit Kindern aus gutem Grund verboten.« »Doch seither kriegen wir viel weniger!« »Einst wird es sich lohnen, versprochen.« »Wir können nicht mehr länger warten! Wir nehmen nur die Kleinsten. Die frisch Geschlüpften, die bringen am meisten.« »Zum allerletzten Mal: Nein! Seid ihr taub oder was?!« »Viele ja.« »Ich will davon nichts mehr hören! Die Kinder müssen in die Schule!« Clopin zeigt in eine dunkle Ecke des Gewölbes. Dort kauern zwei Dutzend Kinder. Ein paar von ihnen nackt. Die anderen notdürftig in dreckige Lumpen eingebunden. Durch den löcherigen Stoff gleißt hie und da die weiße Haut. Seit Clopins Einführung der Schulpflicht sahen sie keine Sonne mehr. Mindestens die Hälfte kratzt sich ohne Unterlass. Die Kinder sind verschieden groß und wohl auch verschieden alt. Das jüngste dürfte keine drei, das älteste schon zwanzig sein. Sie alle lauschen dem Vortrag des Lehrers, welcher wild vor ihnen herumspringt und russische Flüche kreischt.

Der junge Mann im Drehstuhl hebt schüchtern die Hand. »Eure Majestät, mit Verlaub, wenn Euch so sehr an Bildung liegt – was ich nur befürworten kann –, wieso schickt Ihr diese Kinder dann nicht in eine, sagen wir, eher weltliche Schule?« »Weltliche Schule! So ein Unfug! Philosophie, Literatur, Ethik … alles nur unnütze Schöngeisterei! Hier lernen sie das Einzige, was zählt: Mathematik!« Abermals weist Clopin stolz in jene dunkle Ecke. Scheinbar handelt der Unterricht gerade von der Subtraktion. Veranschaulicht durch Extraktion. Der Lehrer lässt die Kinder zählen, wie viele Zähne er im Mund hat. Das kriegen fast alle hin. Immerhin bewegt sich die Übung lediglich im Zahlenraum zehn. Daraufhin zückt er eine Zange und kehrt seinen Schülern den Rücken zu. Es ertönt ein Schrei, dicht gefolgt von weiteren russischen Verwünschungen. Den jungen Mann im Drehstuhl schaudert. »Ist das wirklich die neueste Lehrmethode?« »Nicht die neueste, aber die beste«, versichert ihm Clopin, »so hat schon Louis XIV das Rechnen gelernt.« Sein breites Lachen enthüllt die Handvoll verbleibender Zähne, schwärzer als die Lücken dazwischen.

»Diese Kinder, das werden die Buchhalter von morgen. Und die brauchen wir dringend. So gut wie niemand hier kann zählen! Und ihr schimpft euch Bettler und Diebe!« Die Clochards senken beschämt ihre Köpfe. Sogar Clopin ist von seinen eigenen Worten peinlich berührt. Denn auch er ist der Zahlen nicht mächtig. Er stammt aus einfachen Verhältnissen. Seine Eltern stellten ihn früh vor die Wahl: lesen oder rechnen. Kann man ihm einen Vorwurf machen, die falsche Entscheidung getroffen zu haben? Er war damals noch ein Kind und rein rechnerisch versprach er sich vom Lesen mehr. Lumpige zehn Ziffern statt sechsundzwanzig prächtige Buchstaben? Noch dazu in groß und klein! Mit verschiedenen lustigen Hütchen. Allerdings sind die Zahlen endlos und die Worte dagegen begrenzt. Doch wie sollte er das wissen? Er hat es auch später nicht mehr gelernt, gleichwohl es Möglichkeiten gab. Zum Beispiel am Hofe des französischen Königs, wo er kurzzeitig als Abakus diente. Clopin reut es bis heute, im Rechenunterricht des kleinen Louis nicht besser aufgepasst zu haben. Hierfür aber kann er nichts. Die Schmerzen und der Blutverlust hinderten ihn merklich, dem Unterricht zu folgen.

»Außerdem bescheißt ihr mich bei den Steuerabgaben!« »Eure Majestät, das würden wir nie tun! Ihr bekommt doch von uns allen die halbe Beute. Auf das Gramm genau.« »Ja, eben. Ihr teilt nach Gewicht. Wer garantiert mir, dass mein Anteil tatsächlich die Hälfte wert ist?!« »Wie könnte er das nicht? Ihr bekommt die schönen, schweren Münzen. Wir nehmen uns nur das schnöde Papier. Wie kann das mehr wert sein, wenn es nicht einmal glänzt?« Clopin reibt sich das Kinn. Er ist sich sicher, dass sie ihn bescheißen. Unsicher dagegen ist er, ob sie es auch mit Absicht tun. Solange er das nicht weiß, zögert er, sie aufzuknüpfen. Er lässt es sich jedoch nicht nehmen, sie regelmäßig zu erinnern. »Wer mich bescheißt …« Die Clochards rollen mit den Augen und erwidern im Chor: »… wird aufgeknüpft.« »Genau.« Zwar mangelt es ihrem Ton an Ernsthaftigkeit, doch Clopin gibt sich zufrieden. Er lehnt sich in seinen Thron zurück und legt seine Füße auf den menschlichen Schemel. Die Hände auf dem Bauch verschränkt, schmatzt er ein wenig vor sich hin und döst fluchtartig weg. Die Clochards rühren sich nicht von der Stelle.

Sie wirken unbefriedigt vom Ausgang dieser Audienz. Es wird zwar getuschelt, doch keiner traut sich, den König zu wecken. Es ist der junge Mann im Drehstuhl, der sich schlussendlich ein Herz fasst. »Wenn wir schon nicht mit Kindern betteln, wie wäre es mit Tieren?« Stille. Clopin hat sich mittlerweile in tiefen Schlaf verabschiedet. Oder lässt er den Vorschlag auf sich wirken? Die Clochards schlurfen sicherheitshalber alle einen Schritt zurück. Der junge Mann im Drehstuhl indessen ist zuversichtlich, seinem König mit dieser Idee imponiert zu haben. »Süße, kleine Tiere. Mit süßen, großen Augen«, fügt er eifrig nickend hinzu und steckt sogar die anderen mit seiner Zuversicht an. Bald wippen ringsum alle Köpfe. Nur jener des Königs stützt sich reglos an die Lehne seines Throns. »Die Leute sind verrückt nach Tieren!« Clopin öffnet langsam die Augen. Sofort kehrt wieder Stille ein. Er nickt. Ein einziges Mal und ohne großen Überschwang, doch es war zweifellos ein Nicken. Dann springt er auf, reißt sein rechtes Bein in die Höhe und tritt dem jungen Mann gegen die mit Klebeband gepolsterte Brust. Sein kaputter Drehstuhl schießt in die Menge bis ans andere Ende des Gewölbes. Die Clochards erzittern. Sogar der Bucklige am Boden bebt vor Angst und versucht auf allen vieren ungesehen davonzukriechen. Clopin hält ihn davon ab, indem er den Fuß auf ihm abstellt. »Mich deucht, ihr seid verrückt nach Tieren! Reichen euch die Ziegen nicht mehr?! Ich habe euch davor gewarnt, sie jeden Tag zu stopfen! Jetzt sind ihre Löcher schlaff und können nichts mehr halten. Keine Schwänze, keine Scheiße!« »Eure Majestät! Eure Majestät!« Der Hundskutscher rast auf direktem Wege durch die Schneise, die der Drehstuhl geschlagen hat, bis vor die Füße seines Königs. Dort bremst er scharf ab. Sein Zugtier hechelt. »Was ist denn? Hörst du nicht, dass ich mitten in einer Predigt war?« »Musikanten!«, keucht der Hundskutscher, außer Atem wie sein Zugtier. Clopin stößt ein resigniertes Lachen aus. Er beugt sich hinab und krault Hund sowie Kutscher den Hals. »Am Gare du Nord!« »Was?!« Clopins Hände ballen sich zusammen. Ein Raunen geht durch das Gewölbe. »Wer ist es? Nun sag schon! Gitarreros? Wieder falsche Peruaner?« Kutscher und Hund schütteln die Köpfe. »Eure Majestät, es ist ein ganzes Orchester! Vom Klang her müssen es fünfzig sein. Wenn nicht sogar hundert!« »Dann bedeutet das wohl Krieg.« Der Bucklige am Boden räuspert sich. »Aber Eure Majestät, mit Verlaub, Ihr habt doch vorhin erst gesagt, dass wir keinesfalls einen …« »Kriiieg!!«

29

Unter dem rot besohlten Pump knirschen die Scherben der ausgeschlagenen Fenster. Qualm dringt durch die Löcher ins Freie und steigt rasch gen Himmel auf. Er hat es scheinbar nicht weniger eilig, der Halle zu entkommen, als die aufgebrachten Massen, die ebenfalls aus dem Bahnhof türmen. Passagiere, Kioskverkäufer, Zugpersonal. Sie alle fliehen mit entsetzten Mienen und entsetzlichem Gebrüll. Ein paar Clochards haben draußen die Fassaden erklommen und turteln dort mit den steinernen Damen. Allegorien der großen Städte, die von hier aus befahren werden. Sie streicheln ihre kalten Busen, züngeln an ihren verwitterten Hälsen und spenden einander gröhlend Applaus für gefühlsechte Darbietungen. Ohne einen Abschiedskuss verlassen sie die Damen, als sie unter sich am Vorplatz ihren König erblicken, der soeben schnaubend aus der Halle tritt. »Wo sind sie bloß?! Ich kann sie hören, aber nicht sehen!« Die Streicher, die Bläser, der gottverdammte Paukenschläger. Sie alle müssen hier irgendwo sein. Selbst die Hysterie erstickt nicht ihr unseliges Tingeltangel. »Eure Majestät!« Einer der Clochards ist nicht mit den anderen nach unten geklettert. Er liegt weiterhin im Arm der vier Meter großen Lille. »Eure Majestät! Hier oben!« Clopin hebt den Kopf. Der Clochard deutet stumm geradeaus. »Was zum Teufel …?!«

Eigentlich ist es doch üblich, dass man die einen aussteigen lässt, ehe die anderen einsteigen. In Paris läuft das umgekehrt. Sie wird sich schon daran gewöhnen, aber praktisch ist das nicht, denkt Aloisia, während sie sich gegen den Strom aus dem Waggon kämpft. Glücklicherweise hat sie Zeit. Das Warnsignal tönt schon seit geraumer Zeit, aber die Türen schließen nicht. Sie sind blockiert durch all die Menschen, die zu hunderten vom Perron in die Métro drängen. Manche besteigen sogar das Dach. Hauptsache, weg von hier. Die nächste kommt in zwei Minuten. So lange will niemand warten. Die Fahrgäste im Inneren haben keinerlei Ahnung, was hier passiert ist. Sie sehen nur die schreiende Stampede und schreien solidarisch mit. Die spontane Verbrüderung findet jedoch ein jähes Ende, als ein kleiner Junge in der Métro durch die Fenster nach draußen auf die nahende Stampede zeigt und brüllt: »Die sind infiziert!« Keiner der Fahrgäste hier glaubt an Zombies. Wohl aber an die Möglichkeit, dass die unbekannte Gefahr, vor der diese Menschen fliehen, in den Waggon gelangen könnte. Deswegen beginnen sie alles zurückzudrängen, was in den Waggons Asyl sucht. Für Aloisia eine Chance, endlich nach draußen zu gelangen. Sie schlägt sich bis zur Tür vor und lässt sich von da an schubsen. Wenn die alle so weitermachen, kippt am Ende noch der ganze Zug. Dann fährt hier erst einmal gar nichts mehr. Kaum, dass Aloisia einen Fuß auf den Perron setzt, vernimmt sie im Rücken ein Knarzen. Sie dreht sich nicht um. Sonst wird sie womöglich abermals hineingesogen. Bis hoch zu den Drehkreuzen sind die Gänge voller Menschen, die ihren Entschluss bereuen, nicht auf den Vorplatz geflüchtet zu sein. Nun aber trauen sie sich nicht mehr zurück.

Sie mögen zwar eingeklemmt sein, doch das bedeutet auch einen Puffer zwischen ihnen und Gott weiß was.

»Hierher! Hier ist noch einer!« Clopin entreißt einem fliehenden Senior den Gehstock, hämmert damit gegen den Metallmast neben ihm und läutet so seine Horden heran. Schon im nächsten Augenblick hangeln sich zwei Clochards an dem dicken Mast empor. »Schnecke! Bist du hier, um uns zu helfen? Das ist artig.« »Ich hatte gehofft, Sie könnten *mir* helfen.« »Habe ich das nicht bereits getan?! Dort drüben ist noch einer! Holt ihn euch, ihr Missgeburten!«, lacht Clopin und klatscht in die Hände. Aloisia lässt die Schultern hängen. Sie fühlt sich nicht ganz ernst genommen. Dass Clopin gerade sehr beschäftigt ist, scheint ihr in ihrer Not zu entgehen. Schieben wir es auf den Hunger, der seit Tagen an ihr nagt. »Zeig mir mal deine Zähne.« Aloisia fehlt die Kraft, die seltsame Bitte zu hinterfragen, und bleckt folgsam ihre Beißer. »Gut. Sehr gut sogar. Du hast sogar noch Weisheitszähne! Hättest du nicht Lust, als Lehrerin zu arbeiten? Wir haben nämlich … Vorsicht.« Er schiebt Aloisia einige Zentimeter nach links. An ihrer alten Stelle kracht sogleich ein schwarzes Ding zu Boden. Etwa so groß wie Aloisia selbst, aber vermutlich doppelt so schwer. »Wo waren wir? Ach ja, die Zähne! Wir haben … Entschuldige.« Clopin verschiebt sie abermals. Diesmal ein paar Zentimeter nach rechts. Und wieder landet einen Augenblick später neben ihr so ein schwarzes Ding. »Da fällt mir ein, ich habe noch etwas Besseres für Dich. Denn weißt du, Schnecke, ich hatte erst heute eine wahrlich brillante Idee.« Er legt seinen Arm um sie und spaziert mit ihr davon. Auf der Rue la Fayette kommen den beiden dutzende Polizeiwagen entgegen. Lange noch vernehmen sie die Sirenen, das Gekreische der Menschen, das Triumphieren der Clochards und den Lärm der Lautsprecher, die am Asphalt zerschellen.

30

Der Kommissar ist verzweifelt. Seit nunmehr einer vollen Stunde verhört er die Augenzeugen. Zumindest hielt er sie für solche. Wie sich jedoch herausstellen sollte, hat keiner von ihnen etwas gesehen. Der Kommissar mag es nicht so recht glauben. Gleichwohl hat er nicht den Eindruck, dass einer der Befragten lügt. Sie waren hier, als es passierte. In der Bahnhofshalle. Als Tische und Stühle umgestürzt wurden. Menschen durcheinanderrannten und sich hinunter zur Métro, nach draußen oder in Züge flüchteten. Ohne zu wissen, warum. Manche gaben an, gesehen zu haben, wie die Lautsprecher fielen. Doch wer sie von den Masten löste, kann ihm auch dieses junge Pärchen, welches vor ihm steht, nicht verraten. »Wir sind einfach weggerannt.« Der Kommissar kratzt sich mit seinem Stift die Schläfe. »Jaja, das sagten Sie schon, doch wovor sind Sie weggerannt?« Das Pärchen schaut sich ratlos an. »Keine Ahnung.« Der Kommissar bedankt sich herzlich und klappt seinen Notizblock zu.

»Na, wovor wohl?« Ein helles, metallenes Klicken. Eine Flamme leuchtet auf. Ein weiteres Klicken. Zwischen den Köpfen des Pärchens hindurch bläst eine dicke Schwade Rauch. »Terroristen …« Der Kommissar schlägt die Hände vors Gesicht und hofft, ihn dadurch zum Verschwinden zu bringen. Nach einer Weile senkt er die Hände. Seine Hoffnung ist zerplatzt. Monsieur Boum signiert gerade das Dekolleté der jungen Frau, während ihr Freund die Szene filmt. Die Unterschrift ist krakelig, weil die Frau nervös auf- und abhüpft. Der Kommissar blickt schmerzensreich zu seinen beiden Adjutanten, die hilflos mit den Schultern zucken. Das junge Pärchen zieht ab. Erneut dieses metallene Klicken. Zweimal. »Die Geschichte wiederholt sich.« Eine Rauchschwade zieht über ihn hinweg. »Es ist ganz genau wie damals.« Richelieu Zizi. Ein unverkennbares Geklapper. »Morgen werden sie wieder alle da sein. Die Großen dieser Welt. Arm in Arm zum Trauermarsch. Für die Freiheit und gegen den Hass.« Der Kommissar versucht ihn mit aller Kraft zu ignorieren. »Schweigen, Schleifen, Kerzenmeere. *Je suis Gare du Nord*! Während das Morden weitergeht ...« Der Kommissar packt ihn mit beiden Händen am Kragen seines Trenchcoats. »Grundgütiger, Boum, was reden Sie da?! Es gibt hier keinerlei Tote! Nicht einmal Verletzte. Die einzigen Opfer, wenn man so will, sind diese Lautsprecher da draußen!« Nun packt auch Boum den Kommissar am Kragen und zieht ihn noch näher an sich heran. »Doch wussten das die Terroristen? Vielleicht hielten sie die Dinger ja für eine Band! Sie wissen ja, dass Islamisten unsere Musik verabscheuen.« Der Kommissar reibt sich angestrengt die Stirn und schreitet hinaus auf den Bahnhofsvorplatz.

Um die zerschellten Lautsprecher sind Absperrbänder aufgestellt. Der Kommissar hebt eins von ihnen hoch. Ehe er sichs versieht, ist Boum darunter hindurchgeschlüpft. »Danke schön. Ich muss schon sagen, Herr Kommissar, Sie sind heute deutlich kooperativer als auf dem Montmartre. Fast schon zutraulich. Darf ich das auf ein Erfolgserlebnis in der Damenwelt zurückführen?« »Ich wünschte, Sie würden sich selbst in die Damenwelt zurückführen. Dort werden Sie sicher schon vermisst.« Boum stimmt ihm schwermütig zu und klappt sein Sturmfeuerzeug auf. Selbstverständlich vermissen sie ihn. Lolo, Dodo, Joujou, Cloclo, Margot, Froufrou und wie sie sonst noch alle heißen. Doch die Pflicht geht eben vor. Nichts lässt ihn das teure Vaterland vergessen. Sein Gemächt ist eisern wie sein Wille. Und so muss es bleiben. Wenn das eine erschlafft, erschlafft auch das andere. Er muss hart bleiben gegen die Weiber, die ihn reizen, wo immer er geht und steht. Böse ist er ihnen nicht. Man muss Nachsicht walten lassen mit der weiblichen Natur. Er wirft ihnen nichts vor. Er würfe ihnen gern was über. Am liebsten würde er sie alle verschleiern. Lolo, Dodo, Joujou, Cloclo, Margot, Frou-frou und wie sie sonst noch alle heißen. Dann könnte er sich besser fokussieren. Freilich nicht für immer. Nur bis zum Sieg über den Terror.

»Sehen ziemlich neu aus«, kommentiert Boum die Trümmer der Lautsprecher. »Sind sie auch. Wurden erst heute Morgen montiert. Teil der neuen Anti-SDF-Maßnahmen. Klassische Musik, um Obdachlose zu vertreiben.« »Ja, ja, davon hab ich gehört. Ein Skandal! Diese Stadt gibt Millionen für die Vertreibung von Clochards aus. Millionen, die wir dringend bräuchten im Kampf gegen den Terror! Funktioniert das überhaupt?« »Anscheinend. Oder sehen Sie hier einen?«, witzelt der Kommissar und bereut es. Humor ist eine Disziplin, in der er sich nicht oft versucht. Passenderweise ist auch Boum darin nicht sonderlich begabt. »Ehrlich gesagt, keine Ahnung. Hier könnten hunderte Clochards sein, die um mich Polonaise tanzen, ich würde sie nicht sehen.« »Wie meinen Sie das?« »Was weiß ich! Ich sehe sie nicht. Das ist so ähnlich wie mit Frauen.« »Sie können keine Frauen sehen?« »Und ob! Oft sehe ich nichts anderes. Mein Blick hat eben ein Eigenleben. Frauen ziehen ihn magisch an. Clochards stoßen ihn magisch ab.«

31

»Boum! Und dieses tonnenschwere Ding kracht quasi neben mir zu Boden!« Romain nickt anteilnehmend und schaut auf seine Uhr. Er hätte schon vor zehn Minuten in der Tierhandlung aufschlagen sollen. »Und ich nur drei Stationen entfernt!« Doch die ansonsten so schweigsamen Gäste sind heute äußerst mitteilsam. »Ich könnte jetzt tot sein!« Sie alle wollen darüber reden. Wo sie waren, als *es* passierte. Als am Gare du Nord die

Lautsprecher vom Himmel fielen. Die Medien nannten es *une émeute*. Einen Aufstand. Wie damals in den Banlieues. Wohl wegen der vielen kleinen Brände in und vor und um den Bahnhof, die bis in den Nachmittag immer wieder aufs Neue entfachten. Andere wiederum nannten es Streik. Und nicht wenige kapitulierten vor der eigenen Ratlosigkeit und nannten es der Einfachheit halber Kunst. Jedenfalls wusste niemand genau, was geschah und wer es geschehen ließ. Die Lehrer waren's! Nein, die Studenten! Unsinn, das waren ganz klar Rentner! Ich sage Weinbauern! Lokführer! Fußgänger! Die üblichen Verdächtigen sind in Frankreich eben alle. Jeder Einzelne ist ein potentieller Unruhestifter. Um den Frieden zu wahren, einigte man sich daher rasch auf Terroristen. In den Abendnachrichten bestätigte Monsieur Boum diese These. Die Stadt atmete auf und pries ihren Retter. Er befreit sie zwar nicht von den Bösen, aber zumindest von dem Zweifel darüber, wer die Bösen sind. Das ist in diesen flirrenden Zeiten mindestens genauso viel wert.

»Seither rauscht mein ganzes Leben an meinem inneren Auge vorüber.« Das aber genügt ihm nicht. Der Bordelaiser Unternehmer wünscht, dass es auch vor Romains Augen vorüberrauscht und beginnt ausführlich zu erzählen. Von seiner Sturzgeburt, seiner trunksüchtigen Tante sowie von seinem Luftröhrenschnitt im Alter von acht Jahren, welcher sich als entbehrlich erwies. Er hatte doch keine Biene verschluckt. Am liebsten wäre ihm, Romain würde mitschreiben. Doch darum muss er sich wohl selbst kümmern. Er wird noch heute Nacht seine Memoiren beginnen. Gleich nach der Geschichte seines ersten Rauschs. Damals im Sommer 84. Die Prostituierte, die der Unternehmer bei sich hat, bekundet Romain mit Blicken ihr Beileid. Dann legt sie ihren Kopf auf den Tresen der Hotelrezeption und versucht etwas zu schlafen.

»Schlimm genug, dass wir uns in so einem miefigen Zoo treffen müssen! Ich hoffe nur, es stinkt nicht da drinnen …« Melody ist merklich gereizt. Alles andere hätte ihn überrascht. Immerhin hat er sie fast eine Stunde warten lassen. Noch dazu auf offener Straße und mitten in der Nacht. Am Tag eines terroristischen Anschlags. Er hatte nicht damit gerechnet, sie hier noch anzutreffen. Mehr als ihre Geduld erstaunt ihn indessen, dass sie überhaupt gekommen war. So, wie die sich geziert hat. Über Wochen schwirrte Romain am Place de la Bastille um den Kiosk herum, an welchem sich Melody ein bisschen Geld dazuverdiente. Unermüdlich kaufte er Churros, Crèpes und Zuckerwatte, welche er dann, weil er doch gar nichts Süßes mag, an fremde Kinder weiterschenkte. Als ihn letztlich die Polizei arretierte und noch vor dem Kiosk in Handschellen legte, fasste sich Melody ein Herz. Sie erklärte ihn gegenüber den Polizisten kurzerhand zu ihrem Freund und sich selbst zu einem Rendezvous bereit. Romain ist guter Dinge. Beschwingt zückt er den Ladenschlüssel. Gleich wird er sie besänftigen. Mit dieser Flasche Champagner, den er ihretwegen gekauft hat. Etwas ganz Spezielles, gekeltert von Hippies im Elsass. Grässlich im Geschmack, doch unschlagbar im Gewissen. Der Reinerlös geht an klandestine Befreiungsarmeen in den französischen Überseegebieten, die départements d'outre-mer – territoirs d'outre-mer, kurz DOM-TOM. Deshalb trägt der Putschisten-Sprudel auch den Namen Dom Tom Pérignon. Das wird ihr sicher gefallen, denkt sich Romain, dem das Antifa-Logo auf ihrem Zungenpiercing auffiel. Für heute hat sie es entfernt, was Romain zuversichtlich stimmt, dass sie gedenkt ihm den Schweif zu lutschen.

»Sei unbesorgt, es kann nichts schiefgehen. Der Kerl ist ein Idiot!« Aloisia und Clopin schleichen über die Pont Neuf. Am Ende der Brücke biegen sie auf den Quai du Louvre mit seinen dunkelgrünen Containern voller Bücher und Antiquitäten. »Du brauchst lediglich anzuklopfen.« »Und dann?« »Dann verführst du ihn.« »Und wie stelle ich das an?« »Was weiß ich! Leck dir die Lippen, zwinker ihm zu. Oder heb einfach dein Kleid hoch.« »Und dann?« »Dann wird er dich mit reinnehmen.« »Und dann?« »Pst, da vorne, das ist es!« Clopin zeigt auf die gegenüberliegende Straßenseite. Ein großes Geschäft mit blauen Markisen. »Und dann?!«, wiederholt Aloisia. Clopin drückt ihren Kopf nach unten und taucht ihr hinterher. »Er darf uns nicht gemeinsam sehen.«

»Da draußen ist jemand.« Melody stellt ihre Sektflöte aus Pappe ab und tappt zaghaft an die Scheibe. Nach jedem Schritt dreht sie sich fragend um zu Romain. Als bitte sie ihn um Erlaubnis. Darf ich noch ein kleines Stück weiter? Aber auch um Anerkennung. Sieh mal her, wie weit ich mich traue! Romain nickt ihr zu. Dann tut sie einen weiteren Schritt. Ihre Nasenspitze stößt an die Scheibe. Sie kichert und reibt sich ungelenk übers Gesicht. Romain ist entzückt. Der Dom Tom Pérignon leistet ganze Arbeit. Mit einem Lächeln hätte er nach nur einem Glas nicht gerechnet. Von einem Kichern ganz zu schweigen.

Aloisia zuckt zusammen und duckt sich. »Da drinnen ist jemand!« Clopin verdreht die Augen. »Natürlich ist da jemand! Und gleich bist du es auch. Jetzt geh!« Aloisia klammert sich an die Füße der Bank, hinter der sie sich verschanzen. »Da drinnen ist ein Mädchen!« »Na, umso besser! Dann könnt ihr euch abwechseln. Und während er sie durchnimmt, schnappst du dir den Schlüssel.« Er gibt ihr einen kräftigen Schubs. Aloisia verliert das Gleichgewicht und kullert aus ihrem Versteck hervor.

»Da war schon wieder wer!« Romain reckt sich. »Vielleicht sind es die Terroristen vom Gare du Nord?«, haucht Melody, die Nase gegen die Scheibe gepresst. Das Glas beschlägt. Über ihren eigenen Atem erschrocken macht sie einen Satz nach hinten direkt in Romains Arme. Sie schmiegt ihren Kopf an seine Brust. »Du brauchst keine Angst zu haben. Das sind sicher nur Tierschützerinnen. Die tun uns nichts«, versichert er seiner schreckhaften Maid und streichelt ihr das Haar. Nach einer Weile beginnt Melody wieder zu kichern. »Ich kannte auch mal so eine. Die sah sogar selber aus wie ein Tier.« Als Romain sie zu küssen versucht, entwindet sich Melody jäh seinen Armen. Sie bewegt sich weiter von der Scheibe weg und zeigt indessen unablässig zu der Bank auf der anderen Straßenseite. In ihrem Augenwinkel hat sich dort abermals etwas bewegt. »Mir ist das nicht geheuer«, flüstert Melody und zupft nervös an ihrer Lippe. »Können wir nicht nach hinten gehen?« Sie feuchtet ihren Zeigefinger etwas mit der Zunge an. Ihre eben noch weit aufgerissenen Lider legen sich lasziv über die Augen. Romain ist fasziniert, wie nahe doch bei manchen Nanas Angst und Lust zusammenliegen. Gleichwohl weiß er um die Gefahren, die mit dieser Mixtur einhergehen. Denn ebenso plötzlich und irrational sich die Angst in Lust verwandelt, kann die Lust in Angst umschlagen. Dann werden sie zu wilden Tieren. Und nicht im positiven Sinne.

Romain reicht ihr galant die Hand und führt sie ins Hinterzimmer. Er breitet am Boden mehrere Hundedecken aus, und Melody erkundigt sich, ob diese auch sauber sind. Es genügte ein flüchtiger Blick, um ihre Frage zu verneinen. Nichtsdestotrotz lässt sie sich anstandslos belügen und nimmt Platz. Die Tiere ringsum werden ruhiger. Wenigstens jaulen und maunzen sie nicht mehr. Stattdessen zwängen sie sich gegen die Gitterstäbe, um den neuesten Fang zu beschnuppern. Sie wissen, was gleich kommt. Romain hat nachgeforscht. Angeblich haben Tiere keine voyeuristischen Tendenzen. Auch wenn rhythmische Bewegungen sie in ihren Bann ziehen, so erregt es sie mitnichten, anderen dabei zuzusehen. Für solcherlei Heimlichkeiten sind sie zu schamlos. Romain jedoch bezweifelt das. Diese Viecher hier zumindest nehmen Anteil an erotischen Schauspielen. Das bildet er sich unmöglich ein. Auch Melody spürt die schwelende Geilheit ihres Publikums und zieht ihre Beine eng an den Körper. »Sind diese Käfige auch fest verschlossen?« Romain köpft einen zweiten Pérignon und nimmt sogleich einen Schluck aus der Flasche. Die Perlen sind grob wie Mottenkugeln. »Kein Tier hat die je aufgekriegt.« Sie nimmt ihr Pappglas entgegen und lässt ihren Finger einige Runden auf dem Rand drehen. »Doch *du* könntest sie aufkriegen, oder?« Romain runzelt die Stirn. Melody stellt ihr Glas ab und erhebt sich vom Boden. »Weißt du, ich habe da diese Phantasie.« Sie geht langsam das Hinterzimmer ab und streift mit beiden Händen rechts und links an den Gittern entlang. Schließlich bleibt sie stehen und zieht sich ihr Oberteil über den Kopf. »Ich möchte, dass du mich einsperrst.« Sie deutet auf den leeren Käfig neben ihr. »Und mich durch das Gitter fickst.«

Etliche Male verfehlt er das Schloss. Ihm wäre niemals in den Sinn gekommen, ein Mädchen in einen Käfig zu sperren. Doch nun, da dieses Bild geboren, lässt es sich nur schwer vertreiben. Endlich steckt der Schlüssel. Er dreht ihn erst rechts. Falsch. Da rührt sich nichts. Er dreht ihn nach links. Auch falsch. Er probiert es nochmals rechts. Jetzt springt die Kassette auf. Neben den großen Scheinen liegt der Schlüsselbund für sämtliche Käfige, Gehege und Aquarien. Romain streckt die Hand danach aus und greift erst einmal daneben. Auch beim zweiten Mal verfehlt er ihn. Obschon etwas knapper. Beim fünften Anlauf hält er ihn schließlich in der Hand und stürmt zurück ins Hinterzimmer. Dort steht Melody. Aufrecht und mit finsterer Miene. Soeben schließt sie den letzten Knopf ihrer Bluse. Ließ er sie jetzt zu lange warten? So launisch kann doch keine sein! Da hockt sie eine Stunde draußen am Trottoir und nun läuft sie davon wegen höchstens zwei Minuten? Romain versteht die Welt nicht mehr. »Wieso bist … was ist … wo sind deine Brüste?« Da kichert sie wieder. Anders als vorhin. »Hast du schon einmal von etwas namens Rohypnol gehört?« Romain schüttelt ungläubig den Kopf. Melody greift sich die Champagnerflasche. »Ich hatte schon Sorge, du würdest es merken. Man sagte mir, es würde etwas seifig schmecken. Aber zum Glück hast du ja dieses grässliche Gesöff gekauft!« Lachend dreht sie die Flasche um. Der Schaumwein ergießt sich auf die Fliesen. Romain will sie fassen, doch greift ins Leere. Das Zimmer beginnt sich zu drehen. Mühelos zupft Melody ihm den Schlüssel aus den Fingern und sperrt den leeren Käfig auf. »Ab in die Falle!«, säuselt sie und ist richtig überrascht, dass Romain sofort pariert. Er torkelt auf sie zu. Es fühlt sich an, als würden seine Beine schmelzen. Er krallt sich an den Gittern fest und hangelt sich so vorwärts. Die Tiere im Inneren der Käfige kratzen und beißen. Romains Hände sind voll Blut. Katzen und Hunde verschwimmen zu Fabelwesen. Melodys Lachen und das Jaulen der Tiere zu einer grausigen Symphonie.

Dicht vor ihr bricht er zusammen. War es Absicht? Schwer zu sagen. Jedenfalls gelingt es ihm, sie mit sich zu Fall zu bringen. Ehe sich Melody versieht, sitzt er rücklings auf ihrem Brustkorb. Melody strampelt mit den Beinen und trommelt auf seinen Rücken. So betäubt wie er schon ist, kann sie ihm jedoch wenig anhaben. Das bisschen Schmerz, das sie ihm zufügt, hilft ihm dabei, wach zu bleiben. Melody schreit laut um Hilfe, als Romain ihren Rock hochschiebt. Mit einem weiteren Ruck reißt er ihre Strumpfhose auf. Von den Knien bis hinauf in den Schritt. »Wusst ich's doch!« Dickes, dunkles, krauses Fell quillt darunter hervor. Melody hört auf sich zu wehren. Ohne das Trommelfeuer ihrer Fäuste ist es plötzlich still geworden. Sogar die Tiere geben keinen Mucks von sich. Man hört lediglich ein Scheppern gegen die Scheiben. »Sind das deine Komplizinnen?« »Was? Nein! Ich …« Romain ergreift den Moment und Melody dazu. Er stößt sie in den leeren Käfig, in dem noch der Schlüssel steckt.

»Du bleibst schön hier. Ich hol mir jetzt deine pelzigen Freundinnen!«

»Kannst du ihn sehen?« »Nein. Er versteckt sich hinterm Tresen.« Aloisia stellt sich auf die Zehenspitzen. »Na wartet nur …«, murmelt Romain, während er in den Fächern kramt. Er muss sich beeilen. Von Sekunde zu Sekunde verschlechtert sich seine Sicht. »Hab ich dich!« Er knallt die Fächer zu und tastet sich bewaffnet um den Tresen herum in Richtung Eingang. »Ich glaub, da drinnen stimmt was nicht«, ruft Aloisia Clopin zu, als die Ladentür mit Karacho auffliegt. »Nehmt das, ihr haarigen Furien!« Romain drückt ab. Ein heller Schrei aus Schreck und Schmerzen schnellt durch den leeren Quai du Louvre. Aloisia stürzt zu Boden. Schon im nächsten Augenblick verliert auch Romain das Bewusstsein und sinkt neben ihr auf den Asphalt. Seine Hand auf der ihren, liegen sie Seite an Seite und rühren sich nicht mehr.

Clopin wartet, dann stößt er einen schrillen Pfiff aus. Augenblicklich füllt sich der verwaiste Quai du Louvre. Aus allen Richtungen strömen sie herbei. Die meisten kommen vom Ufer der Seine über die hohe Mauer geklettert. Andere lassen sich von den Fassaden fallen, an denen sie Gott weiß wie lang gehangen haben. Sogar aus den Kronen der Bäume tröpfelt es ohne Unterlass schnaubende Gestalten. Sie alle drängen ins Innere der Tierhandlung und verlassen sie bepackt mit Wollknäueln aller Farben oder Formen. Der Letzte hält inne und mustert das schlafende Pärchen auf dem Trottoir. Ein weiterer Pfiff schneidet durch die nächtliche Stille. Einen Welpen unterm Arm und Aloisia auf der Schulter, läuft Clopin los und springt mit zwei gewaltigen Sätzen zunächst auf die Lehne der Bank und von dieser aus über das Mauerwerk hinweg hinunter ans Ufer der Seine.

32

PARIS-SOIR: Wir hörten, der Täter war nicht nur Ihr Angestellter, sondern auch Ihr bester Freund.

BOBBY BOOP: Ich würde sagen, ein guter Freund.

P-S: Verraten Sie uns, wie es sich anfühlt, vom besten Freund betrogen und ausgeraubt zu werden?

BB: Na, was glauben Sie? Nach dem Raub hab ich ganze zwei Tage die Fleischfahne nicht gehisst. So mitgenommen hat mich das.

P-S: Der Täter hat jahrelang in Ihrer Tierhandlung gearbeitet. Haben Sie in all der Zeit denn nie etwas geahnt?

BB: Nicht das Geringste. Ich hielt ihn für einen Ehrenmann. Hart am Glas und hart am Glied. Deswegen hab ich ihn eingestellt. Er sollte den Laden vor Tierschützern schützen. Dass er selbst so ein schwuler Pelzbruder ist, damit hätte ich nie gerechnet.

P-S: Hat er sich Ihnen gegenüber nicht als Tierliebhaber geoutet? Aus welcher Motivation heraus hat er sich denn bei Ihnen beworben?

BB: Tierliebhaber, na ja … Er sprach schon oft von seinen neuen Mäuschen, Häschen, Spätzchen, Frettchen …

P-S: Und da sind Sie nicht hellhörig geworden?

BB: Nein, wieso? Er hat mir versichert, er wolle diesen Job einzig und allein, um Miezen abzuschleppen (überlegt).

Bobby Boop (53), Tierhandlungsbesitzer und Lebemann

33

Sind sie das? Die Mörder? Diese zwei Männer in Schwarz auf der anderen Straßenseite? Oder sind es Auftragsmörder? Von den echten angeheuert, um ihn aus dem Verkehr zu ziehen? Weil er am Maestro zweifelt. Oder ist es etwas Persönliches? Hat ihm die Veuve eine untergejubelt? Hat sie ihn betrogen, indem sie nicht gelogen hat? War eines der Mädchen wirklich die, die sie zu sein behauptete? Die beiden Männer beobachten ihn. Trotz ihrer schwarzen Sonnenbrillen weiß er, dass sie nur ihn im Visier haben. Der Kommissar starrt offen zurück. Schon seit Minuten steht er so neben seinem Wagen im Quartier de la Chapelle. Ein sogenanntes heißes Pflaster. Das weiß man, ohne in die verbeulten Gesichter der Passanten zu blicken. Ein untrüglicher Hinweis auf soziale Spannungen ist der Lidl, vor dem der Kommissar seinen Wagen geparkt hat. Diese deutschen Discounter findet man nur im Nordosten von Paris. In den Bezirken mit vielen Migranten. Die haben zwar eine Unzahl an Problemen, aber der Deutsche ist keines davon. Der Kommissar lebt gerne hier. Zwar arbeitet er für das Gesetz und viele seiner Nachbarn dagegen. Trotzdem fällt er nicht auf. Im Gegensatz zu seinen beiden finsteren Verfolgern. Die passen hier gar nicht her. Darum werden sie regelmäßig von jungen Männern angerempelt, denen gerade Testosteron und Billigcola zu Kopf steigen. Sie lassen sich davon nicht beirren. Wenn ihnen einer ganz blöd kommt, öffnen sie unaufgeregt ihre Sakkos. Der Kommissar kann nicht erkennen, welche Waffen sich darunter befinden und ob sie die seinetwegen mitgebracht haben. Geht sein Wagen in die Luft, wenn er die Fahrertür aufschließt? Oder erst später, wenn er den Zündschlüssel umdreht? Er legt seine Finger an den Türgriff. Die Anzugträger stehen ungerührt da. Vielleicht sind es seine neuen Adjutanten, die lieber auf Abstand bleiben. Sie bekamen wohl

Wind davon, wie er die alten zwei entlassen hatte. Laconique und Lacan-Nique. Sie fehlen ihm nicht. Er braucht die Einsamkeit. Dennoch schämt er sich, dass ihm im Zorn die Hand ausgerutscht war. Noch dazu samt seiner Waffe. Er seufzt und steigt ins Auto.

Nichts Extraordinäres. Nur ein alter Renault 19. Das einzig Besondere an diesem Auto ist sein Name. Es hat nämlich keinen. Das letzte Modell der Marke Renault, das mit einer Nummer auskam anstelle eines Namens. Dem Kommissar gefällt das. Er weiß nicht, wie die Hure heißt, die ihn gestern Nacht fellierte. Es wäre ihm arg zu wissen, wie das Auto heißt, das ihn danach nach Hause brachte. »So ein Schwachsinn!«, tönt es plötzlich von der Rückbank. Gleich darauf kommt eine Zeitung geflogen und landet auf dem Beifahrersitz. Der Kommissar zieht seine Waffe und dreht sich nach hinten um. »Grundgütiger! Was machen Sie in meinem Wagen?!« Monsieur Boum nimmt seine Beine von der Polsterung. »Ich habe auf Sie gewartet.« »Warum?!« »Um unseren Fall zu besprechen.« Dann klettert er nach vorne auf den Beifahrersitz. Sein langer, schwerer Trenchcoat gestaltet das Vorhaben recht diffizil. Mehrere Male verheddert er sich an Handbremse und Gangschalter. Kurzzeitig sitzt er sogar am Schoß des Kommissars. Nachdem er endlich Platz genommen hat, zieht er die geworfene Zeitung unter seinem Gesäß hervor und klatscht sie dem Kommissar an die Brust. »Das sollten Sie lesen.« Auf der Titelseite prangt ein Foto der verwüsteten Tierhandlung. Eingerahmt von einer Handvoll bunter Schlagzeilen. »Fünfzig Muschis ausgespannt!« »Er war mein bester Freund!« Der Kommissar blickt verdattert zwischen der Zeitung und Monsieur Boum hin und her. »Was soll das alles … Wie sind Sie überhaupt hier rein … Unser Fall?!« Boum tippt mehrmals auf die Zeitung. »Na, der Raub in der Tierhandlung.« »Was interessieren mich diese überzüchteten Köter für überzüchtete Gören?« Der Kommissar kurbelt das Fenster herunter und wirft die Zeitung in hohem Bogen hinaus aufs Trottoir. »Zumal der Täter längst gefasst ist.« »Genau das glaube ich eben nicht. Denken Sie mal nach! Dieser junge Mann, der angeblich der Täter ist, lag, als die Polizei eintraf, bewusstlos am Boden. Für einen Täter ein höchst seltsames Verhalten, finden Sie nicht?« »Was weiß denn ich! Als er sah, was er getan hatte, befiel ihn womöglich …« »Reue?«, spöttelt Boum. »Selbstverliebtheit. Angeblich treten Ohnmachtsanfälle bei Aktivisten häufig auf.« Monsieur Boum wirkt nicht überzeugt. Der Kommissar ist es auch nicht. Dennoch sieht er keinen Grund, der Sache weiter nachzugehen. »Er hat es quasi zugegeben.« »Natürlich hat er das!«, lacht Boum und zückt eine Packung Gitanes. »An seiner Stelle hätte ich das auch getan. Was glauben Sie, wie scharf die Puppen auf so einen mutigen Tierschützer sind? Sogar die unbehaarten! Ich sage Ihnen, der junge Mann war nicht der Täter, sondern das Opfer.« Binnen kürzester Zeit ist der Renault voller Rauch. »Der Maestro, die Aufstände am Gare du Nord und nun die gestohlenen Tiere … Ich schwöre Ihnen, das alles hängt irgendwie zusammen.« Der Kommissar dreht den Zündschlüssel um. Da plötzlich macht es klick. Die zwei Männer im Anzug. Das müssen die Leibwächter sein, von denen der Bürgermeister sprach. »Sagen Sie, Boum, stört es Sie nicht, andauernd verfolgt zu werden?« »Was?! Wer verfolgt mich?« »Na, die Männer, die …« »Welche Männer? Tragen sie Bärte?!« »Nein.« Boum atmet erleichtert auf und steckt sich eine Zigarette an. »Dann verfolgen die Sie.«

TEIL II

S'aimer comme ça, c'est pas vulgaire
On a toujours un truc à faire,
Les étagères font badaboum
Quand toi et moi on fait boum boum boum!

Mika

1

Seit Ende des Zweiten Weltkriegs haben sich Deutsche und Japaner nicht mehr allzu viel zu sagen. Innig befreundet waren sie nie. Vielmehr ist davon auszugehen, dass beide Nationen während des Krieges der festen Überzeugung waren, die andere nur zu benutzen und nach dem Endsieg übertölpeln zu können. Ab 1945 redeten sich beide ein, die Niederlage wäre allein vom jeweils anderen verschuldet. Laute Vorhaltungen macht man sich nicht mehr, doch auf ewig werden die Führer beider Länder nächtens wachliegen und sinnieren, was wohl geschehen wäre, hätte man es nur im Alleingang versucht. Das Schlachtfeld, auf dem sich das gespannte Verhältnis zwischen Nips und Krauts offenbart, ist die Automobilindustrie. Hier bekriegen sich die zwei selbsternannten Herrenrassen, als ginge es um so viel mehr als fahrendes Blech und schnöde Verkaufszahlen. Kaum einer weiß das besser als Günter aus Saigon. Denn er war Teil dieses Krieges. Mehr noch: Er kämpfte auf beiden Seiten.

Günter aus Saigon. So nennen sie ihn. Dabei könnte das falscher nicht sein. Saigon heißt heute Ho-Chi-Minh-Stadt, Günter heißt in Wahrheit Gonthier und geboren ist er in Paris. Als Sohn einer geflüchteten Vietnamesin aus der Provinzstadt Quảng Ngãi und eines französischen Wagnerianers. Günter aus Saigon spricht weder Deutsch noch Vietnamesisch. Das scheint das Vergnügen derer, die ihn so nennen, allerdings nur zu steigern.

Zunächst waren es lediglich die Deutschen in der bayrischen Firmenzentrale, die sich diesen Spaß erlaubten, um den für sie unaussprechlichen Nasallaut in Gonthier zu umgehen. Bald aber bürgerte sich dieser Name auch unter den Franzosen in der Pariser Konzession ein. Gonthier lässt ihn sich still gefallen. Sogar von Untergebenen. Damit sie nichts Schlimmeres ersinnen, verzieht er manchmal das Gesicht. Insgeheim aber macht es ihm nichts aus. Das soll freilich nicht bedeuten, dass Gonthier ein Mann von würdeloser Güte ist. Schon gar nicht, wenn es um Spitznamen geht. Noch immer ballen sich seine Fäuste, denkt er daran zurück, wie ihn die Japaner nannten, bei denen er ehemals angestellt war. Leider lässt es sich hier nicht zufriedenstellend wiedergeben. Die Semiotik der Verachtung, mit welcher sich asiatische Völker untereinander herabwürdigen, ist Langnasen nicht zugänglich.

Gonthier verstand zwar kein Japanisch, aber er verstand die Blicke, den Tonfall und das Lachen, das man für ihn übrig hatte. Ihn, den Vietnamesen, der nicht einmal seiner Muttersprache fähig ist. Er war nicht der einzige in der Pariser Konzession, geschweige denn im Rest des Landes. Wissend, dass für Europäer alle Asiaten mehr oder minder gleich aussehen, besetzte die japanische Firmenleitung viele Posten mit Franko-Vietnamesen wie ihm. Selbstverständlich nicht die höchsten. Die blieben Japanern oder Vollblutfranzosen vorbehalten. Die Vietnamesen ließ man indessen von sämtlichen Plakaten, Prospekten und Broschüren lächeln. Auch Gonthier lieh auf Wunsch der Firma sein Gesicht einem Dutzend Kampagnen und Werbespots. Bei den Kunden kommt das gut an. Die glauben dann nämlich, dass die Japaner ihre Autos selbst benutzen, und das flößt ihnen Vertrauen ein. Es ist das gleiche Phänomen, dass Menschen zum Besuch fremdländischer Restaurants verleitet. Sehen sie dort zur Küche passende Landsmänner sitzen, bürgt das in ihren Augen verlässlich für die Qualität der Speisen. Die Lücken in dieser Logik sind so zahlreich wie offensichtlich. Trotzdem hängen ausreichend Menschen solchem Aberglauben an, dass es in vielen Restaurants mittlerweile Usus ist, Lockvögel zu engagieren und gut sichtbar auszustellen. Die Lockvögel brauchen die passende Ethnie sowie einen Riesenappetit. Denn nicht selten verbringen sie mehrere Stunden am Stück an ein und demselben Tisch und müssen es sich dort gut sicht- und hörbar munden lassen. In den schlechten Sushiläden in Paris sind es oft bezahlte Japaner, die essen, was sie selbst mitgebracht haben. Öfter jedoch sind es Vietnamesen, die mit dem schlechten Sushi entlohnt werden, das sie genussvoll essen müssen.

Kunden mögen es eben authentisch. Zumindest bis zu einem gewissen Punkt. Denn authentisch mögen sie nicht nur das Fremde, sondern immer auch sich selbst. Wenn sie sich selbst verbiegen müssen, um das Fremde zu verstehen, geht ihnen das klar zu weit. Sie wollen einen Hauch Exotik und nicht etwa eine Böe. Genau das lieferte Gonthier – Schlitzaugen, aber keinen Akzent. Ihm war es zutiefst zuwider, für die ignorante Kundschaft immerfort den Japaner zu spielen und sich zudem von den echten ob seiner Herkunft verhöhnen zu lassen. Gleichwohl dauerte es ganze zehn Jahre, bis er seinen Unmut endlich kundtat, was prompt seine Entlassung verhieß. Gonthier war davon nicht überrascht. Was ihn überraschte, wenn nicht sogar enttäuschte, war, dass es bei einer Entlassung blieb und nicht auch noch zur Anzeige kam. Das aber hatte sich Gonthier wohl selbst zuzuschreiben. Sich und seinem bis dahin tadellosen Ruf. Im Laufe der Dekade war er zügig aufgestiegen und weit über Paris hinaus bis in die obersten Etagen des Firmensitzes in Hamamatsu bekannt und beliebt. Umso erstaunter war man dort also, als Gonthier auf der Feier zum hundertjährigen Firmenjubiläum die Rede des Vorsitzenden unterbrach, um einen speziellen Toast auszusprechen. Wer leider nicht zugegen war, konnte die genauen Geschehnisse in dem Kündigungsschreiben nachlesen, welches schon bald in der Firma kursierte. Dieses listete penibel sowohl die Gemeinheiten als auch die Gegenstände auf, die Gonthier den Japanern an den Kopf geworfen hatte. Überdies fand man darin so wuchtige Begriffe wie Sachbeschädigung, Körperverletzung und Anstiftung zum Rassenhass. Voller Stolz kopierte Gonthier das Protokoll seines Ausbruchs und verteilte es daraufhin an die vietnamesische Kollegenschaft, wo es seither den Status einer heiligen Schrift genießt.

Manch anderer hätte sich hierauf beruflich neu orientiert. Wenn nicht aus Scham, so zumindest in dem Glauben, in der Branche ohnehin niemals wieder Fuß zu fassen. Derartiges spricht sich herum. Früher oder später auch bei der Konkurrenz. Gonthier jedoch war ungeduldig. Er wollte nicht die zahllosen Rauchpausen abwarten, die es bräuchte, bis die Kunde vom wild gewordenen Vietnamesen durch die Münder sämtlicher Tippsen endlich dorthin gelangte, wo er sie haben wollte. Er nahm die Sache selbst in die Hand. Er schickte seine Kündigung an den deutschen Konzern ***, für dessen Vorstand sich diese Zeilen wie ein Empfehlungsschreiben lasen. Mittlerweile ist Gonthier bei *** stellvertretender Direktor der Marketingabteilung. Der Direktor, den er vertritt – ein Saarländer mit einem Faible für Sauerbraten und Glasschleiferei –, liegt seit nunmehr einem halben Jahrzehnt im Koma. Ein Umstand, der sogar innerhalb der Firma tunlichst unter Verschluss gehalten wird. Offiziell wurde verlautbart, der Herr Direktor habe sich infolge eines plötzlichen Anfalls von Elektrosensibilität in seine Saarbrücker Villa zurückgezogen und tätige Geschäfte nunmehr von zu Hause aus. In Wirklichkeit spielt er von einer Schweizer Privatklinik aus den Sündenbock für alle Skandälchen, welche die Firma mit der Regelmäßigkeit eines Schluckaufs ereilen. Immer wieder veröffentlicht man dann die Aufzeichnung einer alten Pressekonferenz, wo sich der Herr Direktor einst länglich dafür entschuldigt hatte, dass viele der auf Wunsch prominenter Kunden personalisierten Reifenprofilmuster – eine beliebte Sonderleistung von *** – verfassungswidrige Symbole aufwiesen. Gonthier soll die Scharade recht sein. Auch er hatte sich bereits Patzer erlaubt, für die hernach der schlafende Saarländer geradestand.

»Für ein Event wie den Salon de l'Automobile empfehlen wir folgende Zusammenstellung: zehn Mannequins, zwanzig Kokotten und fünfzig Hostessen.« Sylvie sagt artig ihren Text auf. Gonthier schüttelt amüsiert den Kopf. Jedes Jahr versucht sie es aufs Neue. Jedes Jahr bleibt sie erfolglos. Das schmälert gleichwohl nicht die Verve, mit der sie die Empfehlungen der Agentur verlautbart. Wie immer sind diese großzügig bemessen. Zu großzügig für die meisten Kunden, die sie in der Regel mindestens halbieren. Nicht allein aus Knausrigkeit, sondern zum Wohle des Events. Kein Kunde der Welt wünscht zwanzig Huren auf seinem Kongress. Das sprengt den Rahmen des Budgets und die Contenance der Gäste beziehungsweise ihrer Gürtel. Die Herren werden dann ganz unruhig und konzentrieren sich nicht auf die Reden des messianischen Konzernchefs. Man ist hier, um zu arbeiten. Womöglich sogar, um die Welt zu verändern. Das darf auch über einem Mädchen keinesfalls vergessen werden. Darum sind die Mädchen spärlich. Wie das vegane Catering. Hausmannskost macht zufrieden und müde. Ein kaltes Buffet erhitzt die Gemüter. Genau wie die kühle Schönheit der Models. Alles hier macht Lust auf Fleisch, das es aber nirgends gibt. Die gesamte Manneskraft soll schließlich in Projekte fließen. Die Herren sollen sich in Thinktanks entladen und nicht in eine Prostituierte.

Gonthier verlangt nach den Ordnern. Zwei kahle Grazien hechten nach draußen in das Vestibül. Man hört, wie Leitern verschoben und bestiegen werden. Sylvie erträgt das Schweigen männlich, ohne sich ins Haar zu fassen oder sich Haut von den Lippen zu knabbern. Auch Gonthier widersteht dem Drang, sich in dem leeren Raum umzusehen, als gäbe es hier etwas zu entdecken. Die zwei kahlen Grazien kommen niesend zurück. Gonthier ist der Einzige, der die Karteien sehen will, ehe er ein Mädchen bucht. Den anderen Kunden ist das zu anstrengend. Die bestellen zwanzig Mädchen und rechnen fest mit ein, zwei Nieten. Als gehöre das dazu. Wie diese paar Körner Mais am Boden eines Popcornbechers, die sich stets zu platzen weigern. Wer regt sich über die schon auf? Zumal sich selbst für jene Mädchen meist Verwendung findet. Immerhin gibt es erfahrungsgemäß unter den Gästen auch ein, zwei Nieten. Dann wird die bucklige Babette eben den Personaler umgarnen, der andauernd nach mehr Gehalt fragt. Damit er es lernt. Für einige Kunden macht es sogar den Reiz aus, nie zu wissen, was man kriegt. Andere wagen es schlicht nicht, sich zu beschweren. Sonst steckt ihnen Sylvie am Ende beim nächsten Mal noch zwei Nieten mehr in den Becher.

Gonthier ist da anders. Weder fürchtet er Sylvie noch schätzt er Überraschungen. Er wählt jedes Mädchen von Hand. Ihm genügt nicht, blind in eine Kiste zu greifen und eine Handvoll Hostessen auf den Messestand zu würfeln. So etwas machen vielleicht die Japaner, doch mit Sicherheit nicht er. Nicht für so ein wichtiges Event wie den Pariser Autosalon. Die Auswahl der Hostessen gilt ihm als Kunst, welche viel Gespür erfordert. Das Mädchen muss schließlich zum Auto passen, an dem es sich reibt und räkelt. Das Pummelchen auf dem Sportwagen stört ebenso wie das Busenwunder neben dem winzigen Stadtflitzer und die lolitaeske Nymphe beim wuchtigen Geländefahrzeug. Selbstverständlich gibt es Ausnahmen. So zum Beispiel Wohnmobile. Hier tummeln sich natürlich nicht witterungsfeste Fregatten, sondern schlichte, hübsche Damen. Nicht so alt wie die Gattin. Nicht so jung wie die Tochter. Nichts soll den Käufer an die Familie erinnern, mit der man in dem Wohnmobil den Sommer über zusammengepfercht ist. Sehenswert, doch nicht starrenswürdig. Der Käufer soll Lust kriegen, sein Geld zu verschleudern, und nicht etwa seinen Samen. Denn der spontane Gusto auf ein bisschen Onanie könnte ihn an den totalen Verlust von Privatsphäre erinnern, den solch ein Gefährt bedeutet. Und dann gibt es noch solche Vehikel, die stehen besser für sich. Kastenwägen zum Beispiel. Zu denen stellt man keine Mädchen. Sie könnten potentielle Kunden vergraulen. Denn das sind neben Möbelpackern, Heimwerkern und Lieferanten eben auch die Perversen. Ob nun versierter Menschenhändler, Entführer in spe oder ambitionierter Spanner, der eigentlich nur schauen will, doch für alles offen ist – sie alle haben eines gemeinsam: Wenn sie sich Mädchen nähern könnten, bräuchten sie keinen Kastenwagen. Die suchen also kein Modell, mit dem sie Weiber aufreißen können. Die suchen ein Modell, aus dem die Weiber nicht ausreißen können. Gonthier fühlt sich zu dieser Kunst, Mädchen mit Autos zu kombinieren, ganz besonders auserkoren, weil er sich aus beiden gleich wenig macht. Er sammelt weder die einen noch die anderen. Der Wagen, den er fährt, ist so alt wie seine Ehe und alleine ein Totalschaden wäre für ihn ein Grund zu wechseln.

Gonthier hat sein Corps schöner Leiber beisammen. Eines aber fehlt ihm noch. »Ich brauche noch unbedingt eine Deutsche.« »Für die bayrische Delegation?« »Die Pickelhauben haben doch ihre eigenen Walküren daheim. Nein, für die Franzosen natürlich. Ein bisschen germanische Folklore. Möglichst blond, möglichst feist. So eine Mischung aus Walhalla und Oktoberfest.« Sylvie lächelt verlegen. »Das wird in diesem Jahr leider schwierig. Ich hatte ein paar solche Mädchen, doch die sind alle …« Sie sucht nach einer geschmackvollen Umschreibung dessen, was bei der Privatsoirée eines französischen Wagner-Zeloten vor einem halben Jahr geschehen war. »Die sind alle Feuer und Flamme für ein anderes Event.« Gonthier ächzt und massiert sich die Nasenwurzel. Er kann sich schon denken, warum Sylvie keine hat. Er war schließlich auch auf besagter Soirée. »Dann zumindest eine, die Deutsch spricht.« Sylvie schnipst mit den Fingern und deutet den kahlen Grazien erneut den Weg ins Vestibül. Es verstreichen ein paar Minuten. Dann kehren sie zurück. Mit Ordnern im Arm und Staub in der Nase. Sylvie greift sich einen und beginnt darin zu blättern. »Ich hätte hier eine, die spricht Afrikaans. Das ist doch fast dasselbe, oder?« Gonthier blickt sie ungerührt an. Sylvie schnappt sich den nächsten Ordner. »Wie wäre es mit Niederländisch? Allerdings nicht fließend. Sie hat den Kurs erst vor zwei Wochen begonnen.« Gonthier ist bereit zu gehen. Er hat die überschlagenen Beine getrennt und sitzt bereits breitbeinig da. Sylvie schlägt einen weiteren Ordner auf, durchsucht ihn von vorne bis hinten und wird ebenfalls nicht fündig. Gonthier stemmt seine Arme auf die Schenkel. Sylvie ohrfeigt die Seiten. Schweißperlen treten ihr aus der Stirn. Wenn sie nicht sofort etwas findet, sind das bald die einzigen Perlen, die sie sich leisten können wird. Gonthiers Gesäß hebt langsam vom Stuhl ab. »Endlich! Ich wusste es doch! Sehen Sie mal, diese hier …« Sylvie dreht den Ordner um und klopft mit ihren roten Nägeln auf das Foto eines Mädchens. »Die spricht Jiddisch!« Gonthier räuspert sich. Mit zwei Fingern deutet er Sylvie, sich etwas nach vorne zu lehnen. »Lassen Sie mich meine Bitte verfeinern: Ich brauche ein Mädchen, das sowohl Deutsch spricht als auch dezidiert kein Jiddisch.« Sylvies Miene lässt nicht viel Spiel zu. Der Unterschied zwischen Trauer und Freude ist freiäugig kaum zu erkennen. Doch Gonthier kennt sie gut genug, um ihn trotzdem zu erkennen. Er lächelt sanft in den Fußboden. »Sehen Sie mich nicht so an. Mir persönlich ist es egal. Doch der bayrische Vorstand … Sie verstehen.« Sylvie nickt. Sie sieht ihm an, dass er es aufrichtig meint. Zwischen dem Antijudaismus seines Vaters und dem Antijapanismus seiner Mutter traf Gonthier eine klare Entscheidung. »Sie können mir also nicht helfen …« Gonthier steht auf. Die beiden kahlen Grazien blicken einander erschrocken an. Was, wenn sie in den unendlichen Weiten des Vestibüls etwas übersehen haben? Sie wurden ja bereits geschoren. Was kommt danach? Achselzuckend schlägt Sylvie den letzten Ordner zu. »Ich kann mir das selbst nicht erklären. Ich habe hier Mädchen aus den bizarrsten Ecken der Welt. Franz-Josef-Inseln. Molossia. Achsivland. Österreich. New Atlantis. Hier ist sogar eine aus dem Despotat Arta. Das gibt es seit 500 Jahren nicht mehr!«

2

»Diese verfluchten Drecksviecher!« Clopin holt aus und tritt zu. Hoch über die Köpfe und Buckel hinweg fliegt die Bengalkatze durch das Gewölbe. Viertausend war sie wert. Bobby hatte in seinem Laden für sie sogar fünf verlangt. Für jedes einzelne dieser Viecher bekäme man ein kleines Vermögen. Leider völlig undenkbar, sie jetzt zu verkaufen. Nicht einmal betteln kann man mit ihnen. Passanten würden sie sofort erkennen. Bei dem vielen Lärm, den die Presse gemacht hat. Clopins Befreiungsaktion suhlt sich weiterhin auf den Titelseiten der Gazetten und verdrängt sogar den Maestro auf die billigen Plätze.

»Da bist du ja endlich!« Er tut einen Schritt in Aloisias Richtung. Ein Knacken unter seinem Pump. »Das darf doch nicht wahr sein! Wo du auch hinsteigst, maunzt, bellt oder quiekt irgendwas. Und wieder sind tausende Kröten zertreten.« »Das klang mir eher nach etwas Größerem.« Clopin künstelt ein Lachen. »Vorsicht, Schnecke! Du klingst nicht anders unter dem Schuh.« Er stützt sich mit einer Hand an ihr ab und fasst nach seinem Pump. Er reißt einen klebrigen Knäuel vom Stöckel und wirft ihn in den Leinensack, den ihm Aloisia offen entgegenhält. Dann bückt er sich und sucht den Boden nach weiteren Viechern ab. Aloisia läuft ihm mit dem Sack hinterher. Was er findet, kommt da hinein. Ungeachtet der Art und Verfassung. Katze oder Hund. Tot oder lebendig. Wobei die Lebendigen weitaus größere Mühsal bedeuten. Aloisias Rücken, auf den sie den Sack schwingt, ist von Krallen und Zähnen gezeichnet. Sie nimmt es nicht persönlich. Meistens gelten die Bisse und Kratzer gar nicht ihrem Rücken. Schließlich attackieren die Tiere nicht nur sie, sondern ebenso einander. Es ist nicht mehr viel übrig von den verschmusten Wauwaus und Maumaus. Kaum einer, dem nicht eine Pfote oder zumindest ein Stück Schwanz fehlt. Doch vor allem charakterlich haben die Tiere sehr gelitten. Binnen weniger Wochen haben sich die süßen, sanften Engel in kratzwütige Bestien verwandelt. Wahrscheinlich liegt es am kalten Entzug, welchen sie hier durchstehen müssen, nachdem Bobby sie täglich sedierte. Andererseits mag es der rüde Umgang sein, der in ihrem neuen Zuhause herrscht. Diese Viecher sind den Anblick und die Gesellschaft kichernder Teenagermädchen gewohnt, nicht jenen grölender Clochards. So etwas färbt natürlich ab. Sowohl auf Tiere als auch auf Menschen.

»Warum zum Teufel muss ausgerechnet ich das machen?«, keucht Aloisia, die sichtlich überfordert ist von dem Gewicht der vielen Tiere. »Den anderen fiele das zu schwer«, flötet Clopin und hält ihr die Überreste eines tibetanischen Mastiffs hin. Ärgerlich stampft sie mit dem Fuß auf und lässt den prallen Leinensack fallen, woraufhin die Hälfte daraus wieder entwischt. »So gut wie jeder hier ist viel kräftiger als ich!« »Darum geht es ja nicht! Schau dir die Viecher einmal an. Dreckig, zahnlos, hinkend, blind … Da werden die Krüppel rührselig.« »Dann schicken Sie die falschen Krüppel.« »Die könnten das auch nicht tun. Hunde und Katzen haben die bisher immer gegessen. Sie jetzt einfach wegzuwerfen … das bringen die nicht übers Herz.« »Und warum essen sie nicht die hier?« »Sie haben's ja probiert, doch ihnen schmeckt das teure Zeug nicht. Sie sind eben die Streuner gewöhnt. Außerdem, was willst du sonst tun? Zum Betteln bist du dir ja zu fein.« »Falsch, ich bin mir zum Betteln zu arm. Wie oft soll ich Ihnen das noch erklären?« »Junge Dame, du wirst zunehmend schnippisch. Das muss das raue Klima sein. Nicht, dass du auch bald überall hinspuckst und jeden hier mit Hundsfott ansprichst. So habe ich dich nicht erzogen.« »Sie haben mich überhaupt nicht erzogen. Sie haben versprochen, dass Sie mir helfen.« »Und das tat ich! Ich gab dir eine Bleibe, eine Arbeit und, wenn du mich nur ließest, einen meiner Krüppel zum Mann.« »Das ist doch keine Arbeit, was ich seit Wochen hier mache! Und jetzt auch noch Haustiere in der Seine ertränken!« »Du ertränkst sie in der Seine? Bist du von Sinnen?! Ich sagte dir, ertränk sie im See!« Sie duckt sich weg und verschwindet im Getümmel.

Was Aloisia verscheuchte, war aber nicht das Donnerwetter, das sich vor ihr zusammenbraute. Im Gegenteil, es war das Lüftchen, das plötzlich hereingeweht kam. Da ist es wieder. Das Wesen vor Romains Studio. Die Grazie aus dem dreiunddreißigsten Stock. Irgendetwas an ihr ist anders als damals im Treppenhaus. Die Haare fehlen ihr. Der Schädel ist vollkommen kahl und ragt leuchtend aus dem Pfuhl von Clochards. Selbst die Größten reichen ihr gerade einmal bis zum Hals. Eine gleißend weiße Boje treibt lautlos übers schwarze Meer. Unter ihren Schritten jault nichts auf. Die Katzen, auf die sie versehentlich tritt, versetzt sie damit in wohliges Schnurren. Man macht dem Wesen Platz. Es muss nicht bitten. Die Clochards wenden sich freiwillig ab. Denn der Anblick brennt in den Augen und jede Berührung brennt auf der Haut. Vor Clopin hält die Grazie inne. »Sei mir gegrüßt, du schöne Maid!« Die schöne Maid würgt. Clopin lacht. »Ich weiß, hier riecht es nicht gerade wie in Grasse. Wenn du spucken musst, nur zu. Fühl dich wie zu Hause. Früher hätte mich das gestört, wenn ihr mir in die Bude speit, aber seit diese Drecksviecher hier sind …« Wieder wirbelt eine Katze in hohem Bogen durch die Luft. Rasse Peterbald. Zweitausend. »Ach, nun komm! Stell dich gefälligst nicht so an! Bei uns hier unten ist es die Scheiße und bei euch da oben ist es die Kotze. Bildet euch nur nicht ein, der Arsch würde mehr stinken als der Kopf.«

Clopin schnipst mit den Fingern, woraufhin ihm zwei Clochards eine Kiste aus Holz apportieren. Sie bieten ihm zu beiden Seiten die Hände wie zum Tanze. Clopin nimmt diese dankend an und lässt sich auf die Kiste heben. Nun reicht er der Grazie immerhin bis zur Nase. Die Clochards fragen ihren König, ob er nicht lieber auf ihren Schultern säße. Unter allerlei Flüchen lehnt dieser ab und heißt die beiden zu verschwinden. Als ob ihn seine Größe störe! Er wäre auch am Boden geblieben. Als König der Clochards vermag es Clopin auch von unten, auf Menschen hinabzuschauen. Er genießt es regelrecht. Wie so viele andere hier, die sich buckliger geben als nötig. Er schämt sich seiner Kleinheit nicht. Er ist schlicht stolz auf seine Kiste. Auf der standen schon Präsidenten. Und nicht nur die. »Auf dieser Kiste ehelichte Napoleon seine Josephine!«, verkündet der begeisterte Sammler. »Auf der und noch drei weiteren. Er war wirklich winzig klein.« Die kahle Grazie zeigt sich wenig beeindruckt. Ihre Lider stehen auf Halbmast. »Von wegen Exil! Elba, Helena, alles erlogen! Sie haben ihn nicht verbannt. Sie haben ihn einfach nicht mehr gefunden! So winzig klein ist er gewesen.« Clopin kneift nickend die Augen zusammen. »Ich merke schon, ihr jungen

Dinger habt nichts übrig für Geschichte. So sprich! Was führt dich hier herunter?« »Madame schickt mich.« »Welche denn? Die garstige, die grässliche oder die gehässige?« »Sylvie. Sie braucht dringend Eure Hilfe. Sie sucht …« »… ihre Klitoris? Da kann ich ihr leider nicht helfen.« Er lehnt sich an ihr Ohr und flüstert: »Ich fürchte, dass sie keine hat. Bei der eisernen Visage. Wahrscheinlich ist da unten …« Die kahle Grazie schubst ihn so schroff von sich fort, dass er von seiner Kiste stürzt. »Sie sucht ein Mädchen.« Clopin rappelt sich vom Boden auf und klopft den Dreck von seinem Gehrock. »Ist wahrscheinlich besser so. Einen Mann wird sie wohl nicht mehr finden.« »Sie sucht ein besonderes Mädchen.« Clopin packt die Hand der Grazie und säuselt zu ihr in die Höhe: »Tun wir das nicht alle?«

3

Die Automobilindustrie war bis dato der wohl größte Profiteur von männlichen Lebenskrisen. Wann immer alte Herren bemerkten, dass junge Mädchen nicht mehr auf sie abfuhren, erwarben sie ein Gefährt. Neu, schnell und sexy – eben alles, was die alten Herren nicht mehr waren. Nun aber steckt die Automobilindustrie selbst in einer Lebenskrise, weil die jungen Mädchen auch auf Gefährte nicht mehr abfahren. Ganz gleich, wie neu, schnell und sexy sie sind. Sie scheinen sich gar nicht entscheiden zu können, wen von beiden sie grässlicher finden. Das Gefährt oder den Fahrer. Der Kauf eines Autos verlockt also kein Mädchen mehr. Und, was noch bedauerlicher: Kein Mädchen verlockt mehr zum Kauf eines Autos. Der Einsatz von Weiblichkeit zur Steigerung des Umsatzes gilt sogar auf Automessen inzwischen als Tabu. Anstelle leicht bekleideter Mädchen findet man an Messeständen sogenannte Infoterminals – menschengroße Säulen mit Touchscreen. Die liefern kompetentere Auskunft und lassen sich williger befingern als die einstigen Hostessen. Der ganze Pariser Autosalon ist von solchen Infoterminals besetzt. Der ganze Pariser Autosalon? Nein. Ein von unbeugsamen Germanen bevölkerter Pavillon hört nicht auf, Widerstand zu leisten. Widerstand, der wiederum auf heftige Proteste stößt.

»Was für ein Alptraum!«, murmelt Gonthier, »und das ausgerechnet jetzt.« Zum ersten Mal in der Geschichte des Pariser Autosalons hat die deutsche Firma *** den Pavillon Fünf für sich. Früher stellten sie hier noch gemeinsam mit anderen deutschen Firmen aus, bis man sie voneinander trennte und auf das Gelände verteilte. Bei der Messeleitung waren nämlich Beschwerden eingegangen. Die Soirées im deutschen Pavillon, wie man den Fünfer missfällig nannte, fielen zu teutonisch aus. Gonthier hat sie nie miterlebt. Sobald er die Verantwortung für die Präsenz von *** auf der Messe übernahm, waren die Soirées Geschichte, was für reichlich Unmut bei den deutschen Gästen sorgte. Diese hingen schließlich sehr an den gewohnten Feierlichkeiten und den dort kredenzten Spezialitäten. Einige kamen Jahr für Jahr einzig deshalb nach Paris. Um wieder von der Götterspeise aus dem besonderen Saft zu kosten. Die Messeleitung zeigte sich indessen hocherfreut über Gonthiers Bestrebungen, den deutschen Saturnalien endlich ein Ende zu bereiten. Als Anerkennung durften er und *** weiterhin im Fünfer bleiben, dem, wie er schon immer meinte, verkaufsstrategisch besten Stützpunkt. Weniger erfreut war Gonthier ob der Kunde, dass er sich den Pavillon von nun an statt mit den anderen Deutschen mit den Japanern teilen müsse. Wenigstens gewannen die Soirées dadurch wieder an Reiz. Zwar waren sie nicht so teutonisch wie einst, dafür eine authentische Wiederaufführung von Gonthiers berüchtigtem Ausbruch in Hamamatsu. In diesem Jahr müssen die Mitarbeiter von *** auf dieses Spektakel leider verzichten. Der

Godzilla-Skandal, wie die Presse ihn taufte, hatte vor einigen Monaten Japans gesamte Automobilindustrie mit einem Schlag vernichtet. Damit stand fest, dass die meisten japanischen Konzerne der nächsten Messe fernbleiben werden. Die wenigen, die noch wagten zu kommen, sahen sich gezwungen, ihre Ausstellungsflächen deutlich zu verkleinern. Heuer findet man sie in den ungastlichen Ecken des Pavillon Eins. Umringt von feixenden Franzosen und herablassenden Schweden. Für Gonthier und *** konnte es also nicht besser laufen.

Nun aber stehen da zwanzig Frauen mit nackten Brüsten vor dem Pavillon Fünf und halten Plakate hoch. Wenn sie nicht so grimmig blickten, sähen sie ein bisschen aus wie die Nummerngirls beim Boxen oder die Hostessen im Inneren des Pavillons, gegen die sie demonstrieren. Viel mehr haben die auch nicht an. »Die sollen gefälligst da drinnen spannen und nicht hier draußen!« Gonthiers Assistent Cédric hat seine Augen zugepresst und überdies zur Sicherheit die Hände vors Gesicht geschlagen. »Sagen Sie doch unseren Mädchen drinnen, sie sollen sich ebenfalls entblößen.« »Wenn ich das dürfte, glaubst du nicht, die wären schon längst alle nackt?« »Wieso greift denn die Polizei nicht ein?!« Das fragt sich nicht nur Cédric, das fragen sich auch etliche Messebesucher. Speziell Frauen und Senioren haben mit der barbusigen Aktion keine rechte Freude. Nur, sie sind in der Unterzahl gegenüber den Spannern und Gaffern. Deshalb scheuen sie sich, die Polizisten aufzurütteln, welche es sich vor den Aktivistinnen in Campingstühlen gemütlich gemacht haben. Sie scheinen sich dort wohl zu fühlen und das, obwohl sie regelmäßig beleidigt und bespuckt werden. »Wir zeigen's euch, ihr Sexisten-Schweine!«, kreischen die Aktivistinnen. »Jaja, das sehen wir. Hört bloß nicht auf, es uns zu zeigen!«, lachen die Polizisten und öffnen die Kühltasche mit dem Bier. Einzig eine muslimische Mutter bringt den Mut auf, sich vor den Beamten aufzubäumen und sie an ihre Pflicht zu erinnern. Entnervt von dem Genörgel stellt schließlich einer die Bierflasche ab und nuschelt in sein Funkgerät: »Wir brauchen Verstärkung.«

»Na endlich!« Gonthier atmet erleichtert auf, als er sieht, wie fünf Polizisten eine Frau zu Boden werfen und sie bäuchlings fixieren. »Sie nehmen die Erste fest.« Die Frau ist völlig bewegungsunfähig und leistet keinen Widerstand. Das eingesetzte Tränengas erscheint daher überflüssig. Doch die Beamten sprühen großzügig herum. »Haha, sieh nur, Cédric! Da, sie haben zwei Weitere! Und wie sie die rannehmen!« Cédric zieht seine Handjalousien auf und reckt sich in die Höhe. »Wo? Ich seh nichts!« »Dort drüben! Zwei ganz Kleine. Wahrscheinlich will sich die Polizei erst aufwärmen. Na ja, lass uns reingehen. In ein paar Minuten ist der ganze Spuk vorbei.« Gonthier dreht sich um und ist im Begriff zu gehen. Cédric aber rührt sich nicht, sondern verfolgt weiterhin die Quälerei der Zwerginnen und ihrer groß gewachsenen Genossin. »Monsieur?«, murmelt Cédric, »das sind keine von denen.« »Was?« »Das sind keine Aktivistinnen.« Gonthier sieht genauer hin. Tatsächlich! Keine nackten Brüste. Die drei sind völlig angezogen. Das sind gewöhnliche Messebesucher. Um exakt zu sein, eine Mutter mit ihren zwei Kindern. Die Mutter, die so dreist war, sich über die Obszönität zu beklagen. Das kam, wie erwartet, nicht allzu gut an. Vor allem nicht bei den Polizisten, die sie kurzerhand einkreisen und ihren respektlosen Undank monierten: »Hier kämpfen gerade Französinnen für deine Rechte, Muselfrau!« »Wenn ihr unsere Freiheit hier nicht ertragt, wieso verschleiert ihr Euch nicht die Augen?« »Dafür könnt ihr den Rest frei lassen!« Auf die Aussage der Mutter, sich so etwas nicht bieten zu lassen, folgte die unausweichliche Notwehr der Polizei. »Wir brauchen Verstärkung. Wir haben hier eine Aktivistin. Und zwanzig nackte Weiber! Die schreien und toben, als wären sie besessen. Das müsst ihr gesehen haben! Was? Nein! Die Nackten sind keine Aktivistinnen. Das ist so eine Werbeaktion, glaub ich. Von ***. Wo? Vorm deutschen Pavillon. Jaja, ich weiß, die Nazis wissen, wie man Spaß hat. Was meinst du? Nie über Funk, hab ich gesagt! Kommt einfach her.«

Ein junger Scherzbold hat sich inzwischen zu den Aktivistinnen gesellt. »Mädels! Ähm, da hinten sitzt ein Mann im Rollstuhl. Der sieht gar nicht eure …« Seine Hände kreisen über ihren Brüsten, »… Botschaften. Könntet ihr nicht ein bisschen hüpfen?« Die Aktivistinnen zeigen sich skeptisch. Das müssen sie erst besprechen. Sie formen einen Kreis und stecken die Köpfe zusammen. »Das darf doch nicht wahr sein!«, brüllt Gonthier, »jetzt beginnen sie auch noch zu hüpfen!« Verzagt lugt Cédric zwischen seinen Fingern hindurch. »Ojemine!« Mit einem Zischen zieht er sich sogleich hinter seinen manuellen Schutzwall zurück. Blind dreht sich er sich nach rechts zu seinem Chef, der mittlerweile links von ihm steht, und flüstert verschwörerisch ins Leere: »Wir müssen die hier wegkriegen.« Gonthier schüttelt den Kopf. »Nein!«, erwidert er entschlossen und reißt seinem Assistenten die Hände vom Gesicht. »Wir müssen sie reinkriegen!«

Gonthier und Cédric drehen ihre Runden im Pavillon Fünf. Sie sind beinahe allein. Der Pavillon ist menschenleer. Abgesehen von den Hostessen und ein paar Firmenangestellten. Die Restlichen stehen draußen und rangeln mit den Messebesuchern um Plätze in der ersten Reihe, von wo aus sie den Kampfgeist der Aktivistinnen bewundern. Zumindest haben die beiden Herren jetzt hier drinnen freie Sicht. »Wie wäre es mit der?« Gonthier murrt. »Oder die dort drüben?« Gonthier seufzt. »Und was ist mit der da oben?« Cédric zeigt auf die Hostesse, die in einem Käfig mit Glasboden tanzt, der über dem neuen Cabrio hängt. Gonthier gibt einen Laut der Zustimmung von sich. Dicht

gefolgt von einem Klaps auf Cédrics wunden Hinterkopf. »Cédric! Ein letztes Mal: Wir suchen ein Mädchen, das sich unter
die Feministinnen mischt und sie anschließend hier reinlockt.
Glaubst du etwa, nur eine von denen, auf die du hier dauernd
zeigst, geht als Feministin durch?« Cédric zuckt mit den Schultern. »Warum nicht?«, fragt er schüchtern und bereit sich zu du-
cken. »Weil die viel zu gut aussehen. Schick so eine da raus, die
kriegst du lebend nicht wieder. Die skalpieren sie vor deinen Augen!« Cédric halt sich die Ohren zu. »Und dann kleben sie sich
die Skalps …« Gonthier reißt ihm die Hände von den Ohren. »…
unter ihre Achseln!« Cédric kreischt auf. Gonthier legt schützend seinen Arm um ihn. »Mein lieber Cédric, es tut mir sehr
leid. Ich wollte dich nicht …« Er hält inne. »Was ist *das* denn?«

Sein Blick hat sich verfangen. An der Plattform mit den Klein-
wägen. Die hat man hinter die Säulen verbannt und ziemlich
schlecht ausgeleuchtet. Dort sprang wie von Zauberhand ein
Kofferraumdeckel in die Höhe. Etwas bäumt sich daraus auf.
Man hört es laut keuchen. Offenbar war es länger dort drin gewesen. Nun kriecht es aus dem Kofferraum. Es torkelt ein wenig
auf der Plattform umher. Schlussendlich stolpert es und fällt. Es
macht keine Anstalten, sich zu erheben. Erschöpft liegt es am
Boden, keucht immer lauter und reibt sich die Augen. Gonthier
und Cédric treten näher. Was da liegt, ist ein Mädchen. Asch-
blond und ein bisschen feist. Vor etwa einer halben Stunde hatte
sie ein deutscher Besucher gebeten, sich in den Kofferraum zu
legen. Er müsse wissen, wie viel da hineinpasst. Ihre Antwort in
Litern hatte ihn nicht zufriedengestellt. Darunter könne er sich
nichts vorstellen. Sie solle sich hineinlegen. Das wollte sie natürlich nicht. Sie bot ihm stattdessen an, hierfür eine andere Hostesse zu holen. Das wollte der Besucher nicht. Die anderen seien
alle zu groß. Sie dagegen sei genau richtig. Der Meinung war sie
nicht und weigerte sich weiterhin. Angeblich dürfe sie das gar

nicht. Es gäbe da schließlich eine Hostesse, die sei dafür ausgebildet, sich in die Kofferräume zu legen und das Volumen zu demonstrieren. Der Besucher überlegte. Er war sichtlich interessiert. Sie solle ihm diese Expertin zeigen. Ihr Zeigefinger deutete in Richtung des Käfigs über dem Cabrio. Kiste, Käfig, Kofferraum. Die steigt überall hinein. Der Besucher mustert das Mädchen im Käfig. Sein Gesicht verfinstert sich. »Die ist ja brünett. Was da rein soll, ist nicht brünett!« Also kletterte sie ohne Widerspruch in das Hinterteil des Autos. Dort kroch sie etwas hin und her, rollte sich ein, streckte sich aus und schloss die Präsentation mit einem freundlichen Lächeln. Als sie jedoch wieder hochkommen wollte, drückte er sie zurück in den Wagen. Er hätte noch eine letzte Frage. »Wie lange kriegt man darin Luft?« Ihre Antwort in Minuten stellte ihn nicht zufrieden. »An wem wurde das getestet?« Darauf war sie nicht gefasst. Noch ehe sie antworten konnte, fauchte der Besucher: »Doch ganz bestimmt an einer Brünetten!« Sie schüttelte den Kopf und versicherte ihm, dass man alle deutschen Autos ausschließlich an Blonden testet. Der Besucher überlegte. »Ich muss das selbst überprüfen.« Mit einem Knall wurde es finster.

»Cédric! Ich hab dich was gefragt! Was ist das?!« »Eine Ihrer Hostessen, Monsieur.« »Unmöglich! Die ist ja kleiner als der Absatz ihrer Pumps.« »Das ist die, die Deutsch spricht.« »Ah, die kleine *Autrichienne* ... ich erinnere mich. Und doch ist es seltsam ...« »Was, Monsieur?« »Dass sie den Kofferraum von innen aufgekriegt hat. Ich dachte, wir haben den Hebel entfernt.« »Nicht serienmäßig, Monsieur. Nur gegen Aufpreis.« »Bring sie in mein Büro.« Cédric hechtet los. Gonthier jedoch pfeift ihn zurück. »Einen Moment! Schick mir zuerst eine der Pickelhauben.« Er meint die deutschen Delegierten, die der Konzern jedes Jahr zur Messe nach Paris entsendet, um ihm auf die Finger zu schauen. Ihm, dem schlitzäugigen Franzmann. Gonthier hasst diese bayrischen Wachhunde. Dieses Mal aber ist er froh, sie zu haben. Schließlich braucht er jemanden, der ihm hilft, diese kleine Hostesse in seinen Plan einzuweihen. Ein Plan, der so genial ist, dass er ihn ihr selbst enthüllen will. Mithilfe der Pickelhaube. Er braucht keinen Dolmetscher, sondern lediglich einen Übersetzer. Gonthier spricht kein Deutsch. Doch dank seiner Wagner-Opern weiß er zumindest, wie man es ausspricht.

Aloisia blickt naserümpfend auf ihre bloßen Brüste hinab. Sie kann beim besten Willen nicht sagen, weshalb sie der Bitte des Asiaten im Anzug so augenblicklich nachgab. Die Eitelkeit, gebraucht zu werden? Der kratzige Stoff ihrer Hostessen-Uniform, die sie sowieso loswerden wollte? Oder seine Art, sie zu bitten? So laut und leidenschaftlich. Wie Leute eben sprechen, wenn sie eine Sprache lediglich aus Opern kennen. Er hatte noch nicht einmal die finanzielle Vergütung erwähnt, die ihren Einsatz entschädigen würde, da knöpfte sie schon ihre Uniform auf. Die Sache mit der Vergütung fiel somit unter den Tisch. Nicht aus Geiz, wie man zu seiner Verteidigung sagen muss. Gonthier hat es schlicht vergessen, nachdem er Aloisia davon abhalten musste, auch noch ihr Röckchen auszuziehen. »Perfekt!«, frohlockt Gonthier und reibt sich die Hände. »Jetzt brauchst du sie nur noch anzumalen.« Feierlich hält er Cédric einen dicken Filzstift entgegen. »Anmalen, Monsieur?« »Was denn sonst? Sie darf da draußen ja nicht auffallen. Sie muss genauso aussehen wie die anderen. Also, los! Schmier ihr ein paar Parolen auf den Busen!« »Welche Parolen denn, Monsieur?« »Was weiß denn ich! Den üblichen Quatsch. Mein Körper gehört mir! Nieder mit dem Patriarchat! Mein Gott, Cédric, sei kreativ!«

Aloisia schleicht sich so nahe wie möglich an die Aktivistinnen heran. Glücklicherweise demonstrieren die direkt neben einem Crêpe-Stand. Hinter dem kann sie sich verstecken, ihr Oberteil ablegen und sich unter sie mengen. Der Crêpe-Verkäufer nimmt keine Notiz von ihr. So gebannt ist er vom Engagement der furchtlosen Frauen. Er bemerkt nicht einmal, dass er sich mit beiden Ellbogen auf der heißen Crêpière abstützt. Gonthier verfolgt die Ausführung seines Plans mithilfe eines Fernglases. Aloisia entledigt sich ihrer Wäsche und versteckt sie unter dem Crêpe-Stand. Gonthier dreht an den Rädchen seines Fernglases und sieht fortan nur verschwommen. Das gebietet ihm der Anstand. Cédric war sehr nervös gewesen. Dementsprechend nervös wirkt die Schrift auf Aloisias Oberkörper. Zwischen den typisch feministischen Kampfrufen finden sich dort mehrere tränenselige »Warum ich?« sowie in Großbuchstaben auf ihrem Dekolleté: SEI KREATIV! Gonthier stellt sein Fernglas wieder scharf. »Sei kreativ? Cédric! Was soll der Schwachsinn?!« »Das haben Sie mir doch gesagt!« »Ja, zu dir, du Crétin!«

Aloisia befindet sich schon inmitten des mammalen Trubels. Um sie herum wird geschrien und gesprungen. Immerfort klatschen Brüste gegen Kopf und Gesicht. Ihr ist schon ganz schwindlig. Sie hat Mühe, den Satz zu behalten, den ihr Gonthier eine Stunde lang eingetrichtert hat. Sie soll ihn der Rädelsführerin überbringen. Doch keine Chance, in diesem Gemenge das Alphamädchen auszumachen. Darum kämpft sie sich ins Zentrum des fleischigen Wirrwarrs und brüllt dort, so laut sie kann: »*Allons-y! Pissons sur les voitures nazi!*« Die Aktivistinnen halten inne. Aloisia wüsste zu gern, was sie soeben gerufen hat. Das hatte sie Gonthier glatt vergessen zu fragen. Jedenfalls muss es etwas Haarsträubendes gewesen sein, so entgeistert, wie sie alle anschauen. Wenn sie doch nur sprechen würden. Sie könnte sie zwar nicht verstehen, aber das Schweigen ängstigt sie. Endlich tritt eine Aktivistin nach vorn. Sie hat von allen die kürzesten Haare sowie die längsten Brüste. Fast so wie zwei dicke Zöpfe baumeln sie ihr bis zur Hüfte. Wo sonst nur ein paar Parolen

Platz finden, steht hier ein Manifest geschrieben. Das muss sie sein. Die Rädelsführerin. Sie bäumt sich vor Aloisia auf und spricht den einen Satz. Den einzigen, den Aloisia versteht: »*Tu dis quoi?*« Aloisia zuckt zusammen. Am liebsten liefe sie davon, doch sie fühlt das Fernglas im Rücken. Also zückt sie ihren Spickzettel und zeigt ihn in die Runde. Gonthier stockt der Atem. Was macht sie denn da?! Er hat ihr den Satz auf ein Notizblatt von *** notiert. Jetzt werden diese nackten Furien das Logo sehen und sofort wissen, was gespielt wird. Auf einmal drehen sich dutzende Hälse wie ein einziger in seine Richtung. Gonthier senkt sein Fernglas.

4

»Riechst du das, Cédric? Das ist der Geruch des Sieges!« »Ich rieche nur Urin.« »Mädchenurin! Ich muss doch sehr bitten.« Die Feministinnen haben sich auf jedem der Ausstellungsstücke erleichtert und sie über und über mit Graffiti beschmiert. Die Reifen, die Scheiben, die Karosserie. Alles ist voll mit Hakenkreuzen und Vulven. »Monsieur?« »Was denn, Cédric?« »Das mit den Hakenkreuzen verstehe ich nicht. Wollten die sagen, dass wir Nazis sind oder sie?« Gonthier lacht und zuckt mit den Schultern. »Das wissen die selber nicht. Aber wen kümmert's? Wir haben heute in zwei Stunden mehr Umsatz gemacht als sonst während der gesamten Messe. Und Publicity im Wert von Millionen!« »Glauben Sie, die kommen morgen wieder?« »Vielleicht. Wenn wir Glück haben. Ansonsten lassen wir das einfach unsere Hostessen machen. Geben ihnen Spraydosen, ziehen sie aus und dann sollen die ihren Spaß haben. *A propos*, wo ist die kleine *Autrichienne*?«

Die kleine Autrichienne steht in einer Ecke und beobachtet,

wie Gonthier auf Zehenspitzen mit hochgerecktem Kinn den Pavillon absucht. Sie weiß nicht, dass *sie* es ist, nach der er gerade Ausschau hält. Sonst starrte sie ihn sicherlich nicht so schamlos an. *Der Liebhaber* von Marguerite Duras. Das hatten sie im letzten Jahr in Französisch durchgemacht. Weil die Bilderarmut des Buchs die Klasse überfordert hatte, sahen sie sich den Film an. Im Anschluss fragte der Lehrer die Schüler, was sie denn verstanden hätten. Erneut machte sich Überforderung breit. Also fragte der Lehrer die Schüler, was sie denn gesehen hätten. Einen schönen Chinesen in einer schwarzen Limousine und einem hellen Leinenanzug, dachte Aloisia. Aber leider kann sie nicht sprechen. Damals nicht und heute auch nicht. Käme Gonthier jetzt auf sie zu, würde sie ihm gewiss verraten, dass sie diese Geschichte sehr mochte. Dass sie großen Gefallen fand an dem schönen Chinesen im Film und dass er sie an ihn erinnere. Doch Aloisia bleibt stumm. Damals wie heute. Und damals wie heute ärgert sie sich über ihr Schweigen. In der Schule hat es sie einen Pluspunkt gekostet. Hier hingegen erspart es ihr einen Minuspunkt. Gonthier würde ihr diesen Vergleich niemals verzeihen. Wenn ihm etwas auf der Welt verhasster ist als die Japaner, dann sind es die Chinesen.

Jetzt hat er sie gefunden und prostet ihr mit seinem Champagnerglas von der Bar aus zu. Sie erschrickt und schaut weg. Das ist ihr schon des Öfteren passiert. Sie muss sich erst daran gewöhnen, nicht unsichtbar zu sein. Mehr zu sein als nur ein Auge, das aus dem Spalt zwischen Vorhängen stiert. Anstrengend ist das, gesehen zu werden. Sie fühlt ihren Herzschlag in den Wangen. Wie lange hat sie wohl gestarrt? Sie blickt sich um. Der Raum hat sich inzwischen fast geleert. Die anderen Hostessen sind längst schon verschwunden. Besonders die jungen schlugen die Gerüchte um die deutschen Soirées in die Flucht. Eine türmte sogar noch vor den letzten Messebesuchern. Ein Vergehen, das sie bald mit ihrem Haar vergelten wird. Sylvie freut sich bereits, denn es sind volle, blonde Locken. Das Mädchen hingegen wird sich recht ärgern, da die Soirées unter Gonthier ja einen harschen Wandel erlebt haben, der wiederum die deutschen Gäste zu einem eher zeitigen Abgang trieb. Einige von ihnen waren gar nicht erst angereist, als sie erfuhren, dass Gonthier in diesem Jahr das Boccia mit Schweineköpfen untersagt hatte. Darum findet man hier lediglich ein paar niedere Mitarbeiter der Pariser Konzession Strolche, die in der Hoffnung kamen, die Hostessen ungestraft am Gesäß berühren zu können. Während der letzten beiden Tage haben sie sich brav zurückgehalten. Im Gegensatz zu den Messebesuchern, welche stets freimütig zugelangt haben, als sähen sie keinen Unterschied zwischen den offerierten Häppchen und Bäckchen. An den Hostessen geht diese Verwechslung nicht spurlos vorüber. Am Ende der Messe sind Geist und Gesäß mit einer dicken Hornhaut beschichtet und fühlen die Griffe der Strolche nicht länger. Heute aber gehen ihre Hände leer aus. Sie versuchen die bittere Enttäuschung mit den ihnen zugestandenen zwei Freigetränken zu entschärfen. Wenigstens für die Dauer des Heimwegs, um nur ja nicht in der Métro über ein altes Mütterchen mit Einkaufsroller herzufallen. Die Strolche trinken alle aus Strohhalmen, weil man dadurch angeblich schneller trunken wird. Wortlos nuckeln sie an dem bunten Plastik und begaffen das einzige Mädchen.

»Hey!« Aloisia fühlt sich davon nicht angesprochen. »Hey!«, tönt es abermals in ihre Richtung. »Hey, Schnecke, hier drüben!« Clopin winkt sie zu einem der ausgebrannten Autos. Sie freut sich ihn zu sehen und wundert sich über diese Freude. »Nicht schlecht für deine erste Mission«, schmatzt Clopin mit vollem Mund, wobei Brösel und größere Brocken sich ihren Weg nach draußen bahnen und Aloisia unter Beschuss nehmen. In einer Hand hält er ein großes Glas mit Schirmchen und in der anderen seinen Hut, den er bis zur Krempe mit Petits Fours und Amuse-Bouches vom Buffet befüllt hatte. »Sind Sie denn eingeladen?«, fragt Aloisia und kriegt sofort Angst, die Frage könnte unhöflich klingen. Clopin bemerkt ihre Not und setzt ein nobles Schmunzeln auf. »Nein, doch ich verstehe das. Man wollte sich gewiss die Schmach meiner Absage ersparen. Ganz im Ernst, die Leute hier können sich glücklich schätzen, so einen Gast wie mich zu haben. Galant, charmant und …« Clopin blickt auf das Glas in seiner Hand und nach einem Ort zum Abstellen. Aloisia bietet an, es zu halten. Clopin schleudert es hinter sich. Mit der dadurch freien Hand hält er sich ein Nasenloch zu. Prompt ziert den weißen Messeboden ein Batzen dunklen Auswurfs. »… nonchalant!« Er reißt den Arm hoch und schnipst mit den Fingern. »Noch einen Champagner! Aber mit Schirmchen!« Dabei entgleitet ihm das Pappschild, das unter seinen Arm geklemmt war. Genau solche hatten die Feministinnen auch. Aloisia zeigt auf das Schild. »*Sie* protestieren gegen die Objektivierung von Frauen?« »Zum Teufel, nein!«, lacht Clopin und geht in die Knie, so sehr schüttelt und beutelt es ihn. Das Lachen endet ebenso abrupt, wie es anfing. Er räuspert sich und deklamiert mit ernster Miene: »Ich protestiere gegen die Subjektivierung von Autos.« Nun wiederum muss Aloisia lachen. Clopin schaut sie finster an, hebt sein Schild auf und zeigt ihr die Aufschrift. »Autos sind keine Subjekte!« Aloisia räuspert sich verlegen. »Verzeihen Sie mir bitte. Ich dachte, das war …« »Objektivierung von Frauen … was für ein Unsinn! Nur wenige Frauen können sich rühmen, so gut behandelt zu werden wie ein Objekt. Und schon gar nicht wie ein Auto. Zeig mir die Frau, deren Mann es stört, wenn sie einen kleinen Kratzer kriegt. Oder eine Delle.« »Manche Männer stören Dellen sehr.« »Sag ich doch! Sie verlassen ihre eingedellten Frauen. Aber zeig mir einen Mann, der sein Auto wegen Dellen verschrottet.« Clopin unterbricht seinen Monolog und deutet an die Bar. »Du, Schnecke, ich glaube, das Schlitzauge da drüben will etwas von dir.«

Tatsächlich. Er prostet ihr nun schon zum zweiten Mal zu. Aloisia schießt das Blut in die Wangen. Will er etwa, dass sie herkommt? Wie stellt er sich das vor? Schließlich ist er nicht allein. Mit ihm an der Bar stehen zwei Frauen. Eine recht junge und eine sehr alte. Die alte wischt ihm sogar dauernd imaginäre Fussel von den Schenkeln und Schultern. Die junge ist weniger aufdringlich. Zumindest Gonthier gegenüber. Ihre ganze Aufmerksamkeit gilt dem dunklen Barmann. Sie fragt zum wiederholten Male, ob er ihr ein Getränk spendiert. Der dunkle Barmann weist sie freundlich darauf hin, dass hier niemand bezahlen müsse. Die junge Frau rollt mit den Augen. Sie ist schließlich nicht niemand. Sie möchte nicht auf Kosten der Firma trinken, sondern auf die des dunklen Barmanns. Dieser erklärt ihr abermals, dass hier alles gratis sei. Wieder rollen ihre Augen, während sie erneut darum bittet, von ihm eingeladen zu werden. Sie begehrt den Barmann nicht. Sylvie begehrt überhaupt keine Männer, möchte aber von ihnen begehrt werden. Das tat sie immer schon. Seit sie weiß, dass sie lesbisch ist, tut sie es aber umso mehr. Auch die alte Frau daneben treibt nicht die eigene Begierde, doch die ihres Gegenübers. Diese versucht sie verzweifelt zu wecken. Anders als Sylvie allerdings nicht für sich selbst.

»Sagen Sie, die alte Frau da …« Aloisia stupst Clopin am Arm und deutet hinüber zur Bar. »… ich könnte schwören, dass ich sie kenne.« »Klar kennst du die! Das ist die Veuve Cliquot. Die alte Mösentrödlerin aus dem zweiunddreißigsten Stockwerk.« »Was ist im zweiunddreißigsten?« »Na, die Huren. Pardon, die Kokotten.« »Und was macht sie hier?« »So wie es aussieht, ihre Arbeit.« Wenigstens versucht sie es. Dabei bleibt sie ebenso erfolgreich wie die andere, die den dunklen Barmann traktiert. Dieser hat ihr den Rücken gekehrt und flüchtet sich in das

Schneiden von Zitronen. Gonthier dreht sich zwar nicht weg, doch schüttelt seit Minuten den Kopf. »So hören Sie mich an. Ein Blanc de Blancs. Knackig, jung, mit schlankem Körper. Wie wäre es mit einer kleinen Fassprobe? Hier und jetzt. Ich lade Sie selbstredend ein.« »Ach, meine Gute, Sie wissen doch, dass ich nicht trinke.« »Wollen Sie nicht wenigstens daran riechen? Man hört ja, in Ihrem Land seien Menschen sehr geruchsaffin.« »In meinem Land?« »Haben Sie nicht dort diese Automaten mit der getragenen Unterwäsche?« Eigentlich würde er jetzt gerne gehen und auf dem Heimweg einen Stein in die Glasfront eines Sushiladens schmeißen. Aber er genießt ihren Frust zu sehr. Er steigert sich von Minute zu Minute, indem es ihr nicht gelingt, ihm endlich eine ihrer Huren anzudrehen.

»Eine Clairette. Die habe ich extra für Sie zurückgehalten. Wenn Sie das wünschen, ist sie in zehn Minuten bereit sabriert zu werden.« »Sie sabrieren? Sind Sie von Sinnen? Dann kriegen wir sie ja nicht mehr zu!« »Wer würde das wollen? Sie müssten sie schon auf einen Sitz trinken. Sonst wird sie doch nur schal und warm.« »Das muss nicht sein. Ich kenne da einen Trick«, flüstert Gonthier und lehnt sich ans Ohr der Veuve. »Ach ja?« »So hört er niemals auf zu perlen.« »Nun sagen Sie schon!« »Es braucht nur einen Silberlöffel.« Gonthier greift sich den Löffel, der in einem Schälchen Erdnüsse steckt. »Je größer, desto besser.« Die Veuve runzelt verwirrt die Stirn. »Ich verstehe nicht.« Der Löffel nähert sich ihrem Gesicht. »Den steckt man ihr ganz tief in den Hals.« Sie fühlt das kalte Edelstahl über ihre Wange gleiten. Dazu Gonthiers warmer Atem in ihrem Nacken. Der Löffel wandert weiter über ihren Hals bis runter in ihr Dekolleté. Dort lässt Gonthier ihn plötzlich los, worauf er durch ihr Kleid hindurch lärmend auf den Boden fällt. Sie sieht ihn entgeistert an. Er lässt seine Augenbrauen hüpfen, klopft dankend auf den Tresen und verlässt den Pavillon. Kurzzeitig ist die Veuve gelähmt. Dann läuft sie ihm hinterher. Bis zum Parkplatz wird sie ihn verfolgen und versuchen ihn umzustimmen. Vor sein Auto wird sie sich werfen und Jahrgänge und Rebsorten brüllen. Gonthier wird sie wie immer mit dem Aufblendlicht verscheuchen.

»Jetzt hat sie ihn!«, gluckst Clopin hämisch und leert sein Glas auf einen Sitz. »Der Veuve kann eben keiner widerstehen. Also, ich meine, ihren Huren. Nicht ihr selbst, um Himmels Willen, welch grauenhafte Vorstellung! Die muss ich gleich wegspülen. Toto! Noch ein Glas!« »Ich heiße Laurent«, ruft ihm der Barmann freundlich zu. »Bist du dir da sicher? Ich könnte schwören, du heißt Toto!« Aloisia denkt angestrengt nach. Dann zupft sie ganz aufgeregt an Clopins Ärmel. »Sagen Sie, könnte ich für sie arbeiten?« »Für wen? Für mich? Schnecke, das wirst du früh genug.« »Nein, ich meine für *sie*!« Sie zeigt auf die Tür, durch die Gonthier und die Veuve soeben verschwanden. »Du meinst, für die Veuve?« Er lacht so heftig, dass er sich verschluckt. »Entschuldige, war das dein Ernst? Magst du Sylvie etwa nicht? Zugegeben, sie ist etwas spröde. Hey, Sylvie!« Er greift in seinen Hut und wirft ein Canapé gezielt an Sylvies Hinterkopf. Der dunkle Barmann liest ihr aus dem Haar den Blauschimmelkäse. »Ich bin mir sicher, ihr Schoß ist so trocken wie bretonischer Mürbteig. Doch sie ist taff und hat die Mädchen gut im Griff. Bislang konnte sie noch jeden Aufstand erfolgreich niederschlagen.« »Aufstand? Weswegen?« »Das wirst du schon sehen.« »Nicht wenn ich für die Veuve arbeite.« Clopin seufzt. »Ich bin der Einzige, den du verstehst, und trotzdem hörst du mir nie zu. Es gibt keinen Aufstieg im Turm! Du bist Hostesse, gewöhn dich dran … Jetzt schau nicht so traurig. Und jetzt entschuldige mich bitte. Ey Sylvie!« Es fliegt ein weiteres Canapé. »Auf der Straße erzählt man, deine Muschi riecht wie eine Andouillette. Und jetzt rate mal, was mein Lieblingsgericht ist.« Clopin zwinkert Aloisia zu, setzt sich seinen vollen Hut auf und drückt ihn fest auf seinen Kopf. Die diversen Häppchen bröseln zu allen Seiten hinunter.

5

»Und, meine Lieben, niemals vergessen: Silvia Sommerlath war einst ein normales Mädchen. Wie ihr. Sie lebte ohne Geld und Hoffnung in den Favelas Heidelbergs. Dann wurde sie Hostesse. Wie ihr. Sie arbeitete hart. War immer freundlich, immer pünktlich. Beschwerte sich nie über zu hohe Schuhe, zu kurze Kleider oder zu geringen Lohn. Nicht wie ihr. Deswegen schickte ihre Agentur Silvia auf so magische Missionen wie etwa die olympischen Sommerspiele in München. Dort traf sie eines schönen Tages auf Carl Gustaf Folke Hubertus und wurde so zur Königin von Schweden. Und jetzt raus mit euch aus dem Bus, sonst setzt's was!«

Sylvie peitscht die schnatternde Herde aus dem Bus und durch einen Hintereingang in die Garderobe. Dort warten schon die Uniformen für die heutige Mission. Braune Roben mit rosa Boleros. Die Farben hatte der Kunde ausgewählt. Ein mittelgroßer Mettwurstfabrikant aus dem Elsass, der seine Belegschaft mit einem Betriebsausflug nach Paris sowie ein paar mittelhübschen Mädchen verwöhnt. Während sich besagte mittelhübsche Mädchen umziehen, geben alle reihum zum Besten, warum sie sowieso viel lieber Hostesse und nicht etwa Model seien. Man kann sich eben alles schönreden. Abgesehen von sich selbst. »Das Business ist so oberflächlich.« »Ich fände es schrecklich, überall erkannt zu werden.« Ganz zu schweigen von dem Vermögen, welches sie verdienen würden. »So viel Geld verdirbt den Charakter.« Eine spricht sogar von Würde, obwohl das im Französischen ein wirklich kompliziertes Wort ist. Die Nächste will auch das noch toppen und faselt von Kinderarbeit in der Modeindustrie. Die besten Ausflüchte sind schnell vergriffen. Danach wird es eng. »Von Champagner kriege ich Sodbrennen.« Von hier an werden die Selbsttäuschungen immer kreativer. »Rote Teppiche befördern mein Asperger.« Zuweilen sogar diskriminierend. »Ich trage nichts von schwulen Designern.« Irgendwann quaken sie alle im Chor: »Models sind dumm! Models sind dumm!« Wie sie darauf kommen, bleibt unklar. Schließlich sind Models vorrangig eins: stumm. Dummheit aber ist geschwätzig. Einige der Mädchen hier würden es schon deshalb nie zum Model schaffen, weil sie es nicht fertigbrächten, zwei Laufsteglängen nicht zu plappern. Aloisia quakt da nicht mit, und das liegt nicht an ihrem Französisch. Sie hat keinen Neid auf Models. Sie will nicht wie die anderen in den Dreiunddreißigsten und ein Stockwerk überspringen. An ihrer Schule gab es einen sehr gescheiten Jungen, der eine Klasse übersprang. Die Kinder in der neuen Klasse haben ihn aber bös gehänselt. An einem eisigen Wintermorgen sogar so bös, dass der Junge wieder zurückgestuft werden musste. Nun war er nicht mehr so gescheit. Die Kinder in der alten Klasse haben ihn, als er wiederkam, ebenfalls sehr wüst sekkiert. An einem heißen Sommertag sogar so wüst, dass er die Klasse wiederholen musste. Nun war er gar nicht mehr gescheit und ist es auch nicht mehr geworden.

Seit ihrem Debüt als Hostesse auf dem Salon de l'Automobile ist sie fester Bestandteil von Sylvies Regiment. Damit steht sie Tag für Tag auf Kongressen, Konferenzen, Symposien und Meetings. Kurz, überall dort, wo sich eine Vielzahl mehr oder minder machtloser Männer in Sakkos begegnet. Denen reicht man regelmäßig zwischen den Reden der TED-Talk-geschulten CEOs den Anblick eines Mädchens. Das wirkt wie ein Stromschlag – belebend und benebelnd zugleich. Denn der perfekte Mitarbeiter ist sowohl wach als auch bewusstlos, während sein

Heiland vom Podium predigt. Man könnte den gewünschten Zustand bei den machtlosen Männern in Sakkos sicherlich auch mit Drogen herbeiführen, doch die kämen den Heilanden teurer als eine Handvoll Hostessen. Die kriegt man für einen Hungerlohn. Den Hostessen kommt das zupass, weil die meisten hungern wollen. Die sind froh, sich täglich nicht mehr als ein Milchbrötchen leisten zu können. Das bringt sie, so hoffen sie, ihrem Traum vom Modeln näher. Denn nur die wenigsten Hostessen fügen sich voll und ganz ihrem Schicksal. Die meisten bewahren sich die trotzige Überzeugung, dass den drei Damen damals beim Casting ein Fehler unterlaufen war und dass sie in Wahrheit zu Höherem berufen seien. Ungeachtet ihrer mickrigen Größe. Die Agentur aber macht keine Fehler. Ihr Urteil ist richtig und definitiv. Darum gibt es im Turm weder Aufstieg noch Abstieg und erst recht keinen Ausstieg. Bei Vergehen und Fauxpas werden Mädchen nicht herabgestuft oder gar entlassen, sondern persönlich von der Herrin ihres Stockwerks geschoren und fortan für gewisse Zeit als deren Dienerinnen eingesetzt. Sylvie nimmt ihnen nicht die Hoffnung, falsch sortiert worden zu sein. Im Gegenteil, vor jeder Mission erzählt sie ihnen das Märchen von der braven Hostesse Silvia, die Königin von Schweden wurde. Das spornt die Mädchen an, sich gut zu betragen. Womöglich werden sie ja von Madame Edwarda entdeckt. Auf Prinzen wie Carl Gustaf hoffen sie dagegen nicht. Das ist dann doch zu unwahrscheinlich, dass sich einer in sie verliebt. Da werden sie noch eher Models. Denn obgleich die Hostessen den niedersten Stand in der Agentur besetzen, verspüren Herren nicht das Bedürfnis, sie zu retten. »Sie da rauszuholen«, wie es so schön dramatisch heißt. Retten wollen sie nur die Huren. Aloisia möchte auch gerettet werden. Nur leider ist sie nicht in Not. Um da rausgeholt zu werden, muss sie erst einmal hinein und dann muss sie da durch. Durch einen Wust von Herren, die sie retten wollen. Sie will aber keinen schwedischen Prinzen, sondern einen vietnamesischen Marketingleiter. Sie kennt seinen Namen nicht, doch das ist nicht weiter schlimm. Er kennt ihren schließlich auch nicht. In ihrem Kopf nennt sie ihn den schönen Chinesen und es ist ihr zu wünschen, dass Gonthier das nie erfährt.

Sie weiß, dass bis ins nächste Stockwerk noch ein langer Weg vor ihr liegt. Bis dahin ist sie jetzt also Hostesse. Ohne recht zu wissen, was genau das bedeutet. Dafür schämen will sie sich nicht. In dem Dorf, aus dem sie kommt, wüsste das sicher auch kein Mensch. Sogar ihre Schulkollegen aus dem Gymnasium wären wohl überfragt, was eine Hostesse ist. In Paris weiß es dagegen jeder. Hier scheint es Mädchen eben noch wichtig, ihre Schönheit zu beweisen. Ganz gleich, wie wenig davon sie besitzen. Deshalb gibt es hier die Kaste der Hostessen – ein billiges Model-Imitat aus ästhetischem Separatorenfleisch. Schönheit in der Discount-Variante. Zu schön dürfen Hostessen keinesfalls sein. Insbesondere auf Messen muss man sich an ihnen schnell sattsehen. Sie sollen die Blicke fangen und dann auf die Produkte lenken. Wehe der, die einen Blick für sich behält. Sie wüsste damit ja gar nichts anzufangen. Hostessen steht weder Rampennoch Rotlicht. Das liegt nicht nur an ihren Gesichtern, sondern auch an ihren Gewändern. Die Uniformen der Hostessen mögen nicht immer billig sein, doch sie sehen immer billig aus. Eben ganz wie Discount-Produkte. In deren Design wird oftmals viel investiert. Mehr als in Gourmetprodukte. Denn nur, wenn etwas wertlos daherkommt, greifen Kunden bedenkenlos zu. Bei den Mädchen ist das genauso. In den Monturen der Hostessen steckt selbstverständlich nicht die gleiche Fleischqualität wie in der Haute Couture der Models. Von außen ist das beizeiten schwer zu erkennen. Darum braucht es passende Verpackungen. So wissen die Herren, wie sie mit dem Inhalt umzugehen haben. Die Uniformen der Hostessen fordern keinen Abstand wie die

Stoffe der Mannequins. Ebenso wenig buhlen sie um Nähe wie die Spitze der Kokotten. Sie bitten höchstens um einen kecken Kniff oder einen zackigen Klaps. Dabei bleibt es auch. Denn weder die Uniform noch der darin verstaute Hintern fühlen sich sonderlich gut an. Manchmal passt der Hintern auch gar nicht in die Uniform. Denn alles ist eine 38. Das gilt sowohl für die Kleidung als auch für die Schuhe. Wem das zu groß ist, die möge sich die Ferse abschneiden. Wem das zu klein ist, die möge sich die abgeschnittene Ferse der Kollegin ankleben. Hier ist Teamwork gefragt. Wen Sylvie beim Jammern erwischt, deren Sorge wird in Zukunft nicht die Größe ihrer Schuhe, sondern die des Hutes sein, der ihr kahles Haupt bedeckt.

Den braven Mettwurstfabrikarbeitern wurden zwei ganze Tage in Paris versprochen. Zu ihrer freien Verfügung, versteht sich. Und obgleich sie einen Großteil ihres Lebens mit Gestänker gegen die Hauptstadt zubringen, haben sie sich alle riesig gefreut. Seit Wochen redeten sie während der Arbeit von nichts anderem mehr. Eiffelturm hier, Notre-Dame da. Das kurbelte nicht nur die Stimmung, sondern auch die Produktion an. Die Fabrikarbeiter ließen sich für diesen Anlass sogar extra Leibchen bedrucken. Mit entsprechendem Bedauern fanden sie sich nach einer sechsstündigen Busfahrt, welche selbst der Galeerengesang sämtlicher populären Mett-Shantys irgendwann nicht mehr aufhellen mochte, in einem Seminarhotel außerhalb der Stadtgrenzen wieder. Zu einem verbindlichen Fortbildungskurs über Listerien. Anstatt sofort zu verschwinden, lauschten sie mit Engelsgeduld einem Redner nach dem anderen. Selbst jenem, der mit Dia-Bildern die verheerende Wirkung von Listeriose auf Schwangere veranschaulichte. In der Mittagspause unterhält man sich angeregt über verschiedene Grobheitsgrade sowie die Etymologie des Wortes Mett. Wie jedes Jahr wird man sich auch heuer ganz bewusst nicht einigen, um fürs nächste Mal noch Gesprächsstoff zu haben. Das Einzige, was sie von einem Aufstand abhält, ist das Lächeln der Hostessen. Eigentlich wollten sie ja in eine Peepshow am Boulevard de Clichy, wo man für einen Spottpreis die ausgemusterten Frauen zu sehen bekommt, die einst im Moulin getanzt haben. Doch die Hostessen tun es auch. Die Unterdrückung von Frauen durch Männer dient eben oft nur dem höheren Zweck der Unterdrückung anderer Männer. Kaum jemand behandelt Frauen als Objekte. Meistens sind sie lediglich Mittel. Und in der Hierarchie der Dinge steht das Mittel weit unter dem Objekt. Ja, sogar unter dem Produkt, das es hochhalten muss. Heute sind das Mettwurststückchen. Die Hostessen stehen im Saal verteilt, jede ein Tablett in Händen, und versorgen die kastrierten Arbeiter mit kleinen Rädern ihres aufgeschnittenen Phallus. Mehr brauchen sie nicht zu tun. Stehen, halten, lächeln und die ständig wiederkehrende Frage verneinen, ob man dazu etwas Brot haben könnte. Denn Brot ist teurer als Mett, darum wird es nicht serviert. Der Elsässer Fabrikchef spart nämlich auf ein Segelboot, was zur Folge hat, dass seine Mettwurst neuerdings nur mehr vegane Bestandteile enthält. Die gefärbte Erbsenpampe ist nämlich günstiger als Fleisch. Er würde auch liebend gerne vegane Hostessen kredenzen. Einen Mädchenfleischersatz. Das brächte ihm viel Zuspruch und ihn näher an sein Segelboot. Wie schön, dass die Tugend heute preiswerter ist als die Sünde. Bald wird sie einem noch gratis hinterhergeschmissen.

Zwei Arbeiter stehen dicht vor Aloisia und besprechen sie wie ein Gemälde. Besonders die Farben ihrer Uniform geben Anlass zu einer hitzigen Debatte. »Es müsste genau andersrum sein!«, meint der eine. Rosa Robe, brauner Bolero. Nur dann entsteht die optische Täuschung einer menschgewordenen Mettwurst. »Nein, nein, nein!«, meint der andere. »Die Ähnlichkeit wird doch gerade durch die Verfremdung erzeugt.« Aloisia versteht sie nicht. Diesmal aber nicht allein aufgrund der ihr fremden Sprache, sondern weil sie tatsächlich nichts hört. Die Ohren sind ihr zugefallen. Vor ihren Augen beginnt es zu flackern und ihr Mund ist plötzlich trocken. Genau so fühlt sich eine heraufziehende Ohnmacht an. Leider weiß das Aloisia nicht, da sie noch niemals ohnmächtig wurde. Sonst ginge sie jetzt schnell in die Hocke, um Schlimmeres zu vermeiden. Sie muss dringend nach unten zu ihren Füßen, die sie schon seit geraumer Zeit nicht mehr spürt. Nun werden auch ihre Finger taub. Einer nach dem anderen. Das Tablett beginnt zu beben und das erste Mettstück hopst gefährlich auf den Abhang zu. Die beiden Arbeiter kriegen davon nichts mit. Zu vertieft sind sie in die Frage nach dem Verhältnis des Allgemeinen und des Besonderen am Beispiel der Mettwurst. Sie werden vom Scheppern des Tabletts unschön unterbrochen.

6

Nicht alle Mädchen sind zwangsläufig sexy, sobald sie hohe Schuhe tragen. Im Gegenteil. Bei manchen hört in hohen Schuhen die Sexyness gar schlagartig auf. Die sind sexy in Sandalen. In Stiefeln. In Sneakers. In so gut wie jedem Schuh, welcher keinen Absatz hat. In denen mit Absatz hingegen sind sie ulkig. Dafür müssen sie nicht mal gehen. Schon im Stehen wirken sie ulkig. Womöglich sogar im Sitzen. Mit baumelnden Beinen, die den Boden nicht berühren. Es gibt eben so Körper, die stoßen hohe Schuhe ab. Ähnlich einem Spenderorgan. Man mag sie ihnen an den Fuß transplantieren, gehen können sie darum trotzdem nicht. Sylvie brüllt hinterrücks mit den Mädchen, die torkeln, stolpern oder gar stürzen. Doch rausgeworfen hat sie deswegen noch keine. Das fiele ihr im Traum nicht ein. Diese wackeligen Kitze sorgen für die befreiende Komik, die Events oft nötig haben. Und sind ein Hingucker für Männer, die lieber erheitert als erregt werden wollen. Aloisias Ohnmacht sorgte für beides. Für Erheiterung sorgte der Sturz und für Erregung, dass sie nicht mehr aufstand. Zumindest für ein paar Momente, in denen die Herren aus der Mettwurstfabrik heldenhaft Erste Hilfe leisten durften. Das hieß, ihr die Zunge in den Mund zu schieben, während man ihre Brüste massierte. Zum Glück bekam sie davon nichts mit und er wachte allein mit der Sorge, sich vor allen blamiert zu haben und nun nie mehr gebucht zu werden. Das bedeutet ihr Aus als Hostesse und ihr Aus in der Agentur. Das nächste Stockwerk kann sie sich abschminken und ihren schönen Chinesen gleich mit. Wie soll sie denn aufsteigen, wenn sie nicht einmal auf der Stelle stehen kann?

»Das lag an diesen hohen Schuhen!«, empört sich Aloisia und verscheucht die zwei Touristen auf der Nebenbank. »Es ist doch erniedrigend, dass wir die dauernd tragen müssen.« »Erniedrigend ist deine Größe«, murmelt Clopin so verhalten, dass sie sich nicht sicher ist, ob sie es hätte hören sollen. Er sieht sie schließlich auch nicht an. Geschlossenen Auges blickt er gen Himmel und lässt sich von der Sonne bräunen. Vielleicht schafft sie es ja durch den Schmutz in seinem Gesicht. Sie büßte bereits eine Menge ihrer sommerlichen Kraft ein, aber für einen Tag im Oktober ist es noch erstaunlich warm. Im Garten des Maison de Balzac wuseln die Touristen. Clopins Hut verspricht schon bald zum dritten Mal voll zu werden. Er braucht nicht einmal zu ächzen und schmerzverzerrt zu schauen. Zum Glück. Das ziemte einem König nicht. Strenggenommen ist zu betteln unter seiner Würde. Doch bei diesem schönen Wetter! »Wieso machst du dich denn nur so klein?« Ohne seinen Kopf zu senken, zeigt er auf ihre flachen Schuhe, so man das Schuhe nennen mag. Sie hat die Frage überhört. Gebannt betrachtet sie seine Stumpen. Kurz zuvor waren da noch Beine. Clopin ließ seine Unterschenkel nach allen Regeln der Kunst verschwinden. Mittlerweile kennt sie den Trick. Man winkelt erst die Beine an und hakt die Füße über Kreuz in der Unterhose ein. Doch so perfekt wie an Clopin hat sie es noch nie gesehen. Auch den Touristen imponiert das. Ein echter Krüppel vor dem Haus von Balzac! Da wirkt das Manuskript im Inneren gleich noch viel authentischer. Vor dem Haus von Victor Hugo zieht die Masche weniger. Ein Krüppel vor dem Haus des Mannes, der *Les Misérables* schrieb? Das ist zu offensichtlich. Da wissen selbst die dumpfsten Touristen sofort, was gespielt wird, und zertreten ihm den Hut.

»Ihr Mädchen seid so undankbar! Kleine Männer wären froh, dürften sie hohe Schuhe tragen.« »Das dürfen sie doch.« »Aber nur die wenigsten trauen sich. Weißt du, Louis XIV – ein verrückter Schuhliebhaber – war skeptisch, ob es auch Frauen erlaubt sein sollte, hohe Absätze zu tragen. Er sagte stets zu mir: Clopin, die Weiber nehmen uns alles weg! Unsere Schuhe, unsere Perücken, unsere Strümpfe, unseren Schmuck. All das wird irgendwann Weiberkram sein! Und wir Männer werden dastehen – klein, kahl und hässlich. Ohne Puder, dafür in Hosen!« Darauf weiß sie nichts zu sagen. Beide blicken geradeaus auf die Wiese. Es ist Clopins Lieblingsplatz. Mitten im sechzehnten Arrondissement ein kleiner Garten Eden. »Weißt du, Schnecke, wir waren recht eng. Balzac und ich. Honey, hab ich immer gesagt, lass uns weggehen aus Paris. Diese Stadt ist durch.« Sie ist dagegen noch längst nicht durch mit dem Thema Schuhe. »Hohe Schuhe ruinieren den Rücken!« Clopin schüttelt geduldig den Kopf. »Arbeit ruiniert den Rücken.« »Nicht jede. Es gibt Arbeiten, die …« Clopin wird etwas unruhig. Er rutscht und ruckelt hin und her. »… ruinieren die Beine, das stimmt«, ächzt er erleichtert, als er sich die Füße aus der Unterhose zieht. Er ist etwas aus der Übung. Früher wären ihm die Beine erst nach Tagen eingeschlafen. »Oder die Augen. Die Lungen. Das Hirn. Doch irgendetwas muss kaputtgehen. Sonst ist es keine Arbeit.« Er schlüpft zurück in seinen Pump. Sein anderer Fuß bleibt nackt. Aloisia begutachtet sein Schuhwerk. »Die Schuhe hab ich auch.« »Deine sind sicher Imitate.« »Ist das etwa ein echter …« »Philippe d'Orléans. Ganz recht. Er trug sie in der Schlacht bei Cassel.« »Er hat in den Schuhen gekämpft?« »Und gesoffen! Am liebsten in den Tavernen im siebten Arrondissement, wo nebenan das Schlachthaus stand. Das Rinderblut reichte bis zu den Knöcheln. Morgens schlich Prinz Philippe immer sternhagelvoll zurück nach Versailles. Einmal hat man ihn erwischt. Mit seinen blutverschmierten Hacken. Dem Louis hat das gut gefallen. Der wollte sofort auch so ein Paar, und bald trug der gesamte Hof nur mehr Pumps mit roten Sohlen. Eingefärbt mit holländischem Blut. Hunderte gingen dafür drauf.« »Herrje, warum das denn?« »Na, weil er natürlich nicht gesagt hat, dass er in der Stadt gesoffen, sondern in der Schlacht gekämpft hat. Und das an den Schuhen sei Holländerblut. Als Dank dafür, dass ich dichtgehalten habe, hat er mir schließlich einen geschenkt.« »Und den anderen?« »In den habe ich nicht reingepasst. Prinz Philippe hatte zwei linke Füße.« Aloisia lacht. Clopin schnipst ihr gegen die Stirn. »Mach dir nichts draus, Schnecke, du hast noch immer Luft nach oben.« Er steht auf und geht. Aloisia schaut ihm lange hinterher. Das ist wohl das erste Mal, dass sie ihn nicht hinken sieht.

Clopin sollte Recht behalten. Sie war vielleicht gestürzt, doch gefallen war sie nicht. Im Gegenteil. So eine Ohnmacht wird durchaus geschätzt. Dementsprechend angesehen sind jene Hostessen mit niedrigem Blutdruck, Narkolepsie oder anderen Leiden, die etwas Schwung in dröge Seminare bringen. Aloisia konnte gar nicht recht verstehen, wie ihr das bislang entgehen konnte. Nun, da es ihr selbst widerfuhr, war ihr Blick geschärft.

Nun sah sie die Hostessen umfallen wie die Fliegen. Sie fallen wegen der hohen Schuhe, der schlechten Belüftung, der schweren Tabletts. Damit wird fest gerechnet, und wirklich ausfallen tut somit keine. Sylvie bringt für diese Fälle stets ein paar Ersatz-Hostessen. Die übernehmen schon die Stellung, während bei der Kollegin am Boden noch die Lider flattern.

Vor ihrem Sturz arbeitete Aloisia immer bloß tagsüber in grell beleuchteten Untergeschossen seelenloser Seminarhotels. Von nun an darf sie es nachts bei schummrigem Licht auf Dachterrassen. Ihre Aufgaben bleiben dieselben: lächeln, stehen und manchmal etwas halten. Allerdings findet man auf den Tabletts keine Mettwurst mehr. Auf Soirées geht es etwas feiner zu. Nach einer weiteren Ohnmacht darf Aloisia sogar auf die Soirées Privées. Die sind noch exklusiver. Das heißt, die Gattinnen bleiben daheim. Die einzige reife Dame, die man bei diesen Anlässen zulässt, ist die alte Veuve Cliquot. Denn hier tummeln sich nicht nur Hostessen, sondern auch immer eine kleine Auswahl an Kokotten, welche die Veuve zu den Häppchen kredenzt. Deshalb ist sie gern gesehen. Mehr noch, man bittet um ihre Präsenz. Denn sie gibt den Sommelier, der über Jahrgang, Terroir und Anbaugebiet der Mädchen referiert. Die alte Veuve spricht wirklich so. Sie nennt den Jahrgang, niemals das Alter. Die jeweilige Willigkeit beschreibt sie mittels Süßegraden. Die Mädchen reichen von süß über lieblich und trocken bis hin zum begehrten Extraherb. Bei Letzteren handelt es sich in der Regel um einen Jungwein, wohingegen die Süßen erfahrungsgemäß schon edelfaul sind. Gleichwohl gibt die Veuve zu bedenken, dass Übergänge fließend sind. Es gibt solche, die kommen erst herb daher, muten jedoch fast lieblich an, wenn man sie nur ein wenig chambriert. Die Herren schätzen diesen Argot. Sie reden gerne über Wein, aber ungern über Mädchen. Denn Letzteres kann böse enden. Einige Schnipsel davon auf Tonband, und die Karriere ist dahin.

Außerdem fehlen ihnen zu dem Thema all die schönen Fachausdrücke, mit denen sie so gerne angeben. Die Herren steigen also freudig mit ein. Sie loben das Bouquet, schwärmen von den Schlieren oder monieren, wenn ein Mädchen korkt oder böcksert.

Früher wäre es ihnen nie möglich gewesen, sich genussvoll über die Tränen der Mädchen auszutauschen. Das hätte an ihr Gewissen gerührt, das so schnell schlecht wird wie die Austern, wenn man es nicht sorgfältig kühlt. Früher hatten sie Hemmungen, bei der Veuve eine Jungfrau zu ordern. Wenn überhaupt, taten sie es stotternd und im Flüsterton. Jetzt rufen sie ihr über den ganzen Raum hinweg zu, dass sie gerne etwas zum Degorgieren hätten. Einigen Herren war an den ihnen vorgesetzten Mädchen allerweil zu wenig dran. Sie reklamierten die dürren Gestelle und bekamen sie umgetauscht. Allerdings mit mäßigem Erfolg. Nichts entsprach ihren Vorstellungen. Sagten sie dick, bekamen sie fett. Sagten sie prall, bekamen sie plump. Sagten sie Kurven, bekamen sie Kreise. Heute sagen sie körperreich und kriegen exakt das, was sie wollen.

Einige Herren haben an diesem Argot derartig Spaß, dass sie darüber glatt vergessen, die feinen Tropfen auch zu trinken. Andere dagegen verzichten bewusst, weil sie schwul sind oder ihr Schweif nicht mehr taugt. Sie kommen allein des Fachsimpelns wegen. An den Tropfen liegt ihnen nichts. Aus Höflichkeit gegenüber der Veuve nehmen sie trotzdem einen Schluck. Den spucken sie dann wieder aus, wie man das bei einer Degustation eben macht. Sie wollen nicht undankbar erscheinen. Sie probieren auch von den Austern, obgleich es vielen davor ekelt.

Mittlerweile hat die Veuve einiges von den Herren übernommen, worauf sie selbst niemals gekommen wäre. Es war der Vertriebsleiter des Pharmakonzerns ***, der ihr den ganzen Abend über mit seinem großen Gewächs in den Ohren lag sowie den damit verwachsenen Sorgen und sie schließlich auf die Idee der Flaschengrößen brachte. Damit bezeichnete sie fortan das Fassungsvermögen der Schöße. Wie man sich schon denken kann, erweisen sich jene an den äußersten Rändern, Piccolo und Doppelmagnum, als die beliebtesten Größen. Für das Mittelmaß haben die Herren wenig übrig, weil sie bereits so viel davon haben. In sich selbst und natürlich zu Hause.

Die Idee dieses Vokabulars stammt allerdings nicht von ihr. Sie verdankt sie einem Herrn, der sie einst fragte, wie viel Remuage bei den Mädchen erlaubt sei. Sie stand erst am Anfang ihrer Karriere, wusste wenig von Kupplerei und nichts von Remuage. Sie folgerte, es handle sich dabei um eine erotische Praxis. Wie sie später schmerzlich herausfinden sollte, ist es ein Begriff aus der Champagnerherstellung, der das Rütteln der Flaschen bezeichnet. Sie lächelte und nickte. Bis zum heutigen Tage macht sie sich deswegen einen Vorwurf. Zugleich ist sie sich bewusst, hätte sie den Begriff auch gekannt, hätte sie wohl kaum erahnt, was der Herr damit gemeint hat. Sie hätte ebenfalls genickt und gelächelt und das Malheur wäre dasselbe gewesen. Dem remuierten Mädchen konnte sie nicht mehr helfen. Vielleicht war es in ihren Augen eine Art der Sühne. Jedenfalls vertiefte sie sich fortan in Lektüren zur Champagnerherstellung. Ganz genau Bescheid wollte sie über den Prozess der Remuage wissen. Dabei erfuhr sie, das Rüttelverfahren wurde entdeckt von einer Reimser Geschäftsfrau des 19. Jahrhunderts. Eine gewisse Barbe-Nicole Ponsardin. Besser bekannt unter dem Namen Veuve Cliquot.

Aloisia setzt alles daran, die Aufmerksamkeit der Veuve zu erhaschen, um in ihr Regiment aufgenommen zu werden. Das gestaltet sich freilich schwierig. Denn die Veuve ignoriert die Hostessen ebenso wie Sylvie die Huren. Die beiden Frauen ignorieren sogar einander und halten auch ihre Mädchen strikt getrennt. Nicht einmal zu reden hat eine Hure mit einer Hostesse. Dann verrät sie der womöglich, wie viel mehr man als Hure verdient und schon droht der nächste Aufstand. Sylvie aber hat keine Verwendung für fünfzig Glatzköpfe in ihrem Stockwerk. Erst dachte Aloisia, sie könne der Veuve durch weitere Ohnmachten positiv auffallen. Dann merkt sie, dass Aloisia nicht zum Stehen geschaffen ist. Zum Gehen natürlich erst recht nicht, aber ja vielleicht zum Liegen? Das sollte man probieren. Und dann ist es nur eine Frage der Zeit, bis sie ihren schönen Chinesen wiedersieht.

Das ist keine Firmentagung. Hier ist Umfallen nicht erwünscht. Hier braucht es keine tollpatschigen Hostessen am Boden, die man unter dem Rock befingert, ehe sie das Bewusstsein wiedererlangen. Denn für die niederen Gelüste sind auf Soirées ja die Huren zur Stelle. Sollte trotzdem eine stürzen, bedeutet das nur Schnererein. Wie wenn eine Vase umfällt. Hostessen sind keine Gebrauchsgegenstände. Auch keine Missbrauchsgegenstände wie Huren. Auf solchen Privatsoirées sind Hostessen Kunstobjekte. Das heißt, noch nutzloser als sie es zuvor schon waren. Dann stehen sie etwa nackt auf Gipssäulen. Marmor ist der Spaß nicht wert. Diese antiken Abende sind die ödesten von allen. Man will sich faunisch, dionysisch, bacchantisch geben. So steht es zumindest auf den Einladungen mit goldenem Mäandermuster. Was man kriegt, ist ein Karneval in Schwarzweiß.

Wirklich alles ist hier künstlich. Die Herren mimen Geilheit, und die Mädchen mimen Scham. Das Koks ist auf den Tischen drapiert wie Wachsfrüchte in Möbelgeschäften. Nur hie und da greift jemand zu. Um wieder Lust zu kriegen, wenn die Arroganz erschlafft. Alle reden ununterbrochen. Viele hören sich selbst nicht zu. Ein Schauspiel ohne Zuschauer. Denn selbst Gott will hier niemand brüskieren. Trotzdem halten sie müde die Stellung.

Pudern sich die Nasen, pudern sich die Hintern. Doch sie fühlen das Ende nahen. Das Aufziehen einer Unmoral, die schauderhafter ist als das hier.

Fast alle sind verheiratet. Oder wenigstens verlobt. Und selbst jene, die es nicht sind, tragen einen Ehering. Fast alle haben zu Hause Frauen, mit denen sie es treiben könnten und es zuweilen auch wirklich tun. Nicht einmal aus Pflichtgefühl. Denn ihre Frauen sind noch jung. Die Mädchen der Veuve sind jünger. Hier ist Mitte zwanzig Schluss. Das wollen die Herren so. Eine Hure, die jünger ist als die Tochter? Nun gut. Aber älter als die Frau? Das fühlt sich nicht richtig an. Viele Menschen wären empört, wenn sie von solchen Herren erfahren, dass sie Väter sind. »Wie können Sie nur? Sie haben doch selbst eine Tochter!« Aber das zieht ganz und gar nicht. Schließlich erachten es einige Herren geradezu als ihre väterliche Pflicht, sämtliche Mädchen dieser Stadt zu kennen. Wie sonst könnten sie ihre süßen Töchter vor schlechtem Umgang bewahren? Regelmäßig überprüfen sie deren Freundeskreis auf verdorbene Früchtchen. Ob da eine darunter ist, die sie nachts bereits gesehen oder gar befingert haben. Die wird dann sofort aussortiert. Darauf gönnen sie sich daheim in trauter Einsamkeit ein Gläschen und lächeln stolz in sich hinein. Die Mutter legt sich nicht so ins Zeug, um die Tochter zu beschützen.

Sicher hört das mit den jungen Mädchen eines Tages einfach auf. Wie russische Eier. Die sieht man heute kaum noch wo. Dabei waren sie jahrzehntelang unentbehrlicher Bestandteil eines jeden Party-Buffets. Oder Sektpyramiden. Die gibt es nur noch auf Kreuzfahrtreisen, die in Discounter-Broschüren beworben werden. Jeder Luxus wandert irgendwann in die Unterschichten ab und ist damit kontaminiert. Dann muss man sich oben rasch einen neuen Spleen einfallen lassen, welcher einen vom Bodensatz abhebt. Die Libertinage ist längst nicht mehr ein Privileg der

Reichen. Wer weiß, wie lange die Mädchen noch haben, ehe sie als Second-Hand-Sünde an die gottlose Unterschicht weitergereicht werden? Mädchen, Kaviar, Austern, Spaß. Alles leicht verderbliche Ware. Die muss man schnell verzehren, sonst wird sie schal, im schlimmsten Fall sogar giftig. Die meisten Mädchen sind es schon. Mit den wenigen frischen, die es noch gibt, schlagen sie sich jetzt den Bauch voll und merken, dass die auch schon alt waren.

Sie penetrieren die Bürgerbrut und träumen dabei von Bauerstöchtern, die alles können und nichts wissen. Die Herren sind oft richtig traurig, wenn sie die reichen Mädchen sehen, die ihnen die Schweife lutschen. Das ist also die Frauenbewegung? Für alles zu gut und für nichts zu schade. Was ist nur mit der Jugend los? Das fragen sich nicht nur die Eltern, sondern auch immer mehr Perverse. Denn auch diese sind empört über den Verfall der Sitten. Wen sollen sie denn noch verderben, wenn alles schon verdorben ist? Verderber der Jugend. Das war einmal ein Adelstitel. Sokrates verdarb die Jugend, indem er ihr Fragen stellte. Das Internet verdirbt die Jugend, indem es Antworten liefert. Man darf es den traurigen Herren nicht übelnehmen. Sie wollen keine jungen Mädchen. Sie wollen die Mädchen von früher. Die aus ihrer Kindheit, als sie selbst noch Kinder waren. In ihren Köpfen sind sie nicht gealtert. Weder die Mädchen noch sie selbst. Deswegen ist das alles auch nicht schlimm.

7

»Der Mensch ist eine evolutionäre Verirrung. Ein Fehler im System. Habgierig, blutrünstig, herrschsüchtig. Zum Wohle des Planeten sowie seiner Bewohner wäre nichts Geringeres als der kollektive Selbstmord der ganzen Gattung Mensch geboten.« Der Festsaal schweigt. Die Rednerin blickt unbeirrt über ein Meer an gerunzelten Stirnen. »So wollen es die Umweltschützer. Wir hingegen sind der Meinung, dass unsere Existenz auf Erden, unsere Talente und Technologien, sehr wohl einen höheren Sinn haben können: Tiere davon abzuhalten, sich gegenseitig aufzufressen.« Die Gala des Tierschutzvereins steht dieses Jahr unter dem Motto: Lupus lupo homo. Sinniert wird über die diversen Möglichkeiten, Wildtiere zum Vegetarismus zu erziehen. Die letzte Gastrednerin dieses Abends prognostiziert ein Ende des tierischen Fleischverzehrs bis zum Jahr 2050. Zum Abschluss ihres Vortrags zeigt sie Bilder einiger Haie, deren Ernährung sie mittels Aversionstherapie gänzlich auf Plankton umstellen konnte.

Dann spricht erneut der Präsident, denn ein Programmpunkt steht noch aus. »Ich freue mich sehr, unseren diesjährigen Nemo – den Preis für einen Akt besonderer Zivilcourage – einem Mann zu verleihen, der sich in nur einer Nacht um den Tierschutz verdient gemacht hat wie viele der hier Anwesenden in ihrem ganzen Leben nicht. Sie posten und sie protestieren. Er aber beschloss zu handeln.« Ihre Zehen beginnen zu kribbeln. Aloisia tritt auf der Stelle, um ihren Kreislauf bei Laune zu halten. Vorsichtig hebt sie einen Fuß und stellt ihn lautlos wieder ab. Sie darf sich nicht erwischen lassen. Sylvie hasst Herumgehampel. Ganz besonders solches, das eine wertvolle Ohnmacht verhindert. Auf dieser Gala möchte Aloisia jedoch keinen Sturz riskieren. Sie bezweifelt nämlich, dass ihr hier jemand zu Hilfe eilte. Ohne dem Wortlaut der Vorträge folgen zu können, wurde ihr am Tonfall klar: In diesem Festsaal decken sich Tierliebe und Menschenhass. Nun erreicht das Kribbeln die Hände. Sie hat große Mühe zu lächeln. Die Schuhe, welche die Hostessen an diesem Abend tragen müssen, sind genauso hoch, wie ihre Röcke kurz und die Ausschnitte tief sind. Die Garderobe soll von den ungeschminkten Gesichtern ablenken. Denn Make-up hat Sylvie den Mädchen heute strengstens untersagt. Sonst wird sie bombardiert mit Nachfragen, ob das Puder an der Brünetten und der Mascara an der Blonden denn an Tieren getestet wurde. Aloisia ist das egal. Das Mädchen neben ihr fühlt sich dagegen sichtlich unwohl. Wann immer Sylvie gerade nicht hersieht, pult sie in ihrem Gesicht herum. Sie wünscht sich zurück auf die Gala der Umweltschützer letzte Woche. Dort juckten zwar die Juteröcke, aber sie durfte die Akne kaschieren.

»Über Jahre hinweg gab er sich als Nachtwächter aus und konnte so das Vertrauen des monströsen Tierhändlers erschleichen. Niemand wusste von seinem Plan. Immerfort hielt man ihn für einen Handlanger des Zooizids. Stumm trug er sein Kreuz hinter den Scheiben dieses Plüschpuffs! Wo Kätzchen und Welpen unter Drogen gesetzt werden, damit sie gefügig sind. In Schaufenstern sollen sie posieren und so tun, als hätten sie Spaß. Mit Spielzeugen und miteinander. Währenddessen sie angestarrt werden. Von geilen Massen vor den Scheiben.« Ein facettenreicher Mann. Er verurteilt den Verzehr von Kalbfleisch und befürwortet den Verkehr mit Minderjährigen. Ersteres tut er öffentlich. Letzteres nur im Privaten. Doch ab und zu verschwimmen die Anliegen. »Sie erhalten Wachstumsblocker. Das gefällt den Perversen, denen die Tiere gar nicht jung genug sein können! Große, flehende Augen und kleiner, zitternder Leib. Da vergessen sie sich, die Perversen. Wenn die jungen Dinger winseln. Man muss sie doch trösten! Und streicheln … Es gibt Rassen, die bleiben so klein. Die schauen immer aus wie Welpen.

Wie hätte ich denn wissen sollen …« Die Hostesse an seiner Seite räuspert sich. »Monsieur, der Preis«, erinnert sie ihn und hebt die Holzkiste in ihren Händen. »Ach so, ja! Überreicht wird der Nemo in diesem Jahr von einer Frau. Wenn nicht sogar von *der* Frau schlechthin. Ich muss sie nicht weiter vorstellen. *Les initiales BB*. Brigitte Bardot!« Unter tosendem Applaus erhebt sich Madame Bardot und beginnt sogleich ihre Rede. Leider kann niemand hören, was sie sagt. Weder hält noch trägt sie ein Mikrophon. Ihr selbst scheint das nichts auszumachen. Den Galagästen ebenso wenig. Während diese weiter klatschen, trampeln und anstößig pfeifen, murmelt sich Madame Bardot geistesabwesend auf allerlei Umwegen hoch auf die Bühne. Nach ein paar Minuten erreicht sie das Rednerpult. Aus den Boxen dröhnen lediglich ihre Schlussworte. »… ist der Islam!« Dann räumt sie das Pult. Der Präsident sieht sich gezwungen, den Preisträger selbst anzusagen. Er bittet den tapferen Mann auf die Bühne.

Aloisias Blick verschwimmt. Ihr Leibchen saugt sich langsam mit Schweiß voll. Mit dem kalten Blick eines Vogels starrt Sylvie in ihre Richtung. Dabei ist es nicht sie, die sie anstarrt, sondern ihre Nachbarin, die einfach nicht aufhören mag, sich im Gesicht herumzufummeln. Es gibt noch einen weiteren Grund, weshalb Aloisia sich so standhaft gegen die dämmernde Ohnmacht wehrt, und der sitzt inmitten des Saals an einem großen runden Tisch. Neben ihm die Veuve Cliquot, die minütlich ihr Glas hebt, um mit Gonthier anzustoßen. Mit den anderen Tischgästen nicht. Schließlich ist es allein er, den sie zum Trinken animieren will. »Ich hab etwas eingekühlt. Ganz oben im fünften Stock. Eigentlich gehört sie ihm …« Sie deutet mit dem Kopf in Richtung des Vereinspräsidenten. »… aber wenn Sie jetzt sofort hochgehen, können sie ein Schlückchen nehmen.« Sie greift nach dem Dessertlöffelchen und legt es an Gonthiers Unterlippe. »Solange Sie sie danach wieder fest verschließen.«

Der junge Mann mit besonderer Zivilcourage hat seinen Preis entgegengenommen. Die Hostesse klappt die Holzkiste zu. Der diesjährige Nemo trägt die Form eines kleinen Elefanten. Gefertigt aus den Zähnen einer kenianischen Wildererbande. Noch einmal spricht ihm der Präsident seinen Respekt aus. »Wie heißen Sie denn, junger Mann?« Der Preisträger will antworten, bekommt jedoch kein Mikrophon in die Hand. »Tut mir leid, junger Freund!«, lacht der Präsident und klopft ihm auf die Schulter. »Der Nemo geht immer an einen namenlosen Helden.« Dann fragt er ihn, wo er die vielen Tiere denn eigentlich untergebracht habe. Der Preisträger beginnt zu stottern, woraufhin der Präsident ihm erneut das Mikrophon verweigert. »Tut mir leid, junger Freund, Sie müssen ja Stillschweigen wahren.« Das muss er in der Tat. Schließlich hat die Polizei noch keinerlei Beweise, dass wirklich er die Tiere befreite. Der Präsident schubst den Preisträger ans Rednerpult. Madame Bardot stapft indessen noch immer ziellos auf der Bühne umher, schimpft und rudert mit den Armen. Zwei Männer vom Sicherheitspersonal schleichen ihr hinterher, angewiesen einzuschreiten, sollte sie laut oder gar handgreiflich werden. Der Preisträger schluckt. Er stand noch nie auf einer Bühne. »Was soll ich sagen? Tiere! Was wären wir ohne Tiere?«

Aloisia atmet flach. Sie sieht kaum noch etwas. Ihr Sichtfeld wird enger. Als zöge jemand die Vorhänge zu. Das Kribbeln in den Zehen hört auf. Sie hat den Kontakt zu ihren Füßen verloren. »Ich sage ja immer: Tiere sind wie Frauen.« Das Publikum buht. »Das stimmt nicht! Frauen sind schmutzig!«, ruft ein Gast aus der Menge. »Und dumm!«, fügt seine Gattin hinzu. Romain lässt sich nicht beirren. Dafür ist er zu nervös. Das Blut rauscht laut in seinen Ohren. Zu laut, um das Buhen zu hören. »Oft können wir sie nicht verstehen. Sie sprechen eine andere Sprache. Dann büchsen sie aus. Woraufhin man jede Nacht die Tür einen

Spalt offen lässt.« Romain stockt. Aloisia drückt sich den rechten Stöckel tief in ihren linken Fuß. Der Schmerz reißt plötzlich die Vorhänge auf. Sie blickt hoch zur Bühne. Er schaut von seinem Blatt Papier auf. Aloisias Herz setzt aus. Jetzt sieht er sie. Tag und Nacht ist sie ihm so nah, aber niemals hat er sie gesehen. Wenn sie ausgeht. Wenn sie heimkommt. Wenn sie ihn beobachtet durch einen winzig kleinen Spalt. Das war's! Nun muss sie wirklich zurück. Nicht zurück ins Studio. Sondern zurück in ihre Heimat. Jetzt gibt es kein Vorwärts mehr. »Ich kann das nicht.« Romain lässt sein Blatt mit der Dankesrede fallen. »Ich habe jemanden verloren. Jemanden, der mir alles bedeutet.« Sie fühlt die Traurigkeit in seiner Stimme. Sie kann nicht länger stehen bleiben. Entweder läuft sie jetzt weg oder zu ihm auf die Bühne. »Doch heute Abend in diesem Saal ist jemand, der hoffentlich die Antwort hat. Warum sie ein Loch in mein Herz gerissen hat.« Aloisia macht einen Schritt. »Madame Bardot!« Romain dreht sich um. Er hat sie nicht gesehen. Aloisia nimmt ihren Schritt zurück. Er konnte sie nicht sehen. Wo ihr schwarz vor Augen war, ist ihm alles weiß. Die Scheinwerfer erleuchten ihn und verdunkeln ihm die Gäste. »Madame Bardot! Was hat Ihnen mein Vater getan?« Schon von klein auf lebt Romain in der festen Überzeugung, der Sohn von Serge Gainsbourg zu sein. Das klingt zunächst befremdlich, doch in Wahrheit fühlen so die meisten Franzosen. Madame Bardot erstarrt. Ihre Augen huschen irre hin und her. Sie murmelt erneut Fetzen ihrer Rede. »Wilde … Alles Wilde … Uga, uga … Inseln mit Wilden.« Romain bewegt sich auf sie zu. »Bis zu Ihrer Liaison war mein Vater ein brillanter Musiker. Dann kamen Sie und haben ihn verdorben!« Aloisia hat keine Ahnung, was da oben vor sich geht.

Zwei Männer vom Sicherheitspersonal schreiten ein und trennen die zwei Zänker. Einer schnappt sich die Laudatorin.

Der andere den Laureaten. Sie führen die beiden Ehrengäste zurück zu ihren Plätzen. Der Präsident erklärt das Programm für beendet und das Buffet für eröffnet. Der gesamte Festsaal erhebt sich. Die eine Hälfte stürmt das Buffet, die andere die Garderobe, in ein Taxi und nach Hause. Die Bilder sind geschossen, und das Essen ist vegan. Den Alkohol gibt es umsonst und dementsprechend schmeckt er. Die meisten sehen keinen Grund, noch länger zu verweilen. Jene, die bleiben, kamen von weit außerhalb und nächtigen hier im Hotel. Das tun ebenfalls einige wenige Pariser. Denn die Zimmer sind gemütlich, anders als die Frauen daheim. Gonthier ist keiner von ihnen. Er wird gleich nach Hause fahren. Zum herben Bedauern der Veuve Cliquot.

Gonthier ist nicht freiwillig hier, sondern auf Geheiß des Chefs. Letzten Monat stand *** wegen der Tierversuche am Pranger. Gonthier kennt den Ablauf. Und darin ist er nicht allein. Vertreter großer Autofirmen tummeln sich hier jedes Jahr. Wenn auch oft nur prophylaktisch. Zusammen mit anderen Schergen der Kosmetik-, Lebensmittel- und Pharmaindustrie bevölkern sie die ersten Reihen, löffeln etwas Crème brulée und lassen von Fotografen ihr Engagement beglaubigen. Wie sie eine Träne verdrücken. Wie sie den Vereinspräsidenten mit Scheinen bewerfen, als wäre er eine tanzende Dirne. Wie sie Besserung geloben. Und es sind nicht nur hohle Phrasen. Viele stellen nach heute Abend die Tierversuche ein und experimentieren von da an mit Menschen. Zumindest so lange, bis sich ein Club für Menschenrechte medienwirksam darüber empört. Daraufhin löffeln die Firmenvertreter die Crème brulée auf deren Gala, schluchzen in die Kameras und lassen es Scheine regnen. Noch am nächsten Tag entlassen sie die menschlichen Probanden und testen fortan wieder an Affen. Ändern tut sich nichts. Abgesehen vom Buffet. Das ist auf den Galas der Menschenrechtler besser.

Aloisia verlor ihn schon wieder aus den Augen. Sie streckt

sich nach allen Richtungen, doch immer versperrt ihr jemand die Sicht. Besonders diese junge Frau, welche direkt vor ihr steht und seltsam mit den Händen fuchtelt. »*Regarde-moi, conasse!*«, brüllt die junge Frau sie an. Aloisia erschrickt. Es ist Sylvie. Mit der Weisung, den Posten zu wechseln. Sie deutet ans andere Ende des Saals. Dorthin, wo die Toiletten sind. Aloisia stöhnt und bettelt mit den Augen um einen anderen Standort. Sylvie ballt ihre Fäuste. Das macht sie stets, um zu verhindern, eins der Mädchen zu ohrfeigen. Was für ein undankbares Balg, denkt sie und kneift Augen und Lippen zusammen. Zu den Toiletten stellt sie schließlich nicht jede. Das ist ein ganz besonderer Platz. Denn dorthin müssen alle. Die Herren und die Damen. Die Hostessen dürfen also keinesfalls zu hübsch sein. Das beschäftigt die Gäste sonst beim Klogang. Dann machen sie in den Kabinen ewig lang an sich herum. Die Herren aus Lust. Die Damen aus Neid. Das Ergebnis ist dasselbe. Zu beiden Seiten staut es sich bis in die Tiefen des Festsaals hinein.

Nach einer halben Stunde Klodienst umschließt etwas ihr Handgelenk. Er ist es. Er lächelt. Doch nicht nur das. Er redet und redet und redet und redet. Sie möchte verstehen. Noch niemals wollte sie so sehr verstehen. Sie muss irgendetwas sagen. Irgendetwas fragen. Damit er nur nicht aufhört zu reden. Wenn sie auch kein Wort versteht. Er darf keinesfalls aufhören zu reden. Gonthier hat aufgehört zu reden. Aber warum? Hat er sie etwas gefragt? Es scheint so. Die hochgezogenen Augenbrauen. Die erwartungsvolle Stille. Die entblößte Handinnenfläche. Als wolle er ihr das Wort übergeben. Wie eine unsichtbare Staffel. Und sie kann sie nicht nehmen. Was soll's. Sie wird ihre Regel einfach umkehren und nicken. Zustimmen, zustimmen, zustimmen. Wozu auch immer. Sie wüsste nicht, was er ihr vorschlagen könnte, zu dem sie nicht liebend gern ja sagen würde. Aloisia nickt. Einmal, zweimal, dreimal. Sie hört gar nicht auf zu nicken.

Sein Lächeln wird schmäler. Er rümpft erst die Nase, wiegt den Kopf hin und her und rollt dann mit den Augen. Aloisia hat keine Ahnung, was das zu bedeuten hat. Jetzt klatscht er auch noch in die Hände, reibt sie sich und schaut verkniffen an die Decke, als blende ihn von dort oben die Sonne. Was hat er sie denn nur gefragt? Er fängt wieder an zu reden. Sie atmet erleichtert auf. Doch die Rede währt nicht lange und mündet erneut in fragende Stille. Die Augenbrauen und die Hand. Es ist alles wieder da. Doch sie macht nicht denselben Fehler. Aloisia schüttelt entschlossen den Kopf. Nun verschwindet das Lächeln endgültig aus seinem Gesicht. Richtig traurig schaut er jetzt. Was für ein Alptraum. Sie nickt schnell ein paar Mal nach, um ihr Kopfschütteln zurückzunehmen. Doch in seinen Augen bekräftigt sie es dadurch scheinbar nur. Sie muss etwas sagen. Oder ohnmächtig werden. Ob ihm das wohl gefällt? Wie den Mettwurstfabrikangestellten? Nein, so grob wie die ist er nicht. Besser also, sie sagt was. Sofort. Auf der Stelle. Auch auf die Gefahr hin, sich lächerlich zu machen. Sie öffnet den Mund.

Hinter seinem Rücken erblickt sie Romain. Er steuert geradewegs auf die Toiletten zu. Unmöglich, dass er sie hier übersieht. Wenn er hier vorbeikommt, dann … Sie weiß gar nicht, was dann passiert. Höchstwahrscheinlich nichts. Er würde sie erkennen und glauben sich zu täuschen. Kurz neben ihr stehen bleiben, sie erkennen und weitergehen. Beim Verlassen der Toilette würde sich das Ganze höchstwahrscheinlich wiederholen. Und das wäre es auch schon. Nicht weniger als die unangenehmste Situation, welche sie sich ausmalen könnte. Abgesehen von der, in der sie bereits steckt. Gonthier hat erneut das Reden angefangen. Am liebsten würde sie ihn packen und fortzerren. Sie streckt den Arm aus, fasst ihm an die Schulter und läuft davon. Sie läuft aus dem Festsaal und die Treppen hinauf in die Lobby. Von dort aus weiter in den ersten, zweiten, dritten, vierten Stock. Im fünften Stock ist Schluss. Hier führt keine Treppe weiter. Und im Gegensatz zu den unteren Etagen sind hier deutlich weniger Türen. Eine von ihnen steht weit offen. Aloisia schaut sich um. Dann huscht sie in das offene Zimmer, schließt die Tür und drückt auf den Knopf, der draußen ein rotes Licht aktiviert. Wie ein Drudenfuß den Teufel bannt das rote Licht die Putzfrauen und hindert sie am Eintritt. Aloisia vernimmt ein Klicken. Leider bannt das Licht nur die Putzfrauen. Draußen hält jemand seine Chipkarte ans Schloss und dem Klang zufolge ist es die richtige.

8

Der Präsident des Tierschutzvereins wirkt ebenso erstaunt wie sie. Dieser Zustand währt nicht lange. Er schüttelt sein Erstaunen mit einem Schulterzucken ab und schreitet ungebremst auf Aloisia zu. Dicht vor ihr kommt er zum Halten. Das war knapp. Um ein Haar hätte er sie gerammt. Denn sie wäre nicht ausgewichen. Jetzt mustert er sie von oben bis unten. Bei den Schuhen angelangt springt sein Blick wieder hinauf – als schlüge ihm jemand den Kopf nach oben – und gleitet langsam wieder hinab, springt hinauf und gleitet hinab. Gleich dem Wagen einer alten Schreibmaschine. Dabei kneift er die Augen zusammen. Besser sehen tut er dadurch freilich nicht. Im Gegenteil, er sieht viel schlechter. Weniger von dem, was ist, und von dem, was nicht ist, mehr. Er will lediglich beweisen: Dies ist nicht das lüsterne Starren eines Laien, sondern der wissende Blick eines Kenners. Er gafft nicht. Er begutachtet. »*T'es majeure, toi?*« Sie schüttelt den Kopf. Wie sie es grundsätzlich tut, wenn sie etwas nicht versteht. Er grinst. Dieses Mal aber erscheint es Aloisia, als hätte sie mit ihrem Kopfschütteln irgendetwas zugestimmt.

Der Präsident zückt aus seinem Sakko eine Zigarettenschachtel. Hellblau mit weißem Schriftzug. Passend zur Krawatte. Das ist kein Zufall. Jeden Tag stimmt er die Marke auf seine Krawatte ab. Abgesehen davon macht er sich nichts aus seiner Erscheinung. Es ist die letzte Zigarette. Trotzdem wirft er die Schachtel nicht weg, sondern steckt sie zurück ins Sakko. Er greift nicht nach einem Feuerzeug. »Je vais arreter de fumer. Celle-ci, c'est ma dernière depuis dix ans.« Er spricht sehr schnell. Schnell und ohne Unterlass. Dabei stapft er durch das Zimmer ohne einen ersichtlichen Kurs. Ein bisschen wie Madame Bardot vorhin auf der Bühne. Wie seltsam sich Menschen doch bewegen, denkt sich Aloisia immer öfter, seit ihr nicht mehr auffällt, wie seltsam sie reden. Seine Zigarette brennt weiterhin nicht. Gleichwohl tut er so, als asche er dauernd irgendwo ab. Am Schälchen mit den Pralinés, in den Papierkorb neben dem Schreibtisch oder einfach auf den Boden. Er hält nicht inne. Weder im Gehen noch im Sprechen. Mehr als einmal rempelt er Aloisia beinahe um. Als hätte er sie nicht gesehen. Als hätte er schon längst vergessen, dass sie sich hier im Raum befindet. Selbst als er im Vorbeigehen nach ihren Brüsten greift, hält sie das für ein Versehen. Schließlich gestikuliert er andauernd ausschweifend mit seinen Armen. Höchstwahrscheinlich war das kein Griff, sondern einfach eine Geste, welcher sie im Wege stand.

Ebenso wenig angesprochen fühlt sie sich, als er hinter ihr vorbeistapft und en passant den Reißverschluss ihres Kleides öffnet. Zumal dadurch nichts geschieht. Der Reißverschluss mag offen sein, doch das Kleid verharrt am Körper. Es dauert noch ein paar Minuten, ehe er dem Rest nachhilft. Dieses Mal von vorne. Er klemmt die Zigarette zwischen seine Lippen, um beide Hände frei zu haben. Anschließend zieht ihr er die Träger von den Schultern. Mit zusammengekniffenen Augen achtet er penibel darauf, beide Träger synchron zu entfernen. Keiner soll einen Vorsprung haben. Sie passieren das Schlüsselbein, das Schulterdach, den Oberarmknochen. Am höchsten Punkt belässt er sie, schnipst beide von der Klippe. Die Träger stürzen in die Tiefe und mit ihnen das ganze Kleid. Der Präsident kriegt das nicht mit. Er wartet kaum den Aufprall ab, da stapft er schon wieder los. Aloisia blickt an sich herab. Irgendjemand muss es ja tun. Ganz verschwendet soll der Anblick nicht werden. Knöcheltief steht sie in einer Pfütze schwarzen Stoffs. Sie zieht ihre Füße daraus hervor und macht einen Schritt zur Seite. Dabei verzieht sie ihr Gesicht, als wäre sie in Kot gestiegen, der ihr nun an den Schuhen klebt. Der kleine Herr bemerkt das nicht. Unermüdlich stapft und schimpft er. Ab und zu nur gönnt er sich einen Abstecher zu dem entblößten, stummen Mädchen. Dann presst er ihre Brüste aneinander, knetet oder ohrfeigt sie einzeln, und weiter geht's im Sauseschritt.

Aloisia wundert sich, weshalb sie nicht mehr Angst empfindet. Das fände sie sehr hilfreich. Dann liefe sie womöglich weg oder zöge zumindest ihr Kleid hoch. So aber steht sie nur stumpfsinnig da und weiß kaum, wie ihr geschieht. Wohl fühlt sie sich nicht gerade. Dennoch reicht es nicht zur Angst. Schuld daran ist aber er. Weil er ständig auf sie zustürmt, sie kurz packt und quetscht und rüttelt und gleich wieder von ihr ablässt. So unerklärlich brüsk, dass sie gar nicht froh sein mag. Ganz egal, wie unrecht ihr seine Berührungen von eben auch waren. Ist das etwa ein Trick? Eine Masche? Macht er das mit Absicht, um zu kriegen, was er will? Indem er sie nicht missbraucht, sondern erst einmal missachtet? So lange, bis sie danach bettelt.

Noch nie zuvor hat Aloisia so ein hohes Bett gesehen. Da legt man sich ja gar nicht hinein, sondern vielmehr hinauf. Wie ein Stockbett kommt ihr das vor. Nur dass man keinen Platz gewinnt. Also ist es ganz schön sinnlos, urteilt Aloisia und kann sich nicht vorstellen, wie viele es davon schon gibt. Sie hat schließlich keine

Ahnung von der großen weiten Welt sowie deren standardisierten Unterkünften. In Hotels findet man heutzutage nichts anderes mehr. Dort schläft man nur mehr in den Lüften. Aufgebahrt wie eine Leiche. Oder, wenn man das Geld hat, am Boden wie ein Penner. Auf diesen japanischen Matten. Man hat die Wahl zwischen Boxspring und Futon. Dazwischen gibt es längst nichts mehr. In einem Hotel wie diesem, mit Konferenz- und Tagungsräumen, wo sich vorrangig Geschäftsmänner tummeln, überwiegen Boxspringbetten. Aloisia versteht, warum, als der Präsident sie von hinten bäuchlings auf die Matratze schubst. Das ganze Bett ist genauso hoch wie ihre Beine. Zumindest mit den hohen Schuhen. Doch solche tragen wohl alle Mädchen, die so auf der Matratze landen. In einem rechten Winkel. Die Herren müssen sich gar nicht mehr bücken oder auf die Knie gehen. Dank solcher Betten liegen die Hintern mit ihren Schweifen auf einer Höhe. Sie brauchen nur zuzustoßen. Sie müssen weder ihre Schuhe noch ihre Hosen ablegen. Ein knitterfreier Spaß für die eng bemessenen Kaffeepausen.

Sie hört seine Gürtelschnalle. Wie sich der metallene Dorn diesem ledernen Löchlein entwindet. Er greift nach seinem Schweif und klopft ihn zweimal gegen ihr Steißbein. Platsch, platsch. So macht der weiche Schweif beim Aufschlag auf dem harten Steiß. Platsch, platsch. Da liegt er nun. Denn anstatt zurückzufedern, bleibt er faul am Knochen liegen, als wolle er darauf zerfließen. Dabei soll er doch zerschellen! Nein, nicht der Schweif, der Steiß. Wie ein Amboss soll er auf dieses ihr knochiges Schwänzchen hinabschnellen. Und die Wucht des Aufpralls soll die ganze Wirbelsäule aus ihrem kleinen Körper brechen. Die soll von innen den Rücken aufpeitschen und dann vom Arsch hängen wie der Schweif eines Tiers. Aber wahrscheinlich geht das gar nicht. Wahrscheinlich müsste man erst den ganzen Rücken längs einschneiden. Ähnlich wie wenn man Fisch filetiert. Doch statt der Schwanzflosse packt man ihr Steißbein und zieht ihr die Wirbelsäule sauber von unten nach oben aus dem Leib. Nur nicht zu weit, denn sonst reißt man den Kopf ab. Die Wirbelsäule soll da baumeln. Dann hängt sie nicht vom Arsch wie ein Schweif, sondern vom Schädel wie ein Zopf. Das steht einem Mädchen wahrscheinlich auch besser.

So phantasiert der Präsident, während er sich eifrig reibt. Immer wieder zwischendurch klopft er zweimal gegen ihren Steiß. Sie kann spüren, wie er hart wird. Jetzt macht es nicht mehr platsch, platsch, wenn er auf ihrem Rücken aufschlägt. Jetzt macht es bereits patsch, patsch. Die Reanimation scheint zu glücken. Denn nichts anderes ist es ja. Dreißigmal drücken und zweimal beatmen. So lernt man das beim Erste-Hilfe-Kurs und so wendet er es auch an. Patsch, patsch. Aloisia denkt an Schnitzel. Kalbsschnitzel, um genau zu sein. Wenn der Präsident das wüsste! Er hieße sie pervers und liefe aus dem Zimmer. Sie täte es ihm sicher gleich, wüsste sie von seinen Gedanken. Von den Karkassen zerbrochener Mädchen. Glücklicherweise ahnen beide nicht das Geringste von der Perversion des anderen. Aloisia kommt es ja selbst ein klein wenig seltsam vor, dass sie jetzt an Schnitzel denkt. Es liegt sicher an dem Klang. An dem ständigen Patsch, Patsch. Eigentlich denkt Aloisia auch weniger an Schnitzel, doch mehr an ihre Mutter. Die sagt nämlich stets, dass man die nicht klopfen darf. Überhaupt dürfe man gar kein Fleisch klopfen, weil es angeblich das Gewebe kaputtmacht. Vielleicht sollte das einmal jemand dem Präsidenten sagen. Dass er seinen Schweif nicht klopfen darf. Er glaubt gewiss, das festigt ihn, dabei macht er ihn kaputt.

Klatsch, klatsch. Nun wäre er hart genug. Versteh einer den Präsidenten! Die Zigarette steckt er nicht an und den Schweif steckt er nicht rein. Er ascht ihn nur ab. Als ob es an dem Ding etwas abzuaschen gäbe. In der einen Hand hält er seinen trockenen Schweif und in der anderen die kalte Zigarette. An beidem zieht er unermüdlich. Das Rauchen fehlt ihm sehr. Trotzdem ist er froh, damit aufgehört zu haben. Weil das dem Körper zu sehr schadet. Würde er noch rauchen, hätte Aloisias Rücken bereits mindestens drei sehr unschöne Flecken. Außerdem geht es ins Geld. Die Veuve verlangt ein stolzes Sümmchen, und zwar für jedes Brandloch einzeln. Um eine Pauschale bittet man sie vergeblich. Zumindest bei den Mädchen, welche bislang keine Brandlöcher haben.

Klopf, klopf. Aloisia erschrickt. Fort der Klang von zerfleddertem Kalbfleisch. Nun wird ihr letztendlich mulmig. Er soll aufhören sich zu reiben und gefälligst in sie fahren. Er will es doch auch. Oder etwa nicht? Sie will jedenfalls unbedingt. Und sei es nur aus Angst, dass er immer noch fester wird. Klopf, klopf. So, wie sich das anhört, steht er ihrem Steißbein um nichts nach. Jetzt sind sie gleichauf. Zwei ebenbürtige Gegner, welche ihre Klingen kreuzen. Er hat ihn knochenhart gewichst. Doch was, wenn er weitermacht? Ob er ihn stein- und stahlhart kriegt? Dann wäre sie das kaputtgeklopfte Fleisch. Klopf, klopf. Ein drittes Mal. Da erschrickt sogar der Präsident. Sofort zieht er die Hose hoch und schleicht auf Zehenspitzen in Richtung Tür. Daher kam es also. Sie richtet sich leise auf und stellt sich zurück in die Pfütze aus Stoff. Das Klopfen wird länger und lauter. Mehrere Schläge hintereinander prasseln von draußen auf die Zimmertür ein. Er flucht. Da ist kein Türspion. Er kann nicht sehen, wer draußen steht, und traut sich auch nicht nachzufragen.

Vorsichtig entfernt er das Schild, das die Notausgänge zeigt. Auch darunter kein Türspion. Das Klopfen wird zum Dauerfeuer. Aloisia schleicht nun ebenfalls zur Tür und tippt dem Präsidenten von hinten auf die Schulter. Dieser zuckt zusammen und presst seinen Zeigefinger auf ihre sich öffnenden Lippen. Man kann ihr die Empörung ansehen. Ihr einfach ins Gesicht zu greifen! Noch dazu ins ungeschminkte. Das ist ihr ganz und gar nicht recht. Schroff wischt sie sich seinen schweißigen Finger vom Mund, kehrt ihm den Rücken zu und zeigt auf den Reißverschluss, den sie allein nicht zubekommt. Der Präsident beachtet sie nicht, sondern kniet sich auf den Boden, um unter der Tür durchzublicken. Er möchte wissen, wie viele es sind. Mit zweien könnte er fertig werden. Vorausgesetzt, sie tragen keine Waffen. Und sie ist ja auch noch da. Sie kann sicher beißen und kratzen. Doch warum sollte sie das tun? Ihm zur Flucht verhelfen? Besser, er nimmt sie gleich als Geisel. Mit dem Brieföffner am Hals.

Das Klopfen hat sich inzwischen gelegt. Jetzt wird geschrien. Der Präsident erkennt die Stimme. Es ist das dunkle, geschlechtslose Timbre der alten Veuve Cliquot. Unverzüglich reißt er die Tür auf. Er ist so erleichtert, dass ihm ein zittriges Lachen entfährt. Das sieht die Veuve natürlich nicht gern. Sie warten lassen und dann noch lachen. Zu ihrer Rechten steht ein blutjunges Mädchen mit den rosigsten Bäckchen, die Aloisia je gesehen hat. Wunderbar frisch und gesund sieht das aus. Das findet auch die Veuve Cliquot, die ihr am Gang noch zwei gelangt hat. Es war ihr ein disziplinäres Bedürfnis, weil das Gör seinen Posten verließ, um seine Notdurft zu verrichten. Doch nun, wo sie den schönen Teint sieht, wird sie in Zukunft öfter ausholen. Auch Aloisia würde sie gern eine langen, doch Sylvies Mädchen sind tabu. Gerade ist der Zorn jedoch zu heftig, um sich daran zu erinnern. Sie packt Aloisia am Handgelenk, zieht sie zu sich in den Gang und schubst das andere Mädchen ins Zimmer.

9

Schon auf dem Weg zur Station beginnt sie zu weinen. Sie weint in der Linie 3 bis Place de la République, dort steigt sie weinend in die Linie 9 um und weint dann bis zur Station Voltaire. Die Métro ist fast leer. Aloisia setzt sich neben eine alte Dame. Sie sieht verschwommen. Wie durch nasse, beschlagene Fenster. Etwas huscht an ihr vorüber. Die alte Dame neben ihr zischt und fuchtelt mit der Hand bei Aloisias Beinen herum. Als wolle sie dort eine Katze verscheuchen. Aloisia wischt sich das Wasser aus den Augen und blickt an sich herab. Auf ihrem rechten Knie liegt ein kleiner Zettel mit einem kurzen Text und einem krakeligen Herz. Doch womöglich erscheint es ihr nur krakelig, weil die Fenster schon wieder feucht werden. Die alte Dame zuckt mit den Schultern. Sie hat ihr Möglichstes getan. Ihr eigenes Knie konnte sie verteidigen. Aloisia kramt eine Münze aus ihrem Portemonnaie hervor. Die alte Dame rollt mit den Augen. Nach zwei, drei Stationen haben die Tränen wieder Fahrt aufgenommen. Der Anblick rührt die alte Dame, die schon seit Jahren nicht mehr geweint hat. Sie hat einen vollen Marktroller bei sich, trägt einen Kittel und offene Sandalen, in denen zwei lieblos geformte Klumpen rosa Knetmasse stecken. In ihren Beinen staut sich Wasser. Es sieht so aus, als könnten sie jeden Moment platzen. Ob wohl ein dünner Strahl herausspritzt, wenn sie sich eine Nadel ins Bein sticht? Ob sie das bereits probiert hat? Die alte Dame beobachtet sie mit einer Mischung aus Mitleid und Neid. Einmal noch so weinen können! Die Gründe dafür hätte sie. Aber es kommt nichts. Es kommt einfach nichts mehr raus. Als flössen die Tränen direkt in die Beine und beschwerten jeden Schritt. Das Elend der Alten fließt nicht mehr ab wie bei einem jungen Menschen. Katarrh statt Katharsis. Giftigkeiten werden nicht mehr ausgeschieden. Wunden heilen immer schlechter.

Alles sammelt sich. Während der Geist nichts mehr behält, kann der Leib nichts mehr vergessen. »*Mais pourquoi tu pleures?*« Aloisia schaut sie mit roten Augen an. Sie ahnt, was die alte Dame gefragt hat. Selbst wenn sie könnte, wüsste sie nicht, was sie sagen soll. Weil ich mich schmutzig fühle. Weil ich mich nicht schmutzig fühle. Weil in Filmen die Mädchen an dieser Stelle auch immer weinen. Weil es sich so gehört. Gar viele Antworten fallen ihr ein. Sie weiß, welche gelogen wären, aber nicht, welche wahr. Also zuckt sie mit den Schultern. Das Mitleid der alten Dame verblasst. Sie hasst Verschwendung. Besonders zwei Dinge kann sie überhaupt nicht leiden. Champagnerduschen und grundloses Weinen. Sie wendet sich schnaubend ab. Zu Hause wird sie Zwiebeln schneiden, sich vor einen Spiegel setzen und so tun, als könne sie weinen. Bei der nächsten Station muss Aloisia raus. In ihrer Hand hält sie noch immer die Münze und den Zettel. Sie blickt nach rechts und links durch die Gänge. Die Métro fährt geradeaus. Sie sieht bis an beide Enden. Nichts. Die alte Frau und sie sind die Einzigen hier.

An der Station Oberkampf liegen hundert solcher Zettel auf dem Quai verstreut. Neben ihnen am Boden windet sich der Zettelbettler unter den Tritten dreier buckliger Gestalten. »Nun sieh mal einer an, wie chic! Ein Clochard mit Visitenkarte!«, lacht Clopin und tänzelt auf den Zetteln herum. Immer wieder fegt er einen mit seinem roten Pump auf die Gleise. »Was bist du? Ein Wall-Street-Yuppie?« Die drei Buckligen verschnaufen. Sie haben vom Treten Seitenstechen. Der Zettelbettler am Boden wird ruhiger. Clopin hebt einen der Zettel auf und beginnt zu deklamieren. »Bitte helfen Sie mir! Ich bin obdachlos und … Obdachlos?! Und was ist mit dem Souterrain, in dem ich dich wohnen lasse, du undankbarer Hundsfott!« Er stemmt seinen Pump in den Schritt des Clochards. »Und was ist das? Drei Kinder? Also bitte! Diese ekelhaften Dinger, die du mit diesem

Streuner gezeugt hast, kann man schwerlich als Kinder bezeichnen.« Er lässt den Zettel los. Langsam segelt er zu Boden und saugt sich sogleich mit Blut voll. »Mit euren Geschichten verkrüppelt ihr die Phantasie! Und mit dieser den Großmut der Menschen. Schau ihn dir an!« Clopin zeigt auf einen der Buckligen. »Was mag ihm wohl widerfahren sein? Hat er eine Familie aus einem brennenden Haus befreit? Haben ihn Terroristen mit Säure bespritzt? Welches herzzerreißende Schicksal verbirgt sich hinter dieser monströsen Visage?« Der Zettelbettler rührt sich nicht. »Der König hat dich etwas gefragt!«, mault besagter Bucklige. »Sag, warum hab ich so eine monströse Visage!« Er reißt den Zettelbettler hoch und schüttelt ihn, so fest er kann. Sein Körper glibbert in der Luft. Und gleich einem Sack fällt er zu Boden. »Dieser Schwachkopf ist nachts in einen *MacDo* eingebrochen, gestolpert und ins Frittierfett gefallen.« Die drei Buckligen lachen. Am lautesten der aus dem Fett. »Wie Obelix!« »Seither hab ich auch Zauberkräfte.« Er beugt sich zu dem Zettelbettler hinab und rülpst ihm ins Gesicht, dass es ihm die Lider aufweht. »Hast du das Fett leergesoffen?« »Klar, hat geschmeckt wie deine Mutter!« Clopin schiebt den Zettelbettler derweil an den Rand des Quais. Das Lachen der drei Buckligen verebbt. »Eure Majestät! Was …« Clopin kneift die Augen zu. Ihn blenden die Lichter des herannahenden Zuges. »Ich sage es euch zum letzten Mal: Seid hässlich und haltet den Mund!« Die Spitze des roten Stöckelschuhs hebt sich und tritt sachte gegen den Bettler.

10

Laien glauben, der Übergang von Hostesse zu Hure sei fließend. Die Veuve Cliquot ist da anderer Meinung. Sie wacht wie ein Zerberus am Eingang ihres Stockwerks, dass nur ja keine Hostesse hochkommt. Hochkommt wie ein Bäuerchen, wenn der Turm einmal aufstoßen muss. Nun aber sitzt so ein Bäuerchen vor ihr. Zum ersten Mal in all den Jahren. Sie verbirgt ihre Abscheu gekonnt. Man muss schon sehr aufmerksam hinsehen. Dann erkennt man, wie unnötig fest und lange sie ihre Zigarette ausdämpft. Adern treten aus ihren Händen, als versuchten sie zu fliehen, ehe alles in die Luft fliegt. Die Veuve sitzt an einem Glastisch, wie sie ihn aus dem Castingraum und dem Büro von Madame Edwarda kennt. Es ist schon seltsam. Von außen gleicht der Turm der Wunder einem ganz normalen Gebäude. Eines, das sich durch nichts von den anderen in der Avenue George V unterscheidet. Alle im typischen Stil *haussmannien*. Mit der immer gleichen Farbe und Höhe. Und doch muss dieses anders sein. Höher. Wenn nicht gar hundertfach höher. Man kann von hier aus den Grand Palais, die Tuilerien, ja sogar die Julisäule des Place de la Bastille erblicken. Am anderen Ende der Stadt! Der Ausblick lässt Aloisia schmunzeln. Die Veuve glaubt, sie sieht nicht richtig. Als wären das hier Zeit und Ort für solch einen mimischen Ausbruch von Frohsinn. Sie schlägt mit der flachen Hand auf den Tisch, was Aloisia brüsk aus ihrer touristischen Trance reißt. Die Veuve entschuldigt sich für den Schreck, indem sie für eine Sekunde lächelnd ihre Augen zudrückt. Zudem verschränkt sie ihre Hände, dass sie ihr nicht mehr so leicht entwischen. Denn kribbeln tun sie fürchterlich. Man spürt richtig ihr Verlangen, nochmals auf den Tisch zu klatschen oder noch besser auf Aloisias Wange.

»*A propos d'hier soir …*« Die Veuve hebt an zu einer Rede. Ihre

Stimme ist ungewohnt sanft. Doch bald schon bekommt dieser süßliche Ton eine bittere Note. Immer öfter Ausreißer in der Lautstärke. Schlimmer als ihr Brüllen aber bleibt ihr Flüstern. Dazu dieser Blick, der einen gleich einem Zahnstocher aufspießt, als wäre man nichts weiter als ein schwitziges Stück Käse. Es fallen gewiss sehr viele Gemeinheiten. Floskelhafte Unglücksversprechen, welche sich über die Jahre bewährt haben. Aber auch frische Kreationen, jungfräuliche Seitenhiebe und maßgeschneiderte Demütigungen. Aloisia senkt beschämt den Kopf. Sie fühlt sich ein bisschen schlecht, nichts von all dem zu verstehen. An exakt dieser Stelle, wo sie eben steht, beben Mädchen in der Regel vor Angst, gleich den Schädel geschoren zu kriegen. Aloisia hat keine Angst. Es mag zuweilen einschüchternd wirken, sein Gegenüber nicht zu verstehen. Nur darf es nicht zu lange dauern. Ansonsten wandelt sich Furcht in Fadesse. Gegen Letztere kämpft Aloisia tapfer an. Ihr bleibt nichts anderes übrig, als die opulenten Gesten zu lesen, mit welchen die Veuve ihr Keifen begleitet. Da wäre der ständig wiederkehrende Refrain aus Augenrollen und Schulterzucken. Zum großen Finale richtet sie drohend ihren Finger auf sie. Ihren kurzen dicken Finger mit dem langen spitzen Nagel. Dann reißt sie den Arm zur Seite. Artig folgt Aloisia dem Finger. Was der ihr wohl zeigen will an dieser leeren Wand dort drüben? »*Regarde-moi quand je te parle, putain!*« Von hier aus wirkt die Wand leer. Womöglich muss sie näher hin. Aloisia steht auf und geht geradlinig auf die Wand zu. »*Mais qu'est-ce que tu fous?! Reviens ici!*« Sie streicht behutsam über die Mauer. Die Veuve hat aufgehört zu sprechen. Sogar das Brüllen ist ihr vergangen. Entgeistert starrt sie Aloisia an, wie diese ihr Ohr an die Wand hält und lauscht. Als sie auch noch daran riecht, reicht es der Veuve endgültig und sie schlägt erneut mit der Hand auf den Tisch. Sie winkt die erschrockene Aloisia zu sich und schiebt ihr ein Notizblatt zu. »*42 rue Ruispar. Entre-*

sol à gauche. 20 h.« Der Präsident des Tierschutzvereins hat angerufen und möchte sie gern wiedersehen. Noch heute Nacht.

Schon am nächsten Tag wird Aloisia von der Veuve erneut in das zweiunddreißigste Stockwerk bestellt. Diesmal ist ihr Lächeln echt. *»A propos d'hier soir …*« Der Präsident des Tierschutzvereins hat angerufen und möchte sie nicht wiedersehen. Aloisia versteht. Nicht, was die Veuve soeben spricht oder was gestern geschah. Aber sie versteht, dass es aus ist. Dass sie dieses Stockwerk nicht wiedersehen wird und somit auch ihren schönen Chinesen nicht. Die Veuve zuckt mit den Schultern. Nicht ohne sichtliches Amusement.

Was war nur geschehen? Unentwegt geht sie die Szene Bild für Bild im Geiste durch. Klang für Klang. *42 rue Ruispar. Entresol à gauche. 20 h.* Sie hört Schritte auf dem Parkett. Darauf ein paar Momente Stille und schließlich das Entriegeln der Schlösser. Die Tür öffnet sich. Vor ihr steht der Präsident. Er scheint seit dem letzten Mal noch etwas kleiner geworden zu sein. Sein Sakko hat er ausgezogen und die Ärmel seines Hemds bis zum Ellbogen hochgekrempelt. Kurz kam ihr vor, er würde lächeln. *»Bonsoir«*, haucht Aloisia. Der Präsident wird kreidebleich. So als wäre alles Blut mit einem Schlag aus dem Kopf abgegangen.

Sie hatte bislang zwar nicht viele Verehrer, doch keinen einzigen Verächter. Das war also eine neue Erfahrung, und sie missfiel ihr gewaltig. Mit dem Stolz verhält es sich ähnlich wie mit der Gesundheit. Man spürt nur die Erschütterungen. Bislang hatte sich Aloisia immer sowohl bester Gesundheit als auch besten Stolzes erfreut. Der Stolz, der sich nicht äußert, solange er sich nicht verletzt. Doch, sobald er es einmal ist, ein Leben lang auf Krücken gehen muss. Krücken wie Heimat, Geschlecht und Charakter. Darauf stützt sich nun der Stolz, der ehemals von selber stand. Sollten keine Krücken zur Hand sein, wird er eben bettlägerig. Genauso wie Aloisia. Schüttelfrost und hohes Fieber. In einem Moment glaubt sie zu erfrieren, im nächsten glaubt sie zu zerkochen. Dann täte sie nichts lieber als das Fenster zu öffnen. Doch sie traut sich nicht aus Angst, Romain könne ihr Husten hören.

11

Ihre Beine hängen in der Luft. Sie schaut ihnen lang beim Baumeln zu. Dann blickt sie zwischen ihnen hindurch aufs Parkett. Plötzlich kommt es ihr so vor, als versänke der Boden. Oder als wüchse ihr Stuhl. Eines von beiden. Sitzt sie überhaupt auf einem Stuhl? Nein, sie sitzt auf einer Liege und hat nicht die geringste Ahnung, wie sie es hinaufgeschafft hat. Ein Mann tritt ins Zimmer und direkt auf sie zu. Ob er es war, der sie hochgehoben hat? Er trägt ein Namensschild. Touitou. Der Docteur aus dem dritten Stockwerk. Beziehungsweise der Mann aus dem vierten. Ist das hier seine Praxis? Höchstwahrscheinlich. In seiner Wohnung rennt er wohl nicht im weißen Kittel herum. Und wenn doch, wäre das der rechte Zeitpunkt, um zu gehen. Doch an Flucht ist nicht zu denken. Aloisia lugt noch einmal über die Kante der Liege nach unten. Da spränge sie doch in den sicheren Tod.

Ein Piepsen. Er zieht den Fiebermesser unter ihrer Achsel hervor. Sie hat gar nicht bemerkt, dass der da steckte. »Quarante.« Aloisia muss plötzlich lachen. Weil das eben gekitzelt hat und ihr etwas eingefallen ist. Onkel Doktor Touitou. So hätte ihre Mutter gesagt. Was soll das eigentlich? Onkel Doktor? Wieso sagen das Eltern den Kindern? Fühlt es sich nicht seltsam an, von einem Onkel so angefasst zu werden? Die anderen Onkel wollen nicht, dass man für sie das Leibchen hochzieht. Ausgenommen der Onkel ***. Der will das auch. Das und ein paar andere Sachen, die man sonst nur vom Onkel Doktor kennt. Bei dem ist es in Ordnung. Die Mutter saß schon oft daneben, wenn er diese Sachen machte, und hätte sofort geschrien, falls er sich vergriffen hätte. Also wird es beim Onkel *** ebenfalls in Ordnung sein.

Der Arzt deutet ihr an, ihr Leibchen ein paar Zentimeter nach unten zu ziehen. Etwa bis ans Brustbein. Um sie abhören zu können. Aloisia nickt. Vielleicht war es ein Missverständnis. Vielleicht war es das Fieber. Es fiel ihr sichtbar schwer, die Arme zu heben. Ihr wunder Leib empörte sich über den geringsten Gebrauch seiner Glieder. Mit beiden Händen fasste sie nach dem Ausschnitt ihres Leibchens. Dann versagten die Kräfte. Ihre Arme stürzten ab und rissen das Leibchen mit sich, welches die Hände nicht loslassen wollten.

Der Arzt dreht sich sofort zur Seite. Sie dagegen bleibt ungerührt sitzen. Bis auf dieses zarte Frösteln. Dem bloßen Auge kaum erkennbar, wäre da nicht das Wogen ihrer feinen blonden Härchen. Von ihrem Nacken bis hinab zu den Schenkeln bäumen sie sich auf und lassen sich fallen. Wie ein Weizenfeld, über das ein Windstoß fegt. Es vergeht eine geschlagene Minute. Da sie keinerlei Anstalten macht, ihre Blöße zu bedecken, wendet sich ihr der Arzt wieder zu. Den Blick justiert er allerdings so, dass er geradewegs an die Decke starrt. Sie bekommt davon nichts mit. Er setzt sein Stethoskop deutlich höher an als sonst. Beinahe an ihrem Hals. »*Respirez à fond, s'il vous plait.*« Er hat sie etwas gebeten. Sie blickt zu ihm hoch, um herauszufinden, was. Zwischen ihren Lippen klafft ein daumenbreiter Spalt. Den braucht sie, um Luft zu kriegen, da ihre Nase völlig verstopft ist. Der Arzt macht ihr vor, was er gern von ihr möchte. Sie tut es ihm gleich und atmet tief ein. Ihre nackten Brüste heben sich. Sie drängen sich dem Arzt ins Sichtfeld, aus dem er sie wohlweislich verbannt hat.

Er beugt sich über sie und hört ihren Rücken ab. Sie riecht sein Parfum. Es kämpft sich wacker durch ihre verstopfte Nase. Es muss Tage her sein, dass ein Duft zu ihr durchdrang. Sie lehnt sich etwas nach vorne, um noch mehr davon zu kriegen. Er bittet sie erneut, tief einzuatmen. Sie saugt ihm sein Parfum vom Leib und stopft es sich in die Nüstern. Es riecht gut. Täte es das nicht, wäre es ihr auch egal. Sie hat so lange nichts gerochen, dass sie alles nehmen würde. Wenn sie erst gegangen ist, wird er sich ganz neu einsprühen müssen. Jedes Molekül wird fort sein. Sie atmet es ihm unwiederbringlich von seiner Haut. Sie lehnt sich noch etwas weiter nach vorne. Gleich berührt ihre Stirn seine Brust. Ihr Kopf taumelt. Er fühlt sich so schwer an wie noch nie. Aloisia findet das lustig. Schließlich fühlt er sich zugleich auch so leer an wie noch nie. Sie kann ihn nicht länger halten. Der mit Tonnen Nichts gefüllte, schwere, leere Schädel donnert gegen den ärztlichen Rumpf.

Ihre Hände suchen an seinem Hosenbund Halt. Acht Finger schlüpfen ihm in die Wäsche, während der Gürtel tatenlos zusieht. Er ist nur hier, um einen Ausbruch zu verhindern. Einbrüche lässt er geschehen. Ihre Fingerspitzen sind kurz vor dem Schamhaar zum Stehen gekommen. Die Daumen liegen außen auf dem dunklen Chinostoff. Etwas im Inneren regt sich. Das Stethoskop an ihrem Rücken hält dagegen inne. Sein kaltes Bruststück presst sich ihr in die Rippen. »*Respirez à fond*«, ermahnt Docteur Touitou sich selbst und atmet sogleich ganz tief ein. Sein Bauch sperrt ihre Finger zwischen sich und dem Hosenbund ein. Die acht kleinen Eindringlinge kriegen es mit der Angst zu tun. Sie sind nicht allein da drinnen.

12

»Guten Morgen, Schnecke! Es ist nicht Morgen, falls du das glaubst. Ich meine ja nur, weil du noch im Bett bist. Bitte, bitte, bleib ruhig liegen. Zum Teufel, wie siehst du denn aus? Du bist ja blässer als eine ersoffene Geisha. Haha, ich weiß schon, was du sagen willst! Ich sehe sicher auch schlimm aus. Mit dem ganzen Blut. Du wirst nicht glauben, was mir passiert ist! Ich flanierte soeben über den Père Lachaise, da sah ich am Eingang … Du kennst doch Père Lachaise, nicht wahr? Den Friedhof? Nein? Ja? Du musst schon etwas deutlicher … Nein? Also, das ist ein Skandal! Du musst ihn dir ansehen. Zugegeben, er ist etwas versnobt. Wie heißt es so schön? Eher kommt ein Reicher in den Himmel, denn ein Armer auf den Père Lachaise. Ich bin es ihnen nicht neidig, bewahre! Ich hatte zeit meines Lebens kein eigenes Bett. Was brauche ich dann eins im Tod? Noch aber bin ich gerne dort. Die Menschen auf Friedhöfen sind sehr spendabel. Und erst diese Stille! Diese hoheitliche Stille, die allem und jedem zu schweigen gebietet. Wenn du sie fragst, warum sie so still sind, weißt du, was sie darauf sagen? Weißt du es? Rate! Nein? Na gut, sie sagen, sie wollen die Toten nicht stören. Hahaha! Der leichte Schlaf des Todes. Wie schnell ist er gestört. Und dann hat man das Malheur. Dann muss man sie wiegen und schaukeln und trösten. Ist er erst einmal erwacht, vergehen oft Jahrhunderte, bis so ein erwachter Toter wieder einschläft. Was sind mir Menschen doch zuwider. Sehen sie im Winter einen toten Clochard auf der Straße, werden sie auch immer ganz still. Sie wollen ihn ja nicht stören. Merken sie, dass er nur schläft, fangen sie wieder an zu brüllen. Ich wünschte, Menschen würden schweigen, solange ich sie noch hören kann. Aber jetzt hast du mich ganz vom Thema abgebracht. Böse Schnecke, ich sollte dich salzen, haha! Aber dazu kommen wir noch. Erst wollte ich dir erzählen, was mir eben passiert ist. Ich verlasse also den Friedhof. Doch nicht wie gewöhnlich über die Porte du Repos, denn die war gesperrt, sondern über den Haupteingang. Dort sitzt immer so ein Hundsfott von Gitarrero und jault Lieder von Jim Morrison. Du kennst doch wohl Jim Morrison, oder? The Doors? Nein? Ja? Verreckt an Alkohol und Drogen. Mit 27! Da sagen Menschen, der gab alles! Ich würde sagen, da verträgt einer nichts. Hart drauf zu sein – das hieß früher überleben, nicht wehrlos zu verrecken. Jetzt liegt er am Père Lachaise. Ein Amerikaner! Weißt du, ich habe nichts dagegen, dass hier Ausländer leben. Doch sterben sollen sie gefälligst daheim. Das meistbesuchte Grab. Verdammt nochmal, hier liegen Proust, Balzac und Molière. Aber jetzt bin ich schon wieder abgeschweift. Du, du, du, gleich hol ich meinen Salzstreuer raus. Also der Gitarrero, pass auf, der Gitarrero war nicht allein. Ich trat ein wenig näher und traute meinen Augen nicht. Zu seinen Füßen saß ein Hund. Und ich dachte mir: Potzblitz! Das ist doch eines der Viecher, die wir befreit haben. Drüben an der Pont Neuf. Weißt du das noch, Schnecke, hm? Wie wir gemeinsam die Viecher befreit haben? So süß und so flauschig. Ich war mir ganz sicher: Das muss eines dieser Viecher sein. Gleichzeitig aber war ich mir sicher: Das kann keines der Viecher sein. Schließlich hat Schnecke sie alle ertränkt. Das hast du doch, oder? Nicht wahr? Pst, sag jetzt nichts! Du brauchst nichts zu sagen. Ich weiß, dass du das hast. Weißt du, woher ich das weiß? Weil du es mir gesagt hast. Weil du gesagt hast: Clopin, ich habe alle Viecher ertränkt. Daher weiß ich es. Du hättest nämlich nicht gesagt, die Viecher seien alle tot, wenn sie in Wahrheit gar nicht tot sind. Deswegen habe ich dich geschickt. Und nicht diese Missgeburten. Die hätten es sich leicht gemacht und die Viecher ausgesetzt. Sie alle auf einmal ins Wasser geworfen statt sie einzeln zu ertränken, um ja sicherzugehen, dass keines von denen noch atmet. Von verpfuschten Kreaturen darf man sich nur Pfusch erwarten. Ich kann es ihnen nicht verübeln. Denn was sollte ich schon tun, wenn sie schlechte Arbeit leisten? Ihnen die verlorenen Beine brechen? Die entstellten Visagen verstümmeln? Die einzige Strafe ist in deren Fall der Tod. Und selbst den sehnen die meisten herbei. Darum bin ich so froh, jemanden wie dich zu haben. Der noch an seinen Beinen hängt. Und an seinem schönen Gesicht. Im Gegensatz zu denen bist du perfekt. Und deswegen perfektionistisch. Kennst du das Wort? Perfektionistisch? Nein? Ach so, du weichst nur dem Blut aus. Ja, ja, ich gebe zu, ich war sehr zornig. Weil ich nicht verstehen konnte, wie dieser Gitarrero an den toten Welpen kam. Und ihn wieder zum Leben erweckte! War es etwa die Kraft der Musik? Die Magie seiner Saiten? Ist vielleicht unter diesen Klängen Jim Morrisons Geist in diesen leblosen Fellball gerauscht? Sag es mir, Schnecke, ist er das? Erkläre es mir, damit ich es verstehe. Denn wenn ich etwas nicht verstehe, macht mich das immer furchtbar zornig. Wie eben vor dem Père Lachaise. Weißt du, ich mag mich selbst nicht leiden, wenn ich die Contenance verliere. Das ziemt keinem König. Vor allem nicht mir. Es ist schwer genug, Krüppel zum Parieren zu bringen. Alles, was zusammenschweißt – das Marschieren, das Grüßen, das Singen –, dazu sind die außerstande. Dem einen fehlt dazu der Arm, dem anderen das Bein. Die haben nicht so ein Wirgefühl. Oft fehlt sogar ein Ichgefühl. Aber klar, wenn du nur ein Torso auf einem Rollbrett bist. Die muss man also niederknüppeln. Da zählt das Recht des Stärkeren. Und der muss ich sein, sonst ist es aus. Allmächtig und allwissend. Denn auch sie werden nicht verstehen. ›Eure Majestät, wir dachten, Musikanten sind tabu.‹ ›Eure Majestät, Ihr sagtet, kein weiterer toter Musikus.‹ Auch sie werden zornig sein und wissen wollen, wer es war, der sich meinem Befehl widersetzt hat. Und ich kann schwerlich sagen: ›Ich! Ich war es, der mir nicht gehorchte.‹

Nein, das geht nicht, ausgeschlossen. Das heißt, ich werde lügen müssen. Mehr noch, ich werde streng in die Runde fragen müssen: ›Wer von Euch Missgeburten war das? Wer hat diesen Gitarrero so zugerichtet, dass ihn selbst seine Mutter nicht mehr erkennt?‹ Natürlich wird sich niemand melden. Weswegen ich jemanden auswählen und dann hängen lassen muss. Er wird es nicht gewesen sein, doch was bleibt mir anderes übrig, als einen von ihnen aufzuknüpfen? Schade, gewiss. Zumal es nur das kleinere meiner zwei Probleme löst. Weißt du, welches das zweite ist? Dass sie alle glauben werden, dass der Maestro wieder mordet. Und das Spektakel geht wieder von vorn los! Dann pilgern sie wieder alle hierher. Von der weißen Rastafari-Ukulele bis hin zur jungfräulichen Triangel-Fotze. Deswegen brauche ich deine Hilfe. Der Mordkommissar, der im Fall des Maestros ermittelt, ist ein braver Mann. Mit einer Schwäche für junge Mädchen. Und schon bald wird er einen neuen Liebling haben. Kannst du erraten, wer es ist? Sieh das bitte nicht als Strafe. Du kannst natürlich nichts dafür, dass in der Stadt Nekromanten ihr Unwesen treiben, die tote Tiere zum Leben erwecken! *Au contraire.* Sieh es als Zeichen des Vertrauens. Ich vertraue dir diese Aufgabe an, weil du bereits deine letzte so perfekt gemeistert hast. Also, Schnecke, krieche! Mehr kannst du in deinem Zustand eh nicht. Krieche hin zum Kommissar und regle das gefälligst! Und mach hier mal das Fenster auf!«

13

»Ein junger Gitarrist verschwindet vor den Augen der Passanten. Seit einer Woche gilt er als vermisst. Die Opfer des Maestros fand man nach wenigen Minuten. Erst fünf Morde und dann eine Entführung? Wieso sollte …« Der Kommissar packt sie am Haar und bremst damit ihr Köpfchen ab. Nicht so hastig, junge Dame. Wer soll sich dabei denn konzentrieren? Wenn sie an ihm auf- und abrutscht, als würde sie Butter stampfen. Aloisia hält kurz inne, ehe sie sich seinen Schweif sachte aus dem Rachen zieht und ebenso sachte dorthin zurückschiebt. Der Kommissar ist überrascht. Ludmilla hätte sich gewiss entschuldigt. Erst für die Geschwindigkeit, dann für die Entschuldigung. Die hier dagegen entschuldigt sich nicht. Nicht einmal mit ihren Augen. Die schaut nicht ständig zu ihm auf, reuig fragend, ob es nun recht ist. Ein Blick sagt mehr als tausend Worte. Das weiß der Kommissar nur zu gut. In seinem Beruf kommt ihm das gelegen. Im Privaten stört es ihn, dass Augen so geschwätzig sind. Ganz besonders die von Huren. Mit ihren ewig langen Wimpern sowie der markanten Schminke. Wie die meisten Männer wünscht sich der Kommissar bei der Fellatio Stille. Das wissen auch die fellierenden Mädchen, denn sie sind aus gutem Hause. Dort wurde ihnen beigebracht, dass man mit vollem Mund nicht spricht. Doch weil Mädchen ungern schweigen, plappern eben ihre Blicke. Zuweilen wünscht der Kommissar sich ein Mädchen, welches nicht nur stumm und taub, sondern überdies auch blind ist. Doch schon im nächsten Augenblick schaudert ihm ob dieses Wunsches. Abermals muss er Aloisia zügeln. Besser, er lässt ihr Haar nicht mehr los, sonst geht es wieder durch mit ihr und entsprechend auch mit ihm. Noch aber darf er sich nicht entladen. Der Kommissar muss sich bis zum Geistesblitz aufsparen. Aloisia erweist sich dabei als wenig dienlich. Sie ist schließlich aus einem einzigen Grund hier. Sie muss etwas aus ihm herausbekommen.

»Zwei Stunden. Zahlen Sie bar?« Der Concierge bittet zum Check-out um einen Namen und zur Beglaubigung des Namens um einen Personalausweis. Dem Kommissar entfährt ein Lachen, das nicht auf Gegenliebe stößt. Es handelt sich nicht um einen Scherz, sondern um verschärfte Sicherheitsmaßnahmen. Eingeführt kurz nach dem Anschlag auf den Gare du Nord. Sein Lachen schmilzt zu einem bitteren Lächeln. Nun nennen sie es schon Anschlag. Vor einigen Wochen waren es noch Unruhen. Er schiebt ihm seinen Ausweis hin. »Was ist denn mit dem Concierge, der vor Ihnen hier gearbeitet hat?« Der neue Concierge zuckt beleidigt mit den Schultern. Schade, denkt der Kommissar. Den mochte er gerne. Wie hieß er noch? Roland? Roger? Jedenfalls hat der ihn nie um seinen echten Namen gebeten. Das hätte er gar nicht gekonnt, so selten, wie er an der Rezeption stand. Der Kommissar schlägt seinen Kragen hoch und verlässt das Hotel. Wie jedes Mal nach seiner, wie er es nennt, Vertiefung, nimmt er nördlich die Rue du Faubourg Saint Denis, vorbei an seiner Wohnung, hinauf in die Rue Pajol. Er geht nie direkt nach Hause. Nach seiner Vertiefung sucht er seinen Stammplatz auf, um die geordneten Gedanken zu Papier zu bringen.

»Können wir nicht woanders hingehen?« Monsieur Boum blickt angespannt in dem Laden umher und reibt sich derweil die Schenkel. »Niemand hat Sie gebeten zu kommen.« Der Kommissar hebt seine Hand ein paar Zentimeter von der Tischplatte ab. Ein äußerst minimalistisches Winken in Richtung des jungen Manns am Tresen. Dieser dreht sich ausdruckslos weg. Sogleich steht eine Tasse frischer Minztee auf dem Tisch. Seit Jahren kommt er nun zu diesem *arabe du coin,* dem Araber ums Eck, wie man die kleinen Läden nennt, die bis spät nachts geöffnet haben und deren Besitzer arabisch anmuten. Das überschaubare Viertel mit dem züchtigen Namen Quartier de la Chapelle ist umzäunt von zwei Bahnhöfen. Dem Gare du Nord und dem Gare de l'Est. Viele Leute fühlen sich an Bahnhöfen unwohl. Selbst die nahe Umgebung flößt ihnen Unbehagen ein. Dementsprechend wenige zieht es freiwillig hierher. Der Kommissar könnte es sich leisten, jeden Morgen im zweiten Stock eines Haussmann-Gebäudes zu erwachen. Mit einer jungen hübschen Frau und Kindern an der Sciences Po. Stattdessen sitzt er ein-, zweimal pro Woche hier bei seinem *arabe du coin* und notiert die Gedanken, die ihm erst vor wenigen Minuten im hungrigen Mund einer Hure kamen. Neben Minztee werden hier überdies Obst und Gemüse, gefälschte Markenhandys und frisches Taboulé verkauft. In der einen Ecke des Ladens steht zudem ein Computer mit Internetzugang. In der anderen Ecke ist sein Stammplatz, der einzige Tisch. Mit nur zwei Stühlen. Tagsüber sitzt hier der alte Algerier, dem dieser Wunderladen gehört, und spielt Mahjong mit einem alten Vietnamesen, der das Spiel ebenso wenig begreift wie er. Nachts übernehmen seine Söhne, die nebst Taboulé noch Crack vertreiben. Was der Kommissar an dem Viertel besonders genießt, ist die Kleinkriminalität. Im Quartier de la Chapelle wird zwar gestohlen, doch selten einer abgestochen. Es sind unprätentiöse Verbrechen, die hier begangen werden.

»Ich mag diese Gegend nicht. Hier gibt es …« »… zu viele Muslime?« »Zu wenige Frauen. Kein Wunder, dass Sie hier nicht fündig werden. Aber dass man deswegen gleich …« Monsieur Boum druckst ungewohnt verschämt herum. »… Sie haben das doch gar nicht nötig.« »Was?« »Die Prostituierten. Ich finde das würdelos. Wer nicht imstande ist, eine Frau zu verführen, hat eben keine verdient.« Der Kommissar entgegnet nichts. Er reißt ein Päckchen braunen Zucker auf und kippt es in seinen Minztee. Er ist mehrfach geschieden. Dreifach, um genau zu sein.

Doch seit dem dritten Mal sagt er mehrfach. Das provoziert weniger Nachfragen. Mit zweien war es Liebe, mit Camille war es Vernunft. Mit ihr hätte er alt werden können, weil er sie wirklich nicht geliebt, aber aufrichtig gemocht hat. Dann fing sie an sehr seltsam zu husten. In Wahrheit ist der Kommissar zweifach geschieden und einmal verwitwet. Doch so etwas sagt er nicht. Das provoziert zu viele Nachfragen.

»Wahrscheinlich ist mein Beruf dem zu ähnlich.« Boum runzelt seine Stirn und nickt. Sein Nicken strotzt vor Unverständnis. Es scheint, als hätte er seine eigene Frage vergessen. »Es macht keinen großen Unterschied, ob man eine Frau verführt oder einen Mörder fängt. Einen Mörder muss man kennenlernen. Was ihn anmacht. Was ihn abtörnt. Man muss ein guter Zuhörer sein. Ein guter Beobachter. Es darf einem nichts entgehen. Wichtig sind die kleinen feinen Untertöne zwischen den Zeilen.« Monsieur Boum schüttelt den Kopf. Ebenso verständnislos, wie er zuvor genickt hat. Das Vorgehen des Kommissars ist ihm fremd. In einem Bekennerschreiben muss man nicht zwischen den Zeilen lesen. Und auf feine Untertöne braucht er auch nicht achtzugeben. Der einzige Ton, der für ihn eine Rolle spielt, ist der eines lauten Knalls. »Wie ein Mörder versucht eine Frau ihre Spuren zu verwischen. Auf eine falsche Fährte zu locken.« »Aber die Frau will erwischt werden«, wirft Boum ein, denn bei Frauen kennt er sich aus. Der Kommissar stellt fest, dass Boum in dem Gespräch angekommen ist. »Das will der Mörder ebenso. Wenn nicht sogar etwas mehr. Mörder und Frauen haben vieles gemeinsam. Doch worin sie sich am meisten ähneln, ist ihre Eitelkeit.« Der Kommissar hätte es hierbei belassen, lehnte sich Boum nicht auf eine Weise nach vorne, die den verstörenden Eindruck echten Interesses auf ihn machte. »Es beginnt schon am Tatort. Es gibt zum einen die Rätselfreunde mit ihren Anagrammen und ihren Sudokus. Und es gibt die okkulten Spinner. Da schlägt man sich mit Elementen, Mondphasen und Sternzeichen herum. Alles kommt furchtbar dramatisch daher. Einfach zu dick aufgetragen wie bei überschminkten Frauen.« »Nun erzählen Sie mir nicht, dass Ihre Huren dezent geschminkt sind.« »Erst ist es ein Katz-und-Maus-Spiel und irgendwann tauchen die Mörder dann unter. Für Wochen, Monate, manchmal auch Jahre. Aber ihre Eitelkeit spült sie verlässlich wieder nach oben. Mit einer Frau verhält es sich umgekehrt. Anfangs spielt man auch mit ihr Katz und Maus. Aber anstatt unterzutauchen wie der Mörder, stellt sie sich plötzlich. Man weiß gar nicht recht, warum. Auf einmal leistet sie keinen Widerstand mehr. Sie lässt sich einfach festnehmen und bleibt so lange in Gewahrsam wie der Mörder auf der Flucht. Wochen, Monate, manchmal auch Jahre. Bis auch sie eines Tages die Eitelkeit packt. Dann ist sie fort. Sie entwischt und kommt nie wieder.« Es ist still geworden. Sogar von der Straße dringen weder Sirenen noch Geschrei herein. Der Kommissar starrt in seinen Minztee. Monsieur Boum räuspert sich. »Deswegen sind Ihnen die Mörder lieber«, murmelt er etwas verzagt. »Weil die treuer sind.« Der Kommissar kneift nachdenklich die Augen zusammen. Dann klopft er seine Brust- und Manteltaschen ab. Monsieur Boum, für den es wohl so aussieht, als suche er nach Zigaretten, bietet ihm eine Gitane an. Der Kommissar lehnt ab und steckt die Hände in sämtliche Schlitze, die seine Garderobe bereithält. Mit jeder Sekunde wird er nervöser. Monsieur Boum bietet sich theatralisch selbst eine Zigarette an. Kaum jedoch klickt sein Sturmfeuerzeug, brüllt eine Stimme in seinem Rücken: »Rauchen verboten!« »Die haben hier Wasserpfeifen«, bemerkt der Kommissar. »Nur über meine Leiche!«, empört sich Boum und beginnt mit seinen Zeigefingern auf dem Tisch herumzutrommeln, während der Kommissar weiterhin seine Taschen durchforstet. »Sagen Sie mal, was suchen Sie denn?«

14

Das erste Mal für Geld ist etwas ganz Besonderes. Sowohl für Mädchen als auch für Knaben. Das sollte man nicht überstürzen, sonst bereut man es womöglich, liegt stundenlang im Bett und stochert sich mit der Zahnbürste in der Mundhöhle herum. Man kann es schwerlich Putzen nennen, was Aloisia da treibt. Mag sein, dass es als Putzen anfing. Inzwischen aber lutscht und knabbert sie nur mehr an den Borsten. Hätte sie den Schweif des Kommissars so freudlos behandelt wie jetzt ihre Bürste, wäre sie gestern früher ins Bett und heute früher daraus hochgekommen. Sie war nicht einmal für Romains Morgentoilette aufgestanden. Die lässt sie sich sonst nie entgehen. Alles, was sie heute tat, war, sich die Zahnbürste zu greifen und trocken in den Mund zu stecken. Sie dachte, das muss sein, wenn man den Schweif eines Fremden felliert. Oder etwa nicht? Immerhin war er nicht in ihren Mund gekommen. Und selbst wenn! Nach der Lewinsky-Affäre wurde eine Studie durchgeführt, laut der zwei Drittel der Befragten Oralverkehr nicht als Sex werteten. Sie hätte genauso gut an seinem Finger saugen können. Oder an seiner Zahnbürste. Letzteres wäre intimer gewesen. Sie hat bereits Hände geschüttelt, die schmutziger waren als dieser Schweif. Deswegen zerbricht sie sich auch nicht den Kopf. Eine Frage quält sie trotzdem: War es das jetzt? Oder zählte das nicht? Sollte es denn nicht sehr wehtun? Ist sie jetzt eine echte Frau? Oder ist sie keine mehr? All diese Fragen sind ihr nicht fremd. Sie quälen sie bereits seit Jahren.

Da war dieses eine Mal in der letzten Reihe im Bus. Da gab es diesen Jungen, der ebenso weit draußen am Land wohnte wie sie. Sogar noch eine Haltestelle weiter. Abgesehen von ein paar alten Mütterchen, welche aber niemals hinten, sondern immer vorne saßen. Neben dem Fahrer. Um ihm zu sagen, wo sie gerne aussteigen möchten. Sie saß gern auf seinem Schoß. Er ließ sie hoch- und runterhüpfen. Dann bat er sie kurz aufzustehen. Als sie sich zurückfallen ließ, spürte sie den Reißverschluss seiner Hose an den Schenkeln. Nur einmal kurz eintauchen. Köpfchen unters Wasser, Schwänzchen in die Höh. Schon damals fragte sie sich beim Aussteigen: War es das jetzt? Nein, dachte sie, das gilt noch nicht.

Da war dieses andre Mal am Campingplatz vom FKK-Strand. Da gab es diesen Jungen ein paar Zelte weiter. Es war ein äußerst heißer Sommer. Das Wasser des Sees hatte sich in den letzten Wochen derart aufgeheizt, dass es kaum mehr Erfrischung bot. Seine Eltern lieferten sich eine Tischtennispartie. Ihre Eltern hatten sich zum Mittagsschlaf zurückgezogen. Er nahm sie mit zum Kiosk und kaufte sich und ihr ein Eis. Sie wählte eine Kugel Erdbeer- und er dieses Wassereis, das aussah wie eine Hand mit ausgestrecktem Zeigefinger. Im Gebüsch hielt er es ihr samt Verpackung an den Hals. Die Augen zumachen. War es das jetzt? Nein, dachte sie, das gilt noch nicht.

Da waren die vielen anderen Male, die alle nicht gegolten hatten. Sie nimmt die Zahnbürste aus dem Mund und beschließt auch dieses Mal nicht gelten zu lassen. Und was ist eigentlich dabei, seinen Körper zu verkaufen? Tun wir das nicht alle von Kindesbeinen an? Wenn der Onkel zu Besuch kommt und man eine Münze kriegt. Zurückhaltend nimmt man sie an – man möchte ja nicht gierig wirken – und spricht dem Onkel seinen Dank aus. Hierbei könnte man es belassen, wären da nicht noch die Eltern, die einem von hinten flüstern: »Drück dem Onkel doch einen Schmatz auf.« Was man selbstverständlich tut. Schließlich flüstern die Eltern so laut, dass es der Onkel hören kann und es kein Zurück mehr gibt. Beim nächsten Besuch wiederholt sich die Szene. Beim dritten Besuch heißt es schon: »Haben wir nicht was vergessen?« Beim vierten Besuch schaut der Onkel so traurig ob des ausbleibenden Schmatzes, dass man es von allein errät. Beim fünften Besuch küsst man ihn, noch ehe er die Münze zückt. Und irgendwann weiß keiner mehr, ob man sich für das Geld bedankt oder der Onkel für den Schmatz bezahlt.

Warum sollte man überhaupt so mit seinem Körper geizen? Aloisia erinnert sich, wie sie als kleines Kind die Verwandtschaft an Weihnachten mit selbstgemachten Gutscheinheften beschenkte. Ein Stapel bunter Klebezettel, an einer Seite zusammengetackert. Auf den Zetteln standen dann Dinge wie »einmal Geschirr abtrocknen«, »einmal Müll runterbringen« oder »einmal staubsaugen«. Diese Gutscheine waren wertvoll und dementsprechend selten. Weniger wertvoll bis wertlos hingegen waren jene Zettel, auf denen Aloisia nicht etwa ihre Arbeitskraft, sondern nur sich selbst verschenkte. Einmal umarmen, einmal kuscheln oder ein Küsschen auf die Wange. Auch das Küsschen kostet zuweilen Überwindung. Muss man es etwa nicht der Mama, sondern der verwarzten Tante Hedi geben. Trotzdem busselte sie lieber zehnmal Hedis Warzen, als einmal das Geschirr abzutrocknen. Denn gebusselt wird ohnehin. Ob das Kind nun will oder nicht, die Tante Hedi holt sich das Busserl. Besser also, man rückt es gleich heraus. So wahrt man ein wenig Würde.

Endlich steht Aloisia auf, setzt sich ans Fenster und lugt durch den Vorhang. Romain bereitet gerade sein Mittagessen zu. Alles wie immer. Kartoffeln, Zwiebeln, Rucola. In einer Pfanne mit Raclette-Käse überbacken. Sie denkt an die Zeit zurück, als sie noch drüben war bei ihm. Er kochte, putzte und ließ sie bei sich wohnen. Dafür hat er nichts verlangt. Kein Geld und anderes sowieso nicht. Zum ersten Mal tut es ihr leid. Das war nicht nett von ihr, zu gehen. Zum ersten Mal spürt sie den Drang, sich bei ihm zu entschuldigen. Aber wie soll das gelingen, wo sie doch kein Französisch spricht? Sie könnte höchstens mit ihm schlafen. Das ist alles, was ihr einfällt, wie man Schuld begleichen kann, wenn man sprach- und mittellos ist. Bei ihm bleiben will sie nicht. Geschweige denn verraten, dass sie gleich gegenüber wohnt. Nur einmal mit ihm schlafen und danach wieder gehen. Sie kann sich schließlich nicht ewig verstecken. Am besten jetzt gleich.

Aloisia nimmt noch einen tiefen Atemzug und öffnet dann die Tür. »Hallo, Schnecke.« Sofort knallt sie die Tür wieder zu, hechtet an ihr Bett und zieht etwas unter ihrem Polster hervor. Zaghaft öffnet sie wieder. Clopin hat sich nicht bewegt. »Hallo, Schnecke«, wiederholt er mit schauriger Geduld. Sie reicht ihm den Schatz, der unter ihrem Polster lag. »Was soll ich denn damit?«, herrscht er sie an, schlägt das Notizbuch auf und beginnt darin zu blättern: »Frankreich strotzt nicht vor Serienmördern. Es kursieren zwar Listen ... bla, bla, bla ... Jeder Mensch ist einzigartig. Und dementsprechend einzigartig will er auch getötet ... bla, bla, bla ... Ein Haufen Zeitungsausschnitte. Schau, meine Freunde, die Panflötenärsche!« Er überfliegt den Rest und sucht nach der letzten beschriebenen Seite. »Zumindest steht da nichts von diesem Gitarristen. Da hast du noch einmal Glück gehabt, Schnecke. Sonst hätte ich dich jetzt ertränkt.« Lachend setzt er Aloisia das aufgeklappte Notizbuch wie ein kleines Dach auf den Kopf und kneift ihr in die Wange. »In demselben See, in dem du die Tiere ertränkt hast.«

15

Frauen wissen nicht, was sie wollen, weil sie nicht spüren, was sie wollen. Schuld an ihrem Wankelmut ist also nicht ihr Geist, sondern ganz allein ihr Körper. Männer wissen ebenso wenig, was sie wollen und was nicht, aber zumindest spüren sie es, denn ihr Schweif verrät es ihnen. Er ist der Dolmetscher ihres Begehrens. Hier gibt es keinen Graubereich. Sofern man die Pathologien außer Acht lässt, gibt es hier nur eins und null. Er steht oder er steht eben nicht. Um zu wissen, was er will, muss ein Mann nicht in sich gehen und sein Inneres verhören. Es reicht, sich in den Schritt zu greifen. Dort findet er in jedem Fall einen handfesten Beweis. Hätten Männer diesen nicht, wären sie sicher genauso verwirrt. Dann lägen sie wohl ebenfalls nach dem Akt im Dunkeln wach und fragten sich auf nassen Kissen, ob sie soeben einen Fehler begingen. Sie wissen, dass es richtig war. Andernfalls hätte das Gemächt Einspruch erhoben, indem es sich nicht erhebt. Bei den Frauen erhebt es sich nie und das hat einen großen Vorteil. Es befähigt sie zu lügen. Das heißt, dass sie können, wenn sie auch nicht wollen. Bei Männern ist das umgekehrt. Frauen besitzen einen eisernen Willen, aber die Männer ein eisernes Wollen. Ein eisernes Wollen, das niemals erschlafft. Bringen tut ihnen das freilich wenig. Denn selbst wenn Männer immer wollen, immer können tun nur Frauen. Und dementsprechend selten wollen sie.

Aloisia sucht ihren Körper nach Indizien ab. Ihre Brustwarzen sind hart. Aber was will das schon heißen? Das kann sowohl an der Hitze des Augenblicks liegen als auch an der Kälte des Zimmers. Der Nässe ihres Schoßes will sie ebenso wenig vertrauen. Ihr Körper gibt ihr einfach kein eindeutiges Zeichen, ob sie das hier will oder nicht. Sie schaut hinauf zu ihm. Sein Gesicht ist verzerrt, als litte er Schmerzen. Seine Stirn presst

Schweiß hervor. Aus den Händen quellen die Adern. Alles an ihm ist angespannt. Er stößt sie ohne Unterlass immer in demselben Rhythmus. Sein Becken schlägt lautstark auf ihr Gesäß. Zu diesem Metronom aus Fleisch könnte man vortrefflich Klavier üben. Sicherlich tut man das auch an ausgewählten Konservatorien. Dort lässt man die Erstsemester für die Älteren kopulieren, damit die nicht aus dem Takt kommen. Aloisia hätte auch das nichts genützt. Sie sei ein hoffnungsloser Fall, versicherte ihr der Klavierlehrer damals und hoffte dadurch ihren Ehrgeiz zu wecken. »Du musst das nicht machen, wenn du nicht willst«, sagte ihr die Mutter, und Aloisia ließ es bleiben. Denn wer will schon etwas tun, was er nicht kann? Das ist ja noch schlimmer, als etwas zu tun, was man nicht will.

Kann sie das denn?, fragt sich Aloisia, während er ihre Beine packt und sie sich auf die Brust legt. Ihre Füße liegen auf seinen Schultern auf. Er dreht seinen Kopf zur Seite und schnappt nach ihren Zehen. Beim ersten Mal geht er leer aus. Beim zweiten Mal erwischt er ihren großen Zeh. Tut er das jetzt für sich oder für sie? Aloisia ist überfragt. So ergeht es ihr meistens. Was sie aber noch mehr martert als die Frage, was sie will, ist jene, was die Herren wollen. Was all die Herren von ihr wollen, die bei der Veuve nach ihr verlangen. Denn derer sind inzwischen mehr, als sie jemals treffen könnte. Dafür müsste sie mehrmals am Tag mit vielen Herren zeitgleich schlafen, und das nur für einen Augenblick. Dann kämen vielleicht alle dran. Vorausgesetzt, dass niemand Neues mehr dazukommt und niemand Altes zweimal will. Wie etwa der Kommissar, der Aloisia regelmäßig ins Hotel zum Gare du Nord bestellt. Ihr selber ist das gar nicht recht, wenn sie einen wiedersieht, den sie schon kennt. Sie denkt dabei an die Stickeralben ihrer Kindheit. Nun hat sie schon so viele doppelt und wartet doch nur auf den einen. Im Album ihrer Herren fehlt ihr nur mehr der schöne Chinese. Denn schließlich ist er der Grund, weshalb sie sich das Album überhaupt zugelegt hat. Und allein für ihn nimmt sie sowohl die Doppelten als auch die Einfachen in Kauf. Es kann nicht mehr lange dauern. Denn so wie ihr Schoß sich anfühlt, hat sie doch bald alle durch.

Den Kommissar trifft keine Schuld. Der war so angetan von ihr, dass er sie sicher nicht weiterempfahl. Der Tierschutzpräsident erst recht nicht, wenngleich aus einem anderen Grund. Selbst die Veuve ist überfragt, weshalb sich plötzlich all ihre Kunden für dieses blöde Gör begeistern. »Sie würden sich am liebsten noch in der Telefonleitung um sie prügeln! Notgeile Kojoten! Und warum? Immer wieder frage ich sie, was sie mit denen nur anstellt. Aber nichts! Sie lächelt und schweigt.« Was soll sie denn auch anderes machen? Sie weiß es ja selbst nicht besser, was diese Herren an ihr finden. Schaut sie ihren Körper an, findet sie sich mittelmäßig und ahnt, dass es die Herren auch tun. Die Veuve besitzt Mädchen, viel schöner als sie. Ist sie etwa so gut im Bett? Oder so schlecht, dass man es erlebt haben muss? Oder ist es vielleicht ihr Alter? Sie ist jung, keine Frage. Wohl die Jüngste in ihrer Etage. Manche sehen zwar jünger aus, aber letztlich nützt das wenig. Die Veuve kann den Mädchen noch so viele Zöpfe flechten, man sieht ihnen die Uni an. Selbst in den echten Schuluniformen, die sie in England und Japan bestellt. Teils gebraucht, teils ungebraucht. Wenn sie Wunderkinder wären und schon mit fünfzehn immatrikulierten, sie blieben doch Studentinnen. Gewisse Herren würden ihnen stets die Maturantin vorziehen. Auch wenn die mehrfach sitzen blieb und der Zwanzig bereits nachwinkt. Sollten Herren die Veuve nach Studentinnen fragen, wollen sie nur sichergehen, dass das Mädchen volljährig und alphabetisiert ist. Dass sie ihren Körper rein hält und ihnen nicht das Portemonnaie klaut, während sie sich den Schweif abwaschen. Das ist alles. Sie wollen nicht wirklich eine Studentin. Die ihnen womöglich noch von ihrem Studium erzählt. Denn sie liebt neben Fäkalsauereien und doppelter Penetration auch anregende Gespräche auf hohem Niveau. So steht es in ihrer Akte. Da wissen die Herren: Obacht! Das ist wahrscheinlich eine Studierte. Manche Mädchen werden Frauen. Andere werden Studentinnen. Gewissen Herren graut vor beidem. Denn die Universität frisst sich nicht nur in ihre Köpfe, sondern auch in Haut und Haar. Man kann es riechen. Den Hörsaal. Die Mensa. Dabei ist es ein Ungeruch. Eine olfaktorische Leere. Verduftet die herben Töne der Schulzeit. Aloisia aber hat sie noch. Sie riecht noch nach Schulkantine. Und nach nassem Tafelschwamm. Nach den blauen Leichtturnmatten und nach vollen Bleistiftspitzern. In ihren Haaren hängt noch Chlor vom dienstäglichen Schwimmen.

Die Herren lieben Schülerinnen. Die lassen alles mit sich machen. Sie sind es ja gewohnt. In der Schule ist es nicht anders. Dort fragt keiner, ob man will. Nur sind es heute keine Fächer, zu denen sie gezwungen wird, sondern eben Stellungen. Von denen gibt es zwar mehr als sechszehn, dafür werden weniger abgefragt. Und von denen, die abgefragt werden, findet Aloisia keine so demütigend wie den Sportunterricht. Jetzt sieht sie nur einer nackt, und der ist es meist ebenfalls. Das Fleischmetronom gibt weiter den Takt an. Eigentlich ist das hier genau wie damals in der Schule. Einprügeln. Einhämmern. Eintrichtern. Vokabeln. Formeln. Hauptstädte. Alles muss hinein ins Hirn, für das es keine Öffnung gibt. Die muss erst geschaffen und dann ständig gedehnt werden, weil sie ansonsten wieder zuwächst. Einprügeln. Einhämmern. Eintrichtern. Werke. Gebirge. Apostel. Lehrer wollen unbedingt, dass ihre Bemühung fruchtet. So eitel sind die Herren nicht. Die haben eher Angst, dass, was sie säen, Blüten treibt. Die samen extra in den Mund, weil dort nichts gedeihen kann. Anders als die Lehrer, die im Oberstübchen gärtnern. Einprügeln. Einhämmern. Eintrichtern. Namen. Flüsse. Jahreszahlen. Sie ist nichts als ein Gefäß. Ein Gefäß, das gefüllt werden muss. Sie sollte sich das Wissen in den Schädel drängen wie einen dicken Schweif in den Schoß. Und sie sollte dabei jauchzen, weil sie das alles nur für sich tut.

Jetzt lutscht er an dem anderen Fuß. Er tut es für sich. Denn ihm ist es wichtig, dass es ihr gefällt. Das ist allen Herren wichtig. Sogar in den Pornofilmen. Selbst, wenn sich Mädchen anfangs wehren, am Ende wollen sie es dann doch. Traurig schau en dürfen sie nur zu Beginn. Am Schluss wollen Herren ein Happy End. Auch im herkömmlichen Sinne. Denn Huren sollen nicht jauchzen wie in den Pornofilmen. Wenn es ihnen allzu sehr gefällt, sehen die Herren nicht mehr ein, weshalb sie bezahlen sollen. Denn ihr hat es doch auch gefallen. Womöglich sogar mehr als ihm. Wahrscheinlich sagt man Sexarbeit, damit es nicht den Anschein erweckt, dass die Huren zu viel Spaß haben. Aloisia fände den Begriff wohl überflüssig. Ihr kam Sex schließlich stets wie Arbeit vor. Wahrscheinlich weil sie von Romain immer etwas dafür wollte. Ruhe und Frieden. Das wollen diese Herren auch. Mit ihnen kommt es Aloisia gar nicht mehr so anstrengend vor. Wenn hier einer arbeitet, dann ist er es. Sie ist lediglich die Werkbank. Dieser Herr bezahlt sie dafür, dass er sich an ihr abarbeiten darf. Sie muss selber gar nichts machen, sondern ihn nur machen lassen. Sie bekommt fürs Nichtstun Geld, und irgendwie fühlt sich das falsch an. »Irgendetwas muss kaputtgehen. Sonst ist es keine Arbeit.« Das hat Clopin einmal gesagt. Aber was geht denn kaputt, wenn man einfach nur daliegt? »Etwas in mir«, würden viele wohl sagen, und sie sagen es so pathetisch, als redeten sie von etwas anderem als einer häufigen Blasenentzündung.

Der Herr verlässt das Zimmer und Aloisia mit dem Gefühl, etwas Besonderes zu sein. Doch dass sie gar nicht weiß, warum, das wurmt sie zuweilen sehr. Damit aber hat sie Glück, denn so wurmt sie nichts anderes. Nichts von dem, was junge Mädchen eben wurmt, wenn sie mit fremden Herren schlafen. Scheinbar ist sie wie die Zwetschken aus dem Garten ihrer Kindheit. Während die Großen mithilfe eines langen Stocks, an dessen Ende ein bezahnter Leinensack hing, die wehrhaften Früchte von den Ästen holten, sammelte sie jene ein, die sich nicht mehr halten konnten und ins Gras gefallen waren. Auf jede, die sie in den Kübel warf, steckte sie sich eine in den Mund. Zuvor brach sie die Zwetschken auf, da sehr viele wurmig waren. Eines jedoch verblüffte sie. In jeder wurmigen Zwetschke steckte stets nur ein einziger Wurm. Niemals fand sie eine mit zwei. Ebenso in Marillen und Kirschen. Aloisia hatte bis dahin nie vermutet, wie ungesellig Würmer sind. Vielleicht ist es auch nichts Bestimmtes, sondern das gewisse Etwas. Das *Je ne sais quoi*. Dem nun einmal eigen ist, dass man es nicht benennen kann. Aber eine vage Ahnung hat man in der Regel schon. Je mehr sie darüber nachdenkt, was an ihr besonders ist, desto banaler kommt sie sich vor. Anstelle des Etwas stößt sie auf nichts. Aber wahrscheinlich ist es das, was die Herren rasend macht. Sie hat eben das gewisse Nichts.

16

Verlässlich etwa einmal im Jahr erscheint in einer Frauenzeitschrift ein Interview mit einer Prostituierten. Lena, Lola oder Lulu sprechen hier erstmals und exklusiv Klartext. Schonungslos offen und ohne Tabus. Nein, die Familie weiß nichts davon. Die Frauenzeitschriftleserin erfährt es zuallererst und geilt sich daran zünftig auf. Das tut sie sonst eher selten. Abgesehen von Schadenfreude über prominente Cellulite macht sie nichts so wirklich scharf. Irgendwo im Interview stößt sie schließlich auf den Satz: »Viele Männer, die zu mir kommen, wollen eigentlich nur reden.« Sowas lesen Frauen gerne. Sie kriegen nämlich weiche Knie angesichts männlichen Redebedürfnisses. Das müssen feine Kerle sein!, sagt sich die Frauenzeitschriftleserin dann. Feiner als ihre Gatten daheim. Die lassen nie raus, was in ihnen vorgeht. Abgesehen von Flatulenzen. Wahrscheinlich geht da aber auch nicht viel mehr vor.

Freier dagegen scheinen zu bersten vor Emotionen und Mitteilungsdrang. Warum kriegen sie die schlechten Männer, während die guten ins Bordell gehen? Warum gehen die zu Prostituierten und nicht zu ihnen? Den Frauenzeitschriftleserinnen? Sie würden gern mit ihnen reden. Sie würden es auch gratis machen. Ach was, bezahlen würden sie ihre Gatten, wenn diese nur redeten! Dieses Bild des gesprächigen Freiers ist nichts als ein infamer Werbetrick. So begeistert man Mädchen für die Hurerei, indem man an ihre Tratschsucht appelliert. Die wollen nur reden? Das wollen sie auch! Das und nichts anderes. Viele Mädchen träumen davon, ihr Plappern zum Beruf zu machen. Deswegen studieren sie Psychologie, soziale Arbeit oder Erziehungswissenschaften. Ihren Traumjob definieren sie zwar als irgendwas mit Menschen, doch meinen irgendwas mit Quatschen. Wahrscheinlich geht es diesen Männern nach dem Reden sogar besser. Das heißt, eine Hure ist gar keine Hure, sondern eine Therapeutin. Eine Krankenschwester mit Köpfchen. Bislang dachten viele Mädchen, dass Freier einen Schoß zum Ausweißen wollen, keine Schulter zum Ausweinen. Wie falsch sie doch lagen!

Viele wollen eigentlich nur reden. Auch Aloisia hätte sich das niemals gedacht. Jetzt muss sie feststellen, dass es stimmt. Viele Männer wollen nur reden. Das heißt reden ohne Zuhören. Weder wollen sie zuhören, noch soll ihnen zugehört werden. Mehr noch als in einen Schoß wollen sie auf taube Ohren stoßen. Sie wollen reden, wie sie onanieren. Allein und ungestört. Doch während Selbstbefriedigung längst schon kein Tabu mehr ist, drohen Selbstgespräche immer mehr eins zu werden. Um locker mit sich selbst zu plaudern, fehlt es den meisten Menschen an Mut. Da glauben sie sich schnell verrückt. Oder gar katholisch. Sie fürchten, vom ersten Selbstgespräch an ist es nur ein kleiner Schritt, bis man hosenlos wirres Zeug durch die Métro brüllt. Oder gar zu beten anfängt. Wo endet das Selbstgespräch und wo beginnt das Gebet? Jedenfalls verbreitet man sowohl mit dem einen als auch mit dem anderen Angst und Schrecken in der Métro.

Mit Aloisia können sie reden, ohne sich verrückt zu fühlen. Sie ist die perfekte Gesellschaft für Herren, denen die Einsamkeit zu wenig und die Zweisamkeit zu viel ist. Sie bietet ihnen etwas zwischen Gespräch und Selbstgespräch. Zwischen Sex und Onanie. Und das ganz ohne schlechtes Gewissen. Irgendein vietnamesisches Mäuschen verstünde schließlich auch kein Wort. Aber vor so einer wollen sie nicht reden. Die Veuve lagert einige Mädchen, welche kein Französisch sprechen. Doch denen sieht man das auch an, und das missfällt dem postkolonial geschulten Gentleman. Er ist kein Eroberer mehr, welcher seine Fahne gerne in fremde Gefilde steckt. Jetzt, wo alles erobert ist, distinguiert er sich durch Verzicht. Und als Allererstes verzichtet er auf dunkles Fleisch. Auf dem Teller und im Bett. Jetzt treibt er es ausschließlich mit Französinnen. Rassismus aus Rücksicht. Dem kleinen Indochina-Girl ist damit freilich nicht geholfen. Ihr Vater besitzt ein Cybercafé. Etwas, das in naher Zukunft so überflüssig sein wird wie Pornokinos. Aloisia gibt den Herren etwas, von dem niemand glauben mochte, dass es existieren kann. Unschuldiger Exotismus. Denn Autriche – was soll das sein? Dem Franzosen jedenfalls nichts.

Einige sind anfangs skeptisch, ob die kleine Autrichienne

wirklich nichts versteht und die Herren *nur reden* können. Sie haben auch allen Grund dazu. Die Veuve ist bekannt für ihre Etikettenschwindel. Ständig füllt sie Tafelwein in Flaschen vom Château Pétrus. Angeblich Volljährige sind unter achtzehn. Vermeintliche Teenies dagegen nur Zwerge. Und was sie als Zwerg verkauft, ist zuweilen nicht einmal ein Mensch. Man sollte den Herren somit nicht verübeln, wenn diese die Mädchen dem ein oder anderen Test unterziehen. Ganz besonders auf der Hut waren sie bei den vorgeblich Blinden. Das war in der Agentur einst ein Trend.

Aloisia kann sich glücklich schätzen. Ihr wird nicht mit Taschenlampen in die Augen geblendet oder mit der Hand vor dem Gesicht herumgewedelt wie bei den vorgeblich Blinden, die meist nur weiße Kontaktlinsen oder eine Sonnenbrille trugen. Aloisias Proben bestehen im Grunde in plumpen Schulhofhänseleien. Appelle an die Eitelkeit. Spekulationen über die Mutter und deren präsumtive Fettsucht. Eben die erstbesten Köder, um jemanden aus der Reserve zu locken. Selbstredend besteht sie alle. Und von da an behandeln die Herren Aloisia meist so, als wäre sie gar nicht da. Eine Hausfrau mag das kränken. Eine Hure ist heilfroh. Zugegeben, Aloisia nicht. Die kann nicht heilfroh sein. Die weiß ja nichts von ihrem Glück. Was ebenfalls zu ihrem Glück zählt. Sie hat keine Ahnung, was sich die anderen Mädchen der Veuve von den Herren so anhören müssen. »Sitz! Platz! Lass! Komm!« So geht das in einer Tour. Dauernd verlangen sie Rede und Antwort. Fühlt sich das gut an? Magst du das? Sag! Sag! Sag! Gefällt dir das? Sag gefälligst, wie sehr es dir gefällt! Wie sehr dir auch das Missfallen gefällt! Gib mir einen Daumen nach oben! Stehen muss er! Höher und härter als mein Schweif, der mir nicht mehr stehen will! Wo ist nur mein Blut hin? Sag! Überall nur schlappe Schweife und dauererigierte Daumen.

Herrisch und gemein werden in der Regel Herren, welche

nichts zu sagen haben. Die wollen endlich gehört werden und sei es nur von einer Hure. Damit sind sie bei ihr falsch. Zu ihr kommen nicht die Schläger, die Würger und die Schreier. Befehle können sie sich sonst wohin stecken. Sie darf nichts hören und kann demnach auch nicht gehorchen. Der Gentleman genießt, sie schweigt. Wie eine Puppe sitzt sie da und lässt die Herren reden. Viele Mädchen wollen nicht, dass man sie Puppe nennt oder Püppchen. Das klingt ihnen zu niedlich, zu willenlos und vor allem zu stumm. Dabei scheinen sie zu vergessen, wie viele Angst vor Puppen haben. Kaum jemand ist gern allein in einem Zimmer voller Puppen. Oft reicht schon eine einzige, um den Menschen Angst zu machen. Dabei tut sie doch gar nichts. Sie sitzt nur da, lächelt und schweigt.

17

Monsieur A liebt Rollenspiele. Genau genommen liebt er nur eines. Ein ganz bestimmtes Rollenspiel. Es ist ein Spiel für zwei Personen. Man braucht dafür lediglich Monsieur A und eine Frau. Wahlweise ein Mädchen. Weder Aussehen noch Alter sind für das Spiel von Wichtigkeit. Jede kann die Rolle spielen. Dunkel, dick und leicht verdorrt. Das macht alles nichts. Das macht es alles nicht besser.

Tagsüber auf der Arbeit schreibt Monsieur A an seinem Drehbuch. Dort feilt er an der Vorgeschichte, der Abfolge von Stellungen, den Ausrufen beim Höhepunkt. Dialoge gibt es nicht. Dafür einen Haufen: »Schsch!« »Sag jetzt nichts.« »Ich weiß, ja, ich weiß.« Von Mal zu Mal wird sein Monolog länger. Länger und lauter. Anfangs hat er nur geflüstert und dabei ihr Gesicht gemustert. Nach dem Orgasmus spricht er nicht mehr. Monsieur A zieht seine Hose hoch und geht.

Monsieur B hat etwas getan. Vor einigen Jahren hat er etwas verbrochen. Oder vollbracht. Da ist er sich selbst nicht sicher. Deswegen traut sich Monsieur B nicht von seiner Tat zu sprechen. Weil er nicht weiß, wie sich das anhört. Würde er beichten oder würde er prahlen? Wer würde für ihn das Wort ergreifen? Der Stolz oder die Scham? Er will seine gerechte Strafe und seinen wohlverdienten Lohn. Schon seit Langem fürchtet er, dass die Sache einmal rauskommt. Erst seit Kurzem fürchtet er, dass er mit der Sache durchkommt.

Monsieur B schreibt gerne auf, was er getan hat. Das macht er mindestens einmal pro Woche. Er schreibt von Hand auf einen Zettel, den er gleich danach verbrennt. Monsieur B möchte nicht mit einem Priester sprechen. Und auch nicht mit einem Psychiater. Er fürchtet, dass sie schweigen werden. Dass seine Tat nicht groß genug ist, um ihre Schweigepflicht zu brechen. Lieber spräche Monsieur B mit der Polizei. Wenn ihm Polizisten auf der Straße begegnen, murmelt er seine Tat vor sich hin. Manchmal macht er sogar kehrt und geht ihnen hinterher. Selbst wenn er dadurch zu spät kommt. Auch seiner Freundin flüstert er regelmäßig alles zu, sobald diese eingeschlafen ist. Und will Monsieur B nicht flüstern, geht er in den Keller. Dort hat er sich einen schalldichten Raum eingerichtet.

Ehe er von Aloisia erfuhr, hatte Monsieur B eine Idee. Er könnte ja behaupten, er hätte einen Film gesehen oder so ein Buch gelesen. »Du kannst dir nicht vorstellen, was die Hauptfigur da getan hat!« So könnte er alles erzählen. Bis ins letzte Detail und darüber hinaus. Er könnte sogar die Dinge erzählen, zu denen er damals gar nicht mehr gekommen ist. Er könnte noch weitergehen. »Angeblich beruht das Werk auf wahren Begebenheiten.« Er könnte sein Gegenüber ganz unverhohlen fragen: »Was sagst du dazu? Was hältst du von dem? Allzu menschlich? Monströs oder göttlich?« Was aber, wenn es hieße: Fiktion.

Wenn das Gegenüber meckert: »Das klingt alles sehr ausgedacht. Das haben die Spinner in Hollywood doch garantiert erfunden!« Könnte er die Fassung wahren? Würde die Eitelkeit mit ihm durchgehen?

Monsieur C kann nichts dafür. Er hatte einen Schlaganfall. Seither spricht er Kauderwelsch. Zumindest sagen das die anderen. Seine Familie und Freunde. Die tun so, als rede er seltsam. Als ergebe nichts einen Sinn. Dabei spricht er ganz normal. Zugegeben, etwas viel. Er hat schließlich stets gern politisiert und zuweilen auch philosophiert. Das lässt er sich nicht nehmen. Da kann seine Familie noch so sehr die Augen verdrehen und sagen, dass sei alles Unsinn, nur weil sie anderer Meinung sind. Er hat sich daran gewöhnt, keine Antworten zu kriegen. Von Aloisia aber kriegt er nicht einmal eine Reaktion. Er ist die Reaktionen leid. Er hasst es, wenn sie kichern. Er hasst es, wenn sie heulen.

Monsieur D hat seine Gründe. Monsieur E mag keine Nachfragen, ob ihm dieses oder jenes gefällt. Monsieur F mag keine Beteuerungen, dass ihr dieses oder jenes gefällt. Monsieur G liebt Frauen, die sich nicht den Mund verbieten lassen, sondern ihn von sich aus halten. Monsieur H hört nicht gern Nein. Monsieur I hört nicht gern Ja. Monsieur J hört in allem einen Vorwurf. Monsieur K hört gar nichts und ist es leid, dass die Huren das ständig vergessen. Monsieur L arbeitet in einem Callcenter. Monsieur M ist Schauspieler im Théâtre de la Huchette und probt seine Texte am liebsten beim Vögeln. Dann sitzen sie, sagt er. Monsieur N genießt die Stille. Monsieur O möchte Frauen beschimpfen, doch sie nicht kränken. Monsieur P übt Dirty Talk für seine Freundin. Monsieur Q wünscht kein Mitleid. Monsieur R wünscht keine Häme. Monsieur S erhielt die Empfehlung von Monsieur G. Monsieur T lässt die Abschiedsworte seiner Frau vom Tonband laufen. Monsieur U lässt Gesangsaufnahmen seiner Tochter vom Tonband laufen. Monsieur V ist schwul und versucht sich umzupolen. Monsieur W und Monsieur X können einander nur nahekommen, wenn noch eine Frau dabei ist. Monsieur Y ist Zahnarzt und will nicht, dass Huren den Mund aufmachen. Monsieur Z spricht selbst kein Wort. Er könnte, doch er will es nicht. Alles, was er will, ist schweigen und dass ihn niemand fragt, warum.

18

Der Clochard im Cordjackett! Ach herrje, die Miete! Wann hat sie die zuletzt bezahlt? Nun, wo sie darüber nachdenkt, eigentlich noch nie. Sie hätte gar nicht gewusst, wie. Er hätte schon vorbeikommen müssen, um das Geld persönlich zu holen. Jetzt steht er in der Tür und schaut sie grantig an. Sie deutet ihm, kurz zu warten. Keine Angst, sie hat das Geld. Gleich hier in ihrem Rucksack. Also natürlich nicht in bar. Die Agentur verschickt ausschließlich Schecks. Weil viele Mädchen schlampig sind und Schecks leicht zu verlieren. Das freut die Agentur, die sich dadurch viel erspart. Auch Aloisia ist für sie eine höchst billige Arbeitskraft. Gar nichts gekostet hat sie bislang. Aloisia ist zwar nicht schlampig – zum Schlampigsein fehlen ihr Sachen und Platz –, dafür hat sie keine Ahnung, wie man einen Scheck einlöst. Gelebt hat sie bislang von dem Geld, das ihr die Herren auf den Nachttisch, die Matratze, oder – wohl um sicherzugehen, dass sie es keinesfalls übersieht – auf den Klodeckel legten. Die Schecks der Agentur hat sie lediglich aus dem Briefkasten gefischt und direkt in ihren Rucksack gesteckt. Denn das Douceur ihrer Herren fällt zuweilen sehr großzügig aus. Oft legen sie sogar noch einen Schein nach, sollte sich Aloisia für den ersten nicht bedanken. Davon holt sie sich am Heimweg Essen von einem der drei Chinesen in der Rue de la Roquette, morgens ein Frühstück in der Boulangerie ums Eck und manchmal tagsüber in der Rue Keller ein neues Kleidchen zum Anziehen. Einmal hat sie überlegt, sich Unterwäsche zuzulegen. Solche, die man sehen soll. Schöne Unterwäsche. Mit Bändern und Schnüren und Häkchen. Was man sich vorstellt, was Frauen so tragen, die mit fremden Herren schlafen. Alles, was sie hat, ist das rosa Bustier, das sie bei ihrer Ankunft trug. Das findet sie noch immer schön, doch es ist eher was für daheim. Für den Beruf, so dachte sie, braucht es etwas Anständiges. Also ging sie in ein Geschäft, das nichts als Unterwäsche verkauft. Sie hatte sehr wohl gewusst, dass solche Geschäfte existierten, doch bisher niemals eins betreten. Das erschien ihr dekadent, wenngleich sie das Wort nicht kennt. Sie kaufte ihre Unterwäsche stets in Geschäften, die alles Mögliche verkaufen. Und sie wird es auch weiterhin tun. Denn als sie zum ersten Mal teure Lingerie probierte, kam sich Aloisia furchtbar alt vor. Richtig erschrocken hat sie sich im Spiegel. Und das soll Männern gefallen? Wofür soll denn das gut sein? Diese Schirrung, in die man sonst nur Tiere einspannt? Womöglich ist das alles – die Strapse, die Strümpfe, das ganze Klimbim – nur eine Art Alarmanlage. Achtung, das ist eine Prostituierte. Hier ist das Hinlangen kostenpflichtig.

Aloisia nimmt ihren Rucksack, stellt ihn auf den Kopf und zieht ihn langsam in die Höhe. Da kommt nichts. Seltsam. Der Rucksack ist voll und der Reißverschluss offen. Nichtsdestotrotz kommt da nichts raus. Sie packt ihn an der Unterseite und schüttelt und rüttelt ihn fest auf und ab. So wie die Großen in der Schule die Kleinen an den Füßen packten und schüttelten und rüttelten, bis Münzen aus den Taschen fielen. Und wehe ihnen, wenn nichts kam. Dann hingen sie aus dem Fenster. Von da an hatten sie Münzen in den Taschen. Daraus hat noch jeder gelernt. Abgesehen von dem Kleinen mit Schuppenflechte an den

Beinen, den seine Mutter jeden Morgen ganz dick eingecremt hat. Der ist ihnen ausgerutscht. Plumps. Etwas ist herausgefallen. Sie blickt nach unten. Eine einzelne Kakerlake. Die, die sie hat hineinkriechen sehen. Sie hat sie sofort erkannt. Plötzlich rumort es in dem Rucksack. Es brodelt und grummelt wie krankes Gedärm. Mit einem satten Speilaut ergießt sich auf die Kakerlake ein Schwall von Schecks. Dutzende, nein, hunderte. Sie hat Mühe, den Rucksack zu halten. So schießt es daraus hervor und scheint gar nicht mehr aufzuhören. Das halbe Studio ist schon von Papier bedeckt, aber der Rucksack noch immer nicht leer. Langsam nur wird der Schwall schwächer. Endlich. Der letzte Scheck flattert zu Boden. Aloisia lässt den Rucksack fallen und setzt sich in das Zettelmeer. Der Clochard im Cordjackett bückt sich, um ein paar davon aufzuheben. Ihn lässt das Spektakel des bodenlosen Rucksacks kalt. Er stopft sich ein paar Schecks in die Tasche und zieht von dannen. Aloisia bemerkt ihn kaum. Ihr wird gerade schmerzlich klar, wie viel sie in den letzten Wochen verdiente. Und dass sie keine Ahnung hat, was sie damit anstellen soll. Sie sollte sich freuen, stattdessen aber schämt sie sich.

Die anderen Mädchen sparen alle auf etwas ganz Besonderes. Oder tun zumindest so. Viele wollen lediglich die Miete bezahlen, essen und ein bisschen Spaß haben. Aber das reicht nicht. Auf irgendetwas muss gespart werden. An dieses Etwas können sie dann denken, während ihnen ein dreckiger Schweif im Mund herumwühlt. Das Schlimmste daran ist, dass der Dreck oftmals von den Mädchen selbst stammt. Wozu ihn manche Herren waschen, wenn sie dann darauf bestehen, ihn ihr zuerst in den Hintern und später in den Mund zu schieben? Wieso schauen sie so selbstgefällig, wenn sie aus dem Bad zurückkehren, wo sie ihn extra nochmal wuschen? Sie taten es zwar schon zu Hause, aber sicher ist sicher. Das täte ihnen für das Mädchen sehr leid, wenn noch ein Tröpfchen Urin daran hinge. Dagegen scheint es ihnen egal, wenn sie ein Mädchen von der Produktion des Dickdarms kosten lassen. Damit man auch einem solchen Herrn nicht pampig kommt und, so sie noch vorhanden ist, ihm nicht vor Zorn die Vorhaut abbeißt, muss man auf etwas Schönes sparen.

Denn wer so etwas nicht fürs Geld tut, mit dem stimmt doch etwas nicht. Aloisia tut es tatsächlich nicht fürs Geld, sondern für ihren schönen Chinesen. Und was ist jetzt verwerflicher für eine junge Frau? Etwas für einen Mann oder etwas für Geld zu tun? Wahrscheinlich ist beides gleich schlimm. Stolze junge Frauen sollten Dinge nur für sich tun. Das klingt zwar nach Egoismus, doch bei Frauen ist der harmlos. Wenn Männer egoistisch handeln, erobern sie die Welt. Wenn Frauen egoistisch handeln, nehmen sie ein Bad. Aber Obacht: Wann immer eine Frau behauptet, sie tue etwas nur für sich, tut sie es doch in Wahrheit für irgendeinen Mann. Und wann immer sie behauptet, sie tue etwas für einen Mann, in Wahrheit immer nur für sich.

Aloisia beginnt wie wild die Schecks zurück in den Rucksack zu stopfen. Unter dem letzten liegt die Kakerlake und rührt sich nicht mehr. Diese Viecher überleben Monate ohne Nahrung und sogar Tage ohne Kopf. Diese Kakerlake wohnte hier im Dachgeschoss, weil sie das Elend liebte, und jetzt plötzlich so etwas! Aloisia kriegt Angst, ihr könne es ähnlich ergehen. Sie muss etwas kaufen. Für sich. Und es muss etwas Teures sein. Etwas, von dem sie sagen kann, sie hätte darauf gespart. Sie möchte das ganze Geld auf einen Sitz ausgeben. Warum nicht? Morgen wird bestimmt ein neuer Scheck im Briefkasten liegen. Den wird sie dann vernünftig anlegen. Genauso wie die folgenden. Die hier am Boden aber will sie jetzt sofort verpulvern. Das ist schmutziges Geld. Nicht nur, weil es am Boden lag.

19

»Bleib mir vom Leib, du krankes Schwein!« Die nackte Nana schwirrt von Wand zu Wand. Mit dem Furor einer Wespe, über die man ein Glas gestülpt hat. Romain versucht sie einzufangen. Was immer er zu fassen kriegt, gleitet ihm durch die schmierigen Finger. Inzwischen glänzt ihr ganzer Leib vom Fett an seinen Händen. »Jetzt beruhig dich doch! Mein Gott, das war ein Filmzitat!« »Mir Butter in den Arsch zu stecken?!« »Du hast gesagt, du liebst Bertolucci!« Das hat sie tatsächlich gesagt. Sehr glaubwürdig sogar. Obzwar sie keine Ahnung hatte, ob es sich bei Bertolucci nun um einen Filmemacher oder eine Nudelmarke handelt. Das hat sie jetzt davon. Noch einmal gibt die sich nicht als Filmstudentin aus, um einem Typen zu gefallen. »Scheiße, warum brennt das denn so?« Sie hebt ihren Slip vom Boden auf und reibt sich damit den After. »Das brennt doch nicht.« »Soll ich sie *dir* in den Arsch stecken?! Dann siehst du ja, ob ...« Aufgebracht wedelt sie mit dem Slip vor seiner Nase. »Schon gut. Schon gut.« Grunzend wirft sie den Slip in die Ecke und kratzt sich mit den bloßen Fingern. Romain kratzt sich derweil am Kopf. »Verträgst du keine Milchprodukte?« Sie stößt einen Schrei aus und rennt ins Bad. Romain hört erst die Klopapierrolle, dann noch mehr verzweifeltes Grunzen und schließlich das Prasseln der Dusche. Er hebt die Plastikverpackung der Butter, die noch immer offen am Tisch steht. Eine Markenbutter. Mit extra großen Salzkristallen. Er stellt die Packung zurück in den Kühlschrank und setzt sich grübelnd auf die Matratze. Ob Bertolucci wohl daran gedacht hat, ungesalzene Butter zu nehmen? Sicher nicht. Wer denkt denn schon an so etwas?

Das Prasseln verebbt. Der Duschvorhang wird aufgerissen. Nach einigen Momenten der Stille springt die Nana aus dem Bad. Die Spitzen ihrer Haare sind nass. So wie ihr restlicher Körper. Sie hätte sich sicher gerne ein Handtuch umgeschlungen, aber die verstaut Romain ganz bewusst nicht im Bad. Nun steht sie nackt inmitten des Studios und bedroht Romain mit einer Dose Kakerlakenspray. »Rühr dich nicht von der Stelle!«, herrscht sie ihn an und sucht am Boden ihre Kleidung zusammen. Romain macht keine Anstalten, sich zu rühren. Noch immer am Grübeln bemerkt er gar nicht, wie sie ihn anschreit. »Steh auf!« Sie richtet die Dose auf seine Augen. »Steh auf, du Scheißkerl, du sitzt auf meinem Kleid!« Romain zieht das besagte Kleid unter seinen Schenkeln hervor und hält es ihr versöhnlich hin. »Die Dose ist leer.« »Netter Versuch«, lacht die nackte Nana und drückt ab. Ein müdes Röcheln kriecht aus der Dose. »Hab ich doch gesagt. Außerdem: Wenn da noch was drinnen wäre, säßen da doch keine Kakerlaken drauf.«

Und wieder einmal stürmt eine Nana kreischend aus dem Studio. Und wieder einmal steht ein Mädchen splitternackt im Innenhof. Das kam all die Jahre nicht vor und nun gleich zweimal hintereinander. Aloisia hatte ihre Kleidung versteckt. Diese Nana sucht nach welcher. Doch sie scheint kein Glück zu haben. Die Tonnen wurden soeben geleert. Aloisia fasst sich ein Herz und wirft ihr letztliebstes Kleidchen nach unten. Dann verschließt sie rasch das Fenster und notiert das Wörtchen »Butter« in ihr kleines DIN-A5-Heft. Eines der wenigen Dinge, die sie aus Österreich mitgebracht hat. Ursprünglich wollte sie darin Vokabeln vermerken. Letztendlich wurde es zur Mitschrift des Sexualkundeunterrichts, der sich ihr ein- bis zweimal täglich im Studio gegenüber bietet. Manchmal hat Aloisia ganz schön zu tun, das Gesehene in Worte zu fassen. Ansonsten zeichnet sie es auf und versucht hernach den Skizzen einen Sinn abzuringen. Das ist freilich nicht immer einfach. Vor allem nicht an Tagen wie heute. Die Butter hat sie zwar erkannt, aber ihr ist schleierhaft, warum das Ausbuttern eines Hinterns in ein Abfangspiel auf der Matratze münden soll. Darüber wird sie noch nachdenken müssen. Was, wenn die Veuve sie morgen zu einem solchen Herrn schickt? Wenn er mit der Butter dasteht und sie nicht weiß, was zu tun ist. Das wäre ihr hochnotpeinlich. Zum Glück hat sie Romain und seine zahllosen Nanas. Zugeschaut hat sie denen schon immer, doch bislang nur zur Unterhaltung. Nun aber will sie etwas lernen. Sie will sich fortbilden in Sachen Erotik, sonst reißt die Flut an Herren ab. Und das, ehe sie Aloisia ihren schönen Chinesen in die Arme gespült hat.

Der Sexualkundeunterricht in der Schule war wirklich für die Katz, denkt sich Aloisia und klappt ihre Mitschrift zu. Da wird einem ja nur beigebracht, was zu tun ist, damit nichts passiert. Immer mit dem Fazit, es am besten ganz zu lassen. Sie erinnert sich mit Grauen an die Aufklärungsbroschüren, die sie alle mit vierzehn bekamen. Eine einzige Geschichte des Scheiterns. »Macht euch nichts draus.« »Das passiert jedem.« Veranschaulicht wird der Wille zur Ohnmacht dann noch anhand eines gezeichneten Pärchens. Meist heißen sie Lars und Lisa. Lars hat einen Mikropenis und Lisa eine Minibrust. Angeblich zählen sie vierzehn Lenze, sehen doch dabei wie Grundschüler aus. Man könnte beinahe glauben, der Illustrator wäre ein brünstiger Pädophiler. In Wahrheit aber ist er eine frigide Pädagogin, die fragile Jugendliche vor Komplexen schützen möchte.

Da ist das hier schon viel besser. Und seit ihrer gestrigen Anschaffung sieht sie auch alles noch viel genauer. Dabei war sie schon recht verzweifelt mit ihrem Rucksack voller Schecks. Alles hatte sie durchsucht. Jedes Stockwerk der Galeries Lafayette, jeden Stand des Bon Marché, die Bijouterien der Rue de Rivoli, die Luxusboutiquen der Champs-Elysées, sogar die Speisekarten der Gourmetrestaurants. Nirgendwo in ganz Paris fand sie eine Kostbarkeit, die man für so viel Geld bekommt. Nichts kostete auch nur annähernd so viel, wie ihr Rucksack barg. Alles herabgesetzt, vergünstigt oder reduziert. Halber Preis hier, Abverkauf da und nochmals an allem Rabattetiketten. Ausgerechnet in der Vitrine eines Souvenirgeschäfts wurde Aloisia schließlich fündig. Ein Eiffelturm aus Gelbgold, besetzt mit bunten Edelsteinen, der blinkt und *Douce France* spielt. Aloisia wähnte sich nie im Besitz ästhetischer Urteilskraft. In diesem Falle jedoch war sie sicher, dass es sich bei diesem Ding um nichts anderes als eine verdammenswerte Scheußlichkeit handle. Es war ihr egal. Sie war fest entschlossen, diese Scheußlichkeit zu erwerben. Kaum betrat sie das Geschäft, gingen die Sirenen los. Erst kreischten die Verkäuferinnen, dann der aus dem Hinterzimmer herbeigestürmte Eigentümer und schließlich kreischten sogar die Touristen. Aloisia begriff als Einzige nicht, was vor sich ging. »Sie sind der milliardste Kunde! Für Sie ist hier alles gratis!«, kreischten die Verkäuferinnen und der Eigentümer im Chor. Aloisia begriff auch das nicht und zeigte auf den Eiffelturm in der Vitrine.

Da behaupten immer alle, dass Paris so teuer sei, und haben damit sicher recht. Für die Armen ist es teuer. Doch für die ist alles teuer. Für die Reichen wiederum nichts. Den Satz kann man sich also sparen. Ihr Rucksack war um kein Gramm leichter. Dafür schleppte sie im Arm den geschenkten Eiffelturm, den ob seiner Scheußlichkeit kein Clochard zu stehlen wagte. Es wurde langsam dunkel, als sie vor einem ihr bislang fremden Gebäude stand. »Hôtel Drouot« stand an den meterlangen Bannern, die der Wind unaufhörlich gegen die Fassade peitschte, was jedes Mal einen lauten Knall erzeugte, der die Passanten aufzucken ließ, als peitschten die Banner sie. Die einen wurden von dem Knall verscheucht. Die anderen sog er ins Innere. Aloisia wunderte sich, dass es ein Hotel gab, das sie noch nicht kannte. Sie hätte schwören können, bereits alle besucht zu haben. Vielleicht sah es nachts anders aus, dachte sie und trat durch die unscheinbare Drehtür, vor der weder ein Teppich lag noch ein Wagenmeister stand. Wie sich schnell herausstellte, handelt es sich beim Hôtel Drouot nicht um ein Hotel, sondern um ein Auktionshaus. Obgleich gänzlich unbeleckt von den Regeln einer Auktion, ersteigerte sie mangels anderer Interessenten schließlich eine Kostbarkeit, die genau dem Wert entsprach, den sie auf dem Rücken trug.

Da sitzt sie nun an ihrem Plätzchen hinterm Vorhang und verfolgt die Burleske mit ihrem neuen Opernglas aus dem 19. Jahrhundert. Angeblich aus dem Besitz Napoleons III. »Ein Geschenk seiner Mätresse Virginia di Castiglione. Zur Premiere des *Tannhäuser* in der Opéra Garnier. Wagner selbst war auch zugegen. Es wird gemunkelt, Napoleon III habe mit diesem Opernglas nicht das Geschehen auf der Bühne, sondern einzig Richard Wagner beim Nasenbohren beobachtet.« Aloisia verstand kein Wort von dem, was der Auktionator ihr erzählte. Es spielte auch keine Rolle. Sie war froh, das Geld los zu sein. Noch dazu für so eine überaus sinnvolle Anschaffung wie diese.

Zwei Wochen später stand sie übrigens erneut vor Romains Studio. Die Nana mit dem gebutterten Hintern. »Ich wollte mein Kleid abholen.« Romain hat es gefaltet und äußerst schnell zur Hand. Die Nana scheint überrascht. »Willst du reinkommen?« Sie schüttelt den Kopf und dreht ihre Schuhspitze am Stand hin und her. »Ich wollte dir nur das Kleid zurückgeben.« Hinter ihrem Rücken zieht sie ein anderes Kleid hervor. »Du hast es mir runter in den Hof geworfen. Wahrscheinlich hast du es mit meinem verwechselt.« »Das ist sicher nicht deins?« Sie schüttelt den Kopf. Romain nimmt das Kleid entgegen. Zaghaft betastet er den Stoff. Die Nana bückt sich etwas, um sich zwischen das Kleid und seinen Blick zu schieben. Ohne Erfolg. Seine Stirn liegt in Falten. Da er sich schließlich gar nicht mehr rührt, schnipst die Nana mit den Fingern. Romain schreckt auf.

Sie räuspert sich. »Ich hab mich übrigens erinnert. An den Film mit der Butter.« Das stimmt so nicht ganz. Erinnert hat sie sich zwar nicht, doch wenigstens erkundigt. Ein Klassiker!, klärte man die Gute auf. Nichts Krankes und Perverses, wie sie in ihrem Furor schrie. Das war ihr dann gehörig peinlich, wie verklemmt und ungebildet sie sich doch betragen hatte. So peinlich, dass sie nicht umhinkam, Romain unter dem Vorwand der Rückgabe des Kleides noch einmal aufzusuchen. »Wusst ich's doch«, frohlockt Romain, »eine Filmstudentin, die Bertolucci nicht kennt! Das kann doch nicht sein!« Sie lacht verlegen. Romain lehnt sich nonchalant an den Türrahmen. »Was hältst du denn von Pasolini?« Die Nana erbleicht und wringt das Kleid in ihren Händen. »Nein, sag nichts!«, unterbricht sie Romain und schließt nachdenklich die Augen. Sie atmet erleichtert auf. »Pasolini oder Ferreri?«

Eine Viertelstunde später stürmt sie kreischend aus der Wohnung. Diesmal wirft Aloisia ihr nichts in den Hof hinunter. Dabei hätte die nackte Nana es heute noch viel nötiger, da es um ein Vielfaches kälter ist als noch vor zwei Wochen. Aloisia bemerkt sie nicht. Sie beobachtet Romain beim Falten ihres Kleides. Er öffnet ihre Hälfte des Schranks und legt es in die Leere.

20

Aloisia seufzt. Ein zarter, doch stimmhafter Seufzer. Es vergehen ein paar Momente, bis sie begreift, was soeben geschehen ist. Dann schreckt sie hoch. Sie sieht an seinem Gesichtsausdruck, dass auch er begriffen hat. Monsieur C wirkt nicht minder erschrocken als sie. Seine Lippen glänzen. Von seiner Stirn tropft etwas Schweiß und von seinem Kinn tropft sie. Sie möchte sich entschuldigen. Sie möchte sich bedanken. Sie möchte sagen: Das geht auf mich. Letzten Endes sagt sie nichts. Sie lässt ihren Oberkörper einfach auf das Bett zurückfallen, schließt die Augen und stellt sich tot.

Wie konnte das nur passieren? So war sie noch nie gekommen. Nicht, dass sie sich verweigerte. Romain glaubte bestimmt, ihr damit eine Freude zu machen. Sie glaubte das ebenfalls. Während er sich selbst den Schweif rieb, lag seine Zunge in ihrem Schoß. Reglos und nass. Gleich einem Bikinihöschen, wenn man aus dem Wasser steigt, das man schnellstens ausziehen möchte, um keine Blasenentzündung zu kriegen. Ihr wurde kalt. Von Zeit zu Zeit ein Zungenschlag. Ein kurzes Flattern. Es war keine spezielle Technik, die er demonstrieren wollte. Er hätte es sicher anders gemacht, hätte man ihm die Hand abgebunden. Doch diese kroch in seinen Schritt, sobald er seine Zunge ausfuhr. Er konnte dabei schlicht nicht die Finger von sich lassen. Man könnte das als Kompliment sehen oder als Affront. Aloisia entschied sich für das Letztere und zog schlotternd die Decke über ihren Oberkörper. Irgendwann hörte er auf, ohne dass einer der beiden gekommen war. Sie spielt keinen Orgasmus vor. Nicht für einen Freund und nicht für einen Fremden. Sie hat auch in der Schule kein einziges Mal geschwindelt. Freilich nicht aus Ehrlichkeit, doch aus Angst, erwischt zu werden. Und genau so ist es jetzt. Bebende Schenkel, zuckende Glieder, krampfende Muskeln, flackernde Lider. Und am besten noch alles zusammen. Das traut sie sich einfach nicht zu.

Nicht wenige der Herren versuchen, einen Laut aus ihr zu kriegen. Wahrscheinlich bemühen sich alle. Ob sie es wissen oder nicht. So sehr sie auch ihr Schweigen schätzen, so sehr spürt sie das Verlangen mancher Herren, es zu brechen. Das Schweigen, das sie umhüllt, zu zerbrechen und sie hernach auszuquetschen. »Bitte, bitte.« Es muss gar kein Wort sein. »Bitte gib mir nur ein Oh.« Aber Aloisia gibt es ihnen nicht. Gar nichts gibt sie ihnen. Kein Schreien, kein Stöhnen, nicht einmal ein Seufzen. Manchmal hat sie deswegen ein schlechtes Gewissen. Das hatte sie schon früher. Weil sie findet, dass sich das gehört. Notwendig ist es ja nicht. Da gab sie keinen Mucks von sich. Nach dem Höhepunkt ein kleiner Seufzer. Weil sie so lang die Luft anhielt. Was nicht hieß, dass es ihr missfiel. Sie hat eben kein Bedürfnis zu stöhnen. Bedürfnis zu sprechen. Sie täte es aus Höflichkeit, doch wie im Französischen hat sie Angst, sich zu versprechen. Beziehungsweise zu verstöhnen. Mit diesen fremden Herren aber ist das schlechte Gewissen noch größer. Gerade, wenn man einander nicht kennt, ist es wichtig, laut zu stöhnen. Damit sich der andere auskennt. Man könnte auch sagen: Heiß oder kalt. Wie bei diesem Suchspiel für Kinder. Kalt, kälter, heiß, sehr heiß, kälter, eiskalt!

Sie hält ihre Augen noch immer geschlossen. Sie spürt, wie sich ihr Körper hebt, als er von der Matratze steigt. Sie bleibt liegen und lauscht. Reißverschluss, Hosenhaken, Gürtelschnalle, Schuhbänder, Hemdsknöpfe, Uhr, gegebenenfalls ein Ring. Die Melodie des sich kleidenden Freiers. Es ist immer die gleiche. Das große Finale. Die Tür, die ins Schloss fällt. Jetzt ist er gegangen. Und das, ohne gekommen zu sein. Bezahlen wird er trotzdem müssen. Das ist der Veuve herzlich egal. Ob er auf seine Kosten kam. Oder auf ihr Hinterteil. Oder eben überhaupt nicht. Die Herren entrichten einen Pauschalpreis. »Ich leite hier doch keine verfickte Ramen-Bude!«, klärte sie den Kunden auf, der sich nach einer Liste erkundigte. Wie in manchen Restaurants. Wo man die gewünschten Zutaten ankreuzt. Mit einem kleinen freien Feld für Allergien und Sonderwünsche. Ein anderer fragte nach einem Rabatt für nicht in Anspruch genommene Dienste. »Oralsex ist doch im Preis inbegriffen, nicht wahr? Eben! Ich möchte aber keinen. Warum also sollte ich dafür zahlen? Rechnen Sie ihn doch heraus. Was soll da nicht gehen? Wie viel kostet denn Oralsex? Nur Oralsex ohne alles. Die Summe ziehen Sie einfach ab.«

Für sie fühlt es sich komisch an, für einen Orgasmus Geld zu kriegen. Wie mit den Zwillingstöchtern aus ihrer alten Nachbarschaft. Auf die beiden hatte sie gelegentlich aufgepasst, wenn deren Eltern abends ausgingen. Es waren äußerst brave Mädchen. Etwas zu brav für ihren Geschmack. Denn leider waren diese zwei nicht fürs Fernsehen zu begeistern. Stattdessen wollten sie Brettspiele spielen. Alle faden Klassiker der Spielesammlung. Mühle, Dame, Mensch ärgere Dich nicht sowie das an Langeweile ungeschlagene Leiterspiel. Oder, wie es auf der Packung heißt, Lustiges Leiterspiel. Ein untrüglicher Hinweis darauf, wie unlustig es dabei zugeht. Aloisia litt Schmerzen vor Öde. Die Minuten zogen sich wie Kaugummi. Die Zeiger schleppten sich übers Zifferblatt, als wäre ihnen zum Sterben zumute. Aber eines Abends geschah es. Die Eltern kehrten heim. Hatten sie etwas vergessen? Sie blickte auf die Uhr. Es war 23 Uhr. Sie hatte sich amüsiert und dabei die Zeit vergessen. Sie passte nie wieder auf die Zwillinge auf. Und Monsieur C? Den sah sie hiernach auch nie wieder. Er bat die Veuve um ein anderes Mädchen. Die Veuve fragte nicht, warum. Aloisia schwante Übles. Sie hatte ihren Höhepunkt. Von dem aus kann es nur bergab gehen.

21

Man muss sich das vorstellen! Da ist ein Mann, der ganz verrückt ist nach Liebesbeweisen. Schwüre und Küsse reichen ihm nicht. Er erfand eine Affäre, um zu sehen, ob sie bleibt. Seine Gattin verzieh ihm und blieb. Er gestand ihr, die Affäre lediglich erfunden zu haben. Sie verzieh ihm und blieb. Allmählich war er sich sicher, dass sie ihn nie verlassen würde. Aber das reichte ihm nicht. Sein von langer Hand vorgetäuschtes Leberversagen sollte ihre Bereitschaft prüfen, ihm einen Teil ihres Körpers zu spenden. Mithilfe zweier befreundeter Ärzte, einem Chirurgen und einem Hepatologen, konnte er nicht nur seine Gattin düpieren, sondern auch das Krankenhaus, wo der Eingriff schließlich stattfand. Entnommen wurde dabei nichts und demnach auch nichts eingepflanzt. Den beiden wurden nur die Schnitte für die typischen Narben verpasst, die eine solche Transplantation hinterlässt. Damit hatte er nicht gerechnet. Dass sie sich das antun und ihr Leben aufs Spiel setzen würde. Nur um ihn zu retten. Ihn, den schweren Alkoholiker, der ihr frisches Stück Leber unverzüglich wieder in Schnaps einlegen werde. Er war nicht wirklich alkoholkrank. Das hatte er ihr ebenfalls seit einem Jahr nur vorgespielt und zu diesem Zwecke alle paar Stunden mit Backaroma Rum gegurgelt. Einem Gesunden seine Leber zu vermachen? Geschenkt! Aber einem Kranken? Der gelobt, sich niemals zu bessern und gleich nach dem Eingriff weiterzusaufen? Das muss wahre Liebe sein! Nun war er natürlich neugierig geworden, wie weit seine Gattin noch für ihn gehen würde. Besonders, was Operationen betrifft. Ob sie für ihn nicht nur einen Teil, sondern den ganzen Körper geben würde. Nicht ihr Leben, Gott bewahre! Schließlich liebt er sie von Herzen. Am Frühstückstisch gestand er ihr seine Homosexualität. Auf ihre Frage, ob das nun hieße, dass er sie verlassen werde, zuckte er mit den Schultern und meinte: »Das kommt ganz auf dich an.« Er würde gerne bei ihr bleiben. Bei ihr als Mensch. Aber nicht bei ihr als Frau. Jetzt steht der Mann vor einem Dilemma, weil er in Wahrheit gar nicht schwul ist und ihn der Schweif seiner Gattin sehr stört.

Was für eine irre Geschichte! Aloisia grübelt, wo sie die bloß herhat. Monsieur B fesselt inzwischen ihre Füße an die Stuhlbeine. Er benutzt dafür zwei kleine Handtücher aus dem Bad. Das hält natürlich nicht so gut, wie es etwa Stricke täten, dafür schneiden sie nicht ein. Ihm ist wichtig, dass die Fesseln nicht einschneiden. Es geht ja viel mehr um die Symbolik. Wenn sie nur fest genug strampelt, könnte sie sich wohl befreien. Aber was nützt das schon? Bis zur Tür schafft sie es eh nicht. Aloisia sucht weiterhin nach der Quelle der Geschichte, die ihr im Kopf herumspukt. Derartig Haarsträubendes fällt ihr nicht von alleine ein. Wahrscheinlich las sie es in der Zeitung. Monsieur B fesselt ihre Hände an die Stuhllehne. Dafür benutzt er eine Strumpfhose und hofft, dass die nicht einschneidet. Gleichwohl kann sich Aloisia nicht erinnern, je eine Zeitung gelesen zu haben. Dann stand es wohl in einem Buch. Monsieur B schaltet die Schreibtischlampe ein und dreht sie so, dass das Licht ihr Gesicht trifft. Bücher hat Aloisia aber auch nicht häufig von innen gesehen. Dann sah sie es eben in einem Film. Monsieur B greift sich einen zweiten Stuhl und setzt sich vor Aloisia hin. Filme dieser Art hat sie jedoch stets gemieden, weil sie von denen verlässlich Alpträume kriegt. Vielleicht ist es das. Geträumt wird sie es haben. Weil sie gestern vorm Schlafengehen noch so schwer gegessen hat. Monsieur B räuspert sich. Eine endlose Geschichte, die er ihr jedes Mal erzählt. »*Bon, si c'était une bite normale. Je veux dire, une bite appetissante. Comme la mienne. Mais c'est n'importe quoi, ce truc. J'ai jamais vu ca de ma vie. Tu vois le visage du mec dans ce film Massacre à la tronconneuse?*« Genauso sieht ihr Schweif jetzt aus.

Eine halbe Stunde später sitzt Aloisia in der Métro und hält sich die Ohren zu. Was für ein schrecklicher Lärm. Als sie heute Abend losfuhr, war es hier noch nicht so laut. Da war Französisch noch eine wunderschöne Sprache, von der sie kein Wort verstand. Sie liebte es, sich auszumalen, worüber die Leute wohl diskutierten. Was sie sich vorlogen oder gestanden. An der Station République verlässt Aloisia den Waggon, weil sie es nicht länger aushält. Sie muss hier raus. Raus auf die Straße zu den Autos, zu ihren Hupen und quietschenden Reifen. Zu diesem herrlichen Krach von Maschinen. Auf dem Weg nach draußen kommt sie an einer Gruppe junger Streicher vorbei, die in den Gängen der Métro musizieren. Die Musik übertönt die Stimmen der Passanten. Hier will sie kurz Pause machen. Sie stellt sich möglichst dicht an die Streicher. Immer mehr Passanten bleiben stehen, um zu lauschen und nichts mehr zu hören. Bald ist der ganze Gang verstopft von Musikliebhabern und Menschenhassern.

»Susi liebt den schwarzgelockten Drummer. Gabi liebt den jungen Mann am Bass. Beide sehr sympathisch, aber dennoch sage ich: Die wären beide nichts für mich. Dann schon eher der Pianoplayer!« Was ist das denn zum Teufel? Eine kleine Streicherin hat ihren Geigenbogen gesenkt und plötzlich angefangen zu singen. »Ein bisschen näher am Pianoplayer …« »Haltet die Fresse, ihr Hurensöhne!« Aloisia presst sich die Hand vor den Mund, als wäre sie das eben gewesen. Als hätte sie das eben gebrüllt. Sie war es nicht und schämt sich trotzdem. Weil sie genau das gedacht hat. Ein Clochard entreißt dem Bratschisten den Bogen und wirft ihn meterweit in den Gang. »Da, hol dein Stöckchen! Und dann verpiss dich!« »Hey, was soll das? Wir dürfen hier spielen.« »Genau, wir haben eine Genehmigung.« »Ja, aber nicht meine!« »Unsere ist von der Stadt.« »Ich bin die Stadt, ihr kleinen Wichser!« Er zieht seine Hose runter und pisst in den Cello-Kasten. Die Streicher rühren sich nicht. Sicher aus Angst, doch nicht minder aus Erstaunen. Der Manneken Pis besitzt offenbar eine Blase ohne Boden. Das Kleingeld im Koffer ist schon versenkt. Die Scheine dagegen schwimmen obenauf. »Haha, seht, jetzt ist es ein Wunschbrunnen!« Lachend schwenkt der Clochard seinen Schweif. »Jetzt dürft ihr keine Münzen mehr rausholen. Das bringt Unglück!« Eine junge Frau zerrt am Ärmel ihres schaulustigen Freunds. Doch dieser rührt sich nicht von der Stelle. Grinsend tätschelt er ihre Hand, während der gelbe Wasserspiegel im Cellokasten steigt. »Warte kurz, ich will das sehen«, flüstert er seiner Freundin zu, »mich nerven die ja auch.« Der Clochard hält inne. Schlagartig bricht sein Pissstrahl ab. Er schüttelt seinen Schweif und zieht seine Hose hoch. Mit geschlossenen Augen atmet er ein paar Mal tief durch. Einer schlotternden Violinistin entkommt ein leises Schluchzen. Der Clochard blickt sie an, entreißt ihr den Geigenbogen und stapft auf den jungen Mann zu. »Was sagst du? Dich stören die auch?!« Der junge Mann nickt. Seine Freundin zerrt immer heftiger an ihm. Ihr ist unwohl von dem Gestank. »Dann sag mir, wann stören sie dich denn am meisten? Auf dem Weg zur Arbeit? In Papas Praxis oder Mamas Kanzlei? Oder auf dem Weg nach Hause? In dein Appartement im Siebten, wo dich dein Mäuschen schon erwartet. Mit ihren kleinen Mäusetittchen …« Er streicht mit dem Geigenbogen über die besagten Tittchen. »Komm jetzt!«, faucht die junge Frau, aber ihr Alain überlegt noch. »Ich würde sagen, auf dem Weg zur Arbeit. Morgens höre ich lieber Industrial Rock. Das pusht mich für …« Der Clochard schnalzt ihm den Geigenbogen gegen die Stirn. »Weißt du, was ich morgens gern höre? Nichts! Da versuche ich zu schlafen, du kleinschwanziger Hurensohn! Und jetzt verpiss dich, ehe ich dir …« Alain muss nicht hören, was sonst geschieht. »Zurück zu euch, ihr Bogenlutscher!« Der Clochard dreht sich um. Die Streicher haben das Weite gesucht. »Ach, fickt euch doch! Genehmigung!« Er wankt auf den Perron. »Und dann bauen sie so eine Scheiße!« Er tritt gegen die gläsernen Bahnsteigtüren, die aufgestellt wurden, um zu verhindern, dass Leute sich oder andere vor den Zug werfen. »Weil sie wissen, dass die Bogenlutscher die Leute auf die Gleise fiedeln. Sie lassen dich nicht schlafen. Sie lassen dich nicht leben. Und dann das hier! Nicht einmal umbringen darf man sich mehr.

Sogar das Sich-Umbringen kostet jetzt was. Fünfzehn auf dem Tour Montparnasse. Siebzehn auf dem Eiffelturm. Zehn, wenn man die Treppe nimmt. Ich bin da rauf. Alles gesichert. Runterspucken kannst du. Mehr nicht. Das waren doch auch alles Arbeitsplätze. Die Leute, die die Selbstmörder wegmachen. Die sind jetzt alle arbeitslos. Hey du! Was glotzt du denn so?«

Wie konnte das nur passieren? Aber noch viel wichtiger: Wie kann man es wieder rückgängig machen? Ein entschlossener Schlag auf den Kopf? Direkt auf das Sprachzentrum. Ist es denn möglich, Sprachen einzeln anzuvisieren? Oder löscht man dabei alle? Inklusive Muttersprache? Wo liegt überhaupt das Sprachzentrum? Die letzte Biologiestunde liegt nur ein paar Monate zurück und schon sollte alles fort sein? Im Frontallappen, genau! Was liegt denn da sonst noch? Sie möchte schließlich nur das Französische loswerden. Nicht aber ihr Augenlicht. Das ginge den Kunden gewiss zu weit. Sprachlos und blind. Da werden viele melancholisch. Und die, die es nicht werden, sind wohl noch schlimmer.

Sie sollte aufhören. Aufhören und gehen. Aber wohin? Vielleicht nach Asien. Dort wäre sie sicher. Dort würde sie die Sprache nie erlernen. Aber wie kommt sie dorthin? Das überlegt sie später. Pläne haben sich nie bewährt. Nicht, dass sie jemals einen hatte. Aber wozu auch? Wenn alles anders kommt, als man denkt. Woraufhin man umdenken muss. So flexibel ist sie nicht. Besser also, man fängt erst gar nicht mit dem Denken an. Sie hat einen Batzen Geld verdient. Auch abzüglich der Provision und Tricksereien der Agentur. Damit kommt sie noch Monate durch. Ein Jahr, wenn sie fastet. Täte ihr gewiss nicht schlecht. Sie hat ein bisschen zugelegt, seit sie in der Agentur ist. Das ist das viele chinesische Essen. Ihr schöner Chinese! Den hat sie in dem Schock ganz vergessen. Nein, sie kann nicht aufhören. Sonst sieht sie ihn gewiss nie wieder. Womöglich reicht es, wenn sie einige Wochen pausiert. Sich in ihrem Studio einsperrt und wartet, bis sie alles verlernt hat. Sie wird die Sprache aushungern. Ihr Gehirn soll sich entleeren wie eine Schnecke. Das dürfte recht schnell gehen. Von ihrer letzten Englischstunde weiß sie nicht mehr das Geringste. Sie muss sich eigentlich nur zurücklehnen und fühlen, wie ihr Frontallappen schmilzt. Doch was, wenn sich die alte Veuve derweil eine andere sucht? Wenn nicht sogar gleich mehrere? Sie hat eine neue Nische entdeckt, die sich zum Krater weiten ließe. Das Geld lässt sie sich nicht entgehen. Bald wird sie eine Legion sprachloser Gören im Katalog führen. Und sollte sie keine finden, wird sie eben welche erschaffen. Sie wird Mädchen die Zungen abreißen und ihnen die Ohren mit Wachs verkleben. Das Verlernen muss zügiger vonstattengehen. Es gibt mit Sicherheit Mittel und Wege, der Verdummung nachzuhelfen. Andere, als sich das Wissen aus dem Schädel zu trümmern. Vielleicht kann sie es dort belassen und, statt es zu töten, unter Unsinn begraben. Sie könnte zum Beispiel ihr Wörterbuch zerschneiden und ganz neu zusammenkleben. Daraufhin lernt sie so lange falsche Übersetzungen, bis nichts mehr Sinn ergibt, was die Franzosen so daherreden. Zusätzlich könnte sie sich noch Hörbücher rückwärts anhören. Vielleicht schadet das ja auch.

Da gibt es nur noch ein kleines Problem. Sie will ja gar nicht, dass es endet und sie wieder nichts versteht. Aloisia will weiter zuhören. Sie kann die Sprache ruhig verlernen, doch zunächst will sie alle hören. Die Geschichten aller Herren, welche glauben, sie seien allein. Sie zögert es hinaus. Sie verschluckt sich jedes Mal, kurz bevor ein Schweif entlädt. Stößt er sie in ihren Schoß, muss sie eben zur Toilette. Sie will nicht, dass es endet. Sie will, dass sie weiterreden. Zum ersten Mal verspürt sie Lust. Und nicht nur an den Geschichten. Früher war es ihr am liebsten, wenn die Herren sie auf den Bauch oder Boden zitieren. So muss ich sein Gesicht nicht sehen, dachte sich Aloisia. Heute denkt sie anders. Heute ist es ihr am liebsten, wenn die Herren sie auf den Bauch oder Boden zitierten. So kann er ihr Gesicht nicht sehen. Denn sie kann nicht verbergen, dass sie versteht. Sie ist irreparabel verdorben. Sie kann wegschauen, doch nicht weghören. Die Ohren stehen immer offen. Sie haben keine schützenden Lippen und Lider. Irgendwas verrät sie immer. Ein Stutzen, ein Staunen, ein Schmunzeln, ein Schreck. Sie kann zwar Verständnis mimen, aber verbergen kann sie es nicht. Mit dem Orgasmus verhält es sich ähnlich. Den kann sie auch nicht vertuschen.

»Sie sollten es Ihrer Frau sagen.« Monsieur B erstarrt. »Was hast du gesagt?« »Nichts!« »Verstehst du etwa, was ich sage?« »Nein!« »Doch! Das tust du! Du hast gerade die Frage verstanden.« Aloisia lächelt und schüttelt den Kopf. »Bitte! Verraten Sie es nicht der Veuve!« Sie fühlt sich plötzlich furchtbar nackt. Nackter als nur ausgezogen. Der Mantel des Schweigens ist zerschlissen und hängt ihr in Lumpen von den Schultern. Sie versucht mit den Füßen aus den Handtüchern zu schlüpfen. Das hält besser als erwartet, denkt Monsieur B und zieht die dicken, weißen Knoten noch einmal fest.

22

Ludmilla lutscht seinen Schweif in zwei alternierenden Tempi. Da wäre zum einen das Adagio der Dankbarkeit. Dankbarkeit darüber, dass er sie nach Monaten der Untreue endlich zurückgeholt hat. Dann lustwandeln ihre Lippen an seinem Fleisch bergauf, bergab. Ohne jede Hast und Hoffnung auf den Gipfel genießen sie die Landschaft und können sich dabei gar nicht entscheiden, welche Aussicht sie erregender finden. Und zum anderen das Presto der Wut. Wut darüber, dass er sie vor Monaten überhaupt verstoßen hatte. Dann verkrampfen sich plötzlich ihre Finger und ihre bunten Plastiknägel graben sich ihm in Schenkel und Hoden. Dem Kommissar ist ein Rätsel, womit er das verdient. Er hat schließlich nichts getan. Weder hat er sie damals verstoßen, noch ließ er sie jetzt zurückholen. Sie hat sich an ihm festgesogen, dass ihm allmählich mulmig wird. Seit nunmehr einer vollen Stunde hockt sie vor ihm am Teppichboden, der ihren Knien sicher mehr Schmerzen bereitet als Parkett, und lässt ihn keinen Moment aus dem Mund. Hoffentlich ist er nicht völlig verschrumpelt wie nach einem zu langen Bad. Früher gönnte sie sich alle paar Minuten eine Pause, in der sie ihn mit der einen Hand rieb, während sie sich mit der anderen ihren geschundenen Kiefer massierte. Heute aber lutscht sie ihn wie ein Berserker. Bei dem Versuch, sie zu zügeln, riss er ihr nur ein Büschel Haar aus. »Was ist denn mit deiner Kollegin?« Ludmilla streckt die Zunge raus und wischt sich mit einem Stück Klopapier sein Sperma ab. »Die etwas festere.« Ludmilla weiß, wen er meint. Die, deretwegen sie ihn wochenlang nicht gesehen und keine Schecks erhalten hat. Ihre Eltern, denen sie ihr Leid geklagt hat, waren so freundlich, einzuspringen und ihr Taschengeld zu erhöhen. »Ist sie krank?« Ludmilla schüttelt trotzig den Kopf. »Ist sie gegangen?« Sie wickelt ein Hustenbonbon aus. »Ist ihr was passiert? Jetzt sag schon!« »Ich darf doch nichts sagen!« »Wenn ich dich etwas frage, schon.« »Nein, darf ich nicht. Ich darf über andere Mädchen nichts sagen.« Sie steckt sich das Bonbon in den Mund und verlässt das Zimmer. Der neue Concierge bittet ihn zum vierten Mal in diesem Monat um den Ausweis. Auf dem Weg zu seinem Stammplatz beim *arabe du coin* kommt dem Kommissar ein tröstlicher Gedanke. Vielleicht ist Ludmillas Kollegin mit dem alten Concierge durchgebrannt. Ein junger Mann am Straßenrand bietet ihm überteuertes Crack an.

»Sagen Sie, Boum, finden Sie das nicht seltsam, ständig hier auf mich zu warten, während …«»… Sie tat- und zahlungskräftig die Schande der Kuppelei unterstützen?«»Ähm, ja.«»Anfangs schon, doch mittlerweile sehe ich mich selbst gerne als Ihre Zigarette danach.«»Ich dachte, Sie haben mit Zigaretten aufgehört.« Der Kommissar deutet auf die Wasserpfeife am Tisch. Boum verschluckt sich und wedelt empört mit dem Shishaschlauch. »Reine Tarnung«, japst er atemringend und greift nach der dampfenden Tasse vor ihm am Tisch. »Boum! Trinken Sie Minztee?«»Mit Schnaps.« Der Kommissar greift sich die Tasse, um daran zu riechen. »Unsinn! Da ist doch kein Schnaps drin. Haben Sie etwa auch aufgehört zu trinken? Sie werden mir am Ende doch nicht zum Islam konvertieren!« Boum verschluckt sich abermals. Kleine Schwaden weißen Rauchs hopsen ihm aus dem Mund. Der Kommissar fühlt sich ungut an Ludmilla erinnert. »Wissen Sie, Boum, heute auf den Tag genau vor sechs Monaten geschah der Mord an den Panflötenspielern.« Boum blickt schwärmerisch an die Decke. »Unglaublich, wie lange wir schon gemeinsam ermitteln.«»Und seither nichts.«»Ich finde, wir sind uns viel nähergekommen.«»Ich meine die toten Musikanten!«»Ach so. Ja, von denen gab's keine mehr. So viel zur Treue von Mördern.« Eine Tasse Minztee wird an den Tisch gebracht. Der Kommissar bemerkt sie nicht. Boum zieht sie unauffällig zu sich. »Der Maestro müsste sich doch längst gemeldet haben. Erst macht er uns allen was vor und dann eines Tages verschwindet er plötzlich!«»Sie steigern sich da zu sehr rein.«»Es ergibt einfach keinen Sinn! Diese Morde wollten etwas aussagen. Etwas bewirken. Das war keine Triebbefriedigung. Da war mehr. Und das alles soll jetzt vorbei sein? Einfach so?«»Es liegt nicht an Ihnen.«»Was meinen Sie denn?«»Keine Ahnung. Was meinen *Sie* denn?« Boum bietet dem Kommissar einen Zug seiner Wasserpfeife an. Dieser lehnt ab. »Sie müssen mal wieder auf andere Gedanken kommen. Machen Sie doch mal zur Abwechslung bei

mir mit. Ich habe eine Aufklärungsrate von hundert Prozent.«
»Na klar, Ihre Täter fliehen ja nicht! Die sprengen sich in die
Luft.« »Gerade dann sind sie erstaunlich schwer zu finden.« Der
Kommissar wendet sich ab. Boum schiebt die klobige Pfeife zur
Seite. »War das ein Schmunzeln? Jetzt kommen Sie schon, helfen
Sie mir doch bei meinem neuen Fall! Fällen, um genau zu sein.
Ich habe da zwei heiße Spuren.« Der Kommissar kneift die Au-
gen zusammen, dann lässt er ein Schmunzeln zu. »Na gut, schie-
ßen Sie los.« Boum springt von seinem Stuhl und presst dem
Kommissar die Hand auf den Mund. »Sind Sie wahnsinnig?!
So können Sie doch hier nicht reden! Wir sind doch umringt
von schießwütigen Irren. Die warten ihr Leben lang nur auf den
Befehl, endlich jemanden abzuknallen.« Der Kommissar reißt
sich Boums verschwitzte Hand von den Lippen und wischt sie
sich am Ärmel trocken. Abermals eine ungute Erinnerung. »Ich
bin mir sicher, das hören Sie öfter, trotzdem möchte ich Ihnen
sagen: Fassen Sie mich nie wieder an!« Boum rollt mit den Augen und schleicht zurück an seinen Platz. »Also gut, passen
Sie auf! Vor einigen Tagen wurde ein Mädchen bei dem Versuch
erwischt, mehrere Packungen Haarfärbemittel aus einem Mono-
prix zu klauen.« »Ja, und?« »Sie trug eine Burka.« »Ich wieder-
hole: Ja, und?« »In dem Haarfärbemittel befand sich Wasser-
stoffperoxid.« »Damit wollte sie doch sicher eine Bombe bauen.«
»Natürlich nicht sie! Ihre Brüder, Onkel, Cousins.« Der Kommissar nickt auf diese spezielle Weise, die unmissverständlich
Nein bedeutet. »Was haben Sie noch?« »Wie Sie sicherlich wissen, sind Puderzucker und Unkrautvernichter eine beliebte Re-
zeptur für selbstgemachten Sprengstoff. Und im letzten Monat
ist der Verkauf von Puderzucker regelrecht durch die Decke
gegangen!« »Es ist Dezember, Boum. Menschen backen Weih-
nachtskekse.« Boum runzelt die Stirn. Dann nuckelt er bedrückt
am Mundstück seiner Wasserpfeife. Der Kommissar fühlt sich

schlecht. Boum hat sich solche Mühe gegeben, ihn aus seinem Loch zu ziehen, und nun fiel er selbst in eins. Ach was, gestoßen hat er ihn. Jetzt muss er ihn auf andere Gedanken bringen. Schließlich ist ja Weihnachten. »Ermitteln wir doch gemeinsam im Fall der Diebstähle in den Baumärkten.« »Was gibt es da schon groß zu ermitteln?«, motzt ihn Boum beleidigt an. »Immerhin wurden Tonnen von Chemikalien erbeutet. Während der Öffnungszeiten!« »Da wollen einfach ein paar Teenies Crystal kochen. Sie waren doch schließlich auch mal jung!« »Und wieso hat die niemand bemerkt?« »Na, vermutlich weil Teenies so stinken. Haben Sie mal an so einem Heranwuchernden gerochen? Der Brunstschweiß und die Aknecreme? Da kommen Ihnen glatt die Tränen. Richtig schummrig wird ihnen da. Kein Wunder, dass die nichts gesehen haben.«

23

Ein dumpfer Knall, dann Schreie aus dem Vestibül. Madame Edwarda saugt ihre Wangen ein und beißt so kräftig zu, dass sie Blut schmeckt. Eine willkommene Abwechslung zu dem schwefeligen Gestank, der seit Tagen in der Luft liegt. Er dringt aus dem Untergrund hoch bis in das oberste Stockwerk. Eine weitere Explosion. Für einen normalen Sterblichen ist die Erschütterung kaum zu spüren. Doch die zarten Mannequins werden jedes Mal gleich Dominos zu Fall gebracht. Das bedeutet blaue Flecken und jede Menge Grünholzbrüche. Ganz abgesehen von der Mühe, sie alle wieder aufzurichten und zum Laufen zu bringen. Man kann sie ja nicht einfach am Boden lassen. Sobald sie eine Weile liegen, statt zu laufen, fühlen sie sich fett und stecken den Finger in den Hals. Wenn man ihnen schon nicht aufhilft, muss man sie also mindestens zur Seite drehen, damit sie nicht ersticken. Und man muss die Scheinwerfer ausmachen, damit sie nicht liegend weitergehen und endlos mit den Beinen strampeln. Schon wieder ist es so weit. Ein dumpfer Knall, dann Schreie aus dem Vestibül.

»In Deckung!«, schallt es durch den Untergrund. Clopins Kopf kippt nach vorne. »Zum Teufel, wer war das?!«, schreit er und fordert mit seinem Gehstock die Clochards zum Kampf heraus. »Welcher Hundsfott wagt es, seinen König zu ohrfeigen?« Der Hundskutscher zeigt mit seinem Ästchen auf die abgerissene Hand, die erst auf Clopins Hinterkopf und danach auf den Boden platschte. Clopin knurrt und humpelt weiter. Der Hundskutscher liest die Hand vom Boden auf, pustet den Dreck von ihr ab und verstaut sie auf seinem Wagen. Eilig rollt er hinter seinem König her. »In Deckung!« Eine weitere Explosion. Erneut regnet es Körperteile. »Mir kommen langsam Zweifel an unserem werten Sprengmeister«, grummelt Clopin und sieht sich nach Besagtem um. »Wie hieß er noch gleich?« »François Renard, Eure Majestät«, kläfft der Hundskutscher. »Huhu, Monsieur Renard!« Ein kleiner Mann mit Schnauzbart taucht augenblicklich vor ihm auf. Für einen Höllenschlund wie diesen ist er erstaunlich gut gepflegt. Das Haar ist seitlich streng gescheitelt und wagt sich nicht zu rühren. Sogar der hellblaue Hemdkragen, welcher unter dem grauen Pullover hervorschaut, weist keinerlei Flecken auf. »Zur Stelle, Eure Majestät«, bellt der Schnauzer und salutiert. Dabei schlägt er sich mit Schwung den leeren Ärmel seines Pullovers ins Gesicht. Offenbar fehlen ihm beide Hände. Clopin ist unschlüssig, ob dieser Umstand für oder gegen seine Qualifikation spricht. »Seien Sie so gut und erinnern Sie mich, warum ausgerechnet Sie die Herstellung der Bomben leiten.« »Ich war Briefbomber, Eure Majestät.« »Interessant. Und wie viele Briefbomben haben Sie gebaut?« »Eine, Eure Majestät.« »So, so. Und die ging an …« »An mich, Eure Majestät.« »Lustig, ja, das sehe ich. Ich meine, an wen sollte sie gehen?« »An mich, Eure Majestät.« »Sie haben sich selbst eine Briefbombe geschickt?!« »Jawohl, Eure Majestät.« »Zum Teufel! Warum?« »Ich wollte meinem Leben ein Ende bereiten und mich vorher noch über Post freuen.« »Ihr gottverdammten Krüppel überrascht mich immer wieder. Na gut, dann …« »Hmpfgrmpf!« Der slawische Mathematiklehrer stürmt aufgebracht hinzu. »Hmpfgrmpf!« Clopin kann ihn nicht verstehen. In seiner letzten Stunde hat er den Kindern das Wurzelziehen beigebracht und ist davon noch sehr geschwollen. »Bompfbrompf!« Der Hundskutscher übersetzt das slawische Gebrabbel. »Er sagt, dass er lügt. François Renard war niemals Bombenbauer. Der ist ein geborener Krüppel!« Clopin schnappt entsetzt nach Luft. »Ist das wahr?« Der Schnauzbart zuckt. »Warum?!« »Es war mir peinlich.« Ein weiterer Clochard schließt sich der Runde an. »Eure Majestät!« »Ah, Johnny! Der schlimme Finger ohne Hände! Was macht das Geschäft?« »Schlecht, Eure Majestät, sehr schlecht. Kein Bargeld mehr auf den Straßen. Alles trocken wie der Schoß der Mutter Oberin.« Johnny ist ein Meisterdieb. Zu Stoßzeiten in der Métro klaut er den Leuten aus den Mündern das Zahngold. Einmal hat er sogar unbemerkt eine Niere gemopst. Und das alles ohne Hände. Die fehlen ihm zeit seines Lebens. Eine Erbkrankheit. Schon seinem Vater fehlten die Hände und dessen Vater ebenso. Zumindest ist es das, was er bislang allen erzählte. Johnny lehnt sich an das Ohr seines Königs. »Wie hast du sie verloren? Eine Briefbombe? Die du selbst gebaut hast? Johnny! Warum sagst du das nicht gleich?« Abermals kriecht Johnny an das königliche Ohr. »Es war dir peinlich?! Ihr gottverdammten Krüppel! Na gut, dann übernimmst jetzt du. Alle mal herhören! Das Kommando hat von nun an Johnny!« »Und was ist mit ihm?« Der Hundskutscher zeigt auf den kleinen Mann mit Schnauzbart. Clopin kneift die Augen zusammen. »Knüpft ihn auf!« Der kleine Mann versucht zu fliehen, doch er findet kein Schlupfloch. Allerlei große und kleine Clochards haben ihn umzingelt und bilden eine feste Mauer. »Keine Angst«, säuselt Clopin und richtet ihm die eine Strähne, der die Flucht aus seinem biederen Haarschnitt gelang, »normalerweise müssen Betrüger ihre Schlinge selbst knoten, doch in deinem tristen Fall will ich eine Ausnahme machen. Meine lieben Missgeburten, mir ist wohl bewusst, ihr habt's nicht so mit Nächstenliebe, doch für einmal seid so gut und helft dem Armen in den Strick!« Ein paar kräftige Clochards packen François Renard an den Armen und schleifen ihn zum Galgen. Dieser brüllt, als gäbe es kein Morgen. Clopin winkt ihm freundlich nach. Wie man einem Kind nachwinkt, wenn es morgens aus dem Haus zum Schulbus läuft. Er bemerkt nicht, was sich ihm indessen von hinten nähert. Er winkt und winkt, so lange bis Monsieur Renard keinen Rührer mehr tut. Dann dreht er sich um und stößt gegen die kahle Grazie, die ihm seit geraumer Zeit im Rücken steht. »Na hallo, schöne Frau!«, schmachtet er sie an und bekommt im Gegenzug nicht einmal ein Augenrollen. »Madame schickt mich.« »Welche denn? Die garstige, die gräss…« »Die Veuve Cliquot.« »Zum hundertsten Mal: Nein! Ich stecke nicht meinen kostbaren Schweif in den zerronnene Époisses, den sie ihr Geschlechtsteil nennt.« Auch das entlockt der Grazie keine Regung. »Sie sucht ein Mädchen.« Clopin stampft auf den Boden auf. »Schon wieder? Ja, bin ich denn euer Fundbüro? Ich habe Wichtigeres zu tun, als eure entlaufenen Hühner zu finden!« »In Deckung!« Der Boden bebt. Warm rieselt das Blut auf das kahle Haupt der Grazie.

24

»Nein, ich garantiere Ihnen, sie ist kein Spitzel im Auftrag Ihrer Frau. Nein, auch nicht von Interpol. Wollen Sie mir jetzt etwa alle weltweiten Geheimdienste aufzählen? Das ist ein stinknormales Gör, das mich genauso betrogen hat wie Sie! Was? Niemand redet hier von Betrug! Ich habe nie behauptet, dass das Mädchen nichts versteht.« Das war es also. Aus und vorbei. Verflogen ihre Superkraft der Sprachlosigkeit. Und die Kunde verbreitet sich schnell. Monsieur B hat es der Veuve letzten Endes doch verraten. Kurz bevor er sich umgebracht hat. Von da an hing die Veuve unentwegt am Telefon. Wieder einmal stehen die Herren wegen der kleinen Autrichienne in ihrer Leitung Schlange. Wieder einmal will sie jeder für sich. Nur diesmal nicht zum Liebesspiel. Einige sähen sie gern tot. Die meisten aber begnügten sich damit, ihr die Zunge abzuschneiden. Die Hände noch dazu, sonst schreibt sie das Gehörte auf. Dem Chirurgen Monsieur U schwebt eine dritte Lösung vor. Ihm liegt wirklich sehr daran, dass seine kleine Perversion keinesfalls nach außen dringt. Kein Wunder, denn nicht viele nehmen Huren mit zu Tonaufnahmen des Töchterchens, das in der Dusche Popsongs trällert. Er plädiert für eine Lobotomie. Er würde sie sogar eigenhändig an Aloisia durchführen. Für die Erlaubnis des Eingriffs bietet er ein kleines Vermögen. Nun hat die Veuve zu viel Geld, um ja zu sagen, und zu wenige Skrupel, um nein zu sagen. Und neue Skrupel kann man sich nicht kaufen. Man kann sie nur ausgeben, bis man keine mehr hat. Jeder Mensch hat ein Startkapital, welches bei jedem verschieden hoch ausfällt. Man muss sich die Skrupel also immer gut einteilen und lediglich die Edelsten nehmen welche mit ins Grab. In ihrer Jugend war die Veuve mit Skrupeln gesegnet, doch später fing sie an zu prassen. Ein kleines bisschen hat sie noch. Die letzten Skrupel bewahrt sie sich auf. Sie nennt es ihren moralischen Notgroschen. Den will sie nicht an Aloisia verschwenden. Glücklicherweise kam jemand anderes Monsieur U zuvor. Nach Wochen der Beschimpfungen, Reklamationen, Mord- und Selbstmorddrohungen hatte die Veuve einen Herrn am Apparat, der den Chirurgen überbot.

»*Bon, alors …*« Er nimmt ihr das Glas aus der Hand und stellt es auf den Nebentisch. Er muss sie nicht betrunken machen, um ihr Neigung einzuflößen. Er weiß, dass man Alkohol nur den Abgeneigten gibt. Von den Geneigten hält man ihn fern. Die lässt man gefälligst nüchtern, sonst verliert man sie womöglich. Im Wein liegt die Wahrheit, so sagt man und irrt sich. Als zerfräße Wein wie Motten die lästigen Schleier aus Lüge und Scham. Und als wäre Scham schon Lüge! Wie gering denkt man von Wahrheit, wenn man ihren höchsten Ausdruck in brunftigem Grölen und Torkeln vermutet? Wein enthüllt nicht, was sein könnte, sondern benebelt nur, was ist. Bei den einen ist das Unwillen, bei den anderen Willigkeit. Und nur ein Idiot würde Letztere benebeln.

Günter aus Saigon ist gewiss kein Idiot. Sie schaut zum Nebentisch hinüber. Um an ihr Glas heranzukommen, müsste sie sich halb auf ihn legen. Sie blickt erratisch durch den Raum. »Darf man hier rauchen?« Er ignoriert die Frage. Es ist besser so. Schließlich hat sie noch nie auch nur einen Zug genommen. Schon bei dem Gedanken kratzt es ihr im Hals. Sie hätte nicht gewusst, was tun, hätte er ein Zigarettenetui aus seinem Sakko gezaubert und ihr eine angeboten. Dabei hätte er es gekonnt. Genarbtes Kalbsleder außen, Schweinsvelourleder innen. Mit Platz für sieben Zigaretten. Jede von einer anderen Marke. Gonthier selbst raucht keine davon. Er bietet sie lediglich an, wenn Damen Lust danach verspüren. Allen bis auf Aloisia. Er findet, das stünde ihr nicht. Zigaretten lassen einen so erwachsen wirken. Er genießt ihr Unbehagen, mit leeren Händen dazusitzen. Die Barstühle sind unwirtlich glatt. Keine Chesterfield-Fauteuils, deren Knöpfe man befingern kann. Es liegen auch keine Mobiltelefone am Tisch, als wären sie geladene Gäste. Das Triste an dieser Technologie ist nicht, dass man dem anderen nicht mehr zuhört, sondern dass man ihn nicht mehr berührt. Zuhören tat man einander nie, doch man berührte sich zumindest. Man wischte einander imaginäre Flusen von den Schultern, weil es zum Wischen nichts anderes gab. Der Mensch erträgt das Schweigen der Sprache besser als das Schweigen der Hände.

Hier hingegen gibt es nichts, um das Verlangen der Finger zu stillen. Wer etwas berühren möchte, dem bleibt nur der andere. Eigentlich müsste er jetzt nur mehr warten. Die Getränkekarte sowie die Tischdekoration hat er vorsorglich entfernt. Sie hält Ausschau nach dem Barmann. Gedankenverloren trocknet er Gläser. Gonthier fasst sie am Kinn und dreht ihren Kopf von der Bar weg. Dann wartet er. Allmählich wandert ihr Kopf in Richtung Bar zurück. Gonthier dreht ihn wieder zu sich. Aloisia schiebt ihre Hände unter die Schenkel. Dort sind sie sicher und er kann die dreckigen Nägel nicht sehen. Gonthier schmunzelt und streckt langsam seinen Arm nach ihr aus. So langsam, als wolle er, dass sie eingreift, ehe er ihr Bein erreicht. Aber sie kann nicht. Seine Finger sind auf ihrer Haut gelandet und springen nun unentschlossen zwischen ihren beiden Knien hin und her. Nur ein paar Zentimeter tiefer liegen ihre Hände begraben, aufgeweicht vom Schweiß ihrer Schenkel. Er hat sich für ein Bein entschieden. An dem flaniert er auf und ab. Aloisia sieht sich erneut nach dem Barmann um. Dieser trocknet immer noch denselben Tumbler. Seine Hand gleitet an dem Glas ein und aus. Die Hand an ihrem Bein auf und ab. Der Barmann soll gefälligst herschauen. Wieder fasst Gonthier sie am Kinn. Jedoch fester als vorhin. Ihr Hals ist starr. Eine Hand zerbricht ihr Gebiss, die andere kitzelt ihr Bein. Kaum vorstellbar, dass beide demselben Menschen angehören. Ihr Kiefer knackt. Die Finger tänzeln auf und ab. Ihr Mund klappt auf und sein Daumen rutscht hinein. Auf und ab. Sie gräbt sich die dreckigen Nägel von unten in die Schenkel. Der Barmann stellt das Glas ab und macht sich auf den Weg. Sie versucht ihre verschütteten Hände zu bergen, doch sie kann sie nicht mehr spüren. Was sie spürt, sind seine Finger. Auf und ab und ein und aus. Der Barmann fragt, ob sie noch etwas wünsche. Gonthier schüttelt ihren Kopf. Fluchend geht der Barmann ab. Gonthier zieht seine Hände zurück und wischt sie an ihrem Rock trocken. Er greift in sein Sakko und legt eine Zimmerkarte vor ihr auf den Tisch.

Ihr schöner Chinese. Jetzt hat sie ihn. Ob er weiß, was sie getan hat, um ihm wieder zu begegnen? Sollte sie es ihm erzählen? Was, wenn ihm dann vor ihr ekelt? Nicht auszudenken wäre das! Was aber, wenn es ihn rührte, was sie für ihn auf sich nahm? Dann wäre es doch schade, ihm die Geschichte vorzuenthalten. Treue, Verzicht, Enthaltsamkeit. Was soll am Nichtstun rühmlich sein? Sich aufzusparen für den Mann, den man liebt. Gibt es etwas Leichteres? Sich Männern an den Hals zu werfen, die man überhaupt nicht kennt und die man, so man sie kannte, höchstwahrscheinlich hasste. Gibt es einen größeren Liebesbeweis? Reißverschluss, Hosenhaken, Gürtelschnalle, Schuhbänder, Hemdsknöpfe, Uhr und ein Ring. Da ist sie wieder. Die Melodie des sich kleidenden Freiers. Aloisia dreht sich der Magen um. Was hat *er* wohl getan, um ihr wieder zu begegnen? Sollte sie ihn fragen? Was, wenn ihr dann vor ihm ekelt? Nicht auszudenken wäre das! Wie viele Mädchen musste er ordern, um endlich auf sie zu stoßen? Mehr noch, als sie Herren traf, um endlich auf ihn zu stoßen? Hat er denn mit allen geschlafen oder die Falschen weggeschickt?

In ihrer Kindheit gab es eine ganz und gar scheußliche Limonade. Hagebutte oder so etwas Ähnliches. Niemand hätte sie gekauft, wäre da nicht das Gewinnspiel gewesen. Unter jedem tausendsten Kronkorken verbarg sich angeblich ein Preis, und dass man nicht wusste, welcher, machte die Kinder erst recht verrückt. So oft es ging und es das Taschengeld zuließ, kauften sie sich nach der Schule in dem kleinen Geschäft nebenan eine Flasche *** und öffneten sie in hehrer Erwartung alle gemeinsam auf dem Parkplatz. Als wäre die Enttäuschung über die leeren Kronkorken nicht schon groß genug gewesen, haben sie dann obendrein die scheußliche Limonade bis auf den letzten Schluck getrunken. Gewonnen hat nur einmal jemand. Das war auch das einzige Mal, dass jemand die Flasche ausgeleert hat, anstatt zu trinken. Der geheimnisvolle Preis war natürlich ein Kasten voll ***. Was soll denn jetzt diese dumme Geschichte? Als ob Herren ein Mädchen ausleeren, wenn es nicht das Richtige ist. Kinder dürfen mäkelig sein, Herren nicht. Vor allem, wenn es um Geschlechtliches geht. Wer weiß, wann die nächste Dürre kommt und man nur mehr trockene Schöße findet. Es wird genommen, was auf das Bett kommt! Die Armen wären froh um die Mädchen von der Veuve! Genau wie die in Afrika um die grausigen Krautfleckerl froh wären, die ihre Großmutter gemacht hat. Aloisias Magen schlägt erneut Purzelbäume. Hat er denn überhaupt nach ihr gesucht? Weiß er denn eigentlich, wer sie ist? Kann er sich noch an sie erinnern? Vielleicht sucht er eine andere! Und sie ist nur ein weiterer leerer Kronkorken auf dem Weg zum Hauptpreis. Jetzt trinkt er sie würgend leer, weil er nichts verschwenden will. Vielleicht sucht er überhaupt nichts.

Sie sagt ihm, dass sie es schade fand, dass er an dem einen Abend so früh gehen musste und dass an dem anderen Abend sie so früh gehen musste. Er lächelt. Heißt das, dass er sich erinnert? Oder lacht er, weil sie lustige Fehler gemacht hat? Noch sind ihre Sätze recht wackelig auf den Beinen. Sie hören sich an wie Gehversuche eines frisch geborenen Rehkitzes. Auf ein paar torkelnde Schritte folgt unweigerlich ein Sturz. Wacker rappelt sie sich auf, bis ihr Gonthier einen Finger auf die Lippen legt. Aloisia verstummt. Mit einem einzigen Finger drückt er das gestürzte Kitz zu Boden und hindert es am Aufstehen. Ihr treten Tränen in die Augen. Sie hätte schweigen sollen. Wie dumm von ihr! Er wollte nicht Aloisia, die patscherte Hostesse. Er wollte *l'Autrichienne*, die sprachlose Hure. Und sie dummes Ding hat den Mund aufgemacht. Nun hat sie ihn vergrault wie all die anderen Herren. Sie liefe am liebsten nackt aus dem Zimmer. »Erzähl es mir in deiner Sprache.« Er sperrt ihren Mund wieder auf. Sein Finger gleitet von ihren Lippen und über ihr Kinn den Hals hinab bis zu ihrem Kehlkopf. »Ein Mensch verändert sich, wenn er seine Sprache wechselt. Plötzlich hat er eine andere Stimme und somit auch eine andere Stimmung. Ich würde sagen: Fremde Sprachen verderben den Charakter. Ich spreche aus Erfahrung.« Gonthier spricht nur Französisch. Seine Muttersprache hat er nie gelernt. »Doch nicht nur du veränderst dich, sondern auch ich. Ich möchte ganz andere Dinge mit dir machen, je nachdem, welche Sprache du sprichst. Wenn du Deutsch sprichst, will ich dir zuhören.« »Und wenn ich Französisch spreche?« »Dann nicht. Darum wäre mir lieber, du sprächest erst einmal nur Deutsch.« Und dann plappert sie für Stunden. Von der Schule, ihren Eltern, ihrer Tigerkatze Petzi. Sie erzählt ihm sogar, dass sie einmal Sartre gelesen hat. Im Original. Das kommt ihr zwar eitel vor, doch da er sie nicht versteht, kann sie es ja getrost erwähnen. Sie gesteht ihm, dass sie froh ist, mit ihm nichts Tiefsinniges besprechen zu können. Denn dafür fehlen ihr die Begriffe. Auch in ihrer Muttersprache. Sie erzählt ihm, dass sie vor einem Jahr die Matura gemacht hat. In Latein. Dass sei ihre Lieblingssprache. Weil man die nicht sprechen muss. Draußen wird es langsam hell.

25

Aloisia ist verliebt. Sie ist verliebt wie nie zuvor. Sie beginnt sogar zu zweifeln, ob sie es je gewesen ist. Sie glaubte sich bereits verliebt, aber scheinbar war das falsch. Ein Trugschluss, weil sie noch nicht wusste, wie sich das Verliebtsein anfühlt. Sie war verknallt, verschossen, vernarrt, aber sicher nicht verliebt. Verliebt ist sie zum ersten Mal. Sie ist zwar nicht blind, aber sie ist taub vor Liebe. Es fühlt sich wieder an wie früher. Sie hört die Stimmen in der Métro, doch sie versteht nicht, was sie sagen. Sie verpasst sogar ihre Station, aber, anstatt zurückzufahren, steigt sie aus und geht zu Fuß. Wie sich bald herausstellt, leider in die falsche Richtung. Dann geht sie eben zwei Stationen zurück. Sie kann ohnehin nicht schlafen. Es dürfte etwa sechs Uhr früh sein. Die Cafés öffnen ihre Terrassen und die Kioske ihre Luken. Kellner lösen die Fesseln der Stühle. In den Boulangerien wird die erste Charge aus den Öfen geholt. Mehrmals gibt sie den Türcode falsch ein. Sie rutscht ab, vergisst eine Zahl oder tippt ihr Geburtsjahr ein. Ein älterer Mann bleibt hinter ihr stehen. Die schweren Einkaufstüten schneiden ihm in die Unterarme. Er möchte ebenfalls in das Gebäude. Als er bemerkt, dass Aloisia sich mehrfach im Code geirrt hat, geht er einfach weiter. Aloisia holt tief Luft und packt sich selbst am Handgelenk. Langsam führt sie ihren Finger über die richtige Kombination. Es surrt. Sie reißt die Haustür auf und rennt die Stiegen hoch. Erster, zweiter, dritter, vierter. Im fünften Stock hält sie kurz inne, um ihre Schuhe auszuziehen. Barfuß und außer Atem kommt sie im sechsten an. Sie schwankt an die Wohnungstür. Sie würde gern dagegenhämmern, doch dafür fehlt ihr die Kraft. Zudem hat sie keine Hand frei. Also klopft sie mit dem Knie. Da ihr niemand öffnet, tritt sie noch ein paar Mal nach. Sie tritt, bis endlich die Tür aufgeht. Romain reibt sich die Augen. Er trägt eine Unterhose. Aloisia in jeder Hand jeweils einen Stöckelschuh. »Salut!«, keucht sie grinsend. Wortlos tritt Romain zur Seite und legt sich zurück ins Bett. Er stellt keine Fragen. Er geht wohl davon aus, dass sie auch keine beantworten könnte. Oder es interessiert ihn nicht. Warum sie gegangen war und wieso sie wiederkehrte. Hauptsache, sie ist zurück. Aloisia tritt ein und schließt die Tür hinter sich. Drinnen streift sie ihr Kleid vom Körper und stellt ihre Schuhe ab. Romain schnarcht. Aloisia überlegt, ob sie sich nackt ausziehen soll. Die Dessous, die sie trägt, könnten den falschen Eindruck erwecken. Sich nackt auszuziehen auch. Trotzdem streift sie die Spitzenwäsche ab, stopft sie in ihre Manteltaschen und legt sich zu ihm ins Bett. Auch sie fragt sich nicht, warum. Warum sie gegangen ist und warum sie wieder da ist. Motive haben nur Verbrecher. Unschuldige handeln einfach. Ohne Absicht, ohne Plan. Sie rüttelt an seiner Schulter. »Willst du nicht wissen, wo ich war?« Er schüttelt den Kopf. Er will wissen, ob sie bleibt. Sie nickt.

26

Das Sonnenlicht robbt unter den etwas zu kurzen Vorhängen hindurch in die Wohnung. Es läutet. Der Kommissar schreckt aus seinem Fauteuil hoch. Hier verbringt er seine Nächte. Halb sitzend, halb liegend. Er schläft nicht mehr in seinem Bett, seit Camille krank geworden ist. Sie hat nachts stark gehustet und wollte ihn nicht wecken. Der Kommissar trägt Straßenkleidung, denn auch seinen Pyjama zieht er nicht mehr an. Seit über zwei Jahren liegt er unter dem Kopfkissen. Der Kommissar schleicht in den Vorraum und lugt durch den Türspion. Niemand zu sehen. Es läutet erneut. Das Telefon! Am anderen Ende der Leitung flüstert eine rauchige Stimme: »Er ist wieder da.« »Wer ist da?«

»Er.« »Nein, wer ist *da*? Da in der Leitung?« »Ach so. Ich.« »Wer ist ich?« »Alain Delon.« »Boum …« »Keine echten Namen, hab ich gesagt! Zum hundertsten Mal: Ich bin Alain Delon. Sie sind Romy Schneider.« »Wieso bin ich Romy Schneider?« »Weil Sie immer so traurig schauen und … Haben Sie mir eigentlich zugehört? Er ist wieder da!« »Wer?!« »Der Maestro … Hallo? Romy? Sind Sie noch dran?« Der Kommissar hält den Hörer zu, um einen Freudenschrei zu tun, kann sich aber nicht dazu überwinden. So einer ist er leider nicht. Die Freude merkt man ihm dennoch deutlich an. »Ich wusste es! Ich wusste, er würde zurückkommen!« »Kriegen Sie sich mal wieder ein. Immerhin ist jemand gestorben.« Der Kommissar schluckt. »Viele sind gestorben, Boum! Und die verdienen, dass ihr Mörder seine gerechte Strafe erhält.« »Sie wollen vor allem Recht behalten.« »Wer war es denn?« »Ein Bratschist.« »Ein Bratschist?« »Ja, ein Bratschist. Stand so in *Paris-Matin*. Spielte am Place Charles de Gaulle unter dem Arc de Triomphe. Bis er ganz plötzlich verschwand. Minuten später erst tauchte er wieder auf. Und zwar mitten im Kreisverkehr. Ein Auto schleifte ihn hinterher. Jemand hatte ihn mit den Saiten seiner Bratsche erdrosselt und an die Heckstoßstange gebunden.« »*Sacrebleu!*« »Und das an seinem ersten Tag.« »An seinem ersten Tag?« »Ja, an seinem ersten Tag. So stand es in *Paris-Matin*. Aber hören Sie, es kommt noch schlimmer. Offenbar war der Fahrer Tourist. 37 Runden hat er im Kreisverkehr gedreht, ehe er rausgefunden hat!«

27

Mehrere Millionen Menschen drängen jährlich in den Louvre vor die Mona Lisa hin, um sich die ewige Frage zu stellen: Was will das Weib? Es ist nicht etwa eine Frau, die Da Vinci portraitierte, sondern diese eine Frage. Keine rätselhafte Person, sondern das Rätsel in Person. Viele aber gehen fehl und fragen: Was will *dieses* Weib? Sie deuten sich um den Verstand und strotzen dabei vor Gewissheit. Und sei es nur die ihrer Ungewissheit, welche nicht minder anmaßend ist. Dann lautet ihr Urteil: geheimnisvoll. Die geheimnisvolle Frau und ihr geheimnisvolles Lächeln. So reden sich die Menschen ihr Unwissen schön. Wenn einer irgendwas nicht weiß, ist das noch nicht geheimnisvoll, sondern er selbst nur ahnungslos. Doch wer gibt das schon gerne zu? Während die einen Ahnung mimen, verklären die anderen Ahnungslosigkeit als Erkenntnis und prahlen dann: Ich weiß, dass ich nichts weiß. Das ist nicht nur schrecklich eitel, sondern auch schrecklich bequem. Die unbequeme Einsicht wäre, dass es nichts zu wissen gibt. Wie im Falle der Joconde. Vielleicht hat sie kein Geheimnis. Vielleicht weiß die Mona Lisa selbst gar nicht, was sie will. Sie wäre schließlich nicht die Erste.

Aloisia will nicht in den Louvre gehen. Aloisia will von Gonthier in den Louvre verschleppt werden und dort Kunst erklärt bekommen, die sie nicht interessiert. Sie will, dass er mit ihr vor *La liberté guidant le peuple* stehen bleibt und fragt: »Weißt du, von wem das ist?« Woraufhin sie rufen wird, so laut, dass es alle hören: »Ist das ein echter Debussy?« Dann wird sich Gonthier an die Nasenwurzel fassen und einen Seufzer des Unglaubens tun. Vielleicht entgleitet ihm sogar ein halb entsetztes, halb verzücktes »Das ist nicht dein Ernst, oder?!« Sie wird daraufhin kopfschüttelnd lächeln, was auch ihm ein Lächeln abringt. Denn natürlich weiß sie, dass Debussy ein Komponist und das Gemälde nicht von ihm ist. Von wem es wirklich ist, weiß sie nicht. Doch er wird glauben, dass sie es weiß, sonst hätte sie es nicht gewagt, so einen dummen Scherz zu machen. Außerdem hat sie Debussy erwähnt. Das gibt sicher ein Mitarbeitsplus.

Zu all den kleinen Szenen, die sie sich immer im Vorhinein ausmalt und deren Vokabeln und Sätze sie probt, kommt es jedoch leider nie. Gonthier erklärt nichts. Gonthier erzählt nichts. Stumm gehen sie Tag für Tag einen Garten, einen Park oder ein Museum ab. Der Louvre gefällt ihr besser als das Musée d'Orsay, wohin er sie letzte Woche mitnahm. Dort hängen so viele Expressionisten. Die Bilder, vor denen jeder steht und denkt: »Na, das hätte ich auch hingekriegt.« Die meisten Museen begehen den Fehler, ihre Exponate chronologisch auszustellen. Die Expressionisten hängen am Schluss. So etwas auch hinzukriegen ist somit der letzte Eindruck, mit dem Besucher das Museum verlassen. Vor der Skulptur von Amor und Psyche breitet Aloisia ihr Wissen über die griechische Mythologie aus. Ihr ist wichtig, dass er weiß, dass sie eine gute Schülerin war. Dass sie überdies eine gute Hure war, ist ihr wichtig, dass er nicht weiß. Dabei ist sie darauf stolzer als auf ihr Maturazeugnis. Eine glatte 1,0. Die ganze Gymnasialzeit hindurch. Das war allerdings nicht ihr alleiniges Verdienst. Sie hatte eben gute Lehrer. Und, was ebenso bedeutsam war, sie hatte gutaussehende Lehrer. Gut und gutaussehend. Das ist das A und O der Erziehung. Das »Ah!« der Erkenntnis und das »Oh!« der Extase.

Gonthier wäre zu beidem fähig und Aloisia zu gerne eine gute Schülerin. Mehr darf sie ohnehin nicht sein. Warum das so ist, weiß sie nicht. Jedenfalls darf sie ihn kaum versehentlich streifen, springt er schon einen Meter zur Seite. Manchmal beschaut sie die Flecken an ihrem Rock, den sie damals in der Bar trug, und zweifelt, ob alles nur Einbildung war. Gonthier behauptet, sich an den Mythos von Amor und Psyche nicht mehr erinnern zu können, und bittet Aloisia sein Gedächtnis aufzufrischen. Sie setzt an, aber nach nur einem Satz unterbricht er sie bereits. »Erzähl es mir in deiner Sprache.« Aloisia hält vor Zorn die Luft an. Sie hätte sich nie gedacht, dass sie etwas mehr kränken könne als das ständige »*Tu dis quoi?*« von Romain. Was auch immer sie auf Französisch zu sagen versucht, Gonthier würgt sie sofort ab. Nicht wörtlich gesprochen, versteht sich. Er würde ihren Hals wahrscheinlich gegen Geld nicht berühren. Er will ihr weder Liebhaber noch Lehrer sein. Zwei Herzen schlagen in seiner Brust, aber scheinbar keines für sie. Aloisia stapft wortlos voran.

Früher traf sie Herren, die wollten nur reden. Jetzt hat sie einen, der will nur hören. Nicht einmal zuhören will er ihr. Denn dafür müsste er sie ja verstehen. Er will sie nur reden hören. Und das will er unbedingt. Sonst bestünde er ja beim Abschied nicht immer auf ein Wiedersehen. Jedoch geht Aloisia allmählich der Sprechstoff aus. Jede Geschichte hat sie schon doppelt und dreifach erzählt. Von ihrer Familie, ihrem Dorf, ihrer Schule. Jeden Mythos der *Metamorphosen*. Auf die Geschichten folgten daher irgendwann alle möglichen Fakten. Schuhgröße, Lieblingsfarbe, Allergien. Danach fing sie an, einfach alles zu beschreiben, was sie gerade um sich sah. Als ihr das zu dröge wurde, begann sie von den Herren der Veuve zu erzählen. Wie sie die Herren kennenlernte, spart Aloisia wohlweislich aus, obgleich sie sich sicher ist, dass Gonthier kein Wort versteht.

Nach einer halben Stunde Stille fasst er sich schließlich ein Herz. Vor der Joconde bricht er sein Schweigen. »Findest du, sie lächelt?« »Keine Ahnung.« »Konzentriere dich erst auf die Augen und danach auf ihren Mund. Siehst du, wie sich ihr Ausdruck verändert?« »Nicht wirklich.« »Der rechte Mundwinkel geht etwas nach oben, aber der linke bleibt unten. Verkneift sie sich das Lächeln oder versucht sie eins zu künsteln?« »Seltsam.«

»Nicht wahr?« »Ich meine nicht das Bild.« »Sondern?« »All diese Herren hier. Von denen jammert sicher jeder, dass er seine Frau nicht versteht. Dass sie immer so komisch schaut und es sie wahnsinnig macht, nicht zu wissen, was sie will. Doch sie alle kommen hierher und bezahlen auch noch Eintritt, um sich eine anzusehen, die sie genauso wenig verstehen!« »Ich verstehe nicht, was du …« »Ja, eben! Sie verstehen mich nicht! Sie verstehen weder mich noch die da an der Wand! Nur vor *mir* stehen nicht Millionen und grübeln, was ich will.«

Gonthier fragt sie, was sie will, und Aloisia sagt es ihm. Er sagt ihr dann, dass das nicht geht, weil er heim zu seiner Frau muss. Auf dem Heimweg fällt ihm ein, dass das tatsächlich stimmt. Er muss heim zu seiner Frau und sicherstellen, dass sie noch da ist. Gonthier graut vor dem Tag, an dem sie ihn verlässt. Er wird sich nach außen nichts anmerken lassen. Er wird weiterhin seinen Ring tragen und sich ihretwegen allerorts früh empfehlen. Doch lieber wäre ihm, sie bliebe. Dann muss er niemanden belügen. Denn das tut Gonthier nicht gerne. Besonders nicht Aloisia. Er hat sie gern. Deshalb möchte er aufrichtig sein und ehrlich sagen: »Du, ich muss jetzt heim zu meiner Frau.« Und das ist oftmals auch schon alles, was er bei einem Treffen sagt.

28

Aloisia hatte sich nie für eine gute Lügnerin gehalten. Die wenigen Versuche, Verwandte oder Lehrer anzulügen, schlugen ausnahmslos fehl. Meist schon im Moment des Lügens. Ihr Gesicht zieht alle Register, um seine Trägerin zu verraten. Ebenso wie ihre Stimme, die bei jedem verlogenen Wort sprungartig die Tonlage wechselt. Sie hatte fürs Lügen nie viel übrig. So ungesprächig, wie sie ist, erschien es ihr als Fleißaufgabe. Noch dazu als eine, für die man nicht belohnt, sondern höchstens noch bestraft wird. Sie beschränkte sich stets auf die Wahrheit. Nicht, dass ihr an der Wahrheit irgendetwas gelegen wäre, doch Lügner waren in ihren Augen Verlierer. Menschen, die sich verdächtig machten oder gar erwischen ließen. Sie kannte die Lüge eben nur in ihrer primitivsten Form: der Notlüge. Sie wusste doch nicht, dass Lügen einfach Spaß machen konnte. Nun kann sie gar nicht mehr aufhören damit und Romain kann nicht mehr weghören.

Sie erzählt Romain von der Sorbonne, an der sie jetzt eingeschrieben ist und Germanistik studiert. Nebenfächer Latein und Altgriechisch. Sie erzählt von den Kommilitonen und den Professoren. Meistens beschreibt sie einfach ihre alten Lehrer und Klassenkameraden. Wenn ihr die Phantasie gebricht, bedient sie sich bei den Herren der Veuve. Dann erzählt sie etwa von Monsieur M, der ein Seminar zum bürgerlichen Trauerspiel gibt und einen dritten Hoden hat. Sie spricht weder fehlerfrei noch ist alles frei erfunden. Manches, von dem was sie erzählt, ist auch wahr. Wie etwa, dass sie sich verliebt hat. In einen Studenten namens Gonthier. Dann grinst sie selig vor sich hin. Sie wollte nur seinen Namen laut sagen. Gonthier. Unglücklich verliebt sind nur jene, die niemanden haben, um davon zu erzählen. Romain grinst nicht. »Aber das ist längst vorbei. Er macht jetzt ein Erasmusjahr.« Aloisia hat kein schlechtes Gewissen. In einer fremden Sprache braucht man das nicht zu haben. Hier ist man schließlich nur zu Gast. Das heißt, man muss nicht saubermachen. Man kann nach Belieben fluchen und lügen. Gleich Plastiktellern wirft man die Vokabeln weg, wenn man sie bekleckert hat.

Wie könnte er schon unterscheiden, ob sie nach einer Ausflucht sucht oder nur nach einem Ausdruck? Verbiegt sie die Wahrheit oder beugt sie nur Verben? Denn beides ist ein großer

Kraftakt. Das Stottern, das Stammeln, das ewige Suchen. All die verräterischen Ticks, die einen Lügner überführen, sind nunmehr ganz unverdächtig. So spricht man eben, wenn man die Sprache erst lernt. Holprig und langsam. Wie ein schlechter Lügner. »Hast du mit ihm geschlafen?« Sie überlegt. Wäre sie Französin, hätte er sie hier schon überführt. Eine frische Lüge muss erst angefertigt werden. Das Gehirn braucht dafür Zeit. Wahrheit hingegen braucht nicht lange. Sie liegt griffbereit ganz obenauf am Gedankenstapel. Man muss nur den Mund aufmachen und schon plumpst die Wahrheit raus. Ehrlichkeit ist keine Tugend, sondern ein Trieb. Wenn etwas eine Tugend ist, dann, der Wahrheit zu widerstehen. »Nein.« Das hat nun wirklich zu lange gedauert, um die Wahrheit sein zu können. Romains Mundwinkel werden schwerer. Als wären sie mit Gewichten behängt. Er hat große Mühe, sie wieder nach oben zu stemmen. Aloisia dagegen lässt die ihren anstandslos sinken. Sie übt keinen Widerstand. Ihre Mundwinkel befinden sich im freien Fall und drohen aus dem Kinn zu stürzen.

29

Es gibt zwei Arten untreuer Gatten. Die mit Huren und die mit Geliebten. Je nachdem, was einem fehlt. Ordnung oder Chaos. Erstaunlich ist, dass jeder sich dem jeweils anderen moralisch überlegen wähnt. Der Gatte mit den Huren wird sagen: »Es war nur Sex und kein Gefühl!« Der mit den Geliebten dagegen: »Es war nur Liebe und kein Kalkül!«

Gonthier war immer ein Treuloser der ersten Art. Einer mit Huren. Anfangs befiel ihn noch ein schlechtes Gewissen. Doch auch ihm gelang es schnell, das schlechte Gewissen in Stolz zu verkehren, kein Treuloser der zweiten Art zu sein. Er ist, wie man sagt, ein *homme d'affaires*. Ein Geschäftsmann. Durch und durch. Für jeden Ehebruch bezahlt er. Damit ist die Schuld beglichen. Im wahrsten und im biblischen Sinn. Untreu ist Gonthier nur auf Geschäftsreisen. Auf Konferenzen und auf Messen. Stets in der Ferne. Niemals zu Hause. Niemals in Paris. Das findet er ungehörig. Die Gattin muss außer Reichweite sein. So kann er es auf die Sehnsucht schieben. Und letztlich auf die Gattin selbst. Würde sie ihn doch begleiten! Ließe sie ihn doch nicht dauernd allein! In Paris bräuchte er Vorwände und Alibis und so etwas bringt er nicht übers Herz. Er betrügt seine Gattin. Doch sie zu belügen – das geht zu weit. Schmutzig macht er sich die Finger, aber sicher nicht den Mund. Wenn seine Frau ihn fragt, wo er hinfährt, sagt er meist: zu einer Tagung. Gonthier beherrscht kaum eine Handvoll deutscher Vokabeln und hegt dahingehend auch nicht die geringste Ambition, doch dieses kleine Wörtchen Tagung hat es ihm mächtig angetan. Gelernt hat er es von einem Kollegen in Deutschland, als dieser einst am Telefon nach einer Übersetzung rang. Es lässt sich nämlich gar nicht so leicht übersetzen. Man könnte dazu *séminaire, congrès, colloque, réunion* oder sogar *symposium* sagen und jeder wüsste, was gemeint ist. Doch all das gibt es auch im Deutschen und nichts davon birgt die Atmosphäre einer Tagung. In Tagung steckt kein Miteinander. Das klingt nicht nach Menschenhaufen. Tagung klingt nach Sonnenschein, der den Konferenzraum flutet und unerbittlich die Hautunreinheiten der Assistentinnen beleuchtet. Nach einer deckenhohen Glaswand, die auf einen kleinen See hinauszeigt. Die Wasseroberfläche glänzt viel schöner als die Perlmuttstrümpfe an den Beinen der Kollegin. Auf einer Tagung wird es nie dunkel. Sie macht selbst die Nacht zum Tag, was um vieles keuscher klingt, als den Tag zur Nacht zu machen. Nichts geschieht am helllichten Tag. Wer behauptet, dass er tagt, will verschleiern, dass er nächtigt.

Gonthier würde sich selbst als nur mäßig triebhaft bezeichnen. Weder leidet noch erfreut er sich an einer sogenannten Sexsucht, wie sie kürzlich *Paris-Soir* jedem fünften Mann attestierte. Vielmehr nimmt er Huren zu sich wie andere Menschen einen Kaffee, ein paar Züge Cannabis oder andere Stimulantien, die Gonthier nicht interessieren. Er kokst nicht, raucht nicht, trinkt nicht und – die in seinen Kreisen wohl heftigste Droge – er redet nicht über sich selbst. Gonthier genehmigt sich schlicht eine Hure. Als kleinen Muntermacher vor einer langweiligen Sitzung. Und als kleinen Müdemacher nach einem hitzigen Disput. Als kleine Belohnung für erfolgreiche Deals. Als kleinen Trost für missglückte Projekte. Um das Heimweh zu lindern. Um das Wegsein zu feiern. Um sich zu sammeln. Um sich zu verlieren. Für den Körper. Für den Geist. Und nicht zuletzt aus Höflichkeit. Das gilt vor allem für seine Stammhuren an den Orten, die er häufig aufsucht. Wie etwa Angeline in Cannes und Celeste in Monte Carlo. Die bucht er aus Prinzip. Auch wenn kein Bedarf besteht. Denn sie sollen nur ja nicht glauben, sie hätten beim letzten Mal irgendetwas falsch gemacht.

Gonthier hat einen weiteren Grundsatz, der ihn vor seinem Gewissen wappnet: niemals mit fremden Frauen zu schlafen. Das heißt, nicht neben ihnen schlummern. Wenn man nur mit Huren fremdgeht, ist das freilich keine Leistung. Denn die verschwinden gewöhnlich von selbst. Die wollen schließlich auch nicht auf der Arbeit übernachten. Also gehen sie nach Hause, während die Arbeit liegen bleibt. Es sei denn, man bezahlt sie zu bleiben. Aber das lehnen viele ab. Huren sind nicht Frauen für eine Nacht. Die bleiben höchstens ein, zwei Stunden. Das aber soll Gonthier nicht daran hindern, sich darauf etwas einzubilden. Gonthier liegt auf und unter ihnen, aber niemals neben ihnen. Kein Schläfchen nach dem Schäferstündchen. Keine Siesta nach der Fiesta. Einnicken heißt einknicken. Je windiger ein

Grundsatz ist, umso mehr flotte Sprüche braucht es, um ihn zu untermauern. Mittlerweile hat er genügend, um davon überzeugt zu sein: Man braucht nur nie einzuschlafen, dann gibt es auch kein böses Erwachen. *Voulez-vous coucher avec moi?* Welch eine friedliche Umschreibung für den genitalen Ringkampf. Wie viel Lang- und Sanftmut steckt im Bild des Miteinander-Schlafens? Was für eine bukolische Trägheit schlummert im Begriff des Beischlafs? Zumindest in den Ohren der meisten. Für Gonthier dagegen ist der Beischlaf der äußerste Alptraum. Darum schläft er nicht mit Frauen. Nicht einmal mit seiner Gattin. Männer werden nicht gern übermannt. Und zwar von nichts und niemandem. Auch nicht von der Müdigkeit und besonders nicht vom Schlaf. Sich in Morpheus' Arme zu werfen – das ist Weibersache. Wenn ein Mann sich nicht mehr regt, hat er gefälligst tot zu sein. Die Kunst etwa mag müde Männer ebenso wenig wie tote Frauen. Was sie mag, sind schlafende Frauen und entschlafene Männer. Denn die schlafende Frau ist ein Kunstwerk. Der schlafende Mann hingegen ein Penner.

»Du musst jetzt leider gehen«, sagt er den Huren nach dem Akt, selbst wenn diese schon längst bei der Tür hinaus sind. Dann murmelt er es eben stumm in sich hinein. Es fällt ihm schwer, sie wegzuschicken. Ihnen nicht einmal anzubieten, hier bei ihm zu nächtigen. Unhöflich fühlt sich das an. Erst stößt er sie schön ins Becken und dann so unschön vor den Kopf. Aber er hat keine Wahl. Den Schlaf der Gerechten schläft man nur allein. Ein guter Gatte muss oftmals ein schlechter Gastgeber sein. Er zeichnet sich nicht dadurch aus, wie gut er seine Frau behandelt, sondern wie schlecht alle anderen. Solange er die von der Bettkante schubst, darf er auch seine Frau etwas schubsen. Er muss ihr nicht zuhören. Er muss nur taub sein für die anderen.

30

Die Geliebte und die Hure sitzen schweigend am Ende des Bettes und überlegen angestrengt, wer von ihnen die Andere ist. Die andere Frau. Der Fehler im Bild. Neben der Einen, die er daheim hat, versteht sich. Das Kingsize-Bett ist frisch gemacht. Die beiden sitzen dicht beieinander. Dichter, als es ihnen lieb ist. Strenggenommen sitzen sie gar nicht, sondern tun lediglich so. Tatsächlich schweben sie in der Hocke ein paar Millimeter über dem Bettschal. Säßen sie entspannt, berührte sich ihr Fleisch. Dann breiteten sich ihre Hintern nach beiden Seiten aus und schwappten sanft gegeneinander. So aber berühren sich nur die Rüschen ihrer Lingerie. Glücklicherweise spüren das die zwei nicht. Sonst rückten sie erschrocken weg und der Schein wäre dahin. Keine der beiden will, dass die andere ihre Beklemmung mitbekommt. Denn für Beklemmung fühlt sich die eine zu alt und die andere zu jung. Die Alte hat ja wohl alles erlebt und die Junge gefälligst alles zu probieren.

Die Hure und die Geliebte mustern einander aus dem Augenwinkel. Keine wagt den ersten Schritt, sich für was Besseres zu halten. Sie beide tragen Lingerie derselben Marke. Reicht das, um einen Plausch zu beginnen? Oder eine Balgerei? Was, wenn beides ein Geschenk von ihm war? Ziemlich sicher sogar. Die Marke ist zu exklusiv, als dass es sich hier um einen Zufall handeln könnte. Sollen sie sich betrogen fühlen? Gibt es ein Recht auf Eifersucht? Und wenn ja, für wen? Die Hure schläft schon seit Jahren mit ihm. Er kroch bereits in ihren Schoß, da kroch die Geliebte erst aus dem ihrer Mutter. Die Hure hat Routine. Das spricht für und gegen sie. In die Geliebte ist er verliebt. Auch das spricht für und gegen sie.

Man müsste seine Frau befragen. Die hätte sicher ein gutes Gespür dafür, wer hierbleiben darf. Denn eine muss weg, so viel ist sicher. Das weiß auch Gonthier. Aber wer ist das vierte Rad am Wagen, welches das erregende Schlingern einer *ménage à trois* erstickt? Wer ist der Luxus? Wer ist die Notwendigkeit? Und was davon braucht er mehr? Sollte die, die er mehr braucht, nicht gehen? Denn brauchen tut er ja schon seine Frau. Ganz besonders jetzt. Wenn seine Frau doch nur hier wäre! In solch zwischenmenschlichen Sachen kennt sie sich besser aus als er. Und auch Gonthier kennt sie besser als sonst wer. Sie wüsste, was ihm besser täte. Die Stabilität von Stammhuren. Oder der Kitzel einer Geliebten. Nur leider ist seine Frau in Paris. Gonthier muss die Sache selbst klären.

Seit nunmehr einer Viertelstunde brüllt er vor der Hotelzimmertür am Telefon mit seinem Assistenten. Der arme Cédric, denken sich drinnen die zwei Damen. Sie kennen den jungen Mann gut genug, um zu erahnen, dass ihn das Gebrüll sehr belastet. Zumal er es sicher nicht böse gemeint hat. Im Gegenteil. Wahrscheinlich dachte er, seinem Chef eine Freude zu machen. Als er an der Rezeption erfuhr, dass Celeste nicht im Hotel sei, setzte er alles in Bewegung, sie schnellstmöglich herzuschaffen. Er konnte doch im Traum nicht ahnen, dass sein Chef nach all den Jahren plötzlich mit der Tradition bricht, seine Stammhure abbestellt und stattdessen eine mitbringt. Keine Hure, eine Geliebte. Aus Paris! Wo er – so viel Tradition muss sein – sich jede Untreue verbittet. Darum nimmt er sie jetzt mit auf seine Dienstreisen. Cannes, Grenoble, Monte Carlo. Das hat er ihr versprochen, weil sie gar so traurig war, dass er sie in der Hauptstadt nicht einmal zu küssen wagt. »Nicht hier, nicht hier!« hat sie immer gehört und irgendwann nicht mehr geglaubt. Romain dagegen glaubte ihr. Dem hatte sie erzählt, sie mache eine Exkursion mit ihrer Klasse. So eine Art Landschulwoche. Nur von der Universität aus. Zu ihrem Glück hat Romain nie studiert. Sonst hätte er sofort gewusst, dass es dort keine Klassen und erst recht keine Landwochen gibt. Es sollte also der Beginn einer wunderbaren Affäre werden. Doch es bedeutete zugleich das Ende von Lolo, Dodo, Joujou, Cloclo, Margot, Froufrou und wie sie sonst noch alle heißen, mit denen Gonthier bislang sein Lager auf Dienstreisen teilte.

Cédric weint seit zehn Minuten. Er verschluckt sich regelmäßig an seinen Entschuldigungen, hustet und krächzt unterwürfig in den Hörer. Allein Gonthier hört nicht auf zu brüllen. So gut wie alles wirft er ihm an die Stirn. Sogar die Stirn selbst wird zum Vorwurf. Warum die immer so fürchterlich glänzt. Als würde er reine Butter schwitzen. Und warum die so fürchterlich groß ist. »Man möchte dauernd sagen: Junge, klapp das fleischige Visier hoch! Zeig uns doch mal dein Gesicht, aber … am schlimmsten ist dieser schwartige Glanz! Bei einer normalgroßen Stirn fiele das vielleicht nicht auf. Aber bei deiner … Scheiße, Cédric! Schmierst du dir das absichtlich drauf? Sowas gibt es ja sonst nicht! Ist das vielleicht Autowachs? Weil du hoffst, dass die Hostessen so blöd sind, die strahlende Monsterfront für eine Motorhaube zu halten, und sich am Messestand daran reiben?!« Cédric schluchzt laut auf. Es tut Gonthier im Herzen weh, seinen treuen Assistenten derart zu erniedrigen. Er will einfach nicht auflegen. Nicht ehe er weiß, was zu tun ist. Denn sobald er auflegt, muss er zurück in das Zimmer und eine fortjagen. Und zwar für immer. Daran führt kein Weg vorbei. Er hat eine lebenswichtige Entscheidung zu treffen. Es geht um nichts Geringeres als die Frage, mit wem er fortan sein Leben verbringen will. Abgesehen von seiner Frau. Seit er sich erinnern kann, hält er Sex und Ehe getrennt. Doch jetzt ist da plötzlich noch die Liebe. Und die verträgt sich eben schlecht sowohl mit der Ehe als auch mit dem Sex. Man sollte das alles trennen. Gattin, Hure und Geliebte. Für alle drei fehlt ihm aber die Kraft. Eine muss gehen. Gonthier klappt sein Mobiltelefon zu und öffnet die Tür.

31

»Das passt alles nicht zusammen!« Schnaubend stapft der Kommissar auf und ab. Der Bürgermeister blickt mitleidig den Teppich an, der solche groben Sohlen nicht gewohnt ist. »Jeden gottverdammten Musikanten hab ich befragt. Niemand hat diesen Bratschisten gekannt. Sie kannten bis zu diesem Mord nicht einmal irgendeinen Bratschisten. Dafür Witze! Hunderte von Witzen musste ich mir anhören! Und die Leiche? Mir war klar, dass sie in schlechtem Zustand sein würde. Nachdem der arme Kerl kilometerlang über den Asphalt geschleift und zigmal überfahren wurde. Doch das, was man mir da präsentierte! Das war eindeutig eine Frau! Angeblich gab es eine Verwechslung. Eines der Brandopfer von dieser missglückten Wagner-Soirée. Der Bratschist dagegen – verschwunden! Aber das Seltsamste an all dem: Der Wagen, der ihn hinter sich herschleifte, hatte ein Pariser Kennzeichen. Und der Mann am Steuer? Ebenfalls Pariser. Nie und nimmer findet der nicht aus einem Kreisverkehr!« Der Bürgermeister beißt sich schelmisch auf die Unterlippe und klappt seinen Globus auf. »Ich gebe zu, das war etwas schlampig.« »Sie meinen?« »Für das gemeine Volk reicht es aus, aber einem Pfiffikus wie Ihnen!« Er schüttelt seinen Zeigefinger vor dem Gesicht des Kommissars. »Dem macht man nicht so leicht etwas vor. Ein Gläschen Gin?« Der Kommissar nickt geistesabwesend und setzt sich auf einen Stuhl, ohne sein Glas anzunehmen. Der Bürgermeister zuckt mit den Schultern und kippt den Gin des Kommissars kurzerhand in sein eigenes Glas. Er wird ihm den Drink schließlich nicht hinterhertragen. »Ich kenne Ihren Idealismus. Bevor Sie also sich und die gesamte Stadt verrückt machen: Der Mord an dem Bratschisten war inszeniert. Verzeihen Sie die verlorene Zeit.« Der Bürgermeister reicht ihm ein Kuvert, doch auch das nimmt der Kommissar nicht an. Stattdessen schnellt er von seinem Stuhl hoch, zum Globus hinüber und bedient sich an dem Gin. Zeit! Als wäre es das, was ihm vergolten werden müsste. Was er über dem Fall verlor, war nicht weniger als sein Verstand. Und der passt nicht in ein Kuvert. Das Kuvert! Er reißt es dem Bürgermeister aus der Hand und stopft es in seine Manteltasche. Er will es Ludmilla geben. Ganz egal, wie viel es ist. In den letzten Wochen war er nicht sehr nett zu ihr. Der Bürgermeister steht am Fenster und blickt hinunter auf die Esplanade de la Libération. Ein Quartett Bratschisten fiedelt dort umringt von Touristen. Vier Bratschenkästen liegen ihnen offen zu Füßen und können kaum mehr eine Münze fassen. »Wir sind uns recht ähnlich. Sie und ich. Mich hat der Maestro ebenso wenig losgelassen. So viel Liebe zum Detail. Die Eitelkeit der Tat und die Bescheidenheit des Täters, der hinter seinem Werk verschwindet. Und das alles soll plötzlich vorbei sein? Einfach so? Nein. Das wäre doch zu schade, finden Sie nicht auch?« Die Augen des Kommissars werden glasig. Schade, ja. Das findet er auch. Mehr als schade. Dabei hätte er ihn fast gehabt. Hätte sie nur nicht dazwischengequatscht Was heißt gequatscht? Verschluckt hat sie sich und ein bisschen gewürgt. Kein Problem. Im Gegenteil. Er mag es, wenn sie sich verschlucken. Das findet er schmeichelhaft. Dann aber hat sie sich entschuldigt. Wie oft hat er es ihr schon gesagt, dass sie gefälligst ihr gottverdammtes Maul halten soll? »Vor allem, wenn sich damit Millionen machen lassen!« Der Bürgermeister zieht ein Heft aus der Schreibtischlade und schiebt es dem Kommissar zu. Es ist der Plakatentwurf der diesjährigen Fête de la Musique. Ein Dirigent mit blutigem Taktstock. Mörderisch gute Musik. »Und sehen Sie sich das an! Die offiziellen T-Shirts!« Wieder der Dirigent. Scheint das diesjährige Logo zu sein. »Und sehen Sie hier auf der Rückseite! Ich habe überlebt!« Den Kommissar juckt es durch die Hose. Ihre weißen Plastiknägel haben sich ganz schön tief in seine Oberschenkel gegraben. Zehn kleine Bächlein Blut tropften auf den Teppichboden. Ob seine Tetanus-Impfung noch wirkt? Er wird noch etwas von seinem eigenen Geld ins Kuvert tun. »Die Prospekte sind auch schon da! Alle Veranstaltungen nach Arrondissements geordnet. Sehen Sie, sehen Sie! Der Maestro empfiehlt … Herrlich, oder?« Er hat ihren Kopf nicht losgelassen. Auch wenn sie danach in seinen Händen waren, im Grunde hat sie sich ihre Haare selbst ausgerissen. Hätte sie nur stillgehalten. Richtig hysterisch ist sie geworden. Noch einmal hat sie sich nicht entschuldigt. Obwohl sie weitaus mehr gewürgt hatte als zuvor. »Und wer weiß …« Der Bürgermeister beißt sich kokett auf den Zeigefinger. »Vielleicht passiert an dem Tag ja ein Mord …« Sie war der Meinung, er hätte sie fast umgebracht. Er bezweifelte, ob sie das als medizinischer Laie sowie unter dem Eindruck der Atemnot objektiv beurteilen könnte. »Es gibt da nur ein Problem und ich möchte, dass Sie es lösen!« Der Bürgermeister stellt sein Glas lautstark auf dem Tisch ab. »Welches Problem …«, stammelt sich der Kommissar in die Gegenwart zurück. »Die Clochards.« »Die Clochards?« »In stinkenden Scharen befallen sie die Stadt. Wie Kakerlaken. Nur leider fürchten sie kein Licht. Im Gegenteil, sie lieben es! Dafür verschwinden sie, sobald die Sonne untergeht. Der Teufel weiß, warum! Was ich allerdings weiß, ist: Touristen stehen auf Serienmörder. Sie stehen nicht auf Clochards. Keiner tut das. Sogar die Pariser geben ihnen nichts mehr. Die spenden ihr Geld lieber nach Afrika, damit die Neger nur ja nicht hierherkommen. Und natürlich denen da!« Er zeigt auf den Rathausplatz, wo sich eine kleine Band formiert hat, die fidelen Klezmer geigt. Vor ihnen liegt kein Plastikbecher. Die Menschen werfen ihr Geld einfach auf den Boden. Dort ist ein riesiger Hut mit Straßenkreiden aufgemalt. Toll sieht der aus. Richtig dreidimensional. Kinder hüpfen zur Musik. Sogar ein paar Erwachsene haben zu tanzen angefangen.

»Straßenmusikanten geben sie gerne. Die stinken nicht. Die sehen nur so aus. Die sind auch nicht arm. Die singen nur davon. Echtes Leid wollen sie nicht sehen, weil sie kaum noch Mitleid haben. Sie haben sich verausgabt. Ausländer, Eisbären, Frauen … Schauen Sie, da kommt wieder einer! Passen Sie auf!« Der Kommissar tritt ans Fenster. Ein Clochard nähert sich der Klezmer-Band. Die Menschen scheinen ihn nicht zu bemerken. Sogar die Kinder sehen ihn nicht. Sie klatschen und tanzen frohgemut weiter. Er schleift sich und sein lahmes Bein mitten durch die Menschenmenge in Richtung der Musikanten. Niemand wendet sich brüsk von ihm ab. Niemand schubst und stößt ihn fort. Alle machen einen weichen Bogen. Nicht zu nah und nicht zu fern. Dabei hören sie nicht auf zu tanzen. Der Clochard hält inne und starrt die Musikanten an. Er steht nun mitten auf dem gemalten Hut. Seine Arme hängen schlaff vom Körper. Sein rechtes Bein ist nach hinten weggeknickt. Er geht langsam in die Knie, um die Münzen aufzusammeln, die auf dem Hut gelandet waren. Er lässt sich Zeit. Der Kommissar ist gefasst, dass gleich ein Tumult losbricht, doch alle lassen ihn gewähren. Sowohl die Menschen als auch die Musikanten, sie alle tun, als sähen sie es nicht. Er hört erst auf, als er nichts mehr tragen kann. Scheppernd schlurft er von dannen. Der Bürgermeister schüttelt den Kopf. »Was haben wir nicht alles versucht, um sie endlich zu verscheuchen. Aber das war falsch. Man muss sie nicht aus der Stadt kriegen … sondern tiefer hinein!« »Sie meinen?« »Wir sperren sie ein.« »Arm zu sein ist kein Verbrechen.« »Ich rede doch nicht von Gefängnis. Wir erteilen ihnen Hausarrest.« »Hausarrest für Obdachlose? Mit Verlaub, das klingt recht zynisch.« »Obdachlos, pah! Auch diese Kreaturen haben irgendwo ein Nest. Und Sie sollen es finden!« »Ein Nest? Ich kann mir nicht vorstellen, dass …« Der Bürgermeister öffnet seine Schreibtischlade und zieht einen Stadtplan hervor. Er breitet ihn vor sich aus. »Es muss irgendwo in den Katakomben sein.«»Und dann? Wollen Sie diese armen Geschöpfe ausräuchern wie Ratten?«»Damit sie sich überall in der Stadt verteilen? Nicht auszudenken! Nein, wir sprengen sie.«»Sie sprengen die Clochards?«»Na, hören Sie mal, ich bin doch kein Monstrum! Wir sprengen die Katakomben.« Der Kommissar blickt aus dem Fenster. Der Kreidehut ist schon wieder halb mit Münzen bedeckt. »Der Clochard ist zweifellos ein viel vollkommenerer Mensch als wir«, murmelt er so dicht am Fenster, dass die Scheibe beschlägt. »Simenon«, klärt er den Bürgermeister auf, ohne sich umgedreht zu haben. Er fühlte die Ratlosigkeit wie einen Dolch im Rücken. »Sie interessieren sich für Krimis?«»Überrascht Sie das?«»Ehrlich gesagt schon. Ein Kommissar, der Krimis liest. Bisschen wie eine Gans, die Foie gras frisst, meinen Sie nicht?«

32

Es ist ein seltsames Spektakel, die Pariser Autofahrer vom Trottoir aus zu betrachten. Man hört sie nicht. Man sieht sie nur. Man sieht, wie sie schreien und mit ihren Armen fuchteln. Tausende bunte Gummizellen rollen durch die Innenstadt. Ebenso wie in Gummizellen stecken in Autos nicht ausschließlich Verrückte, sondern manchmal auch geistig Gesunde, die aber notwendig verrückt werden, wenn man sie nur lange genug in eine solche Zelle steckt. Das soll nun nicht heißen, dass es in den Straßen verrückter zugeht als in den Schächten. In der Métro wird natürlich auch geschrien. Laut und gerne. »Pass doch auf, du Penner!«, schreit er und drischt auf die Hupe. Gonthier hasst das Autofahren. Er nähme lieber die Métro und schrie echte Penner an, aber leider darf er das nicht. Als Mitarbeiter von ***, insbesondere als Leiter der Marketingabteilung, ist er verpflichtet, das Auto zu nehmen. Die bayrische Firmenzentrale ist nie um einen Witz verlegen, geht es um die bescheidene Fahrtüchtigkeit von Asiaten. Dennoch wollen sie im Falle Gonthiers keine Ausnahme machen. Schlitzaugen auf und rein in die Karre! Wie sähe das denn sonst aus? Ein Botschafter deutscher Automobilkunst, der sich unter der Erde herumtreibt wie eine Ratte? Noch dazu in der Tschu-Tschu-Bahn, die nicht einmal tschu tschu macht, weil sie schwuchtelig mit Strom läuft und sich wie ein Stück türkisen Kots durch die Pariser Därme schiebt? Gonthier wäre es egal, als Passagier einer strombetriebenen Kotwurst diffamiert zu werden. Solange sie flutscht! Die Pariser Eingeweide erfreuen sich reger Darmtätigkeit. Verstopft ist nur die Oberfläche.

Gonthier hat eine Entscheidung getroffen. Nach dem Desaster in Monaco ist er in sich gegangen und hat den Huren abgeschworen. Nun sieht er nachmittags die Geliebte und abends die Gattin. Dazwischen liegen zehn Kilometer, sechs Arrondissements sowie eine Stunde Stau im stockenden Berufsverkehr. Nachmittags sind die Straßen leer. Zur Geliebten kommt man leicht. Wie alles mit ihr leichter ist. Oder zumindest scheint es so, weil der Weg zu ihr so leichtfällt. Eine freie Fahrbahn macht denjenigen, zu dem man fährt, gleich vielfach sympathischer. So flüssig wie der Verkehr auf der Straße, so ist er dann auch im Bett. Weg kommt man von der Geliebten nur schwer, und das nicht nur emotional. Um sieben Uhr, wenn Gonthier sie verlässt, haben sich die Straßen bis zur Nasenspitze mit Autos zugedeckt. Verliebte lieben Hindernisse. Doch Staus sind keine Hindernisse. Einen Stau kann man nicht überwinden. Den muss man abwarten. Warten hat nichts Heroisches an sich. Das ist eher was für Frauen. Die warten geduldig, bis sich der Mann zu ihnen durchkämpft. Fürs Durchkämpfen aber braucht man in Paris ein Moped. Oder einen Roller mit drei Rädern. So einen wie

François Hollande. Das war vielleicht ein Skandal in der Presse. Nicht wegen der Affäre. Die hat jeder französische Staatschef. Das erwartet man von ihm. Niemand wählt einen treuen Politiker. Denn irgendwen bescheißen sie immer. Und wenn's nicht die Frau ist, dann ist es das Volk. Nur ein schlechter Ehemann kann ein guter Staatsmann sein. Die Empörung um Hollande galt seinem lachhaften Gefährt. Ein Nachfolger Napoleons hat sich würdiger fortzubewegen. Der Weltgeist am Dreirad. *Quel horreur!* Und doch allemal besser als der Weltgeist im Stau. Zu Gonthiers Glück weiß Aloisia davon nichts. Das war lang vor ihrer Zeit. Sonst hätte sie ihn sicher längst ermutigt, sich ein Moped zuzulegen. Womöglich noch mit dem Zusatz gespickt: »Machen Sie's doch wie Hollande!« Und so etwas will niemand in irgendeinem Kontext hören. Ganz besonders nicht in dem amouröser Abenteuer. Recht hätte sie trotzdem. Denn auch ihre Liaison nimmt Schaden am Pariser Verkehr. Trotz der nachmittäglichen Grünwellen. Allein die Suche nach einem Parkplatz verkürzt das Stelldichein verlässlich um bis zu einer halben Stunde. Aloisias Vorschlag, sich zeitweilig einen Platz in einer nahegelegenen Parkgarage zu mieten, lehnt Gonthier vehement ab. Das wäre wie zu ihr zu ziehen. Nur ohne Zusammenleben. Er will nichts Dauerhaftes innerhalb der Zwischenlösung. Kein Sitzkissen zwischen den Stühlen. Nichts, was ihm das Hin und Her irgendwie komfortabler gestaltet. Sie drängt ihn nicht, seine Frau zu verlassen. Viele Männer wären darüber froh. Für Gonthier dagegen macht das die Sache nur noch schlimmer.

Wie sie ihn heute wieder angestrahlt hat. Zweifelsohne schwer verliebt. Und folglich unzurechnungsfähig. Gonthier ist deshalb auf der Hut. Wenn ein Mädchen so verliebt ist, dass es vor Liebe übergeht, erkrankt es beizeiten an Weitherzigkeit. Das heißt, sie erfasst ein gefährlicher Großmut. Sie wird zwar nicht untreu, aber spendabel. Und ein paar Herren stehen stets parat, die Brosamen aufzulesen. Denen ist auch herzlich gleich, wenn sie fortwährend nur von *ihm* spricht, solange sie sich beim Schwärmen ein wenig streicheln lässt. Wenn die Herren großes Glück haben, streichelt sie sogar zurück. Auch das kann passieren. Weil sie ja dauernd nur an *ihn* denkt. Durch die rosarote Brille sieht man eben vieles unscharf. Sogar wer einem gegenüber. Manchmal wünscht er sich beinahe, sie wäre weniger verliebt und würde sich mehr konzentrieren. Zum Beispiel darauf, wen sie streichelt. Für Gonthier ist das ein völlig neues Gefühl. Nicht das Verliebtsein. Daran kann er sich noch vage erinnern. Nein, die Eifersucht. Die kannte er bislang nicht. Für die Huren ist er einer von vielen und für die Gattin irgendeiner. Für Aloisia dagegen ist er der Eine und möchte es gefälligst bleiben.

Wie alt ist sie überhaupt? Das hat er sie gar nicht gefragt. Das Alter spielt ja keine Rolle. Zum einen ist es Liebe. Zum anderen sind sie in Frankreich. Hier ist ab vierzehn alles erlaubt. Vielleicht sind die Mädchen hier reifer. Oder aber sie sind zu unreif, um mit der geladenen Waffe ihrer Illegalität verantwortungsvoll umzugehen. Deswegen nimmt man sie ihnen weg. Damit die Lolitas nicht dauernd damit kokettieren, bei der Polizei zu petzen, wann immer sie sich vernachlässigt fühlen. Gonthier hofft auf eine melancholische Phase Anfang zwanzig. Gerne auch noch etwas länger. Nur zwei, drei entspannte Jahre. Zumindest bis die Scheidung geklärt ist. So etwas zieht sich in der Regel und ist äußerst kräftezehrend. In der Zeit fände er es schön, wenn er nicht zwei Frauen anspornen müsste. Die eine, dass sie geht, und die andere, dass sie bleibt. Wenn Kind und Krempel erst aufgeteilt sind, dann kann sie sich auch wieder fangen. So einen Stubenhocker will man schließlich auch nicht. Wenn sie dann erst zusammen sind, vielleicht sogar verheiratet, wird er sicher auch sie betrügen. Natürlich nicht sofort, versteht sich. Erst wenn sie um die dreißig ist. Das heißt, weder resch noch retro. Diese schrecklich fade Zeit zwischen dem ersten und dem zweiten Frühling, in der viele Karriere machen oder eine Familie gründen, weil ihnen nichts Besseres einfällt. Verlieben wird sie sich nicht können, weil sie sich jetzt derartig verausgabt. Das geht wahrscheinlich erst wieder mit vierzig. Denn das Herz braucht Ruhephasen.

»Ich möchte, dass du dich an der Uni einschreibst.« »Was?!« Sie schüttelt verständnislos den Kopf. Was ist denn das für eine kranke Idee? Sie kann nicht studieren. Dafür hat sie keine Zeit. Immerhin ist sie verliebt. Verliebtheit ist ein Vollzeitjob. Wenigstens für ein Mädchen. »Du musst dich irgendwie beschäftigen.« »Das mach ich doch!« »Ach ja? Was machst du denn den ganzen Tag?« Aloisia nickt. Das ist freilich keine Antwort. Sondern nur ein kleiner Reiz. Wie die Musik in Warteschleifen. Das soll ihm die Zeit versüßen, bis ihr eine Antwort einfällt. Doch verdient er eine solche? Wie kommt er darauf, so etwas zu sagen? Sie fragt ihn doch auch nicht, was er tagsüber treibt. Was ihr leichtfällt, weil es sie nicht im Geringsten interessiert. Doch wäre es nicht Desinteresse, täte sie es aus Respekt nicht. »Ich mache sehr viel.« »Und was?« Sie stößt ein stummes Lachen aus und schaut stockend durch den Raum. Er versucht ihrem Blick zu folgen, doch kommt ihm nur mühsam hinterher. Nirgendwo will er verweilen. Wie eine Fliege setzt er sich bald auf das Bett, bald auf den Tisch. Was sucht sie denn? Möchte sie ihm etwas zeigen? Oder soll er etwas nicht sehen? Und was sollen die offenen Arme? Als hätte sie keine Ahnung vor lauter Selbstverständlichkeit. Nun nickt auch Gonthier. »Wusst ich's doch!« »Was wussten Sie?«, lacht Aloisia, die einfach nur erleichtert ist, dass sie nicht länger antworten muss. »Dass du das noch immer machst.« Gonthier schiebt sie schroff zur Seite, setzt sich auf den Stuhl und zieht seine Schuhe an. Aloisia steht stumm im Raum. Hinter sich hört sie ihn fluchen. Er setzt beim Schnüren mehrfach neu an, weil ihm die Senkel zwischen den Fingern entgleiten. Schließlich steht er auf, zieht sein Sakko von der Lehne und schlüpft hastig hinein. Er rempelt sie zur Seite, obwohl sie gar nicht im Weg steht. Die Tür steht bereits offen, als sie ihn am Arm packt. Halbherzig schaut er über die Schulter, ohne sie dabei anzusehen. Er zeigt ihr gerade genug seines Gesichts, dass darauf eine Ohrfeige Platz hat. »Sie wollen wissen, was ich mache?!« Gonthier versucht die Tür zu schließen, doch Aloisia stemmt sich dagegen. Tag um Tag und Nacht für Nacht brüllen hier Menschen durch den Gang. Das Irrenhaus ist leer. Alle Irren sind hier. Hier oben in den Dachgeschossen. Und nun dürfen sie endlich einmal ihr beim Brüllen zuhören. »Ich warte auf Sie! Ich tue nichts, als auf Sie zu warten!« Das mag wie ein Vorwurf klingen. Aber so ist es nicht gemeint. Er weiß das. Und ist umso mehr beschämt. »Ich liege im Bett und denke an Sie. Und die Zeit vergeht so langsam. Ich denke und warte. Ich denke und warte. Von morgens bis mittags. Dann kriege ich plötzlich Angst, weil Sie ja schon in ein paar Stunden hier sind. Ich überlege, was ich anziehe. Ich überlege, was ich sage. Und die Zeit vergeht so schnell.« Ihre Stimme zittert. Sie ist zornig. Dass er so undankbar ist. Was könnte sie in seinen Augen denn Schöneres tun, als an ihn zu denken? Als ob ihn das stören könnte. Sie ruft ihn nicht an. Sie schreibt ihm keine Briefe. Sie will nicht, dass er eher kommt. Sie will nicht, dass er später geht. Sie weint sich nicht in den Schlaf, weil sie wünschte, er wäre bei ihr. Sie genießt ihren Freiraum. Und sie genießt, diesen Freiraum mit nichts außer ihm zu füllen. »Keine Diskussion! Du schreibst dich an der Uni ein!« Seine Eifersucht schmeichelt ihr. Versöhnlich küsst sie ihm die Wange und versichert ihm, nichts anderes zu tun, als an ihn zu denken. Er nickt und küsst sie ebenfalls. Anschließend motzt sie ihn an, dass sie doch tun kann, was sie will. Daraufhin wieder Küsse und Schwüre, prompt gefolgt von Gemotze. Das geht ein paar Mal hin und her, ohne dass er ein Wort dazu sagt.

Nachdem Gonthier gegangen ist, geht sie rüber zu Romain. Beim Abendessen erzählt sie von ihrem Tag an der Universität, von der sie nicht einmal weiß, wo sie liegt. Sie wollte niemals die andere Frau sein. Ebenso wenig die Frau eines anderen. Nun ist sie beides, und das ist in Ordnung. Sie ist die andere Frau eines anderen. Damit kann sie leben. Denn so muss niemand einsam sein. Niemand ist am Abend allein. Nach dem Essen schläft sie mit Romain. Sie will wissen, wie sich das anfühlt. Wie es sich anfühlt zu betrügen. Vielleicht tun sie es ja sogar exakt im selben Moment. Vielleicht schläft sie mit Romain, während Gonthier mit seiner Frau schläft. Und beide denken sie dabei aneinander. Aloisia findet das sehr romantisch.

33

Es gibt Dinge, die kann man nicht kaufen. Und es gibt Dinge, die kann man nicht schenken. Sollte man zumindest nicht, wenn man auf den Volksmund hört. Messer, Nähzeug, Schuhe, Perlen. Alles bringt Streit, Tränen, Armut oder Tod. In Aloisias Familie nahm man die Liste der verwunschenen Geschenke sehr ernst. Mehr noch, man erweiterte sie, um auf Nummer sicher zu gehen. Irgendwann war die Liste so lang, dass man sich überhaupt nichts mehr schenkte. Nicht einmal zu Weihnachten. Nicht einmal den Kindern. Trotzdem war es kein karges Fest. Ganz im Gegenteil, unter dem Christbaum stapelten sich die Päckchen und Säckchen. Darin verpackt waren mitunter edle Schuhe, feinste Perlen und sogar teure Messersets. Trotzdem fürchtete niemand das Unheil, das diese Dinge mit sich bringen. Schließlich waren es keine Geschenke. Alles wurde abgekauft. Den Kindern steckten die Eltern vor der Bescherung eine Handvoll Kleingeld zu, um ihre Gaben zu erstehen. Um einen lächerlichen Preis. Einen Groschen oder Pfennig. War jemand kürzlich erst im Urlaub, gab es sogar Złoty und Forint. Die ältesten Verwandten löhnten ob getrübter Sicht und Sinne auch gerne gönnerhaft mit Knöpfen. Verschwunden waren die neidigen Blicke und verstummt die leidigen: »Das wäre doch nicht nötig gewesen!« Es waren die schönsten Weihnachtsfeste, seit alles seinen Preis hatte. Die kleinen Münzen stifteten Frieden.

Sie erwacht zur dritten Strophe von *L'Hôtel particulier*. Romain steht in der Küche und bestreicht das erste Toastbrot. Aloisia blickt sich um. Auch in den Ecken, die sie von gegenüber nicht einsehen kann, hat sich nicht das Geringste verändert. Auf dem Tisch liegt ein Kleid. Schlampig, aber nicht lieblos gefaltet. Es ist ihres, doch nicht das von gestern. Es ist das Kleid, das sie dem Mädchen in den Schacht geworfen hatte. Sie schaut in die Küche. Er ist schon beim vierten Toastbrot. Sie springt auf und in das Kleid. Er reicht ihr einen der zwei Teller und setzt sich an den Tisch. Sie setzt sich auf die Matratze. Ganz so wie früher. Er ist ihr nicht böse. Was nicht bedeutet, dass er sich nicht freut. Sie liefe am liebsten davon. Sie nimmt ein Brot vom Teller. Darunter kommen zahllose Tröpfchen zum Vorschein. Als würde der Teller schwitzen. Aloisia wird plötzlich schlecht. Es war auch eine wilde Nacht. Am Ende hat sie gekriegt, was sie wollte: ein offenes Ohr. An dem hing sie heute Morgen wie andere über der Kloschüssel. Romain hat ihr das Haar gehalten. Sie spie alles aus, um nicht vor Freude zu platzen. Da sie dabei nüchtern war, schämt sie sich nun umso mehr. Sie will schnellstens weg von hier. Leider geht das nicht. Sie hat ja ihr Frühstück noch gar nicht angerührt. Sie nimmt einen scheuen Biss. Beim Kauen betrachtet sie seine überschlagenen Beine. Es ist ja nicht so, dass sie ihn nicht mag. Im Gegenteil. Wie viel lieber säße sie jetzt am Fenster in ihrem

Studio gegenüber und sähe ihm beim Essen zu. Hier kann sie es schließlich nur aus dem Augenwinkel tun, weil er sich sonst beobachtet fühlt. Er ist schon längst fertig, da knabbert sie noch immer an dem letzten Stück Rinde herum. Sie weiß, danach muss sie mit ihm schlafen. Das muss sie fortan öfter tun, sofern sie ihn behalten will. Sie braucht ihn ja. Was, wenn sie es sie erneut überkommt? Sie liest die letzten Brösel auf und stellt den Teller auf den Tisch. Dann lehnt sie sich aufs Bett zurück und schiebt ihr Kleid bis zur Taille hoch. Er freut sich sehr, dass sie wieder da ist. Das gibt zehn Zungenschläge mehr, ehe ihm die Hand ausrutscht und er etwas für sich tut. Irgendwann kriecht er dann an ihr empor. Es läuft alles wie gehabt. Abgesehen von dem Moment, an dem sie sich gewöhnlich rücklings auf seinen Schweif zu setzen pflegt, seine Füße an den Fesseln greift und ihren Hintern auf- und abprellt. Wenn der erste Tropfen Schweiß aus seiner Stirn tritt, den Nasenkamm hinunterfließt, dabei gehörig Fahrt aufnimmt, von der Spitze abspringt und sich auf ihre Wangen wirft. Dann erbarmte sie sich immer, erlöste ihn von seinen Mühen und wies ihn an, sich auf den Rücken zu drehen.

Diesmal aber bleibt sie liegen und lässt sich vom Schweiß berieseln, bis es so aussieht, als hätte sie bitterlich geweint. Sie hat keine Lust. Keine Lust, sich zu bewegen. Sie hat nicht einmal Lust auf die Lust, die es ihr verschaffen würde, sich auf seinen Schweif zu setzen. Lust hatte sie öfter keine mit den fremden Herren der Veuve. Doch mit Romain ist es mehr als keine Lust. Mit ihm ist es Widerwille. Der war ihr bislang unbekannt. So glaubt sie zumindest. Denkt sie zurück an all die Herren, wundert es sie nun doch sehr, dass sie niemals würgen musste. Da war bestimmt auch Widerwille, verdeckt von der Verlockung des Geldes. Von der Hoffnung auf Gonthier. Von dem simplen Wunsch, ihre Sache gut zu machen. All diese Deckmittel gibt es nicht länger. Sie hat auch keine Angst wie früher. Die Angst vor der Enge, die sie nur zu lindern wusste, indem sie ihn in sich scheuchte. Die Angst vor der Stille und die vor der Sprache, die sie durch koitales Keuchen bannte. Heute keucht sie gar nicht. Romain dafür umso mehr, da er die Arbeit ganz allein macht. Er verstummt und zuckt. Fast unmerklich ist er gekommen. Fast so, als wollte er sie nicht stören. Er stört sie aber trotzdem. Vor allem sein Schweiß, der ihr in den Augen brennt. Wenn er sie bezahlen würde, sähe die Sache anders aus. Sie kann gegen Geld nicht pfuschen. So wurde sie nicht erzogen. Er lächelt sie an. Sie sieht es nicht, weil sie sich die Augen reibt. Als sie sie wieder öffnen kann, ist Romain ins Bad verschwunden. Nach den Herren der Veuve gierte sie stets nach einer Dusche. Nun sieht sie keinen Grund, sich zu waschen. Sie hat keine Lust, sich sauber zu machen. Für wen denn? Für Romain? Soll er sie doch waschen. Er hat sie schließlich auch schmutzig gemacht. Kann man etwa all die Dinge, hat man sie erst einmal für Geld getan, nie wieder umsonst tun? Nie mehr für die anderen? Nie mehr für sich selbst? Aloisia weiß gar nicht recht, was das heißen soll: »für sich«. Obwohl »etwas für sich zu tun« eine weibliche Spezialität ist. »Heute mache ich mal was für mich.« Mit diesem schnippischen Ton wohlverdienter Rache.

Romain dreht die Dusche auf. Aloisia schnellt aus dem Bett. Sie greift sich sein Portemonnaie auf dem Tisch und öffnet das Fach für die Münzen. Sie überlegt. Letztlich nimmt sie sich die kleinste. Immerhin hatte er die ganze Arbeit. Sie hat ihm lediglich ihren Körper verkauft. Nichts von ihrer Kraft und erst recht nicht ihre Seele. Sonst nähme sie sich mehr. Heute aber tut es auch die kleinste Münze. Die muss allerdings schon sein. Denn was nichts kostet, ist auch nichts wert. Man darf sich nie unter seinem Wert verkaufen! Das sagt man vor allem den Mädchen. Die hören aber freilich nur: Wer sich nicht verkauft, hat keinen Wert. Sie horcht. In der Dusche läuft noch Wasser. Sie weiß nicht, wohin mit der Münze. In ihr Bustier! Das hat doch diese kleinen Löcher, wo die Pölsterchen drin sind. Mädchen verstecken dort gern ihr Geld vor Taschendieben. Aloisia versteckt ihr Diebesgut. Wo ist es denn eigentlich? Sie sucht das Bett nach ihrem Bustier ab. Was musste er ihr das denn ausziehen? Kann er sich etwa nicht mehr erinnern, wie ihre Brüste aussehen? Da ist es ja. Zwischen Wand und Matratze eingeklemmt. Aloisia legt es an. Irgendwie passt es nicht mehr richtig. Es drückt und zwickt ganz fürchterlich. Sie ruckelt und zupft daran herum. Als wäre es zu klein geworden. Bestimmt beim Waschen eingegangen. Dabei wusch sie es von Hand. Da kann eigentlich nichts geschehen. Doch das Ding ist fraglos kleiner. Oder ihre Brüste größer. Hat sie etwa zugenommen? Dabei isst sie weniger. Das liegt an der Übelkeit, die sie seit Kurzem befällt. Ihre Beine seien schmaler, meinte Romain vorhin voller Sorge. Wer nimmt denn an den Beinen ab und zeitgleich an den Brüsten zu? Ihr wird wieder schlecht. Sie fasst sich ungläubig den Bauch. Monsieur A bis Z paradieren vor ihr auf und ab. Sie wird niemals wissen, wer der Vater ist. Jetzt fängt ihre Brust auch noch an zu jucken. Vielleicht ist es lediglich dieser Bügel aus Metall, der sich dem Bustier entwindet. Sie inspiziert ihr Dekolleté. Tatsächlich! Da lugt etwas aus dem Stoff. Sie zieht den Störenfried hervor. Geldscheine. Streng zusammengerollt. Sie legt die Rolle ab und tastet die andere Brust ab. Auf der anderen Seite steckt mindestens genauso viel. Hat ihr das etwa einer der Herren da reingestopft? Als Trinkgeld? Und sie hat es bislang nicht bemerkt? Gut möglich, das Bustier trug sie gestern zum ersten Mal nach Wochen. Romain zieht den Duschvorhang beiseite. Aloisia erschrickt. Der Gummiring reißt. Mit einem lauten Schnalzer fliegt er in die Höhe. Die Scheine entrollen sich und fliegen sogleich hinterher. Romain runzelt die Stirn. Sein Portemonnaie liegt aufgeschlagen auf dem Tisch. Ringsum Scheine verschiedenster Farben. Auf dem Tisch, auf dem Boden, sogar bis auf die Matratze sind sie hinübergeflattert. »Das ist meins!«, ruft Aloisia und wirft sich auf die Knie und stopft sich die Scheine zurück in ihr Bustier. Er soll schließlich nicht glauben, sie würde ihn bestehlen.

34

Seit ihrem fiebrigen Praxisbesuch hat sie Docteur Touitou tunlichst gemieden. Niemals nimmt sie die Treppen vor Ordinationsbeginn, zur Mittagszeit oder kurz nach Ordinationsschluss. Das fällt ihr nicht schwer. Morgens schläft sie neben Romain. Zur Mittagszeit sitzt sie im Ausguck. Nachmittags schläft sie mit Gonthier. Ihr fiele gar nicht ein, wann sie ihm begegnen könnte, selbst wenn sie es wollte. Dafür müsste Docteur Touitou seine Praxis eine Stunde später öffnen, und Aloisia müsste eine Stunde früher Romains Studio verlassen. Beides ist ganz und gar unwahrscheinlich, wenn nicht sogar ausgeschlossen.

Docteur Touitou grinst sie an. Es ist zu spät, sich umzudrehen und einfach wieder rauszugehen. Geht er hinauf oder kommt er herunter? Aloisia dreht sich zur Seite und visiert die Briefkästen an. Sie muss den ihren erst suchen. So lange hat sie ihn nicht geleert. Er kommt herunter. Sie steckt den Schlüssel ins Briefkastenschloss. Sie rüttelt daran, als würde es klemmen. Dabei schindet sie nur Zeit. Aber ja nicht zu viel. Sonst bietet er ihr Hilfe an. Docteur Touitou nimmt beschwingt die letzten Stufen. Hoffentlich ist da irgendetwas. Pizza-Flyer, Bankprospekte, handschriftliche Werbungen von lokalen Drogenhändlern. Irgendetwas, das sie rausholen und eindringlich mustern kann, während er hinter ihr vorbeigeht. »*Sacrebleu!*«, schreit Docteur Touitou, als er sieht, wie hunderte Briefe aus dem kleinen Kasten strömen. Sie versucht sie aufzuhalten, das Türchen wieder zuzumachen und die Briefe zurückzudrängen. Doch der Papierschwall ist zu stark. Wie das kleine Türchen diesem Druck nur so lange standhalten konnte? Dass der Kasten nicht aufgeplatzt ist! Dafür tut er es eben jetzt. Er spuckt Aloisia ohne Unterlass Post ins Gesicht.

Docteur Touitou hat sich derweil fleißig ans Aufsammeln gemacht. »Sind das alles Rechnungen?« Er drückt ihr zwinkernd einen Stapel in die Hände. »Oder etwa Liebesbriefe?« Dem Docteur ist ihre Untersuchung scheinbar überhaupt nicht peinlich. Damals war sie ihm unerträglich. Wenn es Aloisia recht bedenkt, mied sie ihn um seinetwillen. Damit er sich nicht verfolgt fühlt. Von dem Mädchen aus dem Sechsten, das jeden Moment wie ein Wasserrohrbruch durch die Decke zu sickern droht. Und jetzt das! Womöglich gefiele ihm, wenn sie sich wieder einmal abhören ließe. Ihre kleine Peep-Show war ja auch sehr lukrativ für den lieben Onkel Doktor. Einen glatten Hunderter hat er ihr in Rechnung gestellt. *Sie* hätte das verlangen können! Er überreicht ihr weitere Briefe. Ganz obenauf hat er die Mahnung seiner Praxis gelegt. Der kleine Kasten hustet noch immer vereinzelt Umschläge aus. Aloisia stopft sich einen Packen in ihr Dekolleté. Docteur Touitou fragt, ob er ihr behilflich sein kann. Sie verneint. Er hilft ihr trotzdem. Er drückt die Briefe so tief in ihr Dekolleté, dass sie durch ihr Kleid zu Boden fallen. Er lacht und hält sich für einen Gentleman.

Ein Scheck. Von der Veuve. Seltsam. Der ist vielleicht irgendwo hängen geblieben. Der nächste Brief. Wieder ein Scheck. Die müssen alt sein, sonst gibt es das nicht. Sie öffnet ein Kuvert nach dem anderen. Scheck. Scheck. Scheck. Scheck. Scheck. Scheck. Scheck.

»Das muss ein Fehler sein!« Die Veuve zieht eine Augenbraue hoch. Sie hätte sich nicht gedacht, dieses Gör noch einmal sehen zu müssen. Nach all dem, was sie ihr angetan hat. Sie spießt einen der Schecks mit ihrem Fingernagel auf. »Warst du etwa nicht in Monte Carlo?« »Doch, aber … privat.« »Du meinst eine Privatsoirée?« »Nein, ich war … auf Urlaub.« »Was ist hiermit? Nizza. Warst du dort ebenfalls auf Urlaub?« Aloisia nickt. »Grenoble? Marseille? Lyon? Rennes? Strasbourg?« Das Nicken verebbt. Die Veuve schiebt all die Schecks mit beiden Händen von ihrem Schreibtisch und Aloisia vor die Füße. »Jetzt hör mir mal gut zu: Wenn du Urlaub und Arbeit nicht mehr unterscheiden kannst, tut mir das schrecklich leid für dich. Aber das ist dein Problem. Und ich rate dir dringend, nicht damit hausieren zu gehen. Macht dich irgendwie unsympathisch.«

Aloisia hört sie kaum. Sie klingt, als wäre sie unter Wasser. Er hat sie bezahlt. Für jedes Treffen hat er bezahlt. Nicht nur für die Dienstreisen, sondern sogar für all die Male, als sie gar nicht miteinander schliefen. Der Spaziergang durch den Jardin du Luxembourg. Der Ausflug nach Versailles. Der Besuch im Louvre. Sie fühlt sich schäbig und schmutzig und alles, von dem man glauben hätte mögen, so hätte sie sich früher gefühlt. Früher, als sie noch Männer bezahlten, die sie überhaupt nicht kannte. Für Treffen, die sie gar nicht wollte. Liebe kann man bekanntlich nicht kaufen. Man bekommt sie nur geschenkt und sollte um Himmels willen nicht dafür bezahlen. Nicht einmal ein kleines Trinkgeld.

Die Veuve durchwandert beim Anblick von Aloisias Tränen ein wohliger Schauer. Dieses verlogene Bäuerchen mit ihrem dümmlich stummen Charme. Sie war der Veuve sowieso stets zuwider. Alleine dass sie existierte, empfand sie als Fauxpas. Sie für die Arbeit entlohnen zu müssen, mindestens als Affront. Doch sie in Gonthiers Gesellschaft zu wissen, schlug eine lebensbedrohliche Wunde. Aloisia nun ihrerseits so schwer verwundet zu sehen, salbt ihr seit Wochen wilderndes Fleisch.

Die alte Veuve Cliquot ist eine stolze Frau. Sie erträgt kein

Nein und sie hört auch keines mehr, seit sie sich den Herren nicht mehr selbst an den Hals wirft, sondern Huren auf sie hetzt. Man kann nicht sagen, wen sie in ihrer Jugend mehr hasste. Die Herren, die sie verschmähten, oder die Mädchen, die sie verhöhnten. Ihre Rache sollte ihnen allen gelten. Sie trieb die Herren und die Mädchen einander in die Arme und machte ein Geschäft aus dem, was sie selbst nicht haben konnte. Sie geißelte die Schweife und die Schönheit, bis beide welk von ihren Trägern abfielen. Heute führt sie Mädchen mit sich wie die Medusa ihre Schlangen und versteinert damit aller Herren Lenden. Bis auf einen. Einer blieb hart. Was hatte sie für ihn nicht schon Schätze angekarrt. Sie hatte in diesem Spiel beinahe etwas wie einen Lebenssinn gefunden. Einen sehr willkommenen, da auch Rache zu kalt werden kann. Dann ist sie bitter und nicht mehr genießbar. Sie liebte den Tanz mit ihm. Entsprechend groß war ihre Enttäuschung, als er eines schönen Tages auf sie zukam und sie um ein Mädchen bat. Als wäre da nichts dabei! In wilder Raserei schmetterte sie ihren Aschenbecher zu Boden. Sie wollte ihn einknicken sehen und wie er sich winselnd den zitternden Schweif hält. Es sollte vor ihren Augen geschehen, und am liebsten überhaupt nie.

Die saloppe Bitte um ein Mädchen sollte nur der erste Hieb sein, den Gonthier ihr versetzte. Der zweite ließ nicht lange auf sich warten. Genauer gesagt nur eine Sekunde. Diese kleine Autrichienne. Die hätte er gern. In dem Moment verspürte die Veuve, welche nie um eine Misshandlung der Mädchen verlegen war, zum ersten Mal das unbändige Verlangen, ihre brennende Zigarette auf dem kahlen Schädel auszudrücken, der zu ihren Schuhen die Scherben des Aschenbechers auflas. Zugegeben, Gonthier wusste nicht, was er der Veuve damit antat. Hätte er es gewusst, hätte er es hinausgezögert und über Tage hinweg genossen. Dann wäre er in die Agentur gekommen und hätte sich erst von ihr die schönsten Mädchen nackt von Kopf bis Fuß vorführen lassen.

Er hatte ihr eine Lebensaufgabe genommen. Auf die erdenklich schlimmste Weise mit dem erdenklich schlimmsten Weib. Und warum? Nun, das ist wohl der dritte Hieb. Er war neugierig gewesen. Mehr nicht. Er will nicht leugnen, dass Aloisia ihm nach der Automesse noch eine Weile durch den Kopf ging. Doch ebenso wenig will er leugnen, dass er sie nach dieser Weile wieder aus dem Sinn verlor, als hätte es sie nie gegeben. Er war wieder neugierig auf sie geworden, nachdem er eine Empfehlung von Monsieur S erhalten hatte. Von da an häuften sich die Berichte ihm bekannter Herren zu ihren Erfahrungen mit der kleinen Autrichienne. Gonthier beschloss abzuwarten. Die Veuve sollte nur ja nicht glauben, er wäre ein gewöhnlicher Freier, der jeder Mode hinterherrennt. Er steckt seinen Schweif nicht jede Saison in die neueste Kollektion. Er wartet lieber ab und nimmt die Restposten am Grabbeltisch.

35

Die Métrostation Chaussée d'Antin. Der Kommissar schaut auf die Uhr. Es ist kurz vor sieben. Am Himmel tauchen zarte rosa Striemen auf. Ein paar alte Damen tröpfeln zur Abendmesse in die Kirche Saint-Eugène-Sainte-Cécile. Sie kommen allein. Ihnen fehlt das Geleit ihrer Gatten sowie das Geläut der Glocken. Solche besitzt die Kirche nicht. Die Bauherren hatten auf Glocken verzichtet, um nur ja nicht die braven Eleven des benachbarten Konservatoriums beim Klimpern, Fideln und Tuten zu stören. Clopin pflegte sich darüber herzhaft zu empören. »Keine Glocken in der Kirche? Wisst ihr, was das heißt? Das heißt eurem Gott die Eier abschneiden. Wie soll er sie denn jetzt noch locken?

Seine armen, dummen Schäfchen? Die lockt jetzt nur mehr das profane Tingeltangel der Fiedler und Flötisten – Fisteln am Arsch der Weltlichkeit! Man sollte sie auf ihren Geigenbögen pfählen. Die Kirchen leer, die Opern voll. Ihr habt ihm die Musik gestohlen. Ich scheiße auf Gott und all seine Diener, doch das haben sie sich nicht verdient!« Das war 1854. Davon weiß heute niemand mehr und Clopin betrachtet seit dem 20. Jahrhundert, seit der Hochzeit des Faschismus, öffentliche Tobsuchtsanfälle als unziemlich für einen König.

Irgendetwas rauscht zu den Füßen des Kommissars vorbei die Treppen zur Métro hinunter. Ohne zu zögern, nimmt er die Verfolgung auf. Er versucht die Menschen möglichst höflich zur Seite zu rempeln. Das gelingt nicht immer, aber für Entschuldigungen bleibt keine Zeit. Er springt über das Drehkreuz. Die Menschen versperren ihm nicht nur den Weg, sondern auch die Sicht. Immer forscher stößt er sie gegen die weiß gefliesten Wände. Auch Kinderwägen und Rollatoren müssen seine Laufbahn räumen. Er pflügt durch die Gänge und wirft dabei rechts und links Menschenberge gleich Schneewällen auf. Aber zum Aufhelfen bleibt keine Zeit. Allmählich werden es weniger. Weniger Menschen und weniger Fliesen. Auch der Boden verändert sich. Bald läuft er auf Erde. Ein unverputzter Schacht. Über ihm das Grollen der Métro. Er darf ja nicht den Anschluss verlieren. Hunderte Kilometer sind diese Katakomben lang. Wenn er falsch abbiegt, wäre das der sichere Tod.

Es wird wärmer, heller, lauter. Der schmale Schacht erbricht ein giganteskes Gewölbe, in dem ein Getümmel wie an der Oberfläche herrscht. Eine Stadt unter der Stadt. Der Hundskutscher rast aufs Geratewohl in die Menge. »Ein Eindringling«, brüllt er, »ein Eindringling!« Er hatte schon früh bemerkt, dass ihn der Kommissar verfolgt. Seit dem Drehkreuz versucht er ihn abzuschütteln. Er peitschte sein Zugtier auf, machte kehrt, schlug

Haken und lenkte sein Gefährt in das Dickicht der Beine. Alles dreht sich nach dem Kommissar um. Schon im nächsten Augenblick ist er umzingelt von zahllosen Armen, Beinen, Hüften, Schultern, Bäuchen. Nichts davon ist dort, wo es sein soll. Als hätte Gott für eine Charge Menschenkinder den Bauplan verloren und darum aus dem Gedächtnis gebastelt. Ein Arm langt in seine Jackentasche. Eine Hand zieht sein Portemonnaie heraus und durchwühlt die Fächer. Ein Mund kreischt. »Das ist ein *Flic!* Knüpft ihn auf!« Sie drängen noch dichter an ihn heran. Kommen sie auch nur einen Schritt näher, berauben sie sich selbst der Freude, ihn durch den Strick zu richten. Dann haben sie ihn nämlich nur mit der Wucht ihrer Leiber erstickt. Der Kommissar kann nicht einmal mehr seine Waffe ziehen. Das Atmen fällt ihm schwer.

»Zurück, ihr Missgeburten!« Clopin schlägt sich mit einem Gehstock eine Schneise in das Potpourri aus Gliedern. »Ich traue meinen Augen nicht. Tiger Brown!« Er fällt dem Kommissar um den Hals. »Vergib den Barbaren. Die Welt meint es nicht gut mit ihnen. Lass dich ansehen! Siehst scheiße aus, mein Junge! Das Gesetz scheint dir zuzusetzen. Suchst die Mörder gestriegelter Bobos, die sich beim Wichsen stranguliert haben. Lässt dich von der trauernden Gattin bedienen und von den trauernden Töchtern fellieren. Nimmst am Ende einen von meinen armen Krüppeln fest, nur damit der Fall geklärt ist und der trauernden Familie die traurige Wahrheit erspart bleibt, was ihr lieber Mann und Vater für ein kranker Wichser war. Er ließe sich von Schwuchteln ficken, hätte er nicht den Arsch voller Geld.« Der Kommissar rollt mit den Augen. Die Wahrheit langweilt ihn. »Aber was soll's! Der verlorene Sohn kehrt zurück! Von seinem rechtschaffenen Leben geläutert und wieder bereit zu stehlen und zu täuschen, wie es kaum ein anderer kann. So ist es doch, oder nicht, Tiger Brown?« »Ich werde die Stadt verlassen.« »Und dafür kommst du her? Nach – was werden es gewesen sein – dreißig Jahren? Um zu sagen, dass du gehst?« Clopin kriecht dicht an ihn heran. »Das kommt mir etwas verdächtig vor. Dir etwa nicht?« »Ich bin nicht mehr bei der Polizei. Ich habe soeben gekündigt. Ich wollte dich lediglich warnen.« »Du wolltest mich warnen? Das ist ja herzallerliebst!«, lacht Clopin und schwingt seinen Gehstock. Die Clochards stimmen in sein Lachen mit ein. »Der Bürgermeister plant einen Coup gegen euch. Am 21. Juni. Während der Fête de la Musique will er die Kata…« »Der 21. Juni, sagst du? Oh, das trifft sich ja vorzüglich! Auch ich habe Pläne für diesen Tag. Eine große Überraschung, die diese Stadt so schnell nicht vergessen wird.« »Sei so gut und erzähl es mir nicht.« »Ach, nun sei nicht so verklemmt. Ich erinnere mich an Zeiten …« »Die Zeiten haben sich geändert.« »Eben! Du brauchst dich nicht mehr schlecht zu fühlen, wenn du mir nicht das Handwerk legst. Jetzt, da du angeblich kein *Flic* mehr bist.« »Nicht angeblich. Ich habe gekündigt.« »Du wiederholst dich. Das muss die bourgeoise Bequemlichkeit sein, die dir langsam das Hirn zerfrisst.« Clopin stupst ihm keck mit dem Gehstock gegen die Nase. Der Kommissar reißt ihm ihn aus den Händen. »Jetzt hör mir mal zu! Am Tag der Fête werden sie die Kata…« Der Gehstock fällt zu Boden.

Das ist sie. Das Mädchen. Die kleine Autrichienne. Er ist sich ganz sicher. Da drüben läuft sie. Sie verschwindet hinter einer der schweren roten Portieren. Der Kommissar eilt ihr hinterher. Er reißt den Stoff zur Seite und hält augenblicklich inne. »Grundgütiger!« Clopin klopft ihm lachend auf die Schulter und breitet stolz die Arme aus. »Das ist mein bescheidener Beitrag zur Fête de la Musique. Mein eigens komponiertes Tschingderassa … Bumm!«

36

Das sei kränkend, sagt sie. Das sei Unsinn, sagt er. Schließlich lässt sie sich doch auch von anderen Männern bezahlen. Er will wissen, warum sie ihn plötzlich so entsetzt anschaut. Sie will wissen, woher er das weiß. Was, fragt er. Na das, sagt sie. Das geht nicht, sagt er. Da könnte sie genauso gut fragen, woher er weiß, dass Feuer heiß ist. Sie sagt, dass sie das nicht mehr macht. Er fragt, warum eigentlich. Sie setzt eine Runde aus. Er sagt, das wäre doch gescheiter, als Tag und Nacht in diesem dunklen, stickigen Loch an ihn zu denken. Sie sagt, dass sie auch andere Sachen macht. Er sagt, dass sie erst kürzlich etwas anderes behauptet hat. Sie sagt, das war gelogen und dass sie nur nett sein wollte. So oft denkt sie nun auch nicht an ihn. Wenn sie es recht bedenkt, denkt sie überhaupt nie an ihn. In Wahrheit sitzt sie nämlich den ganzen Tag am Fenster und beobachtet den Mann gegenüber. Und zwar mit diesem Fernglas hier. Das hat sie von dem Geld der anderen Männer gekauft. Nur deswegen hat sie es getan. Für dieses Fernglas und den Mann gegenüber, den sie damit beobachtet. Und nachts denkt sie übrigens erst recht nicht an ihn. Da schläft sie mit dem Mann gegenüber. Aber nicht für Geld! Er fragt, ob die zwei ein Paar seien. Sie sagt ja. Und nicht nur das. Sie wohnen auch zusammen. Er fragt, was dieses Studio hier soll, wenn sie doch gegenüber wohnt. Sie sagt, dass sie hier mit Männern für Geld schläft. Mit Männern wie ihm. Er setzt eine Runde aus. Sie fragt ihn, ob er allen Ernstes geglaubt hat, er wäre der Einzige. Er sagt ja. Er sagt außerdem, sie hätte ja selbst gesagt, dass sie das nicht mehr macht. Sie sagt, das war auch gelogen und dass sie nur nett sein wollte. Er fragt, ob das auch gelogen war, was sie ihm in Monte Carlo gesagt hat. Sie sagt nein und fragt, ob das gelogen war, was er ihr in Monte Carlo gesagt hat. Er sagt nein. Beide sagen für lange Zeit nichts.

Sie fragt, ob er diesen Film kennt. *Der Liebhaber.* Er sagt ja und fragt, warum. Kurz darauf ertönen drei Knalle. Schlag auf Schlag auf Schlag. Der letzte davon war die Tür. Aloisia liegt auf dem Bett. Ein vierter Knall. Kurz gefolgt von einem fünften, sechsten, siebten, achten. Es hört gar nicht mehr auf zu knallen. Im Innenhof entsorgt jemand mit Begeisterung Altglas. Manche Menschen mögen den Geschmack von Alkohol gar nicht. Was sie mögen, ist das Zerschlagen der Flaschen unter dem Einfluss des einstigen Inhalts. Man mag es ihnen kaum verübeln. Es gibt nicht viele öffentliche Orte, wo man der Zerstörungslust so hemmungslos nachgehen kann wie an einer Altglastonne. Was andernorts nur stumpfes Randalieren ist, fällt hier unter Sauber-machen. Der Lärm, der dabei entsteht, ist freilich nicht jeder-manns Sache. Romain etwa hat wenig Verständnis für jede Art von Triebabfuhr, die nicht nackt vollzogen wird. Er legt seine leeren Flaschen sachte auf das Bett aus Glas. Manchmal muss er seinen Arm dafür so tief in die Tonne stecken, dass er ihn blu-tend wieder herauszieht. Es knallt wieder und wieder. Da holt je-mand richtig aus. Der lässt die Flaschen nicht einfach fallen. Der schnalzt sie mit Karacho in die Tonne. »Hör gefälligst auf!« Sie schmunzelt. Romain bleibt immer sehr höflich, selbst wenn ihm gar nicht danach ist. Aber ungemein laut ist er heute. So laut, als stünde er hier bei ihr im Studio. Ihr Fenster steht offen. Das ge-genüber ebenfalls. Romain stützt sich mit den Händen am Fens-terrand ab und hebt seinen Blick vom Innenhof. Aloisia springt zur Seite. Hat er sie gesehen? Oder womöglich gar gehört? Hätte er sie überhaupt hören können bei dem Lärm? Hat er deshalb nach unten geschrien? Um sie besser zu verstehen? *Tu dis quoi?* Schluss, aus, es reicht! Heute Abend wird sie zu ihm rübergehen und alles sagen. Dass sie an der Universität einen Theaterkurs belegt hat und ein Studio gegenüber gemietet hat. Na, um dort zu proben. Na, um ihn nicht zu stören. So eine Liebesgeschichte.

Sie spielt eine Prostituierte. Alles sehr dramatisch. Das wird sie ihm sagen. Selbstverständlich nur, wenn er fragt. Ansonsten essen sie zusammen, schlafen miteinander und sagen sich Gut' Nacht.

37

»Sie müssen absagen!« »Was muss ich absagen?« »Die Fête de la Musique!« Die Miene des Bürgermeisters versteinert. Nur seine Nasenflügel zucken. Kurz darauf zuckt sein rechtes Auge, dann sein linkes und schließlich sein Mund. Das Zucken wandert kreuz und quer durch sein Gesicht, ehe er schließlich in schallendes Gelächter ausbricht. Als das Lachen verebbt, reibt er sich befriedigt den Brustkorb. »Das hat gutgetan. Lachen stärkt das Immunsystem. Wussten Sie das?« Er stellt sich breitbeinig hin, streckt die Arme zu beiden Seiten aus und wogt wie in Trance hin und her. »Ich mache neuerdings Lach-Yoga. Kennen Sie das?« »Wenn Sie nicht absagen, werden Menschen sterben! Hunderte, wenn nicht tausende.« Wieder bricht Gelächter los. »Sehen Sie?«, gluckst der Bürgermeister. »Ich kann sogar über Dinge lachen, die überhaupt nicht lustig sind. Und das nach nur einem halben Jahr! Mein Yogi sagt, ich sei ein Rishi. Das heißt, ein Erleuchteter!« »Sind Sie da sicher? Ich dachte, Rishi heißt zynisches Arschloch.« Die wogenden Arme sinken hinab. Der Bürgermeister versteinert erneut. Der Kommissar presst seine Lippen aneinander. Für einen kurzen Augenblick bereut er seine Worte. Eine weitere Kanonade Gelächter beschwichtigt seine Angst. Der Bürgermeister tut, als wische er sich Lachtränen aus dem Augenwinkel. Eine Technik, die ihm sein Yogi beigebracht hat. »Aber jetzt mal ganz im Ernst. Sie sagen, ich soll die Fête de la Musique – das größte Straßenmusikfest Europas –, zu dem wir

Millionen von Besuchern erwarten – zahllose Künstler aus aller Welt –, absagen, weil eine wild gewordene Horde stinkender Clochards sonst ein Blutbad veranstalten wird. Ist das korrekt?« »Korrekt.« Da verstummt für einen Moment sogar das Lachen des Rishi. »Mich deucht, Sie verbringen zu viel Zeit mit einem gewissen Terrorexperten«, höhnt der Bürgermeister und schafft nur ein spöttisches Grinsen. »Sie meinen?« »Wie ich hörte, sind Sie beide unzertrennlich.« Der Kommissar senkt beschämt seinen Kopf. Das waren sie. Bis zu dem Vorfall mit dem Bratschisten. Von da an drehte sich wieder alles nur mehr um den Maestro. Er war wie besessen, und alle anderen hatten darunter zu leiden. Ludmilla und die anderen Huren. Aber ganz besonders Boum. Er ignorierte seine Anrufe, seine Briefe, seine kleinen Nachrichten und traurigen Gesichter, die er ihm in den Dreck an den Scheiben seines Wagens zeichnete. Erst heute rief er ihn schließlich an. Ein halbes Dutzend Mal bestimmt. Boum nahm nicht ab. Natürlich nicht. Er hätte es an seiner Stelle auch nicht getan. »Nun hören Sie auf so betreten zu schauen. Bitte schön, ich bin der Letzte, der daran etwas findet. Vielleicht haben Sie ja mitbekommen, erst letzten Monat gab ich den Startschuss für einen Spendenmarathon zugunsten homosexueller Zootiere.« »Das muss mir wohl entgangen sein.« »Wirklich? Wie schade! Haben Sie gewusst, dass männliche Fruchtfliegen ab einer Temperatur von dreißig Grad schwul werden? Ich war nie ein großer Saunierer, doch seit ich das weiß …« »Hören Sie, wenn Sie sich weigern zu handeln, wende ich mich an jemand anderen. Der Präsident wird nicht tatenlos zusehen …« »Der Präsident!« Jetzt funktioniert sein Lachen wieder. »Die Tage des Präsidenten sind gezählt.« »Was sagen Sie da?« Der Bürgermeister geht die Länge seines Schreibtischs ab und streicht mit dem Mittelfinger über die weinrote Ledereinlage. »Wissen Sie, worauf die Menschen noch mehr stehen als auf Serienmörder?« Der Kommissar zuckt mit den Schultern. »Auf unerwartete Wendungen. Und wissen Sie, auf welche unerwartete Wendung die Menschen am meisten stehen?« Schulterzucken. »Wenn sich der ermittelnde Kommissar ausgerechnet als der von ihm gesuchte Serienmörder entpuppt. Ich habe nachgedacht, und Sie haben vollkommen recht. Es geht nicht um den Maestro. Es geht um die Angehörigen.« Er öffnet seine Schreibtischlade. »Für diese armen Menschen müssen wir ihn fassen. Damit ihre Wunden heilen können. Einzig darum geht es. Das waren doch Ihre Worte, oder?« Der Kommissar nickt. Das waren sie in der Tat. Er weiß noch genau, wo und wann er sie sprach. Beim Araber ums Eck zusammen mit Boum. Wie aber weiß er davon? »Sie konnten den Mörder nicht stellen. Es wäre doch ein edler Zug, für diese Menschen den Mörder zu spielen.« Der Bürgermeister steckt seine Hand in die Lade. »Und ich spiele den, der Sie gestellt hat.« Der Kommissar blickt in den Lauf einer Pistole. »Das gibt Stimmen, ich sage es Ihnen! Womöglich werde ich sogar Präsident!« Der Kommissar tut vorsichtig einen Schritt zurück in Richtung Tür. »Stehen bleiben!« Ein Warnschuss trifft den Globus. Die Flaschen im Inneren zerschellen. Ein sündhaft teurer Cocktail verschiedener Alkoholika tröpfelt auf den Teppichboden. »Mein antikolonialistischer Globus!« Der Bürgermeister eilt seiner Kostbarkeit zu Hilfe, aber leider kommt er zu spät. Botswana ist nur noch ein klaffendes Loch. Nun erst bemerkt er, wie das Meer an allen Ecken der Welt ausläuft. »Mein antialkoholischer Gin!« Er hält die Hände unter den leck gewordenen Globus und trinkt eilig, was sich darin sammelt. »Der Erlös geht an die anonymen Säufer. Zur Suchtprävention.« Der Kommissar riecht an dem Glas, welches ihm der Bürgermeister bei seiner Ankunft überreicht hatte. »Da ist wirklich kein Alkohol drin?« Der Bürgermeister schüttelt irritiert den Kopf. »Was? Natürlich ist da Alkohol drin! Was hilft es den Säufern, wenn ich nüchtern bleibe? Denken Sie doch … *Sacrebleu!* Mein antiokzidentaler Teppich!« Der Globus hat indessen froh und munter den Teppich berieselt. Der Bürgermeister zieht sein Sakko aus und wirft es auf die nasse Stelle. Sekunden später rettet er auch dieses vor den Tropfen. »Mein antikapitalistisches Sakko! Das wurde in Kambodscha von Hand genäht, und zwar von enteigneten Textilfabrikbesitzern unter Aufsicht minderjähriger Mädchen mit Peitschen. Haha, das könnte was für Sie sein! Vielleicht kann ich da was arrangieren, falls Sie Interesse …,« Er schaut sich um. Die Tür steht weit offen. Der Kommissar ist geflohen.

Er entkommt aus dem Hôtel de Ville, doch der Bürgermeister bleibt ihm dicht auf den Fersen. »Haltet ihn! Das ist der Maestro!«, kreischt er und fuchtelt mit seiner Pistole. »Tiger Brown!« Der Kommissar schaut auf. Clopin winkt ihm von der Mitte des Rathausplatzes zu. »Hierher! Schnell!« Ohne lang zu überlegen, rennt er ihm entgegen. Er hat Clopin noch nicht erreicht, da wird er plötzlich von einer Horde Clochards eingekreist. Schlagartig verliert der Bürgermeister ihn aus dem Blick. Clopin zwängt sich ins Innere des Schutzkreises. »Ich muss dir danken, alter Freund«, lacht der Kommissar erleichtert. »Danken? Wofür denn?« »Dass du mich gerettet hast.« »Nun hör schon auf. Das ist vierzig Jahre her.« »Nein, nicht damals. Ich meine jetzt.« Befremdet runzelt Clopin seine Stirn. »Na, vor dem da!« Der Kommissar zeigt auf den verrückt gewordenen Bürgermeister, welcher Zeter und Mordio schreiend auf dem Rathausplatz herumspringt und mit seiner Pistole Schüsse in die Luft abfeuert. Clopin schüttelt den Kopf. »Oh, Tiger Brown, das tut mir leid. Da liegt ein Missverständnis vor. Ich kam nicht, um dich zu retten.«

38

Aloisia sitzt der Studienberaterin gegenüber und fragt sich, wo sie falsch abgebogen ist. Niemals hätte sie gedacht, eines Tages hier zu landen. Doch sie wusste nicht, wohin. Aloisia sieht sich um. Die Studienberaterin am Nebentisch hält sich den Antrag des Mädchens vor ihr so dicht an ihr Gesicht, dass man durch das Papier den Eindruck ihrer Nase sehen kann. Scheinbar hat sie schlechte Augen. Das darf sie auch. Immerhin ist sie sehr alt. Sie studierte früher selbst hier und war Teil der sogenannten marxistisch-pessimistischen Jugend. Bei den Studentenprotesten im Jahre 1968 traf sie ein Pflasterstein am Kopf. Danach war Schluss mit Pessimismus. Das Mädchen am Nebentisch kommt Aloisia bekannt vor. Gut möglich, dass sie es tatsächlich schon einmal gesehen hat. Viele Huren der Agentur, ja sogar einige Hostessen, studieren heimlich nebenbei an dieser Universität. Sie tun es für ein besseres Leben und um den Herren nach dem Orgasmus mehr Gesprächsstoff bieten zu können.

Die Studienberaterin räuspert sich. »Deine französischen Kollegen, die hier bei uns Germanistik studieren, hatten im Lycée in der Regel vier Jahre Deutschunterricht. Glaubst du, dass du da mithalten kannst?« »Pardon?« »Mir fehlt hier in den Unterlagen der Nachweis deiner Deutschkenntnisse. Hast du den irgendwo?« »Ich bin aus Österreich.« »Nein, du hast mich falsch verstanden.« Die Studienberaterin notiert: Französisch mangelhaft. »Ich brauche den Nachweis deiner Deutschkenntnisse.« »In Österreich wird Deutsch gesprochen.« »Von allen?« »Mehr oder weniger.« »Also wie in der Schweiz?« »Nein.« »Ich brauche den Nachweis …« »Deutsch ist meine Muttersprache.« »Steht das so in deinem Pass?« »Der ganze Pass ist auf Deutsch.« »Aber deine Muttersprache steht nicht drin?« »Steht die denn in Ihrem Pass?« »Nur nicht frech werden, junge Dame.« Sie notiert: Probleme mit Autorität. »Wieso hat dein Land keine eigene Sprache? Seid ihr so etwas wie eine deutsche Kolonie?«»Kann ich hier jetzt studieren oder nicht?« »Sag, du hast so einen seltsamen Akzent. Was ist das denn?« »Kann ich jetzt bitte gehen?« Die Studienberaterin zeigt auf das Inskriptionsformular. »Du brauchst noch zwei Nebenfächer. Hast du dir schon was ausgesucht?« »Altgriechisch und Latein.« »Spricht man das auch in Österreich?« Sie sagt »Österreich«, als würde es das Land gar nicht geben. Aloisia schüttelt den Kopf. Die Studienberaterin kratzt sich mit ihrem Bleistift am Hals. »Du möchtest also eine Sprache studieren, die du schon sprichst, und zwei andere, die niemand mehr spricht.« Sie lehnt sich vertraulich nach vorne. »Der Arbeitsmarkt wird verrückt nach dir sein.« Aloisia bittet um den Antrag auf Exmatrikulation. Die Studienberaterin schüttelt irritiert den Kopf und sagt ihr, dass das nicht notwendig sei, da sie noch gar nicht immatrikuliert ist. Aloisia bittet erneut um den Antrag. Sie will auf Nummer sicher gehen.

Am Boulevard Saint Michel wuselt es vor jungen Leuten. Sie saugen an den Strohhalmen riesiger Getränkebecher und starren in ihre Mobiltelefone. Die Studenten von heute hätten gar keine Hand mehr frei, um einen Pflasterstein zu werfen. Aloisia ist froh, dass sie nicht mehr dazugehört. Sie ist jetzt Studienabbrecherin. Es ist schon seltsam, wie viele Titel man allein durch Nichtstun erwirbt. Ständig muss man sich abmelden, austreten, aufhören. Man kann gar nicht so viele Anträge ausfüllen, ist man schon wieder Teil von etwas. Das heißt, man ist nicht mehr ganz. Sie will nicht Teil von etwas sein. Sie will nur schauen. Einen Schaufensterbummel. Der Franzose nennt das *lèche-vitrines*. Das heißt: an den Vitrinen lecken. Sie könnte auch am Fenster lecken, denn schauen kann sie leider nicht mehr. Romain hat Vorhänge montiert. Drei ganze Tage hat sie gewartet, dass er sie öffnet. Die Vorhänge gingen ebenso wenig auf wie die Tür. Romain hat das Schloss getauscht. Er hat sie ausgesperrt. Sie, ihre Blicke und die Sonne. Nichts scheint mehr in sein Studio. Um die Sonne tut es ihm wohl am meisten leid. Er mochte es immer hell und fand es stets bedauerlich, nur ein so kleines Fenster zu haben. Ihre Sachen hat er in ihren Rucksack gesteckt und ihn hinunter zu den Mülltonnen gestellt. Auf Fremde wirkt das sicher gemein, dabei war es eine sehr zärtliche Geste. Aloisia war gerührt und zugleich empfand sie Scham. Sie an seiner Stelle hätte die Sachen einfach auf den Gang geworfen. Die Vorhänge sind lichtdicht. Sie kann nicht einmal mehr sehen, wann Romain die Lampen löscht, weil er schlafen oder ausgeht.

Sie erreicht das sechste Stockwerk. Da steht jemand im Gang. Ihre Sicht ist getrübt vom Weinen und vom Treppensteigen. Schwarze Wellen schwappen vor ihr hin und her. Der Clochard im Cordjackett. Er steht an ihrer Tür und wartet. Aloisia kommt näher. Er hält ihr beide Hände hin. Aloisia entfährt ein Schluchzer. Sie nimmt das bisschen Nähe dankbar an und legt die ihren in die seinen. Das tut gut. Seine Hände sind rau, aber warm. Der Clochard drückt zu. Erst höflich, dann herzlich und schließlich, so fest er kann. Aloisia zuckt zurück. Sie reibt sich die gequetschten Knöchel, da streckt der Clochard abermals die Hände aus. Die Innenflächen waren mit schwarzem Filzstift bemalt. Das hatte sie durch die Tränen erst nicht gesehen. Die rechte zeigte eine Münze und die linke einen Schlüssel. Beide schnappen gierig auf und zu.

»Sagt mir sofort, wo er ist!«, fordert Monsieur Boum und stampft mit dem Fuß auf. Die zwei Anzugträger vor ihm starren ihn ausdruckslos an. Ihn und die Wasserpfeife, die unter seinem Arm klemmt. Boum nimmt ein paar hektische Züge. »Wir wissen es nicht.« Ärgerlich blickt er zwischen den beiden Anzugträgern hin und her. Wer hat das gesagt? Selbst beim Sprechen bleiben ihre Lippen ungerührt. Boum wirft die Wasserpfeife zu Boden und tritt auf den Schlauch des Mundstücks, als dämpfe er eine Zigarette aus. »Lügner! Nehmt die Hände hoch!« Die Scherben der Wasserpfeife knirschen unter der Sohle seiner Richelieu Zizi. Ein Laut, der ihn gewöhnlich tausend Tode sterben ließe. Geschrien hätte er, als bohrten sich die Scherben in seine bloßen Füße. Gerade aber hört er nichts. »Seid ihr taub? Hände hoch, hab ich gesagt!« Die Anzugträger schmunzeln. »Findet ihr das etwa lustig?!« »Sie drohen uns mit Ihren Fingern.« »Ich habe keine echten Waffen«, seufzt Boum und senkt seine Zeigefinger, die er wie Pistolen hält. »Wozu denn auch? Ich bin Terrorexperte! Die Verbrecher, die ich treffe, haben keine Hände mehr, die sie hochnehmen könnten.« Er setzt sich mitten in die Scherben und zieht seinen Hut tief ins Gesicht. »Abend für Abend hab ich allein an unserem Platz auf ihn gewartet. Die Dschihadisten haben schon getuschelt. Ich kann mir vorstellen, was sie geglaubt haben. Dass wir Saunabrüder seien oder gar noch Schlimmeres. Aber es war mir egal. Vor einer Woche dachte ich dann: Boum! Das Leben muss weitergehen. Breite deinen Mantel aus und fliege. Um meinen Kummer zu betäuben, stürzte ich mich in die Arbeit. Und da ruft er an! Ein halbes Dutzend Mal bestimmt. Und ich war nicht da. Ich musste wieder einer, wie er gesagt hätte, hirnverbrannten Spur hinterherrennen. Eine Terrorzelle im Quartier de la Chapelle. Er hat mich gebraucht, und ich war nicht da. Er müsse mir etwas Wichtiges sagen. Dass ich recht gehabt hatte. Der Maestro ist … Diese gottverdammten Weiber, die mir immer den kompletten Anrufbeantworter vollsülzen!«

Die Anzugträger stehen ratlos vor dem schluchzenden Boum. »Wisst ihr eigentlich, was das ist? Ein Terrorexperte? Ein Feigling ist das! Einer, der immer erst aufkreuzt, wenn alles vorbei ist. Ich wollte für das Gute kämpfen. Schon als Kind. Aber schon damals war ich feige. Beim Räuber-und-Gendarm-Spielen habe ich mich versteckt, bis alle gefasst waren, und mich dann um den Papierkram gekümmert. Als ich älter wurde, wollte ich zur Gerichtsmedizin. Wenn ich die Bösen schon nicht selber fassen kann, wollte ich wenigstens denen helfen, die den Mut dazu haben. Aber ich war so ungeschickt. Immer wieder ist mir Asche in den geöffneten Brustkorb gefallen.« »Sie haben während der Obduktion geraucht?«, fragen die Anzugträger im Chor. »Hätte ich es nicht getan, hätte ich noch mehr gezittert! Aber es hat nichts genützt. Mit einem winzigen Skalpell richtete ich Schaden an wie andere mit Raketenwerfern.« Er streckt ihnen seine Hände entgegen. »Verstehen Sie, meine Finger sind an lebende Leiber gewöhnt. Was heißt lebend! Bebende Leiber! In denen das Blut kocht. Die zittern und zucken und zappeln zugleich. Leiber wie vom Teufel besessen. In denen komme ich nie vom Weg ab. Wie sie sich auch wehren und winden. Ich manövriere mich präzise selbst durch zarteste Figürchen. Doch diese kalten Körper, welche reglos vor mir lagen … Tunnelgroße Einschusslöcher! Ich fand den G-Punkt jeder Kollegin, aber nie eine einzige Kugel.«

Boum fasst in seine Manteltasche, zieht seinen Flachmann hervor und nimmt daraus einen kräftigen Schluck. Er kämpft sich in die Höhe und nimmt wieder Haltung an. »Jetzt aber gilt es ein Verbrechen zu verhindern! Sich nicht sinnierend das Kinn zu kraulen, sondern tatkräftig den Schritt! Denn jetzt geht es um mehr als um unsere westlichen Werte. Es geht um einen Freund. Also sagt mir, ich flehe euch an, ihr müsst wissen, wo er ist. Schließlich verfolgt ihr ihn doch ständig.« Die Anzugträger verziehen den Mund und handeln mit den Augen aus, wer von beiden es ihm sagen soll. »Hier liegt offensichtlich ein Missverständnis vor.« »Aha?« »Wir verfolgen nicht ihn, sondern Sie.« »Mich? Warum mich?!« »Anweisung des Bürgermeisters. Er will nicht, dass Ihnen etwas zustößt.« »Hm, das ist aber nett von ihm.« Boum grübelt. »Das heißt, ihr müsst mir beistehen? Ganz gleich, wohin es mich verschlägt?« Die Anzugträger nicken. »Auch wenn ich mich mit voller Absicht sowie völlig sinn- und grundlos in akute Lebensgefahr begebe?« Die Anzugträger nicken erneut. »In einer bombastischen Rettungsaktion, die ebenso schön wie zum Scheitern verdammt ist?« Die Anzugträger salutieren und lassen die Hacken knallen. »Dann habe ich vielleicht eine Chance.« Er nimmt einen letzten Schluck aus dem Flachmann und wirft ihn in hohem Bogen geradewegs in eine brennende Mülltonne. Die Anzugträger gehen in Deckung. »Keine Angst«, haucht Boum und zwinkert, »das war Minztee.«

TEIL III

Y tombe, des bombes
Ça boume, surboum, sublime
Des plombes, que ça tombe
Un monde immonde s'abîme

Serge Gainsbourg

Es ist kurz vor sechs. Die Sonne erklimmt die Mauern der Stadt. Ihre Schützen spannen die Bögen. Der Pfeilregen trifft einen schlafenden Clochard im Rinnstein. Er kneift die Augen zusammen und tastet blind nach seiner Flasche wie nach einem nackten Weib. Dann nimmt er einen großen Schluck. Er hatte sie bereits geleert, doch Jungmänner in Polohemden besaßen die Güte, sie ihm nachts erneut zu befüllen. Der Clochard rülpst den Kammerton und die gesamte Stadt stimmt mit ein. Eine sonore Stampede tritt los. Dilettanten, Professionelle, angesehene Stümper und verkannte Virtuosen. Ob Fiedler oder Klimperer, Bläser, Trommler oder Zupfer. Heute sind sie alle gleich. Ungeachtet ihres Könnens oder ihrer Klänge. Für einen Tag lang legen sie ihre Zwistigkeiten bei und verbünden sich zu dem Zwecke, alle Welt mit Musik zu beglücken. Jedes Gespräch zu verunmöglichen und somit auch jeden Streit. Jeder, der sich vor die Tür wagt oder nur ein Fenster öffnet, ist sofortig mittendrin. Es gibt keine Logen oder Tribünen, in die man sich flüchten könnte. Ganz Paris wird zu einem Orchesterkessel.

Vom atonalen Radau geweckt, erhebt sich Madame Edwarda und tritt zu Clopin ans Fenster. Er bemerkt sie nicht. Stumm blickt er durch ein Opernglas zur Straße hinunter. Wieder scheint sie weiter weg, als sie es noch gestern war. Als wäre der Turm um ein weiteres Stockwerk gewachsen. Auf der Avenue George V formiert sich alle paar Meter eine Big Band. Das Glas zittert. Madame Edwarda geht an ihren Tisch und nimmt sich eine Zigarette. Clopin bleibt am Fenster stehen. »Sie spielte bis zuletzt.« »Pardon?« »Die Bordkapelle auf der Titanic. Sie spielte bis zuletzt.« »Na und?« »Ganz genau! Was für ein verdammter Wirbel um die verdammte Bordkapelle. Wie mutig, bis zuletzt zu spielen! Ich habe Passagiere gesehen, die haben bis zuletzt geschwiegen! Doch über die spricht heute niemand.« Madame Edwarda kehrt rauchend ans Fenster zurück. »Die Nazis haben bis zuletzt Zarah Leander gespielt. War das auch mutig?! Nero hat an der Harfe gezupft, während Rom in Flammen stand. Was zum Teufel ist daran mutig, sich die Ohren zuzuhalten und lauthals lalala zu singen, während die Welt untergeht?!« Er wirft das Opernglas zu Boden. »Je lauter die Musik, umso näher ist das Ende. Und sie ist sehr laut geworden. Ein Ölteppich aus Musik verklebt die Ufer dieser Erde. Im Supermarkt. Im Bus. Im Aufzug. Aufzugmusik! Hahaha! Weißt du, warum sie im Aufzug Musik spielen?« Madame Edwarda weicht vor ihm zurück. »Du machst mir Angst.« »Ganz genau! Weil die Leute Angst hatten vor den ersten Wolkenkratzern. Heute haben sie keine mehr, obwohl sie immer höhersteigen. Genau wie du …« Madame Edwarda verschluckt sich am Rauch. Clopin schmiert mit dem Zeigefinger an der Scheibe entlang und sieht dabei drein wie ein schmollendes Kind. »Schick sie weg.« »Wen?« »Die Veuve und Sylvie. Sie werfen ein schlechtes Licht auf dich.« »Du meinst, einen schlechten Schatten.« »Weißt du noch, wie es damals war? Als wir allein waren. Du und ich. Die Bestie und das Biest.« »Ja, ich erinnere mich.« »Was hat sich zwischen uns geschoben?« »Ein Stockwerk nach dem anderen. Die Mittelschicht verschwindet; doch das Mittelmaß wird größer.« »Es trennt uns.« »Schlimmer noch. Es drängt uns an den Rand. Und bald schubst es uns über die Klippe. Jeden von seiner eigenen.« »Das Schöne und das Schreckliche. Sie ertragen uns beide nicht. In einer Welt auf Augenhöhe ist kein Platz für Grazien und Krüppel. Sie wollen weder zu euch aufschauen, noch zu uns hinab. Von beidem kriegen sie Nackenschmerzen.« »Wir stören ihren Traum der Gleichheit, der Gerechtigkeit.« »Gerechtigkeit! Hahaha! Sollen sie alle gleich verdienen. Das ändert nichts daran, dass eine Frau niemals so schön wie die andere ist.« »Wir sind zu oberflächlich, zu materiell.« »So unken sie, weil sie keine Körper haben, die schönen Seelen und guten Herzen fliegen schwerelos im Äther auf den Schwingen der Musik. Identität hat kein Gewicht. Wir schon. Wir sind Materie. Models, Huren, Bettler, Hostessen. Mit Körpern, die uns alles sind. Sie lasten schwer auf dieser Welt, der niemals etwas leicht genug ist. Ein Fußabdruck – das neue Kainsmal. Am Meeresufer ein Gesicht im Sand gilt ihnen schon als Umweltverschmutzung. Sie wollen keine Spuren nach sich ziehen. Ihr Ziel ist es nicht, die Welt zu verändern. Sondern sie so zu verlassen, wie sie sie vorgefunden haben. Als wäre die Welt ein Scheißhaus!« »Du musst nicht vulgär werden.« »Ich bin vulgär!« »Aber du musst es nicht so laut sein.« »Laut, pah! Weißt du, dass der Urknall gar nicht zu hören war? Der Endknall wird dagegen laut. Laut sein müssen. Der leise Tod fällt den Leuten nicht auf. Sie alle haben schon einen Toten gesehen. Am Straßenrand erfroren oder sonst wie verreckt. Doch sie sagen sich: Der schläft. Und ziehen ihres Weges. Sag, was glaubst du, wie viele Menschen muss man töten für eine Schweigeminute? Oder eine Schweigestunde? Aber was red ich! Statt Andacht gibt's Gedenkkonzerte! Wo nicht gesprochen wird, braucht es Musik. Es muss sofort gedudelt werden, sobald jemand den Mund zumacht. Die Musik zensiert das Schweigen. Das göttliche Schweigen! Das Originellste, was man noch von sich geben kann, abgesehen von einem Lachen. Doch es graut ihnen vor der Stille. Die jungen Leute ziehen in die Stadt, weil es am Land so leise ist. Sie sind keine Kinder mehr und schämen sich zu weinen: Lasst die Tür einen Spalt offen! In der Stadt ist immer Licht. In der Stadt ist immer Lärm. Sie feiern die Nächte durch, weil sie sich im Dunkeln fürchten. Ihr wollt von Seuchen reden? Dann beginnt doch mit der Tanzpest! Denn Sankt Vitus wütet wieder. Nur tödlich ist er leider nicht mehr. Heute dient er der Gesundheit. Alle tanzen in die Reihe. Zur Musik der Warteschleife, welche sie ihr Leben nennen.« »Bist du fertig?« »Weißt du, ich mochte das unverschämte Grinsen der Gitarrenjungen. Sie hissten es heimlich mit dem Rücken zur Menge. Zwischen zwei Balladen grinsten sie in ihre Thermoskanne voll mit Châteauneuf-du-Pape. Heute nippen sie schamlos am Flachmann und verziehen das Gesicht, damit keiner merkt, dass darin nur Wasser ist. Die Gitarrenjungen von damals waren stolz auf ihre Verlogenheit. Die von heute rühmen sich ihrer Wahrhaftigkeit. Dabei sind sie noch verlogener. Alleine ihr Gestank! Nichts als eine optische Täuschung! Dieser Gestank, den man nur sehen, aber nicht riechen kann. Aufwändig verfilzte Haare und absichtlich zerrissene Hosen. Der Pöbel wünscht nur die Bilder von Armut, nicht aber ihren Ruch.« »Ich erinnere mich, du hast sehr schön gespielt.« »Erst zog ich dir das Geld aus der Tasche und dann das Kleidchen über den Kopf. Alles nur mit einem Zwinkern und einer schönen Melodie. Diese Rotzposaunen da unten zwinkern keiner Dirne zu. Wie denn auch? Wenn ihre Augen fortwährend geschlossen sind! Weil sie so ergriffen sind. Von sich selbst und ihrem Mut.« »Vielleicht ist es das Schicksal aller Scharlatane. Sich am Zenit selber hinters Licht zu führen. Sie beginnen an sich selbst zu glauben. Vom erleuchteten Scharlatan zum verblendeten Messias.« Clopin drückt ihr die Hand auf den Mund. »Pst! Hörst du das?« Sie schüttelt den Kopf. »Ganz genau. Man hört nicht einmal mehr die Glocken! Früher hätte Gott die Sache selber in die Hand genommen.« »Und heute?« »Ich werde ihre Feier sprengen.« »Und wie?« »Na, wie man eben etwas sprengt. Mit Sprengstoff!« »Was ist nur aus dir geworden?« »Ein Mann

der Tat.« »Ganz genau! Ein gemeiner Dschihadist.« »Ein Dyna-
mitarde. Ich muss doch sehr bitten.« »Pardon?« »Meine Liebe,
ich bin kein Rassist, doch Attentate mittels Dynamit sind eine
ureuropäische Kunst. Von so ein paar bärtigen Kuttenbrunzern
aus der Wüste lasse ich mir den Terror nicht wegnehmen.«

+ + +

Monsieur Boum geht in die Knie. Hier an dieser Stelle waren die
Lautsprecher vom Himmel gestürzt. Heute weiß das niemand
mehr. Nichts erinnert mehr daran. Abgesehen von kleinen
Schrammen, kaum größer als die Vertiefungen an den Lenden
mancher Damen. Grübchen der Venus im Asphalt. Sachte gleiten seine Finger über den Boden des Bahnhofsvorplatzes. Die
Anzugträger stützen einander, um nicht entkräftet umzufallen.
Seit Wochen haben sie kaum geschlafen. Boum reibt sich seuf-
zend das Gesicht. Auch an ihm zehrt die Suche nach dem Kommissar. Immerfort hat er so ein Quietschen im Ohr. Zum ersten
Mal muss er etwas tun, was einem Terrorexperten so fremd ist
wie das Hantieren mit einer Waffe. Er muss nachdenken. Über
das Wie und das Warum. Zu diesem Zweck hat er sich sogar ein
kleines Notizbuch gekauft. Mit einem blauen Ledereinband. Genau wie das des Kommissars. Oder das des kleinen Hundes, der
schon seit geraumer Zeit seine Kreise um ihn zieht. Das ist doch
albern!, denkt sich Boum. Was macht denn ein Hund mit einem
Notizbuch! Vielleicht ist es ein besonderes Tier mit vielen wich-
tigen Terminen. Immerhin zieht es auch ein besonderes Gestell
hinter sich her. Fast wie eine kleine Kutsche. Nur ölen müsste
man die Räder. Boum schleicht auf das Hündchen zu. Das wedelt freudig mit dem Schwanz. Doch kaum dass Boum ihm
näherkommt, läuft es ein paar Meter weg. Auf diese Weise lockt
ihn das Hündchen allmählich fort vom Gare du Nord, über die

große Kreuzung und beinahe die gesamte Rue la Fayette entlang. Am Eingang zur Métrostation Chaussée-d'Antin lässt es sich schließlich fassen. Boum greift nach dem blauen Notizbuch, das auf dem Kutschenwagen liegt. Etwas verzögert kommen auch die Anzugträger angetrottet und suchen sofort Halt an dem grünen Geländer der Treppe. Jemand hat das Notizbuch geplündert. Mehr als der Bucheinband ist davon nicht übrig. Auf der Innenseite steht handschriftlich vermerkt der Name des Kommissars. Das Hündchen läuft los. Boum nimmt die Verfolgung auf. Die Anzugträger stolpern willenlos hinter ihm her wie zwei hölzerne Nachziehtiere. Ohne seinen verwachsenen Kutscher ist das Hündchen sogar noch schneller und die Gänge der Métro sind heute außerordentlich eng. Denn nicht nur oben auf den Straßen, ebenso im Untergrund wimmelt es vor Musikanten. Dicht an dicht stehen sie Spalier. Die schmale Gasse in der Mitte ist vollgestellt mit Hüten. Das Hündchen läuft geschickt im Slalom zwischen ihnen hindurch. Boum dagegen rennt mitten hinein. Es gelingt ihm sogar, keinen einzigen zu verfehlen. Ob Homburg, Melone, Beret oder Turban – Boum hüpft von einem in den nächsten. Manche gehen dabei kaputt. Seine weißen Richelieu Zizi durchbrechen allerlei Futterdächer und die Hüte schieben sich ihm die Beine hoch. Zwei Zylinder bleiben schließlich an seinen Schuhen stecken. Mit ihnen sammelt er weitere auf. So wächst er mit jedem Schritt in die Höhe. Als das Hündchen zu den Drehkreuzen gelangt und wie gewohnt unter ihnen hindurchhuscht, kann Boum schon mühelos darüber hinwegsteigen. Danach aber muss er sich bücken. Die Gänge werden niederer. Die vielen Hüte an den Schuhen erweisen sich als hinderlich. Ebenso die Musikanten, die ihre Kopfbedeckungen wiederhaben wollen und dabei richtig handgreiflich werden. Flöten, Bögen und Schlägel schießen rechts und links an ihm vorbei. Ein Tamburin streckt einen Anzugträger nieder. »Laufen Sie! Ich halte sie auf!«, brüllt der zweite und stellt sich dem musizierenden Mob. Boum würde gerne innehalten und diesem tapferen Mann salutieren, doch dafür ist keine Zeit. Er verdrückt eine Träne, denn eine verschwommene Sicht kann er sich nicht leisten. Wenn er das Tier aus den Augen verliert, sieht er den Kommissar nie wieder. So fürchtet er zumindest. Tatsächlich drosselt der Hund sein Tempo, wann immer Boum den Anschluss verliert. Er führt ihn tief unter die Stadt. Dorthin, wo kein Asphalt mehr am Boden und kein Verputz mehr an den Wänden ist. Von da ist es nicht mehr weit bis in die Katakomben. Ungebremst fährt das Hündchen schließlich in den Hof der Wunder ein und verschwindet in der Leere. Boum blickt hoch an die schier endlose Decke. Die Kerzen der Luster sind kurz vorm Erlöschen. Bald wird es hier stockfinster sein. Das Hündchen hat kehrtgemacht und trabt gemächlich zu Boum zurück. Hinten auf dem Kutschenwagen hat derweil etwas Platz genommen. Das Hündchen kommt zum Stehen. Mit fünf verwitterten Ästchen krault der Kutscher ihm den Kopf. »Dein Freund ist da hinten.« Die Ästchen zeigen in fünf verschiedene Richtungen. »Du kannst ihn jetzt mitnehmen.« Der Kutscher schnalzt und das Hündchen prescht los.

Es ist beklemmend still. Nicht einmal mehr das Tingeltangel der tausenden von Musikanten über ihm ist noch zu hören. Man hört nur das Platschen seiner Schritte. Boum will gar nicht wissen, womit all diese Pfützen gefüllt sind. Die vielen Hüte an seinen Füßen sind dagegen nicht zimperlich und saugen sich gierig damit voll. Jeder Schritt fällt schwerer. »Romy?« Hinter dem Thron stapeln sich die gestohlenen Käfige aus der Zoohandlung. Die Tiere sind längst fort. Nur in einem harrt noch ein Gefangener. »Romy!« »Boum! Sie hatten recht. Sie planen einen Anschlag.« »Ich? Ausgeschlossen!« »Nein, die Clochards! Sie haben tonnenweise Sprengstoff hergestellt. Sie waren es, die die Chemikalien aus den Baumärkten geklaut haben. Und heute wollen sie damit Paris …« »Ausgeschlossen. Clochards verüben keinen Terror. Terror ist was für Gläubige. Ungläubige laufen Amok.« »Lassen Sie uns einfach verschwinden. Der Käfig ist hier …« Boum greift nach einem Stein und bearbeitet damit das Schloss. »Haben Sie schon über einen Namen nachgedacht?« »Einen Namen? Wofür?« »Na, unsere gemeinsame Detektei.« »Ähm, noch nicht, nein.« »Was halten Sie von Boum & Partner?« »Ich …« »Wir können es auch gerne umdrehen. Partner & Boum!« Das Schloss fällt von der Käfigtür. Boum reißt sie auf, wirft sich vor dem Kommissar zu Boden und macht sich daran, dessen Fesseln zu lösen. »Boum?« »Hm?« »Wie fühlt sich das an?« »Wie fühlt sich was an?« »Nun ja, korrigieren Sie mich, wenn ich falschliege, doch ist es nicht das erste Mal, dass Sie einen echten Anschlag verhindern?« »Einen Anschlag verhindern?«, fragt Boum verdutzt und lässt von den Fesseln ab. »Aber ich bin Terrorexperte.« Er erhebt sich und tritt langsam aus dem Käfig. »Grundgütiger, Boum, was machen Sie da?!« Boum schüttelt den Kopf. Ein trauriges Lächeln ist das Letzte, was der Kommissar von ihm sieht. Dann plötzlich wird es dunkel. »Keine Angst, ich komme wieder, wenn alles vorbei ist.« »Lassen Sie den Unsinn, Boum! Binden Sie mich los. Sofort!« »Ich kann nicht … ich bin Terrorexperte.« »Boum!«

Plötzlich wird es wieder heller. Die Lichter dreier Taschenlampen schnüffeln in dem Gewölbe herum. Im Schlepptau führen sie drei Männer, womöglich sind auch Frauen dabei, das lässt sich nur schwer sagen bei den Einsatzuniformen. Boum kann nicht erkennen, ob unter den Helmen ein paar freche blonde Locken oder unter den Gasmasken gar ein koketter Lippenstift versteckt ist. Einer ist gewiss ein Mann. Das erkennt man an der Stimme. Er spricht in ein Funkgerät. »Monsieur le Maire? Wir haben es! Wir haben es gefunden! Allerdings ist es vollkommen leer. Hier unten ist niemand. Zu sprengen wäre ein unnötiges Risiko. Mit der Métro über uns. Wenn das einstürzt … Wir ziehen uns zurück. Was zum Teufel? Keine Bewegung!«

+ + +

»Was soll das heißen: leer? Die müssen da unten sein! Was? Keine Sorge, da passiert nichts. Zünden Sie die … Ich kann Sie kaum verstehen. Was? Nein, auf keinen Fall! Wenn die Glocken läuten, ist es zu spät! Was soll denn bitte einstürzen?! Verdammt noch einmal, jetzt sprengen Sie …! Hallo? Hallo? Sind Sie noch da?« Der Bürgermeister knallt den Hörer zurück auf das Telefon. Man vergisst oft, wie jung er ist. Abgesehen von Momenten wie diesem, wo er an seinen Nägeln kaut wie ein nervöser Gymnasiast. Er bestreicht sie jeden Morgen mit einer übelschmeckenden Tinktur, welche ihn davon abhalten soll, an deren Geschmack er sich jedoch inzwischen mehr als gewöhnt hat. Es klopft an der Tür. Der Bürgermeister hört es nicht. Zu laut ist der Lärm der stimmenden Stadt. Er tritt an seinen Globus. Das Einschussloch wurde mit einem Pflaster verarztet. Er schließt seine Augen, während der Gin seine Kehle hinabätzt. Ein scheußliches Gesöff. Doch jeder Schluck hilft einem Alkoholiker auf dem Weg der Besserung. Das Klopfen an der Tür hält an. »Monsieur le Maire?« Der Bürgermeister schenkt sich nach. Bilder schieben sich ihm wie Dias unter die geschlossenen Lider. Unter Gebeinen begrabene Leiber. Von der Explosion in Stücke gerissen. Ein Potpourri aus Alt und Jung. Morsche Oberschenkelknochen aus dem 18. Jahrhundert nebst prallen Waden der Gegenwart. Fetzen einer Rede für die Hinterbliebenen. Man wird die Sache schnellstmöglich aufklären. Mangelhafte Statik und Osteoporose. Drei brave Beamte. Dazu tausende Clochards. Wenn nicht verschüttet, dann sicher verhungert. Weltweites Entsetzen. Alle fordern die Bekämpfung von Armut. Den Armen darf dabei jedoch kein Haar gekrümmt werden.

Verzagt öffnet sich die Tür. Aus dem Spalt, der zu klein ist, um den Öffner zu erkennen, flüstert es geschlechtslos: »Monsieur le Maire … es ist so weit.« Der Bürgermeister tritt ans Fenster und blickt auf den Rathausplatz. Kein Pflasterstein ist mehr zu sehen. Leer. Völlig unmöglich. Doch was, wenn es stimmt? Dann hat er die Clochards nicht ein-, sondern soeben ausgesperrt. Das war es mit der Präsidentschaft. Sogar das Bürgermeisteramt wird ihm wohl entzogen werden. Er stellt sein Glas zurück in den Globus und verschließt ihn sachgemäß. Begleitung lehnt er dankend ab. Er findet allein hinaus. Vom Hauptportal führen ein paar Stufen direkt auf die Bühne. Der Bürgermeister dreht sich um und blickt am Rathaus empor. Er fühlt etwas in seinem Rücken. Ihm ist, als stierten ihn die Statuen an. Als wären ihrer heute hundert mehr als gestern noch. Die Wasserspeier schauen heute vielleicht grässlich drein. Ganz besonders diese zwei. Der eine, der über dem Stadtwappen hockt. Und der andere, der kopfüber von dem Vorsprung hängt und mit beiden Händen die üppigen Brüste zweier weiblicher Statuen begrabscht.

»Was glotzt er denn, der Brunzprophet?« »*Coucou,* ihr zwei süßen Schnittchen.« »Jetzt lass doch die gnädigen Damen in Ruhe.« »Damen! Du versündigst dich! Die geilen Luder sind doch keine 200 Jahre alt.« »Die Luder haben Namen. Da steht's. *Vigilance et Prudence.* Wachsamkeit und Vorsicht.« »Das klingt nicht geil. Was steht da noch? Rutigrem cen tautculf?« »Fluctuat nec mergitur.« Was zur Hölle soll das heißen?« »Schwankt, aber sinkt nicht.« »Klingt nach meiner Alten.« »Hmmhmhmhm!« »Halt unseren Troubadour gut fest. Wenn der runterfällt, reißt Clopin uns die Ärsche auf! Und stopf ihm den Knebel tiefer. Nicht, dass der hier zu trällern anfängt.«

Der Bürgermeister betritt die Bühne – in diesem Jahr das

Herzstück der Fête de la Musique. Sie ist nicht die einzige. Bühnen gibt es heute hunderte, bis zu einem Dutzend in jedem Arrondissement. Die meisten Musikanten kommen sogar ohne aus und spielen auf den Trottoirs, Verkehrsinseln und Mittelstreifen. Die Bühne am Rathausplatz ist allerdings die größte, und doch sind auf ihren Brettern nur die Kleinsten zugelassen. Wohingegen in früheren Jahren hier weltberühmte Popstars, ehrwürdige Militärkapellen und Nationalorchester auftraten, darf hier heuer keiner wirken, welcher Rang und Namen hat. Dafür aber jeder Laie, ganz gleich, wie falsch er singt und spielt. Man reißt die Grenze ein zwischen Publikum und Künstler. Zwischen Täter und Opfer. Es soll keine stillen Mitwisser geben. Solche, die einfach nur zugeschaut haben. Alles ist interaktiv.

Der Bürgermeister atmet in das Mikrophon. Die Lautsprecher werden zu riesigen Nüstern. »*Mesdames et …*« Die Menschenmenge zuckt zusammen. Das Mikrophon hat einen Stimmbruch erlitten. Der Bürgermeister räuspert sich, als wäre es seine Schuld gewesen. »*Mesdames et Messieurs,* er ist hier. Er ist mitten unter uns … der Maestro!« Mit einem Schlag sind alle verstummt. Nicht nur die Musikanten. Auch die Vögel, der Verkehr. Als hätte jemand der ganzen Stadt den Ton abgedreht. Was übrigbleibt, ist lediglich das leere Rauschen der Verstärker. Der Bürgermeister holt tief Luft und es klingt, als wären es die Lautsprecher, die Luft geholt hätten. »Doch ihr trotzt der Gefahr! Und warum? Weil ihr Helden seid! Und heute Nacht werdet ihr auch Überlebende sein! Wir lassen uns nicht unterkriegen. Wir haben schon größere Schlachten gewonnen. Wir haben den Terrorismus besiegt. Religiöse Fanatiker, die uns für unsere Freiheit hassten, gehören jetzt der Vergangenheit an. Böse Zungen sagen, wir hätten das nur erreicht, weil wir die Freiheit preisgaben, für die uns die Terroristen hassten. Ja, wir haben das Rauchen verboten. Zu dünne Models und zu hohe Schuhe. Anzüglichkeiten zwischen Männern und Frauen. Die Prostitution und ein paar Humoristen. Macht uns das schon zu Taliban? Weil wir uns zum Zwecke der Hygiene verschleiern? Weil Feministinnen ein Rasur-Verbot praktizieren? Weil wir unser Rechtssystem durch Lynchjustiz ersetzt haben? Nein! Eines wird uns immer von den Taliban trennen: unsere Liebe zur Musik. Tanzen, singen, musizieren – das ist die Sprache des Guten. In Gedenken an all die toten Musiker – wir werden euch zu Ehren heute auf euren Gräbern tanzen! Insbesondere für die unbekannte Sängerin, die genau vor einem Jahr ihr Leben ließ, ich halte hier das Kazoo, das man in ihrem Rachen fand. Dieses Instrument soll die Fête de la Musique eröffnen. Hineinblasen werde aber nicht ich, sondern unser Ehrengast. Er verkörpert wie kein anderer die magische Macht der Musik, die sogar stärker ist als der Tod. Er tötete nämlich seine Geliebte und trieb seine Gattin in den Selbstmord. Aber das hat ihn nicht daran gehindert, weiterhin Musik zu machen! Ich bitte um einen warmen Applaus für den Musiker und Mörder ***.«

»Hmhmhmhhm!« »Der Troubadour ist ganz aus dem Häuschen.« »Klar, er hat seinen Namen gehört.« »Der Milchling soll ein Mörder sein?« »Mörder kann heut schon jeder werden. Reicht ja, einen Pelz zu tragen.« »Hmhmhmhm!!!« »Jetzt zappel nicht so rum. Du fällst uns sonst noch runter!« »Keine Angst, wir haben Ersatz für dich besorgt. Leider keine Mörderin, aber sonst ein liebes Mäderl.«

Misstrauisch blickt der Bürgermeister zu seinem Ehrengast hinunter. Eine zarte, kleine Hand schwebt vor seinem Kinn und bittet um das Kazoo. »Du bist doch nicht ***.« Aloisia nickt ihm freundlich zu. »Monsieur *** verspätet sich.« »Aber das …« Er will ihr widersprechen, doch noch lieber will er weg von hier. Er überlässt Aloisia das Kazoo. Kaum hat sie das Instrument gefasst, schnellt ihre zweite Hand in die Höhe und bittet um das

Mikrophon. Auch das händigt er ihr artig aus. »Danke schön, Monsieur le Maire … oder sollte ich besser sagen: Monsieur le Maestro?« »*Tu dis quoi?!*« Er hat sie sehr wohl verstanden. Genauso wie die Menschen vor ihm. Wieder ist die Tonspur weg. Alles ist auf stumm geschaltet. »Nun, wie soll ich sagen, ich …« Sein Blick streift durch die Menge. Sie wollen es. Sie wollen ihn. »… bin es! Ja!« Minutenlang wird gejohlt, gejauchzt, gepfiffen. »Und, Monsieur le Maestro, stimmt es, dass Sie Ihr größtes Werk, Ihr Meisterwerk im wahrsten Sinne, noch gar nicht enthüllt haben? Und dass es heute soweit ist? Darf ich die Bombe platzen lassen?« Der Bürgermeister fasst sich zitternd an den Hals, wie es viele vor ihm taten. Hier auf diesem Platz, wo die Guillotine auf ihre ersten Köpfe traf. Der Bürgermeister weiß das nicht. Geschichtsbücher hält er für Spoiler. Wozu all die Bücher lesen, wenn sich Geschichte wiederholt? Er wartet auf die Wirklichkeit und möchte dann auch überrascht sein. Er nickt.

Aloisia bläst in das Kazoo. Wenige Sekunden später stürzt etwas vom Dach des Rathauses. Genauer gesagt von dem Vorsprung mit der mächtigen Uhr, über der die Stadt Paris als steinernes Weibsbild thront. Zu beiden Seiten lümmeln die Schwestern Wachsamkeit und Vorsicht, die ihrem Namen nicht gerecht werden. Schließlich fiel ihnen gar nicht auf, dass zwischen ihnen die längste Zeit ein junger Mann gesessen hatte. Er hatte die Schwestern auch nicht gesehen. Das lag jedoch weniger an seiner Unaufmerksamkeit denn an seiner Augenbinde. Die hatten ihm die Clochards aufgezogen, sollte er an Höhenangst leiden.

Aloisia war die Erste, die schrie. So weit hatte sie Clopin nicht eingeweiht. Was hätte es auch genützt? Ein aufgesprungener Schädel zu ihren Füßen wäre ihr immer nahegegangen. Das Menschenmeer beginnt zu wogen. Die von hinten wollen nach vorne, um zu wissen, was passiert ist. Die von vorne wollen nach hinten, denn sie haben genug gesehen. Der Bürgermeister blickt am Rathaus empor. Die Wasserspeier strecken sich. Sie haben die ehernen Statuen entwaffnet und steigen mit Lanzen und Schwertern herab. Auch an den Gebäuden ringsum regen sich plötzlich die Fassaden. Skulpturen ohne Arme. Ihre Leiber sind verfärbt, als wären sie Kupfer oder Sandstein. Sie kriechen aus dem Weltgericht über den Toren von Notre-Dame und klettern von Podesten im Jardin du Luxembourg. Ein Konzert von auf der Flucht zertretenen Instrumenten. Qualm über der rauchfreien Stadt.

✦ ✦ ✦

»Fantastisch!« Die Augen des alten Algeriers leuchten. »Oh, das war es in der Tat! Sie hätten ihn sehen müssen!«, schwärmt Monsieur Boum und wirft in seinem Eifer beinahe die Wasserpfeife um. »Er ist einfach ans Steuer und vroum! Ich wusste gar nicht, dass die Dinger so schnell sind. Platsch, bäng, puff! Diese Monster knallen gegen das Cockpit! Sagt man Cockpit bei einer Métro?« Der Kommissar zuckt mit den Schultern. »Egal, wo war ich? Ach ja, wusch! Plötzlich Strom weg, wir also weiter zu Fuß durch den Tunnel. Ohne Licht. Und sie kamen von allen Seiten. Aber er …« Boum klopft dem Kommissar auf die Schulter, »… er hat sie gehört. Pow, boing, paff! Kommen Sie schon, erzählen Sie, wie Sie dieses Cancan-Girl aus dem Moulin Rouge gerettet haben. Sie hing hoch oben auf einem der Windräder. Von unten kamen die Flammen und …« Der Kommissar schmunzelt verlegen. »Fantastisch«, murmelt der alte Algerier wieder. Seit Minuten sagt er nichts mehr anderes. Er hat sich auf einem Klappstuhl zu den beiden Männern an den kleinen Tisch gesellt. In der Geschichte seines Ladens sind hier noch nie drei Leute gesessen. Immer nur er und der Vietnamese. Der hatte vorhin auch geklopft mit der Bitte um Asyl. Bei ihrem letzten Mahjong-Spiel jedoch hatte der alte Algerier ihn beim Mogeln erwischt, daher blieb das Gitter zu. Für den Kommissar und Boum hat er es glücklicherweise geöffnet. Die beiden Männer schlugen sich bis in den hohen Norden durch, weil es hier, so hatten sie gehört, weniger schlimm zugehen würde als im restlichen Paris. Wahrscheinlich weil es hier immer schlimm zugeht.

Der Kommissar deutet federnden Zeigefingers auf Boum. »Na gut, doch dann müssen *Sie* erzählen, wie Sie diese Crétins mit dem Dynamit ausgetrickst haben.« Boum wehrt die Lorbeeren mit einer Handbewegung ab. »Ach was, das war doch nur Glück. Hätten die keine Frau im Team gehabt, wäre die Sache anders … « »Crétins mit Dynamit?«, unterbricht der alte Algerier. »Ja, ja! Die wollten die Katakomben sprengen! Angeblich ein Befehl von ganz oben.« »Aber unser lieber Boum hat ihnen das Handwerk gelegt!« »Was haben Sie?« Der alte Algerier erhebt sich von seinem Klappstuhl. Er wäre wohl gern aufgesprungen, aber das gibt sein Körper nicht her. Sogar seine Fäuste ballt er nur sanft, aus Sorge, sich sonst die Knochen zu brechen. Draußen rüttelt jemand am Gitter. »Das verfluchte Schlitzauge …«, seufzt der Alte und setzt sich wieder, ohne sich an die Erregung von gerade eben zu erinnern, wegen der er aufgestanden war. Seelenruhig nippt er an seiner Tasse Minztee. Von dem Lärm vor seinem Laden will er sich nicht beirren lassen. Auch nicht, als sich das Rütteln in Schläge verwandelt. In schwere Schläge. Metall auf Metall. Da plötzlich fliegt ein Stein durch das Gitter und gegen die Glastür seines Ladens. Das geht ihm allerdings zu weit. »*Hé*, zertrümmer mir ja nicht die Scheibe, du …« Der Alte dreht sich um und reckt sich. Dann rennt er, so schnell es sein alter Körper zulässt, in Richtung Tür. Der Kommissar und Monsieur Boum vernehmen ein helles Klimpern. Wohl das eines Schlüsselbunds. »Dieses Gitter vor dem Laden …«, flüstert der Kommissar, »… war das immer schon da?« Boum klopft sich auf den

Oberschenkel. »Exakt das hab ich mich auch gefragt!« »Für mich zumindest sieht das aus, als hätte er es erst kürzlich montiert.« Zwei junge bärtige Männer hechten durch einen Spalt in den Laden. Der Alte zieht das Gitter zu und versperrt die vielen Schlösser. Die jungen Männer stützen sich keuchend an der Theke ab. Boum lehnt sich zum Kommissar. »Sind das nicht die zwei, die hier immer arbeiten?« »Seine Söhne, Sie haben recht!« Die beiden tragen die gleichen Westen. Gleiche Farbe, gleiches Modell. Wahrscheinlich kauften die Brüder sie gemeinsam. In einem Geschäft für Angelbedarf. Sie haben nämlich viele Taschen, was bei Anglerwesten typisch ist. Aus den Taschen ragen Drähte. »Grundgütiger! Sind das …« Der Kommissar drückt Boum die Hand auf den Mund.

Der Vater ist außer sich vor Wut. Die jungen Männer senken die Köpfe, um ihm das Ohrfeigen zu erleichtern. »Glauben Sie, die sind echt?«, flüstert der Kommissar und zeigt auf die Westen. Boum ermahnt ihn zur Stille. »Verstehen Sie etwa, was die sagen?« »Na, hören Sie mal! Was wäre ich denn für ein Terrorexperte, wenn ich kein Arabisch könnte?« »Und was sagen sie?« »Der Vater will, dass sie wieder rausgehen. Schande für die Familie. Die Söhne weigern sich. Da draußen ist die Hölle los. Feiglinge. Es geht um einen Flughafen. Letztes Jahr am Flughafen.« »Dieser seltsame Anschlag? Das waren die zwei?« »Nein, ich glaube nicht. Aber sie waren dort. Warten Sie, der Vater spricht.« Die Söhne zucken wiederholt mit den Schultern. »Allahu akbar! Das hab sogar ich verstanden!«, prahlt der Kommissar und stößt Boum mit dem Ellbogen an. »Nein.« »Was nein?« »Kein Allahu akbar.« »Ich könnte schwören, er hat …« »Er fragt, ob die Attentäter ›Gott ist groß‹ gerufen haben. Die Söhne verneinen. Sie haben gerufen: ›Gott ist tot.‹« Der alte Algerier ist starr vor Entsetzen. Ohne ein weiteres Wort zu verlieren, wendet er sich ab und schlurft vorbei an seinen Gästen in das Innere des

Ladens. Die jungen Männer öffnen einander die Reißverschlüsse ihrer Westen und helfen sich gegenseitig beim Ausziehen. Der Vater kehrt zurück, in seiner Hand zwei Kleiderhaken.

Bitterbös-witzig, schonungslos und rabenschwarz